廣東旅游出版社
GUANGDONG TRAVEL & TOURISM PRESS

汪国真书法作品选

□ 汪国真 著

汪国真精选集
自选典藏版

图书在版编目（CIP）数据

汪国真精选集：自选典藏版：全3册 / 汪国真著. — 广州：广东旅游出版社，2014.11（2022.10重印）

ISBN 978-7-80766-917-3

Ⅰ. ①汪… Ⅱ. ①汪… Ⅲ. ①诗集－中国－当代②散文集－中国－当代 Ⅳ. ①I217.2

中国版本图书馆CIP数据核字(2014)第166768号

广东旅游出版社出版发行

（广州市荔湾区沙面北街71号首、二层 邮编：510130）

电　话：020-87348243
印　刷：佛山家联印刷有限公司
（佛山市南海区桂城街道三山新城科能路10号）
开　本：889mm×1194mm　32开
字　数：235千字
印　张：32
版　次：2014年11月第1版
印　次：2022年10月第3次印刷
全书共3册总定价：88.00元

【版权所有 侵权必究】

本书如有错页倒装等质量问题，请直接与印刷厂联系换书。

我为爱	（23）
又是雨夜	（24）
分手以后	（25）
心中的玫瑰	（26）
无言的凝眸	（27）
生命之爱	（28）
这个地方	（29）
遥远的等候	（30）
白栅栏	（31）
弯弯	（33）
赠我一只苍鹭	（34）
你来	（35）
手帕飘成了云彩	（36）
愿望	（37）
有一次碰杯	（38）
只要彼此爱过一次	（39）
当你生日来临的那天	（40）
何必问彼此的姓名	（41）
失恋使我们深刻	（42）
我的心情	（43）
远方的来信如银箔	（44）
她	（45）
我不再等待	（46）
告别,不是遗忘	（47）
是否	（48）

目 录

第一辑 这就是爱

两个人的故事 …………………………… (3)
有你的日子总是有雨 …………………… (4)
你就是我的梦 …………………………… (5)
当冬天告别的时候 ……………………… (6)
希望你活得潇洒 ………………………… (7)
恨有多少 ………………………………… (8)
月明星稀的晚上 ………………………… (9)
我不是你的风景 ………………………… (11)
我的心你可懂得 ………………………… (12)
那会是一个永远 ………………………… (13)
思念是风是云是婵娟 …………………… (14)
一个季节的变化 ………………………… (15)
爱情像一杯清茶 ………………………… (16)
偶感 ……………………………………… (17)
梦中的期待 ……………………………… (18)
握住我的手 ……………………………… (19)
最初的湖莲 ……………………………… (20)
女孩 ……………………………………… (21)
让星星把我们照亮 ……………………… (22)

叠纸船的女孩	(49)
请你原谅	(50)
永在一起	(51)
前边,有一座小桥	(52)
毛毛雨	(53)
走向天涯	(54)
什么时候	(55)
默默的情怀	(56)
总想爱得潇洒	(57)
悄悄话	(58)
我愿	(59)
珍惜过去	(61)
举杯	(62)
其实我对你很在乎	(64)
黄昏的小路	(65)
我该怎么办	(66)
原来那是一份思念	(67)
走出栅栏	(68)
相约	(69)
远离爱情	(70)
夙愿	(71)
沉默就是我们的语言	(72)
别这样	(73)
旅伴	(74)
开头	(75)

不要急于相见 …………………………（76）
能够认识你，真好 ………………………（77）
怀想 ………………………………………（78）
我能够不流泪 ……………………………（79）
今夜有风 …………………………………（80）
为你我付出的最多 ………………………（81）
我站在舞台之上 …………………………（82）
给我一个微笑就够了 ……………………（83）
淡淡的云彩悠悠地游 ……………………（84）
剪不断的情愫 ……………………………（85）
非得你来 …………………………………（86）
因为有你 …………………………………（87）
春天所以美好 ……………………………（88）
爱你，不需要理由 ………………………（89）
留言 ………………………………………（90）
星星是我送给你的钻石 …………………（91）
爱的交响 …………………………………（92）
爱的片段 …………………………………（93）
插曲 ………………………………………（94）
初恋 ………………………………………（95）
虹 …………………………………………（96）
记忆永远年轻 ……………………………（97）
嫁给幸福 …………………………………（98）
谁能让爱远航 ……………………………（99）
忘我的境界 ………………………………（100）

我想	(101)
我们生活在音乐中	(102)
我心灵的天空蓝了	(103)
忘不了你	(104)
一次,便是永远	(105)
你的美丽	(106)

第二辑　青春旋律

青春的风	(109)
挡不住的青春	(110)
美丽的季节	(111)
如果	(112)
青春不承认沙漠	(113)
致我的热情	(114)
致陌生的朋友	(115)
请跟我来	(116)
跨越自己	(117)
雪	(118)
读书的少女	(120)
看海去	(121)
一个心愿	(122)
少女	(123)
雨夜	(124)
为了明天	(125)
让生命和使命同行	(126)

生命的堤岸	(127)
写生	(128)
想象	(129)
别等	(130)
我微笑着走向生活	(132)
荣誉	(133)
我是一只候鸟	(134)
我能告诉你的	(135)
依然存在	(136)
让我们把手臂挽起	(137)
青春时节	(139)
年轻真好	(140)
校园的小路	(141)
山高路远	(142)
热爱生命	(143)
在这个年龄	(144)
我们并不陌生	(145)
自勉	(146)
春天的儿女	(147)
让我们把生命珍惜	(149)
走,不必回头	(150)
岁月的桂冠	(151)
旅程	(152)
一夜	(153)
即便成功使我们声名远扬	(154)

一个梦 …………………………………………（155）
青春是风 ………………………………………（156）
美好的愿望 ……………………………………（157）
含笑的波浪 ……………………………………（158）
致理想 …………………………………………（159）
只要明天还在 …………………………………（160）
妙龄时光 ………………………………………（161）
我喜欢自然 ……………………………………（162）
别以为 …………………………………………（163）
去远方 …………………………………………（164）
我喜欢绿色 ……………………………………（165）
我就是我 ………………………………………（166）
学会等待 ………………………………………（167）
旅行 ……………………………………………（168）
我乘着风儿远游 ………………………………（169）

第三辑　风物咏怀

梅花时节 ………………………………………（173）
海的温柔 ………………………………………（174）
寂静的山野 ……………………………………（175）
暮色中的山峰 …………………………………（176）
故园 ……………………………………………（177）
雪野 ……………………………………………（178）
秋 ………………………………………………（179）
一处风景 ………………………………………（180）

人在冬天 ……………………………………（181）
三月 ………………………………………（182）
故乡 ………………………………………（183）
北海夜景 …………………………………（184）
音乐 ………………………………………（185）
永恒的心 …………………………………（186）
白雪情思 …………………………………（187）
过去的百叶窗 ……………………………（188）
惜时如金 …………………………………（189）
我喜欢传说中的蒿草 ……………………（190）
更把琴声抚向夕阳 ………………………（191）
旧地 ………………………………………（192）
咏春 ………………………………………（193）
夜雨敲窗 …………………………………（194）
看海 ………………………………………（195）
春天来了 …………………………………（196）
蝴蝶 ………………………………………（198）
秋景 ………………………………………（199）
神奇的宫殿 ………………………………（200）
钢琴 ………………………………………（201）
月光 ………………………………………（202）
海之子 ……………………………………（204）
青檀树 ……………………………………（205）
初夏 ………………………………………（206）
酒 …………………………………………（207）

海边	(208)
夏,在山谷	(209)
都市风景	(211)
舞会	(212)
冬天	(214)
我们一同回家吧,夕阳	(215)
晚归	(216)
雨西湖	(217)
他的名字	(218)
日晷	(219)
景山观夜	(220)
乘机偶感	(221)
最后一朵玫瑰	(222)
读史	(223)
一叶秋黄	(224)
小城	(225)
江南雨	(226)
海岸	(228)
小湖秋色	(229)
历史	(230)
镜子	(231)
鹰	(232)
假日	(233)
古剑	(234)
黄昏偶拾	(235)

风	(236)
春的请柬	(237)
你	(238)
四季	(239)
海之恋	(240)
天籁	(241)
失落的村庄	(242)
咖啡与黄昏	(243)
悼三毛	(244)
鼓浪屿	(245)
悼一位老人	(247)
雨	(248)
为难	(249)
线条	(250)
凝视	(251)
桥	(252)
向往的境界	(253)
春天是生长故事的季节	(254)
真想	(255)
欣赏	(256)
请把那月光收藏	(257)
倾听寺院的钟声	(258)
路灯	(259)
你在回忆	(260)
随想	(262)

望海	(263)
心中的诗和童话	(264)
一片绿草地	(265)
黄昏美景	(266)
喷泉	(267)
夜,很安详	(268)
天柱松	(269)
源	(270)
鲜花小路	(271)
布达拉宫	(272)
大理三塔	(273)
李白	(274)
春到水乡	(275)

第四辑　金戈铁马

中华儿女	(279)
凌空复我旧山河	(280)
南方和北方	(281)
高山之巅	(283)
岁月沧桑	(284)
落日山河	(285)
万里江山万里雄	(286)
小鸟、大树和土地	(287)

第五辑　旧瓶新酒

鹊桥仙 …………………………………………（291）
江城子（之一）…………………………………（292）
江城子（之二）…………………………………（293）
点绛唇 …………………………………………（294）
霜天晓角 ………………………………………（295）
虞美人 …………………………………………（296）
卜算子 …………………………………………（297）
浣溪沙 …………………………………………（298）
鹧鸪天 …………………………………………（299）
南乡子 …………………………………………（300）
南歌子 …………………………………………（301）
清平乐 …………………………………………（302）
清平乐 …………………………………………（303）
阮郎归 …………………………………………（304）
采桑子 …………………………………………（305）
好事近 …………………………………………（306）
踏莎行 …………………………………………（307）
西江月 …………………………………………（308）
踏莎行·锦绣山河 ……………………………（309）
水调歌头 ………………………………………（310）
柳梢青 …………………………………………（311）
风入松 …………………………………………（313）
鹧鸪天 …………………………………………（315）

渔家傲 …………………………………………（317）
少年游 …………………………………………（318）

第一辑
这就是爱

希望你活得潇洒
不要走不出从前的篱笆
把目光朝向未来
不要总牵挂昨天的黄花
失去的不一定是最好的
是你把它想成了最美的图画
前面的路上还有许多风景
不要耽搁快迈出生活的步伐
把目光朝向未来
不要耽搁快迈出生活的步伐

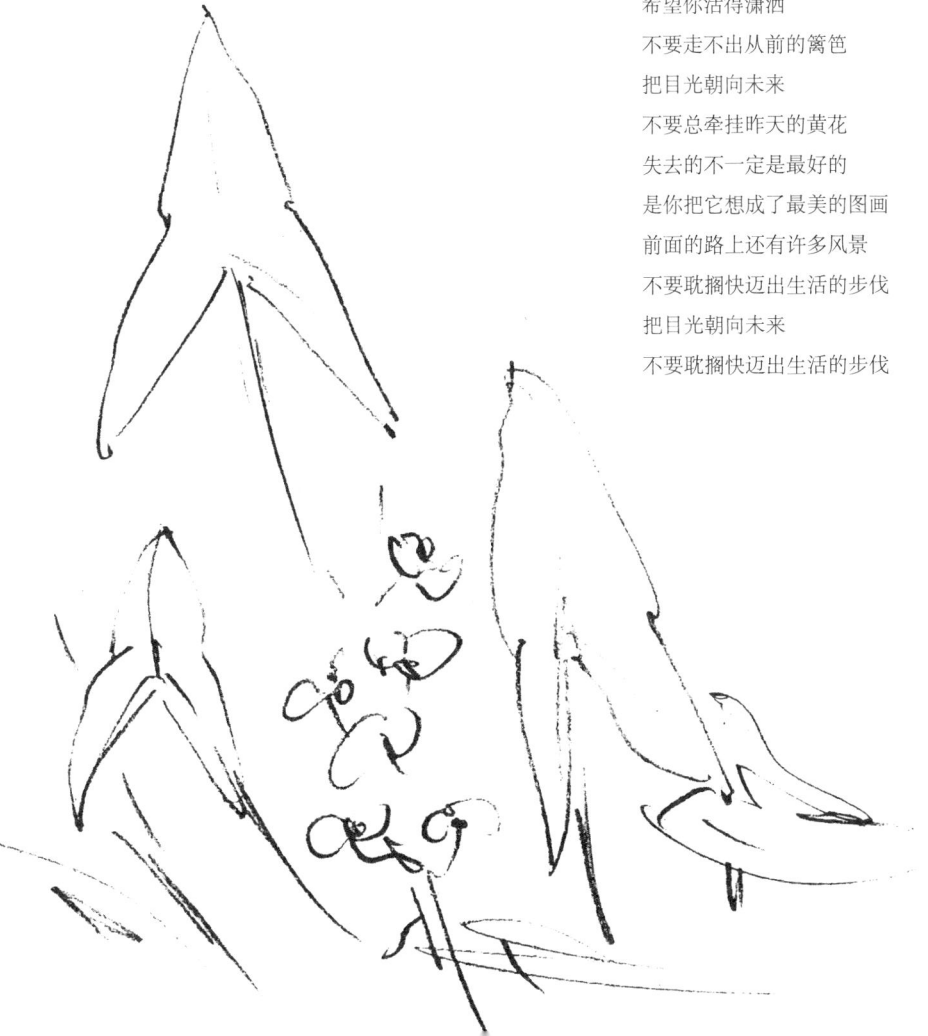

两个人的故事

如果你是一本杂志
赏心悦目的封面
我便是这本杂志
深沉浑厚的封底
那中间厚厚的
是我俩的故事
写满了我们的
忧愁、欢乐、追求、希冀

我们亲密地连在一起
这些故事是那样诱人
如果我们一旦分离了
诱人的故事
便会被降价处理

有你的日子总是有雨

不知是无意还是天意
有你的日子总是有雨
有雨的日子我没有带伞
雨水淋在脸上湿在心里

一生中有许多相遇
最快乐的相遇是认识了你
一生中有许多过错
最心痛的过错是失去了你

我不想让心哭泣
可又怎么面对这伤心的故事
为什么　为什么
忧伤总是期待的结局

你就是我的梦

你就是我的梦
可如今这梦已成泡影
想拉住你的手却不能够
流泪的心不知不觉已是烟雨迷蒙

悔当初为什么不向你倾诉衷情
恨今后怎独守那长夜孤灯
让我将如何面对这凉风暖风都是悲风
让我将如何怀想这过去未来都是伤痛

从今后这心中的天哪还有个晴
从今后这眼里的山哪还有个青
怕只怕秋来望那满地落英
怕只怕春来看那花如泪凝

当冬天告别的时候

如果有一天
你我终成陌路
那就请你携走我
所有的祝福

我们之间既然无法
再有一份沁人的欢欣
那就彼此留一份
美丽的痛苦

既然注定要分手
何必再失去风度
当冬天告别的时候
不是常留下皎洁的雪花无数

希望你活得潇洒

希望你活得潇洒
不要走不出从前的篱笆
把目光朝向未来
不要总牵挂昨日的黄花
失去的不一定是最好的
是你把它想成了最美的图画
前面的路上还有许多风景
不要耽搁快迈出生活的步伐
把目光朝向未来
不要耽搁快迈出生活的步伐

恨有多少

分手时总要争吵
离别后又担心春花易凋
回首　已不见伊人踪影
一时只觉
风也瑟瑟　雨也潇潇

有时真恨不能
斩断情丝
可是一旦坠入情网
便不能再如往日般骄傲

不知已有多少次
欲罢还休
到这时候方知
恨有多少　爱有多少

月明星稀的晚上

请你记住
这个月明星稀的晚上
蓝色的风
把沉思的菩提树
变成了哨子
轻轻地　轻轻地
吹向飘在那泓涟漪上的
一片薄薄的月光

湖边
我用真诚的珠玑
缀成一串项链
挂在你柔美的脖颈上
你流泪了
尽管这串项链
并不会发光

我要告诉你呵
我要告诉你
你再也不会孤独

因为我想念着你
你也不要迷惘
我们既已站在一起
还惧怕什么地狱
还稀罕什么天堂

我不是你的风景

我不是你的风景
你也不是我的梦
对你来说
我是自由的空气
不羁的风
对我来说
你是真实　也是幻影

有许多事情
难以解释　也无法解释
容颜熟悉得不能再熟悉
心灵陌生得不能再陌生

我的心你可懂得

我的心你可懂得
爱上你我却不知怎样诉说
想说的愿望折磨我的心
说不出口让我的心受折磨
爱情真是一道难解的题
怕说错　更怕错过

我的心你可懂得
就像春风理解那满山花朵
我的心你可懂得
就像秋日眺望那遍野田禾
爱情真是一个难解的谜
怕错过　也怕猜错

蓝天上白云轻盈飘过
那里有我深深的寄托
夜空里繁星晶莹闪烁
那里有我心海波光折射
走近你并非因都是天涯行客
数尽缤纷心中只有一道景色

那会是一个永远

想你痛苦　不想你也难
女人的温柔
有时像绞索　有时像项链

不必给我一个诺言
只需给我一点时间
不论走近还是离开你
我的感觉告诉我
那都会是一个永远

思念是风是云是婵娟

思念的感觉真是难缠
思念的情景真是何堪
地上的水在流　可我的心已断
天上的云不散　可我的神已乱
风雨来时　我牵挂你是否平安

思念的感觉真是难缠
思念的情景真是何堪
月在窗影上走　花在石阶下残
树在星光里摇　泪在烛光中闪
风雨来时　我牵挂你是否平安

为你祝福　面对苍天
流水记得　那个身影总在桥边
夕阳记得　那个时候总是傍晚
呵　水迢迢　山重重　路漫漫
难挡思念是风是云是婵娟

一个季节的变化

你像春天的雨水飘飘洒洒
在我心中溅起涟漪水花
雨过天晴水面如镜平滑
有谁知道我心里已添了多少牵挂

你像秋天的瑟风无边无涯
将我心事漫卷如吹轻纱
风住的时候风景如画
只有枝头高傲的花朵纷纷落下

你像春天的雨水飘飘洒洒
你像秋天的瑟风无边无涯
无论你在哪一个季节走来
带来的都是一个季节的变化

爱情像一杯清茶

当你出现
爱情就像一杯清茶
来到身旁
在我眼里
那些五颜六色的饮料
没有一种
能散发永远的芳香
你笑的时候
世界仿佛也变得明亮
那拥塞的街衢
也变得很宽敞
我们一起走
走过繁华
去寻找传说中的古塔
在古塔浓重的阴影里
留下一个
闪着金色光泽的童话

偶 感

读你的信
仿佛在读一颗玻璃的心
你对我说
不是爱得不深
不是爱得不真
是爱得太遥远呵
一声喟叹
足以把道路摧断
令落英缤纷
让我怎样回答你呢
千古一道题
困扰往往来来多少人

我想　这便是一种
忧伤的浪漫吧
如果心相通
隔着千里也握手
只要志相投
一生无缘梦也真

梦中的期待

你走来的时候
我的期待在远方
你离去的时候
我才明白
你就是我
梦绕魂牵的期待

命运,有时像个
调皮的女孩
制造了许多懊恼
却又悄悄躲开
天空还是昨日的天空
云彩不是昨日的云彩

握住我的手

了解你
是因为一个细节
你不曾留意
我却没有忘却
了解自己
是因为这一次告别
当我知道
再也难以同你联络
八月的天空
忽然下雪

我这是明白　不是感觉
握住我的手好吗
不要用你远行的跫音一声一声
敲打我心灵的台阶

最初的湖莲

了解你
是在你走了很久以后
仿佛不经意旋开了
一个不引人注目的瓶子
才发现这竟是一瓶
酿造在遥远年代的酒

无法与你痛饮
是我深深的遗憾
从此
生活常常像一个垂钓者
心思却不在渔竿

即使从今以后
再不会错过
可毕竟错过了你呵
风吹动的
总是记忆中最初的湖莲

女 孩

今日的眼眸里
依然闪烁着
昨夜湖水的波光
袖口边　飘散着桂树的芳香
没有人知道
昨天她去见谁
可在她轻盈的心上
总是掠过一丝紧张

让星星把我们照亮

让我说什么
让我怎么说
当我爱上了别人
你却宣布爱上了我

该对你热情
还是该对你冷漠
我都不能
对于你,我只能是一颗
无言的星
在深邃的天庭
静静地闪烁

闪烁,却不是为了诱惑
只为了让那皎洁的光
照亮你
也照亮我
照亮一道纯净的小溪
照亮一条清澈的小河

我为爱

我为爱而忘情
我为爱受折磨
不论忘情还是折磨
我全都勇敢地接过

欢乐的爱
那样欢乐
哪怕往往少了点思索

痛苦的爱
尽管痛苦
却常常多了些收获

又是雨夜

因为钟情也因为留恋
一句温馨的话
便让心　浮想联翩

春花入梦　秋月入梦
积攒了四个季节的梦
拎都拎不起来了
沉甸甸

雨夜　又是雨夜
却仍然不见去年
那把淡蓝色的小伞

分手以后

我想忘记你
一个人
向远方走去
或许，路上会邀上个伴
与我同行
或许，永远是落叶时节
最后那场冷雨

相识
总是那么美丽
分别
总是优雅不起
你的身影
是一只赶不走的黄雀
最想忘却的
是最深的记忆

心中的玫瑰

为了寻找你
我已经是　伤痕累累
青春的森林真大呵
你的声音　又太轻微

眼睛还燃烧着渴望
心已是很憔悴
真想停下来歇一歇
怎奈岁月如流水

星星在每一个夜晚来临
候鸟在变幻的季节回归
我却不知
该是等待你　还是寻找你
——心中的玫瑰

无言的凝眸

走过荒原　走过绿洲
却走不出眼中那一片萧瑟的寒秋

找过江水　找过河水
却找不到那一条清洌甘甜的水流

望过星星　望过太阳
却望不着那一颗升起来便属于自己的问候

哦，纵有如歌的话语漫进心头
又怎比心中的你无言的凝眸

生命之爱

我渴望走进
你的生活里去
不是为了
破译秘密
面对变幻无穷的季节
谁能奢望　一览无余

我将用整个生命爱你
却也会始终属于自己
回首我们相处的日子
你会发现
没有秋天
只有秋天留下的些许痕迹

这个地方

这个地方
你和我来过
如今你在哪里
只剩下我如孤云闲鹤

在这个地方
我们曾激动得
如初看节日的焰火
那一天,透明的心像珍珠
漆黑的夜晚似贝壳

我不想来这个地方
可还是来了
我说不清这一次来
是为了彻底地遗忘
还是为了更深地记着

遥远的等候

为了一个遥远的等候
不知在风中立了多久
又一次心仪
群山和夕阳握手
又一次歆羡
黄栌向秋风致意点头

你终于还是来了
大海边上
美丽的不再只是海市蜃楼
问脚下的这条沙滩很长吗
真担心　不够我们走

白栅栏

一顶红红的圆帽
斜扣在头上
黑发弯弯的
闪动着柔和的波光
哼着一支歌谣
跨出冬天的门槛
呵,白栅栏

路,变得很短
夜,显得很长
竹叶剪出憔悴的身影
星星镀亮疲惫的目光
一缕玫瑰色的思绪
在夜空里飘荡

呵,白栅栏
长长的睫毛上
垂着两粒哀伤
心,被霜打了

梦也会死亡
死亡就死亡吧
任凭风在空谷里响
呵,白栅栏

弯 弯

弯弯的小径
淌着弯弯的月光
弯弯的晚风
跑来把弯弯的思绪擦亮

你,弯弯
生出一朵羞涩
我,弯弯
弹出一串爽朗

弯弯,弯弯
小径　缀满金色的音符
弯弯,弯弯
月光　流溢迷人的芬芳

赠我一只苍鹭

你画了一只鸟
我知道它的名字叫苍鹭
你却偏偏写上了它的俗称
——老等
老等
没有苍鹭好听
可是却写尽了
一种令人心颤的感情

还是赠我一只苍鹭吧
让我只联想水库和湖泊
或者鱼蛙与昆虫
苍鹭会飞
老等　让我感觉太沉重

你　来

你来
便有一种温暖　潜入心怀
眼睛不由发亮
额头也变得很有光彩

你来
便为青春的际遇欣喜
便为似水的流年悲哀
便知道　与其埋下悔恨
不如植下热爱

你来
清风就来
你来
海潮就来

手帕飘成了云彩

绿草如茵
巨松如盖
在通往寺庙的山路上
我们停下来

蜻蜓在阳光下逡巡
树叶在微风中摇摆
一阵突来的山风
卷走了你张开的手帕
手帕在温暖的注视中
飘成了云彩

愿　望

认识你的时候
也就刻下你的名字
问青山思恋几许
岁月有多久
记忆便有多久

何必幽径谈画
你就是一幅丹青
何必月下吟诗
你就是一首蝶恋花
恨你
也爱你
恨，就是价值
爱，无需解释

有一次碰杯

想礼节性地同你握手
却只是握了握拳头
是为了把那点局促
从指缝间都挤走

我的故事
已另写一章
你的作品
是否也有新开头

我们碰杯的时候
再没有像从前那样
碰出火花
却把记忆碰缺了口

只要彼此爱过一次

如果不曾相逢
也许　心绪永远不会沉重
如果真的失之交臂
恐怕一生也不得轻松

一个眼神
便足以让心海　掠过飓风
在贫瘠的土地上
更深地懂得风景

一次远行
便足以憔悴了一颗　羸弱的心
每望一眼秋水微澜
便恨不得　泪光盈盈

死怎能不　从容不迫
爱又怎能　无动于衷
只要彼此爱过一次
就是无憾的人生

当你生日来临的那天

把我的微笑送给你
当你生日来临的那天
愿那是一束迎春花
带给你温馨和喜欢

把我的歌声送给你
当你生日来临的那天
愿那是一缕清新的风
吹在你的心田

把我的祈祷送给你
当你生日来临的那天
愿那是一片天上的云
让你忘却烦恼的人间

把我的祝福送给你
当你生日来临的那天
愿那是一支红蜡烛
带给你记忆的永远

何必问彼此的姓名

既然再不能相逢
何必问彼此的姓名
留一点遗憾在心底
去填补记忆的裂缝
雨后的水洼会干
一支蜡烛也难以亮到天明
这一次邂逅不是永恒
但美好的往事会像琉檐下的风铃

失恋使我们深刻

恋爱使我们欢乐
失恋使我们深刻
松树流下的眼泪
凝结成美丽的琥珀

笑是对的
哭也不是错
只是别那么悲伤
泪水毕竟流不成一条河

走过来
向世界说
眼睛能够储存泪水
更能够熠熠闪烁

我的心情

相爱在如梦的傍晚
相识却在缥缈的清早
一切都是那么迷离
心，早已不是城堡
同你在一起很清新
同你在一起很骄傲
你的晶莹仿佛晨露
我的心情宛若青草

远方的来信如银箔

远方的来信如银箔
把你的脸一瞬间装饰得苍白
纵然最有造诣的画家
也无能涂抹出这般凄惶的色彩
如果距离　便能把真正的爱情掩埋
那么世间　还有什么能被称为期待
吊兰能够美丽地垂下来
皆因为花盆在高台

她

宁肯像种子一样等待
也不愿像疲惫的陀螺
旋转得那样勉强
尽管冬天的路
可能还要延续很长很长
她却相信　这丰腴的土壤

爱是纯真的
不爱也是纯真的
失去纯真
换取一袭轻柔的白纱
白纱也会变得冰凉

我不再等待

约会的时间已过了十分
不,我不再等待
如果她来得太晚
这是一次小小的惩罚
如果她有事不来
等待也是白挨
一味的等待　会浪费宝贵的光阴
一味的等待　会把习惯宠坏

告别,不是遗忘

我走了
不要嫌我走得太远
我们分享的
是同一轮月亮

雨还会下
雪还会落
树叶还会沙沙响

亲爱的
脚下可是个旧码头
别在上边
卸下太多的忧伤
告别,不是遗忘

是　否

是否　你已把我遗忘
不然为何　杳无音信
　　天各一方

是否　你已把我珍藏
不然为何　微笑总在装饰我的梦
　　留下绮丽的幻想

是否　我们有缘
只是源头水尾
　　难以相见

是否　我们无缘
岁月留给我的将是
愁绪萦怀　寸断肝肠

叠纸船的女孩

他长大了
认识了一个
喜欢叠纸船的女孩
那个女孩喜欢海
喜欢海岸金黄的沙滩
喜欢在黄昏里的沙滩漫步

有一天
那个女孩漫步
走进了他家的门口

晚上,妈妈问他
是不是有个女孩子来过了
他回答说
没有,没有呵
妈妈一笑
问那个纸船是谁叠的

请你原谅

阳光纵然慈祥
也没力量
让每一棵果树
都挂满希望
我们怎能责怪太阳
我纵有爱心
也没有可能
圆你每一个
绮丽的梦想
因此,请你原谅

永在一起

如果你是壮丽的晨曦
不必问我的浩瀚在哪里
如果你是峥嵘的峰峦
不必问我的出岫在哪里
如果你是大漠的孤烟
不必问我的笛声在哪里
如果你是长河的落日
不必问我的奔流在哪里

我不是你的影子
但和你永在一起

前边,有一座小桥

你也沉默
我也沉默
我们中间有一条
无名的小河
默默地流着

你也不说
我也不说
任凭思念的白云
从河面上
悄然飘过

还是走吧
前边,有一座小桥
在河面上架着

毛毛雨

毛毛雨翩然飘下
飘上我们热烘烘的脸颊
在一片幽长的密林下
你两潭湖水般清澈的眸子
在对我说深情的话

小路，水榭，桃花
一切都是那么美丽、安详
只有风调皮地悄悄走来
拎走了一个
在春天里萌芽的童话

走向天涯

月光摇曳着白茫茫的树挂
心里也没有风沙
末班车从身旁匆匆驶过
大街小巷里从剧场流淌出来的人群
早已归家
夜好静
只有我们的心绪如浪花
我们走着很少说话
喉咙如大漠般喑哑
任凭两颗相知的心
互相扶携着走向天涯

什么时候

什么时候能和你一道
去看激荡人心的长风与排浪
什么时候能和你一起
去森林采摘芬芳的野蘑菇
捧起那绿茸茸的阳光
什么时候等你的信
不再如等一份判决书
什么时候接你的电话
不再如听天堂遥远的钟响
什么时候　什么时候
思念的雨滴
不再淋漓在
一张不堪负重的薄薄的宣纸上

默默的情怀

总有些这样的时候
正是为了爱
才悄悄躲开
躲开的是身影
躲不开的　却是那份
默默的情怀

月光下踯躅
睡梦里徘徊
感情上的事情
常常　说不明白

不是不想爱
不是不去爱
怕只怕
爱也是一种伤害

总想爱得潇洒

总想爱得潇洒
不辜负青春明丽的韶华
如果要爱
就爱得有声有色
如果要走
就走得无牵无挂

谁料
秋瑟难忘春花时
欲想潇洒
偏难潇洒
拿是拿得起
放却放不下

悄悄话

过来
告诉你一个秘密
不和云说
不和星说
只和你说

后来,那个秘密
长上了翅膀
她生气了　却不知道
泄密的不是别人
正是自己

我　愿

我愿
我是一本
你没有翻过的书
翻了
就不想放下

我愿
我是一片
你没有见过的风景
见了
就不想离开

我愿
我是一首
你没有听过的乐曲
听了
还想再听

我愿
我是一个

无比瑰丽的梦境
让你永远永远
也走不出

珍惜过去

不必对我说
你曾经有过的爱
是一种过错
既然你曾在繁星闪烁的夜晚
同另一个人在小路彳亍
那就在记忆里
把那如水的月光好好收藏着

不要因为爱我
就否认过去的爱
也是一种美丽
凡是真心付出过的
都不要在后来再给予指责
我不会怪你怨你
——亲爱的
珍惜过去
真心爱我

举 杯

我们为相遇
举起晶莹的酒杯
却不知过去的生活
其实就是这次邂逅的准备
夜,张开黑色的帷幕
月,洒下温柔的清辉
雾袅袅
风微微
涌进心头的是潮水
溢出眼眶的是眼泪

昨天,我们各自
形影相吊
在小路上彷徨
今天,我们手携手
在星光下与清风共醉

人生呵
有多少痛苦
就会有多少欢乐

给你多少磨砺
就会给你多少珠贝

其实我对你很在乎

从那一刻起我才明白
其实我对你很在乎
从那一刻起我才知道
我并不聪明其实很糊涂

从此我的心被你放逐
四处流浪没有归宿
从此我的悔恨无边无际
洒满走过的大道和小路

噢
错过了的季节不能再捉住
错过了的流水不能再重复

黄昏的小路

我们总是在黄昏
放慢了脚步
踏上了小路
小路好长好长
仿佛永远没有结尾
只有序幕

没有一条道路
我们能走得这样耐心
这样幸福
走了很远很远
小路依然如故
你我却已不是当初

我该怎么办

我是那样喜欢你
就像喜欢冰峰上的花朵
开得潇洒　也开得寂寞
寂寞里更显出幽雅的本色

面对你那双
冰清玉洁的眼睛
我甚至难以掩饰
心中的赞叹与快乐

咳，我该怎么办
在你面前
我再也无法
使自己变得深刻

原来那是一份思念

走近秋天
我可以感受到飘零
走近黄昏
我可以感受到朦胧
当我走近你
却什么也说不清

心里想着月季
眼睛却望着无形的风
当月亮升起来的时候
我才明白
原来那是一份思念
很浓很浓

走出栅栏

我们已经很熟悉了
很熟悉了
却还不曾相见
那数不清的信笺
既是倾诉　也是无言

你或许在揣摩立体的我
我也在想象你微笑的容颜
让我们走出栅栏
并且相信
真挚的眸子
会比梦幻更斑斓

相 约

我们不能挽留住现在
只好相约未来
道一声珍重再见
心中的玉兰花
再也开不败

我们无法把记忆掩埋
只好默默期待
盼过严冬　更望春归
谁想春归来时
反而　更添愁怀

远离爱情

即使有睿智如星
也笔笔难描爱情
爱在潺潺溪流
爱在翁郁树影
爱在每一个季节　四季常青

有时真想远离爱情
因为孤独也是一种意境
可是好似
情丝难断　尘缘未了
不是不愿　而是不能

夙　愿

总是在寻找一种
美丽的感觉
却空耗了许多
如水的岁月
不知抛却了多少
月下之约
只为了保留那份
珍贵的纯洁

那颗心
很高很高
叹只叹
命却很薄很薄

这个世界毕竟太大呵
那份缠绵　又到哪里去找
纵使常抱一怀惆怅的月光
终不甘洁白的夙愿难偿
多少人向岁月投降
她却比岁月更坚强

沉默就是我们的语言

我们总是用心灵交谈
沉默就是我们的语言
那双眸子
表述着一切
在水为舟　在山为泉

最美丽的谈话是无声的
每一个会意的眼神
都令人感慨万千
两颗心仿佛是一样的
不一样的只是容颜

别这样

还是别这样吧
一提到离别
你就成了一朵带雨的
梨花
我深情的叮咛
你全用眼泪作为回答

真的，别这样
没听说过吗
太多的厮守
易使爱枯萎
经常的小别
会使爱升华

旅　伴

这一次握别
就再也难以相见
隔开我们的不仅有岁月
还有风烟

有一缕苦涩
萦绕心间
迎着你是雾一样的惆怅
背过身是云一样的思念

命运，真是残酷
为什么　我们只能是旅伴

开 头

从春到夏
从夏到秋
你在寻求
我也在寻求
也许　命中注定了
我们还不该聚首

该是冬了
冬，似乎不是好兆头
真的不是吗
——从冬天开始
不正象征着
从纯洁开头

不要急于相见

不要急于相见
为天空再留一朵洁白的梦幻
洁白的梦幻
雨打芭蕉　泪湿栏杆

不要急于相见
等庭院盛开温馨的玉兰
温馨的玉兰
举杯把盏　花好月圆

不要急于相见
既然已分别了很久很久
平安便是夙愿
离愁终有尽　相思诉不完

能够认识你,真好

不知多少次
暗中祷告
只为了心中的梦
不再缥缈

有一天
我们真的相遇了
万千欣喜
竟什么也说不出
只用微笑说了一句
能够认识你,真好

怀 想

我不知道
是否　还在爱你
如果爱着
为什么　会有那样一次分离

我不知道
是否　早已不再爱你
如果不爱
为什么　记忆没有随着时光流去

回想你的笑靥
我的心　起伏难平
可恨一切
都已成为过去
只有婆娑的夜晚
一如从前　那样美丽

我能够不流泪

你是一只远走高飞的鸟
留给我无限孤寂
当你走了以后
我真恨不能成为那
高高的蓝　矮矮的绿

天空低下头看得见你
大地抬起头望得见你
而我不论低头或者抬头
都寻不到你的踪迹

我的表情可以像玻璃
心却不能
我能够不流泪
却不能不忧郁

今晚有风

景物已朦胧
想你
在另一座城市的天空
看晚霞如你
美丽的脸庞
为我羞红

溽暑的日子里
今夜有风
只是不知　这风
明日能吹到你那里吗
还有一片　淡蓝的心情

为你我付出的最多

为你我付出的最多
为什么你始终不让我看清
让我的心像气球一样悬着
在空荡荡的天上飘忽不定

为你我付出的最多
为什么你始终不跟我说清
给我一个答案就这样难吗
我不是什么也不懂的小学生

为你我付出的最多
我不会再这样去爱别人
我不要你这样的回答
说什么爱情像雨又像风

我站在舞台之上

我站在舞台之上
为你献出我的歌唱
歌声里有我千头万绪
旋律里有我坎坷沧桑

我站在舞台之上
为你献出我的歌唱
你是我唯一的爱人
不论你在不在我身旁

我站在舞台之上
为你献出我的歌唱
尽管所有的人都在欣赏
其实你一个人便是全场

给我一个微笑就够了

不要给我太多情意
让我拿什么还你
感情的债是最重的呵
我无法报答　又怎能忘记

给我一个微笑就够了
如薄酒一杯，像柔风一缕
这就是一篇最动人的宣言呵
仿佛春天　温馨又飘逸

淡淡的云彩悠悠地游

爱,不要成为囚
不要为了你的惬意
便取缔了别人的自由
得不到　总是最好的
太多了　又怎得消受
少是愁多也是忧
秋天的江水汨汨地流

淡淡的雾
淡淡的雨
淡淡的云彩悠悠地游

剪不断的情愫

原想这一次远游
就能忘记你秀美的双眸
就能剪断
丝丝缕缕的情愫
和秋风也吹不落的忧愁

谁曾想　到头来
山河依旧
爱也依旧
你的身影
刚在身后　又到前头

非得你来

有一首乐曲
已听了许多遍
因此,非得你来弹
有一个地方
已去了许多遍
因此,非得你来唤
有一本书
已读了许多遍
因此,非得你来翻
有一个名字
已念了许多遍
因此,非得你来应

因为有你

我爱漫天飞舞的雪花
因为雪花里有你
我爱令人向往的童话
因为童话里有你
我爱姹紫嫣红的春天
因为春天里有你
我爱一切美好的事物
因为有你

春天所以美好

我感到幸福
因为能让你快乐
付出的愉悦
其实,能胜过获得
谁能说得清
爱与被爱
哪一个满足更多
春天所以美好
那是因为大地开满了花朵

爱你，不需要理由

爱你，不需要更多理由
只是因为暴风雪袭来的时候
你没有走
冬天的相守
便是春光的问候

跋涉中，有时路没有了
那是昭示我们
生活需要新的开始
而不表明
希望已到了尽头

留 言

我走了
是为了以一个崭新的
面貌回来
就像树木抖落了黄叶
是为了春天以更葱茏的形象
走向大地的期待

我会一切很好
心中更有一份挚爱
如果,你相信我是雪
那么,也请相信
当我飘落下来
一定和从前一样洁白

星星是我送给你的钻石

我无法送给你贵重的礼物
因为我很贫穷
我知道贫穷并不值得炫耀
请暂且把我当作末路英雄

我想送给你的很多
但我却拥有得太少
星星是我能送给你的钻石
原野是我能送给你的花园
还有一颗心　剔透晶莹

如果这样，你还愿意和我一起
就请告诉我一声
我也想对你说
虽然，有一条路叫荆棘
可是还有一种花叫紫荆

爱的交响

想让风牵着我的浪漫
飞向蓝色的海洋
想让海洋敞开胸襟
让我的思绪与珊瑚一起生长
想让珊瑚玲珑的手指
挂满五彩缤纷的音符
想让音符落在叮叮咚咚的琴键上
奏一曲爱的交响

爱的片段

等待
是丝丝缕缕的藤蔓
曲折蜿蜒

想念
是风吹动的露珠
婆娑泪眼

相聚
是枝头的小鸟
啁啾爱恋

分手
是掉在地上的花瓶
全是碎片

插 曲

晕眩的开始
辛酸的结束
中间都是
路一样的付出
还有 激情遭遇激情
生命的挥霍无度
本想海枯石烂
没想却应了一句老话
于是 俩人背向而行
一步一步丢了幸运 盼着幸福

初　恋

初恋　往往没有结果
但却可能是
记忆天空中
一片最美丽的云朵

尽管那一段时光
甜蜜里常浸着忧伤
心甘情愿承受的
却是折磨

可那一段时光呵
爱得最真　没有杂质
爱得最深　深不可测

虹

你是昨日的梦境
你是今日的憧憬
你是雨后天空那一弯绚丽
你是苍穹底下那七彩飞鸿
虹　虹　虹

你在碧水湖畔
你在青山之中
你是旅途上柳暗花明的风景
你是生命里枯木逢春的笑容
虹　虹　虹

你美轮美奂的身影
我如痴如醉的心灵
虹　虹　虹

记忆永远年轻

因为有你同行
我记住了这处不知名的
风景
我爱上这里每一条溪水
和吹拂心灵绿色的风

许多著名的景色
因着岁月的久远都淡忘了
而这普普通通的小径
却常常蜿蜒在闪亮的眼眸中
生命可以苍老
而记忆永远年轻

嫁给幸福

有一个未来的目标
总能让我们欢欣鼓舞
就像飞向火光的灰蛾
甘愿做烈焰的俘虏

摆动着的是你不停的脚步
飞旋着的是你美丽的流苏
在一往情深的日子里
谁能说得清
什么是甜　什么是苦
只知道　确定了就义无反顾

要输就输给追求
要嫁就嫁给幸福

谁能让爱远航

爱只在乎相守
却不太在乎方向
放任感觉自由自在流浪
爱还有点儿像生在水边的菖蒲
根茎蕴含着香

相爱并不难
难的是像等待那样久长
我们为爱称贺举觞
爱让我们远航
可是　谁又能让爱远航

忘我的境界

爱情有时
竟是那么回肠荡气
比如
英雄一怒为红颜
比如
红颜生死为知己
最热烈的爱仿佛
蕴含着一种宁静的皈依
这种境界
是那么晶莹透明
仿佛森林中
清晨的露珠
一滴

我 想

这时舞蹈着一片荒草
这里是瘦骨嶙峋的荒凉
谁能想到
这里曾是姹紫嫣红
鲜花开遍的地方
如今这里却成了
缅怀往事的橱窗
曾经多么神采焕发你的脸庞
曾经多么美轮美奂你的霓裳
如今只能在记忆或梦幻里
找到你从前的容光
好在种子还在　花籽还在
我想　若干年后
这里定能看到一片鹤影荷塘

我们生活在音乐中

你的到来
是一次最令人炫目的降落
从此　心灵便不再漂泊
从那天起
我们便生活在音乐中
旋律起伏跌宕
那是一首四三拍的曲子
名字叫春之歌

我们并不常见
思绪总被思念牵引着
没有认识你之前
只知道什么叫孤独
认识你之后
才知道什么叫寂寞
我们乘着爱情的小船远航
风浪是沐浴的风浪
颠簸是陶醉的颠簸

我心灵的天空蓝了

大雁从天上飞过
是为了追寻远方的云朵
小河从桥下流过
是为了寻找大海的浪波
骏马从草原奔过
是为了找到驰骋的感觉
你从烂漫的季节走过
让我心灵的天空蓝了

忘不了你

手挡不住雨
我忘不了你
我们是钥匙和锁
失去一方
另一方便显得没有意义
从来　爱情也能创造奇迹
就像蛹儿脱掉丑陋的外衣
舒展斑斓的蝶翼
对于你　我格外珍惜
是因为我愿看到遍野绿色
而不是一片疮痍

一次,便是永远

有一首
经典名曲
名字叫以吻封缄
不知不觉
听了许多年
忆了许多遍
这就是魅力吧
一次,便是永远

你的美丽

你的美丽
无法用语言传递
任春天也不能翻译

你的美丽
花朵也无法相比
只会让花朵为此而忧郁

你的美丽
滋润着心房
那干裂的土地

你的美丽呵
是写不出的诗句
谱不就的曲

第二辑
青春旋律

这是一个美丽的季节
青春似话开遍了原野
风儿吹动着我们的思绪
思绪像飞舞的彩蝶
多少回忆和憧憬
蓝天你可像春风一样理解
多少故事和情节
飘落大地一片雪白纯洁
美丽的季节是年轻的我们
年轻的我们是美丽的季节

青春的风

我不在乎多少梦幻已经成空
我不在乎多少追求都成泡影
在春天的季节里　　谁愿意是
醉生梦死　　醉死梦生
山峰挡不住我　　河流挡不住我
噢，一往无前
我是青春的风

我不满足已经获得的骄傲
我不满足已经赢得的光荣
在年轻的心灵里　　谁不愿意
明明白白　　清清醒醒
鲜花留不住我，掌声留不住我
噢，一如既往
我是青春的风

挡不住的青春

曾经有过那么多惆怅
想起往事　　令人断肠
我不知道
我的追求在何方　　道路在何方
问风问雨问大地
却没有一点回响
岁月无声地流淌

可是谁甘心总是这样惆怅
可是谁愿意总是这样迷惘
我要飞翔　　哪怕没有坚硬的翅膀
我要歌唱　　哪怕没有人为我鼓掌
我用生命和热血铺路
没有一个季节　　能把青春阻挡

美丽的季节

这是一个美丽的季节
青春似花开遍了原野
风儿吹动着我们的思绪
思绪像飞舞的彩蝶
多少回忆和憧憬
蓝天你可像春风一样理解
多少故事和情节
飘落大地一片雪白纯洁
美丽的季节是年轻的我们
年轻的我们是美丽的季节

如　果

如果忘不掉秋雨
那就暂且把记忆叠起
如果想念那朵落英
那就再栽一片新绿
不必去寻找希望
希望就在你的心里

如果摸不到黎明
那就再一点早起
如果遇不到爱情
那就走向更广阔的天地
不必去呼唤未来
未来就在你的手里

青春不承认沙漠

真没有想到
你也会有忧伤
也会有一片愁云
罩上你晴朗的脸庞

你恋爱了
爱情很重吗
竟压得你
没了轻盈的模样

往前走吧
青春不承认沙漠
前面一定会有
清流在路旁

致我的热情

我有太汹涌的热情
是因为我有太多的梦
即便在寒风凛冽的日子里
我的热情　也不会结冰
既然相信春天必然来临
为什么不相信
命运也会有黎明
抬起曾经迷惘的头颅
却原来满天都是星星

致陌生的朋友

当你向我敞开了心扉
我的心
便含满了泪水
我那颗疲惫不堪的灵魂
便体验到了一股温暖
一缕欣慰

成熟的友情像浆果
陌生的呼唤如新蕊
当我遥想你
远方的橄榄树
我的胸膛顿时充溢着
天空般
莹澈的喜悦
和海洋般
深深的忏悔

请跟我来

既然所有的节日
都可以是一次开始
既然所有的开始
都可以是一次节日
那么,请跟我来
我要告诉你
一个斑斑驳驳的故事

既然春天
是你淡淡的忧郁
既然秋天
是你绵绵的相思
那么,请跟我来
让我们在黄昏里
写下青春的名字

跨越自己

我们可以欺瞒别人
却无法欺瞒自己
当我们走向枝繁叶茂的五月
青春就不再是一个谜

向上的路
总是坎坷又崎岖
要永远保持最初的浪漫
真是不容易

有人悲哀　有人欣喜
当我们跨越了一座高山
也就跨越了一个真实的自己

雪

在一个透明的早晨
北方　一扇橘红色的玻璃窗
被一阵阵孩子们的喧闹声　敲响
那个少女　醒来
窗外　已是一片白茫茫
她兴奋地跳起
让睡裙旋成一朵莲花
拉开房门
怀着一个少女的全部喜悦
她奔走在晶莹闪亮的大地上

冰雪覆盖的河边
白桦树向天空眺望
起伏的铅灰色的远山
雄浑而绵长
她用小手
捧起一抔白雪
笑了

呵，这一笑
竟把个沉寂的冬天
笑——活——了

读书的少女

捧起课本
捧起一面洁白的帆
阳光明媚的湖畔
是船儿停泊的港湾

正是灿烂的岁月
正是芬芳的华年
湖面上
闪烁着两颗充满希冀的星
心飞向遥远

她憧憬着
有一天　在蔚蓝的波涛上
让白色的帆
迎风，骄傲地舒展

看海去

走呵
让我们看海去
为了实现那个蓝色的梦想
也为了让年轻的心
变得更加坦荡和宽广

在海边
哼一支心底的歌
有浪花轻轻伴唱
属于我们的
永远是欢乐　不是忧伤

面对波涛滚滚的大海
该遗忘的遗忘
该畅想的畅想
海岸边伫立的不是夕阳
——是我们
我们心里盛满的不是死水
——是波浪

一个心愿

树　老得只剩下
风烛残年
却依然挺着
岁月深刻的躯干
要老　就老成一棵树吧
一个年轻人
在心中许下了　一个不老的心愿

少　女

总是这样
春天来临的时候
心还没有做好准备
晚风
轻轻掀动垂落的窗帷

梦里常笑醒
醒来难入睡
在花落花开的季节
笑是醉　哭也是醉

告别过去
过去没有流着泪枯萎
迎接明天
明天该不是害羞的蔷薇

雨 夜

雨淅淅沥沥地下
像是诉说
也像是回答
没有星星的夜晚
流水是最好的家
石子铺成的小路上
一顶草帽
就是一阕词
一把动听的吉他
不论推开门
或者关上窗子
心都没有篱笆

到这里来
到一株海棠树下
滴溜溜的雨水
洗长长的睫毛如画
女孩拣起一朵朵娟秀
不知是爱怜自己
还是惋惜那遍地落花

为了明天

我们现在所做的一切
都是为了明天
明天
并不遥远
当为了一个神圣的期待
甚至可以献出一切
我们已不需要
再发什么誓言

没有比为了明天
更激动人心的事了
就像一个太阳
能使万物都戴上绚丽的光环
尽管我们相视无语
却已了然
我们将去走的路
会像金子一样诚实
不含有任何闪着光泽的欺骗

让生命和使命同行

我们像金鸽一样
不知疲倦地飞行
在我们飞过的地方
没有留下姓名
没必要让所有的心
都懂得我们
我们飞啊　飞个不停

我们像一支响箭
一往无前地出征
我们不是风中的墙头小草
摇摆不定
我们出征
让生命和使命同行

生命的堤岸

不论什么时候
我的失望
也不会无边无沿
令心事滂沱任泪水漫卷
海水可以漫过沙滩
却漫不过生命的堤岸

在追赶黎明的路上
走过多少崇山峻岭
便挥洒多少青春的
执著与斑斓

写 生

你好,原来你在这里
金色的树林
绿色的草地
阳光展开的斑斓裙裾

少年,用十六岁
支起欢乐
支起幻想
支起希冀

丹青妙手
不必 不必
十六岁
正是画不出的年纪

想 象

那不是
纤细的手指
那是流淌的琴声

那不是
流淌的琴声
那是空谷的鸟鸣

那不是
空谷的鸟鸣
那是苏醒的早晨

那不是
苏醒的早晨
那是一个女孩沉思的倩影

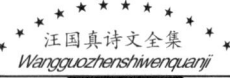

别　　等

别等
那一朵芳香的花
向你飘来
飘来了
如果已失去了风采

别等
那一簇美丽的浪
向你涌来
涌来了
如果已没有了澎湃

别等
那一缕温馨的风
向你吹来
吹来了
如果已不再透明

别等
别等
在溪水是勇敢
在青山是豪迈

我微笑着走向生活

我微笑着走向生活，
无论生活以什么方式回敬我。

报我以平坦吗？
我是一条欢乐奔流的小河。

报我以崎岖吗？
我是一座大山庄严地思索！

报我以幸福吗？
我是一只凌空飞翔的燕子。

报我以不幸吗？
我是一根劲竹经得起千击万磨！

生活里不能没有笑声，
没有笑声的世界该是多么寂寞。

什么也改变不了我对生活的热爱，
我微笑着走向火热的生活！

荣　誉

因为年轻
才那样渴望获得
因为成熟
又把获得的遗弃
得到的东西
不再是我憧憬的
我所憧憬的
是还没有得到的东西

奖牌　是一阵风
金杯　是一阵雨
跋涉才是太阳呵
永恒地照耀
心灵的土地

我是一只候鸟

我不是一只留鸟是候鸟
无法为自己编织一个永远的小巢
我的脚下常常是波涛
是波涛
我却不能抛锚
看阳光在海面上舞蹈
冥王星在遥远的苍茫中闪耀

海是我的故乡也是我的死敌
更是我无法言说的骄傲
终会有一天
我将走向海的怀抱
让海水中的月亮船把时光轻摇

我能告诉你的

别问我从哪里来
我把梦　已留给了
昨日的山岚
从前的日子　一言难尽
我能告诉你的是
——不是春天

别问我往哪里去
我把思念　托付给了
明日的白帆
未来的追寻　千言万语
我能告诉你的是
——只有春天

依然存在

风吹过
大树依然存在

浪埋过
礁石依然存在

阳光晒过
海洋依然存在

浮云遮过
光明依然存在

让我们把手臂挽起

那久违了的桉树
亲切又熟悉
那久远了的薄雾
别有一番温馨与惬意
扶着岁月的栏杆
真羡慕鸿鹄
波光上一飞千里
也感慨青山
妩媚又雄奇　万古屹立

纵然心事像桨
搅起不尽涟漪
也别疏忽了
残冬赏雪　初夏听雨
即使阴霾去而又复返
也别错待了
生命葱茏　青春绚丽
如果面对这个
风景又风霜的世界
你的力量太单薄

那就让我们把
年轻又坚强的手臂
紧紧挽在一起

青春时节

当生命走到青春时节
真不想再往前走了
我们是多么留恋
这份魅力和纯洁

可是不能呵
前面是鸥鸟的召唤
身后是涌浪般的脚步
和那不能再重复一遍的岁月

时光那么无情
青春注定要和我们诀别
时光可也有意呵
毕竟给了我们
璀璨的韶华和炽热的血液

我们对时光
该说些什么呢
是尤怨
还是感谢

年轻真好

我们一同用心捧起晶亮的雨滴
我们一起用手挽住飘逸的长风
我们在春天的原野默默祝愿生命与永恒

那云朵的洁白是我们真挚的过去
那湖水的丰盈是我们蓄满的深情
那空气里激荡着的是我们露珠般闪烁的笑声

羡慕我们吗　二月还有十月
嫉妒我们吗　大地还有天空
我们为这个季节的烂漫深深感动
年轻真好　真好年轻

校园的小路

有幽雅的校园
就会有美丽的小路
有美丽的小路
就会有求索的脚步

忘却的事情很多很多
却忘不掉这条小路
记住的事情很多很多
小路却在记忆最深处

小路是条河
流向天涯
流向海角
小路是只船
驶向斑斓
驶向辉煌

山高路远

呼喊是爆发的沉默
沉默是无声的召唤
不论激越
还是宁静
我祈求
只要不是平淡

如果远方呼喊我
我就走向远方
如果大山召唤我
我就走向大山
双脚磨破
干脆再让夕阳涂抹小路
双手划烂
索性就让荆棘变成杜鹃
没有比脚更长的路
没有比人更高的山

热爱生命

我不去想是否能够成功
既然选择了远方
便只顾风雨兼程

我不去想能否赢得爱情
既然钟情于玫瑰
就勇敢地吐露真诚

我不去想身后会不会袭来寒风冷雨
既然目标是地平线
留给世界的只能是背影

我不去想未来是平坦还是泥泞
只要热爱生命
一切,都在意料中

在这个年龄

在这个年龄
什么都值得记忆
无论哪一个季节走来
都是难忘的花期

在这个年龄
生长很多幻想
也生长很多忧郁
渴望　像一株健硕的昙花
一朵朵醒来
又一朵朵睡去

在这个年龄
要哭你就尽情地哭
要笑你就尽情地笑
在这个年龄
不必太含蓄

我们并不陌生

我们并不陌生
我们早已熟悉
年轻的心
总是相通的
甚至不需要言语

夜晚,因为有了星星
才变得美丽
人生,因为有了友情
更值得记忆

我们早已熟悉
我们同在春天的季节里

自 勉

总有一丝遗憾
为什么
这不是我的灵感
这样瑰丽的绝唱
不属于我
而属于一个翩翩少年

我真羡慕你
诗很漂亮
年华也灿烂
于是，我更不敢稍怠
总把明年　当作今年

春天的儿女

为了明媚的春光
也为了不辜负你的美丽
挺起你的胸膛吧
春天的儿女
虽然远方的燕子
还没有飞来
虽然北风的呼啸
还显得有些凄厉
但春天终会来的
谁也不能阻挡
那波涛一样的绿色旋律

呵，春天的儿女
不要再迟疑
晦暗的日子
终究会成为过去

面对冰雪的欺凌
你该坚强忍耐
你要无所畏惧

斗争是为了灿烂的憧憬
憧憬是为了无悔的追忆

向世界庄严地宣告吧
花的河流
必定要奔腾不息
帆的船队
必定要航行在晴朗的天宇
春天的儿女呵
必定要前进在春天的队伍里

让我们把生命珍惜

世界是这样的美丽
让我们把生命珍惜
一天又一天
让晨光拉着我
让夜露挽着你

只要我们拥有生命
就什么都可以争取
一年又一年
为了爱我们的人
也为了我们自己

走,不必回头

走
不必回头
无需叮咛海浪
要把我们的脚印
尽量保留
走
不必回头
无需嘱咐礁石
记下我们的欢乐
我们的忧愁
走
向着太阳走
让白云告诉后人吧

无论在什么地方
无论在什么时候
我们
从未停止过前进
从未放弃过追求

岁月的桂冠

冬天将要离开的时候
痛苦得哭了
春天走来的时候
它的眼泪还没有干
这是没有办法的事情
自然的法则
就是这样
新鲜的伴着浪漫
不要嘲笑花蕾的幼小
它会有怒放的那一天
无法压制的年轻
是岁月捧出的桂冠

旅　程

意志倒下的时候
生命也就不再屹立
歪歪斜斜的身影
又怎耐得
秋叶萧瑟　晚来风急
垂下头颅
只是为了让思想扬起
你若有一个不屈的灵魂
脚下，就会有一片坚实的土地

无论走向何方
都会有无数双眼睛跟随着你
从别人那里
我们认识了自己

一 夜

夹竹桃
在窗外轻轻摇曳
影子
在墙上一次次重叠
台灯
疲惫地睁大着眼睛
墙壁
早已累得苍白如雪

一首诗
从心头　流了出来
稿纸上
浸透着青春和血

即便成功使我们声名远扬

即便有一天
成功使我们声名远扬
我们又怎能忘却
心中的梦想
怎能忘却　昨夜窗前
那簇无语的丁香

大路走尽　还有小路
只要不停地走
就有数不尽的风光
属于鲜花　微笑　和酒杯
怎比得属于原野　清风　和海洋

一个梦

在有自由的时候
我不能没有你
在没有自由的时候
连我也不属于自己

我的梦　是鸽子的梦
圣洁而美丽
给我辽远的天空
和一小块栖息的土地

不只是一碗水
不只是一杯米
那是一种恩赐
不是生命的逻辑

青春是风

迎着石榴花一样
亮丽的阳光
我们走出门窗
铃声在柏油路面上
清脆地滚动
心绪在柳絮中飞扬

青春是风
没有固定的形状
没有一支笔
能写透我们

我们就这样
刮过原野　漫上山冈

美好的愿望

我要用一生去实现
心中美好的愿望
即便那是一条
没有尽头的路
走向远方　又有远方

有时，感觉自己
真像一只孤独的大雁
扇动着疲惫的翅膀
望天也迷茫　望水也迷茫

只是从来不想改变初衷
只是从来不想埋葬向往
我不在乎　地老天荒
只要能够　如愿以偿

含笑的波浪

我不想追波
也不想逐浪
我知道
这样的追逐
永远也赶不上

我只管
走自己的路
我就是
——含笑的波浪

致理想

你不是神话里缥缈的梦幻
你是现实中一团燃烧的火焰
当你在茫茫夜海里闪现
便是对我的无声召唤
于是,我扬帆向你驶去
怀着无比的坚毅和勇敢

也许途中
风雨会把船帆撕碎
也许途中
恶浪会把桅杆打断
但,永远打不断的是脊骨
永远撕不碎的是信念
小船在风雨里破浪穿行
呵,我是海燕
——我是海燕

只要明天还在

只要青春还在
我就不会悲哀
纵使黑夜吞噬了一切
太阳还可以重新回来

只要生命还在
我就不会悲哀
纵使陷身茫茫沙漠
还有希望的绿洲存在

只要明天还在
我就不会悲哀
冬雪终会悄悄融化
春雷定将滚滚而来

妙龄时光

不要轻易去爱
更不要轻易去恨
让自己活得轻松些
让青春多留下些潇洒的印痕

你是快乐的
因为你很单纯
你是迷人的
因为你有一颗宽容的心

让友情成为草原上的牧歌
让敌意有如过眼烟云
伸出彼此的手
握紧令人歆羡的韶华与纯真

我喜欢自然

我不想故作潇洒
只想活得真实
就像无拘无束的风
在时光里轻盈地走
既不是标榜
也没有解释

我喜欢自然
就像喜欢流逝的往日
无论花丛　还是蒺藜
过去了的
总让人染上　莫名的相思

别以为

别以为
我们不争气
别以为
我们没出息
今天输一次
明天再比高低

别以为
我们不争气
别以为
我们没出息
明天赢一场
今天先唱一曲

去远方

我背起行囊默默去远方
转过头身后的城市已是一片雪茫茫
我不再想过那种单调的日子
我像是一条鱼　生活像鱼缸

我不知道远方有什么等着我
只知道它不会是地狱　也不是天堂
没有人知道我是谁
自己的命运就握在自己的手掌

我不希望远方像一个梦
让我活得舒适　也活得迷惘
我希望远方像一片海
活也活得明白
死也死得悲壮

我喜欢绿色

我不喜欢灰色
我不喜欢故作深沉和冷漠
那不是潇洒
那不是性格
那强硬的外表下
包裹着的常常是软弱

我喜欢绿色
我喜欢生命的坚定和沉着
那是成熟
那是思索
那是不屈不挠
从容不迫的
——英雄本色

我就是我

每一个春天
都是送给花朵
每一个机会
都是送给你我
每一个明天
都靠今天把握
每一个成功
都蕴含着执著

我就是花朵
在春光里开放
我就是我
在追求中显出生命的本色

学会等待

不要因为一次失败就打不起精神
每个成功的人背后都有苦衷
你看即便像太阳那样辉煌
有时也被浮云遮住了光明

你的才华不会永远被埋没
除非你自己想把前途葬送
你要学会等待和安排自己
成功其实不需要太多酒精

要当英雄何妨先当狗熊
怕只怕对什么都无动于衷
河上没有桥还可以等到结冰
走过漫长的黑夜便是黎明

旅 行

凡是遥远的地方
对我们都有一种诱惑
不是诱惑于美丽
就是诱惑于传说

即便远方的风景
并不尽如人意
我们也无需在乎
因为这实在是一个
迷人的错

到远方去　到远方去
熟悉的地方没有景色

我乘着风儿远游

我乘着风儿远游
恨不得走到天涯尽头
再好的地方呆得太久
也能够让人发愁

我不想在热闹中感受寂寞
我不想在欢乐里生出烦忧
我愿意走向自然
喝风成餐　饮雨如酒
噢，我乘着风儿远游
远游　远游　不回头

第三辑
风物咏怀

梅花时节

雪花飞舞若蝶
一片银色世界
倚窗向外眺望
关山重重叠叠

白雪覆盖了一切
留下了一片纯洁
人心用什么覆盖
真喜欢这梅花时节

海的温柔

寂寞的时候　便低下了头
留一个影子在身后
欢乐的时候　便抬起了眸
送一道波光在时空里走

柔情似水　总是很静很静
很静　是海的温柔

寂静的山野

桦树林还有雪还有月
马和雪橇的影子
如舒伯特笔下滑行的音节
远方村庄的灯火明明灭灭
猎人留恋山野

山野很寂静
一条溪水的声音也能
流得很远很远
昭示季节
清洌的水面上
漂浮着一片落叶

暮色中的山峰

尽管树依旧绿
花依旧鲜
暮色中的山峰
也只是剩下了轮廓

蝙蝠纷纷出动
用翅膀画出纷乱的曲线
山峰凝重思考的时候
蝙蝠在唱着晦暗的歌

我凝视着远方的峰峦
心被深深感动着
不论在什么样的光线里
你都有一种凛然难犯的颜色

故　园

这就是故园
蓝色的海浪
冲刷着金色的沙滩
橙色的太阳
映照着回归的白帆
雨滴敲打着绿色的棕榈
清风吹开了火红的木棉
一个穿紫色长裙的女孩
走在青石板路上
打着一把赭石色的小伞

雪　野

曾袭来狂舞的雪
曾吹来肆虐的风
风雪杀戮后的原野
并非是一片凄清

风，割不断生命
雪，扑不灭歌声
那条蹒跚的足迹
印下了走向春天的历程

待蓝天一行大雁鸣
方知，却原来
雪是俏丽
风是峥嵘

秋

秋天常常令人伤怀
因为那里有一份生命的无奈
萧瑟更加重了这种气氛
思潮不由在落叶中徘徊

自古有多少寂寞的人伤秋
望河水漂枯叶一年又一年
自古有多少伤秋的人寂寞
看天空飞疾鸟一载复一载

我说，秋是有一种悲
可那是悲壮　不是悲哀
我说，秋是有一阵风
可那不仅有风沙　更有风采

一处风景

我不知道
你的才华还要被埋没多久
人们早已厌倦了
那貌似惊人的喋喋不休

我深深地相信
不是人们读不懂你
是人们读不到你
读到你时
便领悟了发现的含义

立体的时候
你是冰是雕是冬天的妖娆
当耸立的身影消失在某一个清早
你是水是河是春天向大地的问好

人在冬天

尽管春天很美丽
可有时候
我还是想回到从前去
回到那白雪飘飘的日子里

捧那晶莹的雪
吸那清凉的空气
在寒风凛冽的时候
就围在暖洋洋的炉火旁
烤着红薯　忆往昔

人在冬天
总是没有距离

三 月

你还没有来
思念就已经发亮
我有一个蒲公英的梦
在时光的背后隐藏

想吗
真想
春天的柳絮
纷纷扬扬
但，那不是轻狂

雨很甜
云很秀
风很香
哦，三月
三月深处
是淋湿了的故乡

故 乡

有一片繁茂的老榕树
总是让我向往
还有那海风
和海风梳理过的灯光
我的记忆
常常走不出
那条蔚蓝色的走廊
走廊里
银灰色的海鸟在飞翔
汹涌的潮水
像时代一样涌来
又像历史一样退去
涌来退去
都敲打着心灵的门窗
门窗訇然而开
里面悬挂着的是
太阳金色的肖像

北海夜景

春柳
垂下柔长的发丝
晚妆

风儿
吹起一层层细浪
小船　在岸边打着
瞌睡
唯有高高的白塔
很安详

那幽径　那曲廊
不知记录了
多少绿色的梦幻
有的悱恻
有的凄凉
只是当朝晖
抖落夜的幕布
清晨　又轻轻荡起了桨

音 乐

潮汐把柔长的鞭子甩响
森林梦一般歌唱
狂飙凄厉地与太阳搏斗
乌云偷袭了皎洁的月亮

平原上的风快乐地奔走
气势磅礴的瀑布
落成令人瞠目的风光
一位慈眉善目的老人
娓娓述说一个动人的故事
把一块七彩宝石
悄悄放在你我心上

永恒的心

岁月如水
流到什么地方
就有什么样的时尚
我们怎能苛求
世事与沧桑

永不改变的
是从不羞于见人的
真挚与善良

人心
无论穿什么样的衣裳
都会　太不漂亮

白雪情思

风是树的爱人
雪是春的笑靥
冬日里　有多少玉树琼花
就会有多少人心雀跃

轻盈飘舞是美丽
肃穆安详是高洁
即便寒凝大地呵
也温暖了我们的心

过去的百叶窗

过去的百叶窗　已有些古老

古老的东西　总有点儿味道
站在房子中间
抚摸洒进屋内的阳光

一缕缕　一道道
悄然之中　感情有点迷蒙
眼泪有点缥缈

惜时如金
——题一幅摄影

用心灵追赶金色的时间
用憧憬编织绚丽的花环
捧起庄严的书本
走向风
走向雨
走向大自然

思索在历史的沙滩
听大海弹奏如泣的慢板
摆动不懈的双脚
耸起巍峨的信念
让今日的宁静
掀起明天的狂涛巨澜

我喜欢传说中的蓠草

蒹葭在秋色里苍茫
大雁又飞向远方
留下我孤独地守在这里
向另一个季节眺望

我喜欢传说中的蓠草
平凡又摇曳着芬芳
那也是你吗
走入萌动时期
便期待着在黄昏里邂逅的形象

明知绿色的爱
会划出红色的伤
不会一切美丽得如古老的
画廊
可是我又怎样说服这心
不为你　喜与伤

更把琴声抚向夕阳

长风　掠过黄昏里的湖面山坡
宁静的心
不禁被吹得一波三折
自然的美
是一种所向披靡的扫荡
她根本用不着
为了征服　先遣使者

站在湖畔
看能否依稀有些
青山的风格
更把琴声抚向夕阳
一任心灵的城堡
无声地陷落

旧　地

往事已久远
一片旧地
使往日变得新鲜

阳光用手
清风用心
托起了记忆的花篮

思念如绿叶
渐渐舒展
这一夜
与星星相望醉眼

咏 春

夏太直露
冬又不那么温柔
秋天走来的时候
浪漫便到了头

多情还夸春日
推开窗户
只一阵　清风吹来
便把心醉透

无奈却是春雨
喜上眉头偏带忧

夜雨敲窗

夜雨敲窗　夜雨敲窗
今夜的雨比往日多了惆怅
身上感觉到冷
是因为心里有点儿凉
在乍暖还寒的日子里
总是渴望萱草一样的目光

向往高处
高处有连绵不绝的风光
可高处风也很大呵
很大的风里　难以握住安详

夜雨敲窗　夜雨敲窗
清愁和清爽一样悠长

看 海

海耸起脊背
白鸥在波涛上飞
远方灰蒙蒙一片
仿佛是沧桑的深邃

沉在浪花下面的船
是一支历史的舰队
天上的白云
是舰队昨日的帆影
紧紧跟随
不是海上没有历史
而是历史被深埋在她的胸膛内

春天来了

语言
遗失了风韵
最悦耳的
是天籁的声音
河流欢笑起来
绿柳垂钓着白云

杏树的枝头
挂满五颜六色的目光
每一阵风里
都有数不清的追寻

自然的女儿
已经到了出嫁的年龄

美丽的脸庞
泛起了红晕
人们步履轻盈

走向缤纷的剧场
聆听春风的手指
拨响大地的竖琴

蝴　蝶

蝴蝶是会飞的花朵
动人得使芬芳失色
尽管后来成为标本
它的身影
依然在记忆中轻盈飞过

美丽有一种力量
使人心变得脆弱
人心有一种美丽
胜过了聪睿与深刻

秋　景

枯叶旋转着
敲打着窗棂
北风呜咽着
为远去的岁月送行

阳光仍是那么浪漫
泼洒了一地笑声
郊野走着一个人
抬头瞧瞧落叶
低头望望天空

神奇的宫殿

星期天
到图书馆去
去晒晒地中海的太阳
去淋淋雾伦敦的雨
那真是个富有魅力的地方
宏大、瑰丽
而且神奇

进去前
眼前的景物
还是那么混沌迷离
出来时
世界
就变得很清晰

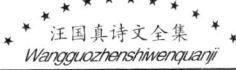

钢　琴

还没有弹
夕阳　就已流淌出
愉悦的旋律
给我　十倍于你金钱
也无法让我
如此欢畅地呼吸
圣洁是一种感情
这种感情　价值无法代替

月 光

风
水一般清凉
田野
梦一样安详
飘散的蓝色的雾
飘不散的是银色的池塘
噢，月光

箫声
自远方游来
蛐蛐儿
在石板上轻唱
江水随思绪流走
夜露洗净了迷惘
哦，月光

星星
是月亮挥洒的泪滴

月亮
是太阳沉重的哀伤
世界的背面是憧憬
明天的明天是希望
噢，月光

海之子

开始是喜欢大海
后来是喜欢你了
有着大海的气息
还拥有大海所没有的
善解人意和顽皮

木船悬挂着期望出海
螺号里起伏着蔚蓝色的呼吸
大海　螺号和白帆孕育的孩子呵
坦荡　自然而纯洁
令活得很累的我们
不仅欣赏　而且着迷

青檀树

青檀树花开的时候
是我的生日
青檀树生长的地方
也生长诗

青檀树长得很高
很朴素
浅灰色的树皮
后来成了
董其昌和张大千
笔下的宣纸
青檀树下
是北方的土地
青檀树上
是南方的风
青檀树里
有我生长的影子

初 夏

从这个时候起
我们把窗棂全部打开
渴望风
从远方吹来

不惧怕乌云
我们期待雨
也不躲避阳光
我们向往安详的湖
和汹涌的海

我们从春天走来
带着青春的风采

酒

平展展的紫绒布上
站立着一只
晶莹的高脚酒杯
杯里装的是色酒

这酒香醇得不能喝
能喝的酒醉一天
不能喝的酒醉一生

海 边

傍晚
漫步在沙滩
拾几只绚丽的小海螺
点缀苍白的灵感

海风撩起思绪
海浪轻吻脚面
就这样走呵
哪怕是永远永远

夏,在山谷

夏,在山谷
清洌的涧水
沁凉了空气
茂密的丛林
嬉戏着顽皮的松鼠
在一些危而不险的地方
踏青的人
折断了几根
情趣盎然的花枝
这是深深眷恋呵
而不是一种残酷

心,只有一颗
路却有无数
比涧水清的是溪水
比溪水美的是瀑布
能把这无处不绮丽的风光
尽收笔端吗

哦,真是
忍也忍不住
画又画不出

都市风景

森林里散发着好闻的松脂味
远远望去
薄雾裹着的小木屋
宛若一首诗

淙淙的溪水
像日子一样从树梢上流走
活泼的松鼠
使林子更宁静

没有污染的地方
是心灵最好的栖息地
没有污染的心灵
是都市最美丽的风景

舞 会

沉重了一天的思绪
此刻,终于起锚
眼前是一片轻盈的波涛
华尔兹也是一种
愉悦的漫步
波澜深处
有一座迷人的音乐岛

或许为了遗忘
或许为了寻找
或许什么都不为
只是像一只
飞向暖巢的候鸟
当地板也激动地战栗
夜晚的城市
不再像只忧郁的猫

这是座旋转的森林
里边有无数河流和小路
当你像清风一样流动
你便成了向导和美丽的桥

冬　天

冬天不是死亡
只是生命的一次退让
在雪压冰欺的泥土下面
椴树的根须仍汲取着
大地的琼浆
金钟花也没有死
它正应和着古老的节奏
积蓄着力量
当四月响起了铃铛
看吧
依然是水苍苍　山莽莽

我们一同回家吧,夕阳

走向郊外
去寻远古的空旷
可是期望
早已被时光掠去
旋花与百合　只是相像

一位画家
在那里准备装饰墙上的
画框
枝头上的小鸟
仿佛在唱着吉祥

我的思绪
在变得已朦胧的风中飘荡
我们一同回家吧
——夕阳

晚　归

每一个黄昏
都是绮丽的风景
潺潺的河水
流着青山的倒影

每一个归人
都有田野的芳馨
悠悠的扁担
挑着对大地的深情

雨西湖

西湖细雨里
一片苍茫
不见了莺飞草长
苏堤长长　白堤长长

有多少雨滴
就溅起多少幻想
西湖友人笑我
晴也寻常　雨也寻常
如此，波光水色
不尽枉然
唉，最好　西湖不是故乡

他的名字

他走过的道路
叫做历史
他住过的院落
叫做故居
他安息的地方
叫做纪念堂

他的指挥
叫做诗篇
他的领导
叫做雕塑
他的思想
叫做结晶

他的名字
叫做——毛泽东

日　晷

日晷已成了遗迹
只是用来说明某些道理
历史在不断地演变
留下的是些筛了又筛的记忆

没有人烟之处
草木萋萋
车水马龙的地方
少了些自然和真实

日晷无言
有声有色的是人世间的
来来去去

景山观夜

夜上景山
倚古亭　临风
秋月弯成号角
吹落满天星
星海托起天边的夜
夜　很轻

赞语急速凝固
灵感全部失踪
谁也不想寻找什么
只想此刻也在夜色里消融

乘机偶感

一

银燕是过去的传说
白云是蓝天洁白的花朵

二

仰首是风景一点
俯首是无限江山

三

刚刚白雪飘在眼里
转瞬细雨洒在心里

最后一朵玫瑰

最后一朵玫瑰格外美
那里有祝愿
也有忏悔
玫瑰花开正鲜艳
不知为什么我却流眼泪

也许是因为遗憾
也许是因为寂寥
也许是因为物是人非
也许是因为说不清的滋味

晚风轻吹
飘香玫瑰
只是不见了昨日的流水

读　史

有一个秋天已成往昔
尘土埋葬了
那个萌芽在春天的消息
落叶在大河上漂流
站在岸边的悲伤
挥也挥不去

这片土地
英雄很多
是因为苦难很多呵
那是一种沉重的光荣
也是一种古老的忧郁
好在倒下的人
永远没有站起来的多
那在夜色中闪亮的
有星星　更有火炬

一叶秋黄

不知前行
还是却步
一叶秋黄
在风中漂泊　踌躇

要割舍就割舍得彻底
要思念就思念得痛苦
为何　却偏偏
夜里结霜　晨里凝露
一条林木掩映的小径
总是　若有若无

小　城

小城在梦里
小城是故乡
小城的石径弯弯
小城的巷子长长

小城没有
烟囱长长的叹息
小城没有
声音汹涌的波浪

小城的旋律是潺潺的
小城的空气是蓝蓝的
小城是一位绣花女
小城是一个卖鱼郎

江南雨

江南也多晴日
但烙在心头的
却是　江南的
蒙蒙烟雨

江南雨　斜斜
江南雨　细细
江南雨斜
斜成檐前翩飞的燕子
江南雨细
细成荷塘浅笑的涟漪

江南雨
是阿婆河边捣的衣
江南雨
是阿妈屋前舂的米
江南雨
是水乡月上柳梢的洞箫

江南雨
是稻田夕阳晚照的竹笛
江南雨里
有一把圆圆的纸伞
江南雨外
有一个圆圆的思绪
江南雨有情
绵绵得使江南人不想
离别
江南雨有意
密密得使外乡人不愿
归去

海 岸

你总是和很多
最美丽的向往连在一起
连在一起
就像白天的我们
和梦中的自己

这该是怎样的一种绮丽
在一个旭日喷薄而出的清晨
徜徉在微风吹拂的沙滩上
倾听海洋蔚蓝色的呼吸

面对大海
面对无数流逝了的世纪
不知不觉　心的四周
轰然坍塌了
忧郁垒砌成的墙壁

小湖秋色

秋色里的小湖
小湖里的秋色
岸在水里小憩
水在岸上漾波

风来也婆娑
风去也婆娑
湖边稀垂柳
湖中鱼儿多

小湖什么都说了
小湖什么都没说

历 史

命运是时代抛起的飞鸟
时代是历史崭新的脚步
月光照耀小路
阳光洒满大路
耸立的城垣
记载着光荣
也诉说着残酷

地上碧绿青草
地下幽幽白骨
历史是一份珍贵的礼物
历史是一部无价的书……

镜　子

拿起你来
你仍然是我少年时的样子
日子，还是那么宁静
我却已不是
一首活泼天真的诗

拿起你来
常感叹岁月的流逝
那路太远
那山太高
跑也不是　走也不是

拿起你来
在心中默默祈求
岁月，无论怎样
改变我的容颜
只是　请千万保留我
最初的品质

鹰

因为你的悬挂
蓝天便成了一幅壁画
天空的嗓子发不出声音
大地的表情一片肃杀

因为你的悬挂
蓝天便成了一幅壁画
许多人凝神观望
有的人却流出了泪花

因为你的悬挂
蓝天便成了一幅壁画
你是孤独的
孤独方可傲天下

假 日

把一块蓝布
铺在青春的草地上
我们的眼睛
闪动着快乐的光芒
风暖暖地吹
蜜蜂在鲜花丛中
旋律一样徜徉

鸟儿
迅疾地从空中掠过
炫耀着矫健的翅膀
小道上　孩子用童心
摇响了手中的铃铛
游人
把心留给了自然
就像游子把思念留给了故乡

古 剑

岁月流去了
流不去的是一身锋芒
还是昆仑凝雪
还是南海波光
依稀中原逐鹿古战场

把杯举起来
把月挑起来
把剑舞起来
愿人生如剑
立起——寒光四射
躺倒——四射寒光

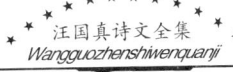

黄昏偶拾

黄昏弥漫着朦胧
等待月儿入梦
在湖边　捡起石子
打出一串水漂
不是为了无聊
而是因为感动

只有水　才能总是
让我们情不自禁地低头
当我们低下头来
便有一种
清纯和丰沛的感觉
悄悄　注入心中

风

我是一棵树
愿你走来
向我亲密地靠拢
不必躲避阳光吧
青春不仅是梦

呼啸而来
款款而来
愿意怎么来
你就怎么来
只是不要改变自己
即使,夜很朦胧

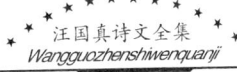

春的请柬

既然眼睛已经长得很高
既然思绪已经染得很蓝
既然感情已经变得很暖
那就张开翅膀飞吧
飞出四季做的茧

既然嫌夏天太绿
既然嫌秋天太黄
既然嫌冬天太白
那就发一张请柬吧
——邀请春天

你

典雅如古琴
不知怎样的一颗心
才能弹
墙上的油画
已灿烂了几百年
精致得如你的背景

仿佛为雨天和落叶而生
行到哪里都让人感怀
走动着是泉水
凝神是竹

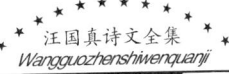

四 季

凉风
惊落无数叶
一时　满地皆黄
生命
总是在无奈的时候
才发现难以同规律对抗

白雪迎着晨光
怀着恐惧和渴望
惊蛰
在冷雨中吟哦黄昏
不禁生出对浓荫的遐想

海之恋

阳光　椰树　海岸线
风把白帆送上了天
这里看不到玫瑰
却是玫瑰生长的家园

与你相遇之前
沙滩只是沙滩
当海水漫了上来
沙滩便开出了美丽的雪莲

这雪莲不仅开得美丽
而且浪漫和久远

天　籁

鹿群是森林的旋律
天鹅是湖水的风光
自然是心灵之花
含也富丽　绽也堂皇

别得了喧嚣
怎别得了那夏日幽篁
最悦人处
是那山一道　水一行

失落的村庄

我没有打败你
是你打败了自己
你想撕去的
是一百年后的日历

你把那一天
想象成为你绽放的含笑花了
可是，你的眼睛
并非能穿透漫长的风雨

你感到心在不断受伤
因为失去了今日的村庄
有什么理由轻视今日的建筑呢
谁能够证明
昨天的灿烂
今天就不再辉煌

咖啡与黄昏

用小匙搅拌
咖啡
是在调一种温馨
用眼睛凝视
夕阳
是在体验一种悲壮

咖啡
调好了
心
散发出清香
夕阳
被浪涛吞没了
泪
早已流成了诗行

悼三毛

撒哈拉沙漠很大很美
她一定是迷了路了
再也走不出来

她迷路的那天
并没有下雨
可是　许多人的心
都被淋湿了

从此
雨季不再来

鼓浪屿

携着夕阳所有的恋情
步入你风姿绰约的身影
在你的怀抱里
月儿也香
琴声也亮
海浪也多情

向你走来的
都是你的恋人
离你而去的
都是你的情人
如果思念宛如秋叶
一片片落下
那么怀想定如春花
一簇簇萌生
走近你时
真怕有一天要远离你
欲厮守你时
又不愿失却了男儿豪情

你呵,你
折磨我的心
一会儿
如白帆般轻松
一会儿
如波涛般沉重

悼一位老人

时光可以抹去春天的容颜
却抹不去春天的气质
当大地落满皑皑的白雪
又需要什么来为它装饰

季节总要变幻
不变的是那双眼睛
亲切而睿智
当那一天
他溘然离去了
雪花呵
整整　落了一日

雨

下雨了
大地溅起了一片欢乐
山谷是太浅的酒杯
盛不下欢乐汇成的河

尽管我们知道
这并不是春天
但我们还是痴迷
为了这清明的景色

然后讲一个
关于大山的故事吧
还有春光中的蝴蝶
和秋色里的野果

为 难

让进屋里
就不好意思请出门去

第一次来了
削苹果

第二次来了
洗鸭梨

第三次来了
便玩指甲刀

你最厌烦的客人
屁股总是沉甸甸的

线　条

——题一幅摄影

简单
是最成熟的美丽
单纯
是最丰富的高雅

凝 视
——题一幅摄影

是什么使她忧郁
是什么使她沉静
房子无语
树　无声

那么对面呢
对面　或许有双
让我们浮想联翩的
眼——睛

桥

就这么日复一日地流着
不知已流了几多时光
就这么年复一年地架着
不知已承受了多少风雨

只有那两岸的窗棂
有时关　有时启
人世，已是物换星移
岁月，却没留下多少痕迹

向往的境界

晚风拂过
竹叶簌簌作响
半个爬上来的月亮
印在了地上
大自然就有这样的神奇
让不懂艺术的人
也能够欣赏

这真是令我
心驰神往的境界
像竹一样生存
像月一样宁静
像夜一样安详

春天是生长故事的季节

春天是生长故事的季节
和故事一起翩飞的
是美丽的彩蝶
有的故事那么纯洁
你可知道
因为滋润这故事的
是昨日的雪

即便有一天
从前走过的小路
已变得荒芜
苔藓已绿了台阶
可是记忆之花不会凋落
它会绽放在有雨或无雨的
日日夜夜

真　想

真想让夜空缀满闪烁
的音符
真想让城市成为森林中
的小木屋
真想空气像海一样
湿润而蔚蓝
真想人们珍惜情感
像绿叶小心翼翼捧起花骨朵
真想这一切都是真的
而不只是用笔把憧憬写出

欣 赏

有一种旋律古色古香
有一种情调水远山长
有一种语言箫音筝骨
有一种风景过目难忘

有一种黄昏菊魂兰魄
有一种妩媚穿透时光
有一种风格剑胆琴心
有一种人生不同凡响

请把那月光收藏

黄昏不知不觉弥漫了思绪
孤独的人
请眺望那滑落的夕阳

秋雨忽轻忽重敲打着惆怅
忧伤的人
请抓住那风的翅膀

溪水无声无息流到了心上
沉思的人
请写下你隽永的辞章

云朵时隐时现飘荡着悲伤
不幸的人
请把那月光收藏

倾听寺院的钟声

庙宇因为有佛
便高出了一切大厦
无论怎样尊贵的头颅
在这里也曾悄悄低下
更无需说不论怎样的山高水远
也不能动摇朝拜者的步伐
那四季不灭的香火
飘浮着最虔诚的表达

我来这里
并不是为了诉说
而是面对那金色的庄严
我会感到心灵的净化
于是,在城市的喧嚣中
我常常向往
倾听寺院那悠远的钟声
一下 一下

路　灯

街边，站立着一盏盏路灯
路灯的手
碰弯了一个个思绪
路灯的眼
拉直了一道道身影

在橘黄色的灯晕里
雪花，愈发闪亮
细雨，愈发迷雾

一个个孩子在高高的灯柱下长大
一个个故事
在淡淡的灯影里出生
朋友，请听我说
有灯的地方
一定会有路
有路的地方
不一定有灯

你在回忆

你在回忆幸福
是否因为现在的痛苦
是否蓦然发现要引经据典
却忘了出处

你在回忆年少
是否因为现在的老
英雄暮年
是否只有在回忆中
你才能找回往日的
风采与骄傲

你在回忆初恋
是否因为现在的孤单
当你站在秋风里
是否在感伤那落叶片片

你在回忆中度日
你真的老了
老到只拥有回忆

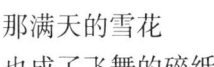

那满天的雪花
也成了飞舞的碎纸

随 想

星星眨着眼睛
那是栌叶飘上了天空
夕阳照在水平面上
像秋天里的香山
火一样的红

憧憬似海里的艨艟
心境却像一叶小舟
最赏心悦目的当是
夏日池塘里
既靓且雅的芙蓉

望 海

你问我为什么久久不愿离去
因为大海是我最喜欢的书籍
没有哪一本书
我能读得如此
神清气爽　心旷神怡
倾心　如不弃不离的棕榈
不能再见到你
也许　是我唯一的畏惧
有一种爱无法舍弃
就像鸟儿无法割舍自己的翎羽

心中的诗和童话

雪轻轻落下
那是多少人心中的
诗和童话
这是开得最短暂
也是开得最多的花啊
凉凉的
却不知温暖了
多少心灵的家

一片绿草地

白云飘在湖泊的怀里
湖泊睡在自己的梦里
恋人走进我的诗里
我的诗洒落在芳香的泥土里

有一天
白云变成了白莲
湖泊醒来在氤氲的晨曦
恋人成了心上的肖像
我的诗成了一片绿草地

黄昏美景

理不清的思绪
道不明是欣喜还是悲哀
你是那么突如其来
只是有点来得太晚
黄昏美景
总夹着些许无奈
于是，放逐心情
在寂寥的夜晚
久久徘徊

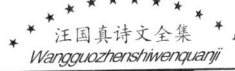

喷 泉

高高扬起
轻轻落下
你是
人们心中
绽放的水花
更是水中
绽放的
人们的心花

夜,很安详

这个夏夜很凉爽
很凉爽的空气
弥漫着莲子的清香
雨飘在树上
飘在地上
飘在人们心上
阳光变得很懂事
来去很匆忙
天阴着
大地的脸可很晴朗
没有了火热的欲望
夜,很安详

天柱松

因为在石缝中生长
便长成了一种不屈的象征
便有资格
笑那雨
笑那风
笑那霜雪
笑那痴心妄想的种种

源

山道弯弯
流水弯弯
山道流水间
走过的是故乡的童年

也许,长大了的我们
会走得像流水一样远
可我们的思念也像流水呵
知道哪里是自己的源

鲜花小路

铺满鲜花的路
看着
就是让人舒畅
遗憾在于
这样的路
从来不会太长

布达拉宫

蓝天是宁静的海洋
白云是流动的哈达
蓝天白云下的布达拉宫
仿佛一幅庄严肃穆的油画

我们凝视她
仿佛端详一个民族的历史
她凝视我们
仿佛打量沧海桑田的变化

大理三塔

美好的风景
总有美丽的传说
何况大理远近闻名的塔
有三座

就在这三座
神奇的塔前
许三个愿吧
一愿幸福
二愿安康
三愿祥和

李 白

如果没有你
整个唐朝不知会
黯淡多少

如果你不饮酒
你的传说
不知会清淡多少

何为风流
风流挥动的是历史的衣袖
何为豪饮
豪饮手握的是不尽的江流

春到水乡

春到水乡
春到水乡
江南的水乡
是一幅多么生动的景象
水乡人在画里忙
写意人在画外忙

第四辑
金戈铁马

祖国是无限的土地
家是土地上郁郁葱葱的大树
亲人是栖息在大树上的小鸟

我爱小鸟
怎能不爱那遮风避雨的大树
我爱大树怎能不爱哺育了大树的土地

中华儿女

当夕阳离去的时候总是呈现出悲壮
当河水远去的时候总是表现出向往
当你告别的时候可曾回首眺望
你留恋着的土地和牵挂你的亲爹娘

在最困难的时候总有最优秀的
中华儿女挺起胸膛
像那熊熊的篝火把寒夜照亮
在最危急的时候总有最优秀的
中华儿女耸起脊梁
用生命和热血把祖国的命运承担

昆仑峰相连　黄河涌大浪
中华民族五千年气概何辉煌

凌空复我旧山河

凌空复我旧山河
壮士梦中犹奋戈
国土沦丧　心中泣血
谁忍看豺狼横行
乡亲背井离乡　流离失所
江山失却旧日颜色

玉可碎　志不可夺
男儿生来为报国
一声长啸　天地动容
烈士的英名是霞光里的花朵
试看我血肉筑成的新长城
耸立是高山　蜿蜒是大河
千秋万代是一首气势磅礴的歌

南方和北方

南方的水　温柔明丽
北方的山　豁达粗犷
两行飞转的轮子
曾载我几度南来北往

我出生在南方
心，热恋着我生长的北方
我爱北方汉子的性格
像北方秋季的天空
——天高气爽
我爱北方姑娘的容颜
像北方冬天的雪花
——皎洁漂亮

呵，我的北方
我生长在北方
心，常常思念我出生的南方
我赞美南方的土地
镶嵌着数不清的鱼米之乡
我赞美南方的山水

曾孕育了多少风流千古的
秀女和才郎
呵,我的南方

我爱北方　也爱南方
我赞美南方　也赞美北方
长江两岸的泥土和山水呵
都像母亲一样亲切、慈祥

高山之巅

他站在险峻已极的高山上
向远方眺望
任白云在身边飘动
任飞瀑在脚下轰响
在他惊喜的双眸里
有轻盈的旭日
有苏醒的原野
有起伏的海洋

他陶醉了
陶醉于大自然
鬼斧神工的杰作
却浑然不觉
当他屹立于高山之巅
便把自己也升华为
一帧风光
一座雕像

岁月沧桑

记忆里有那么多沧桑
岁月不知覆盖了多少青春的脸庞
可是,今天那一颗心呵
还是像当年那样真挚、滚烫

我们知道
大地不论有过怎样的冰霜
阳光会依然慈祥
我们知道
冰霜期不论怎样漫长
春风会依然摇响三月的铃铛

我们回忆而且向往
回忆那风中有浪的日子
向往在浪尖上我们展翅高翔

落日山河

我站在一片秋色里
看落日山河
山峰巍巍如诗
江河滔滔如歌
更有无数英雄豪杰
用情怀和热血
把山河染成火的颜色
镀成金的光泽

百川归海
万仞齐指蓝天
何等气魄　何等规模
太阳落　山河不落
那是一个民族
脊梁挺立着　血液奔流着

万里江山万里雄

青山绿水总为屏
塞北寥廓　江南空蒙
旧时烽火狼烟地
换成游人凭吊影

俯首江水滔滔
放眼关山重重
愿五千年沧桑
孕育十万里心胸

不是诗人能作赋
不是画家已丹青
千回百转诉衷情
万里江山万里雄

小鸟、大树和土地

祖国是无垠的土地
家是土地上郁郁葱葱的大树
亲人是栖息在大树上的小鸟

我爱小鸟
怎能不爱那遮风蔽雨的大树
我爱大树怎能不爱哺育了大树的土地

小鸟　大树和土地
是风景　更是爱和生活

第五辑
旧瓶新酒

谁说冬日下飞花

色绝佳

玉无限

漫空飞舞

天女撒奇葩

无限晶莹谁可比

临窗望

落轻纱

鹊桥仙

花明柳暗
风疏雨密
景色与谁同赏
幸光阴未负年华
云与月
两不相忘

摇红烛影
何需寻酒
深爱自成佳酿
任湖水近远山长
有君伴
不费思量

江城子(之一)

长城万里亦千秋
雪悠悠
雨幽幽
故人不见
去向哪边留
一统河山功绩伟
风云会
荡诸侯

江城子(之二)

谁说冬日不飞花
色绝佳
玉无瑕
漫空飞舞
天女撒奇葩
无限晶莹谁可比
临窗望
落轻纱

点绛唇

明月中秋
夜风拂柳凉初透
云白水秀
只盼相厮守

无奈星河
空使清波皱
枉怀想
难相聚首
热泪湿衣袖

霜天晓角

风云际会
飞霞拥千翠
无限江山眼底
男儿血
女儿泪

素手执剑锐
红妆挽秋水
雁过斜阳烟笼
荡尘房
应妩媚

虞美人
飞天

长思把酒留君住
同赏琵琶舞
飞天神采照河山
彩袖千年依旧
映云烟

星移日转古今事
明暗皆飞逝
但得情谊驻心头
似空山新雨后
色更稠

注：此词应邀为郑州飞天大酒店大堂而作。

卜算子

依旧望苍山
依旧苍山远
只是心情非旧时
辜负云霞晚

还是迎春风
还是春风暖
面对春光融融意
独自肝肠断

浣溪沙

情到深处泪便流
江河水上走轻舟
一去远方十万里
不回头

相悦两情庆共聚
月愈皎洁花愈柔
更有旁观羡此景
红石榴

鹧鸪天

真情难得亦能得
峰回路转见清波
解读春色无穷意
酒里黄昏云斜拖

花不少
叶更多
红红绿绿满山坡
饶是多情成风景
彩霞不流帆不过

南乡子
杰特曼国际俱乐部

名士到何方
霞在蓝天帆在江
此处最宜风云会
常常
来见贤才去栋梁

有茶道流觞
又合休闲益健康
明日更出缚龙手
何妨
撷取辉煌报上苍

注：此词应邀为山西太原杰特曼国际俱乐部大堂而作。

南歌子
大西洋海景城

眼底波涛涌
心中海景城
万千气象入心胸
光大发扬历史
建新功

注：此词应邀为厦门大西洋海景城会客室而作。

清平乐

玉树灯路
举目鱼龙舞
深浅酒杯同一祝
遍地飘香金粟

应惜大好时光
再赋锦绣辞章
翻转光阴无恨
处处都是珍藏

清平乐

峰绝天地
云若翻飞翼
松令霞霓常相忆
泉自横空飘逸

风流千古无双
名传四海悠扬
一派从容风度
敢教笔墨皆狂

阮郎归

冬天虽久不觉长
心凉才觉凉
漂泊流浪雪复霜
云非梦故乡

泪未落
已心伤
前方路渺茫
不甘无为做寻常
试瞧我锋芒

采桑子

似云飘过一心愿
却驻心间
梦绕魂牵
淡对南山轻紫烟
也曾恨落花流水
不似琴弦
且作啼鹃
唤得心中彩云还

好事近

风骨道奇绝
笑傲风云冰雪
落木无边满地
自若真豪杰

水常流与君常青
天上星和月
更有精神传世
方圆一碑帖

踏莎行

青春家园，希望宫殿，蕙风吹拂群星灿。
旋律起色彩缤纷，憧憬寄水长山远。
春雨如歌，秋霜非怨，年华锦绣真好看。
鹏程万里任飞翔，蓝天白云永相伴。

西江月

气势恢宏上海,堂皇富丽锦江。
一条黄浦水流长,无数玉兰①绽放。
浪漫豪华班地②,古琴雅韵竹园③。
蓝天④旋转尽欢颜,谁可与春争艳?

注:①白玉兰:上海市花。
　　②班地:新锦江大酒店西餐厅名。
　　③竹园:新锦江大酒店中餐厅名。
　　④蓝天:新锦江大酒店旋转餐厅名。

踏莎行·锦绣山河

锦绣山河
辉煌历史
流长源远雄峰峙
云龙风虎新篇章
壮丽豪迈旧故事

意气风发
昂扬斗志
大鹏奋起展双翅
长江奔腾向海洋
波涛万顷映红日

水调歌头
一笑对青山

问雾早霞晚,
谁可挽春天?
奈何落叶流水,
一去不回还。
指点金戈铁马,
挥洒春花秋月。
朝气问云端。
三月本无恨,
只恨三十天。

读诗书,
戏波浪,
弄琴弦。
少年心绪,
愁是歌舞乐成仙。
议论古今千载,
谈笑云烟万里。
梦残语不惭。
纵使有遗憾,
一笑对青山。

柳梢青
老界岭①

秀比苏②杭③,
雄如昆④泰⑤,
奇若张⑥黄⑦。
雾拢云飞,
断虹霁雨,
多少风光。

不忍独自颠狂。
且挽袖,
纵横弛张:
四五毛锥⑧,
六七陈墨,
八九文章。

注:(1)老界岭:河南西峡县境内一风景区。
　　(2)苏:苏州。
　　(3)杭:杭州。
　　(4)昆:昆仑山。
　　(5)泰:泰山。

(6) 张:张家界。

(7) 黄:黄山。

(8) 毛锥:即毛锥子,笔的别名。中国文房四宝多别名:墨又称"陈玄",纸又称"麦光",砚又称"陶泓"。

风入松
鹤壁

鹤栖峭壁舞南山①。思淇水②诗篇③。曾经许穆夫人在④,更鬼谷⑤、云梦⑥执鞭。三教大伾扬腕⑦,三珍⑧太极⑨名传。江湖散人⑩著风烟。瞧石像⑪奇观。子贡才智⑫药王手⑬。怎能比,时下群贤。适才风积云涌,转瞬覆地翻天。

注:(1)鹤栖峭壁舞南山:鹤壁因古传说"古有仙鹤栖于南山峭壁"而得名。

(2)淇水:即淇河,两岸景点密布,风光优美,有"北方漓江"之称。

(3)诗篇:《诗经》中有13篇描写淇河风光的诗篇。

(4)许穆夫人:许穆夫人为历史上第一位爱国女诗人(约公元前690～?,春秋时期卫国人)。

(5)鬼谷:即鬼谷子,名王禅。战国时期著名的军事家和纵横家,著有《鬼谷子兵书》。战国时期的孙膑、庞涓、苏秦、张仪、毛遂等人物都是他的学生。

(6)云梦:即云梦山。位于河南省历史文化名城淇县境内。

(7)三教大伾扬腕:大伾山历史上为佛教、道教、

儒教并存的名山。

(8) 三珍：即淇河鲫鱼、缠丝鸭蛋、冬凌草。

(9) 太极：淇河太极图，是一幅自然形成的神秘而奇妙的阴阳太极图，世传周文王在此观天象，看风水，而形成周易的玄学思想。

(10) 江湖散人：即罗贯中，号江湖散人。在鹤壁隐居，终完成《三国演义》、《水浒》等名著。

(11) 石像：即石佛。鹤壁境内有一开凿于北魏时期，距今1600年的石佛。被专家称为"全国最早、北方最大"。

(12) 子贡：春秋时期孔子的弟子。

(13) 药王：即孙思邈，曾在鹤壁隐居著书。

鹧鸪天

淇滨新区

为鹤壁市淇滨经济开发区创建十周年而作。

早闻中原有明珠①,
淇滨新秀惊世殊②。
夜来喜见花千树③,
星去欣瞧绿万株④。

抬眼望,
彩云飞。
春来此处不思归,
一草一石都振奋,
含是兰花绽是梅。

注：(1) 中原明珠：此处指鹤壁市。
    (2) 淇滨新秀：指鹤壁市淇滨新区，鹤壁市新市区。
    (3) 花千树：每当夜晚，新区隧道灯、槐花灯、变色喷泉灯、礼花灯、庭院灯、草坪灯、霓虹灯等彩灯齐放、流光溢彩，形成灯的海洋。
    (4) 绿万株：新区绿化一路一树、一街一景，花繁似锦,浅草平铺,三季有花,四季常绿,形成了绿的世界。

渔家傲
外蒲山

海中之山从来好，
佛门圣地外蒲岛。
近赏石树远望鸟，
何曾祷？
重重心事已袅袅。

一桥架起通天道，
若逢神仙非因巧。
圣贤到此也骄傲。
谁人教？
只见年少不见老。

注：外蒲山是浙江嘉兴九龙山国家森林公园内一景区。

少年游
情人谷

何需道海誓山盟,
只相守云中。
茂林烟草,
水空天远,
最好是心情。

有意人真应到此,
回首不虚行。
仙境人间,
魂牵梦里,
山水祝永恒。

注:情人谷是河南西峡县老界岭风景区内一景点。

廣東旅游出版社
GUANGDONG TRAVEL & TOURISM PRESS

□ 汪国真 著

汪国真精选集

自选典藏版

❷

图书在版编目（CIP）数据

汪国真精选集：自选典藏版：全3册 / 汪国真著. — 广州：广东旅游出版社，2014.11（2022.10重印）

ISBN 978-7-80766-917-3

Ⅰ.①汪… Ⅱ.①汪… Ⅲ.①诗集－中国－当代②散文集－中国－当代 Ⅳ.①I217.2

中国版本图书馆CIP数据核字(2014)第166768号

广东旅游出版社出版发行

（广州市荔湾区沙面北街71号首、二层 邮编：510130）
电　话：020-87348243
印　刷：佛山家联印刷有限公司
（佛山市南海区桂城街道三山新城科能路10号）
开　本：889mm×1194mm　32开
字　数：235千字
印　张：32
版　次：2014年11月第1版
印　次：2022年10月第3次印刷
全书共3册总定价：88.00元

【版权所有 侵权必究】
本书如有错页倒装等质量问题，请直接与印刷厂联系换书。

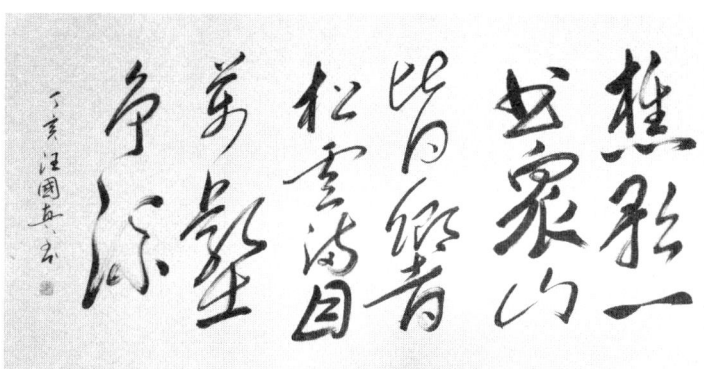

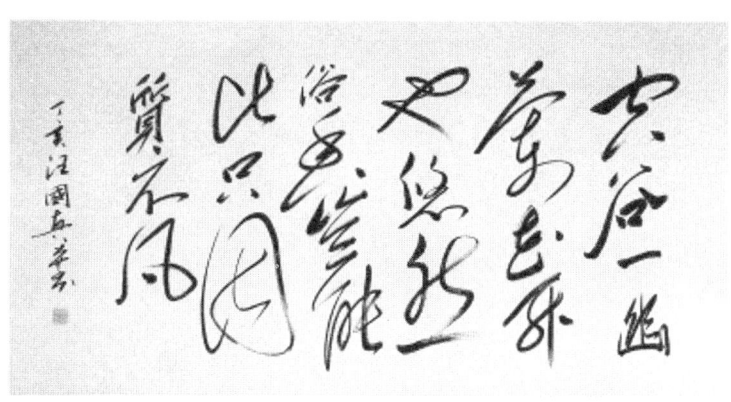

汪国真书法作品选

目 录

第一辑 生命感悟

活得真 …………………………………… (3)
无题 ……………………………………… (4)
旗帜 ……………………………………… (5)
无题 ……………………………………… (6)
圣诞 ……………………………………… (7)
问 ………………………………………… (8)
是真将军不佩剑 ………………………… (9)
新年好 …………………………………… (10)
铁树开花 ………………………………… (11)
永不改变 ………………………………… (12)
真情永远 ………………………………… (13)
晚祷 ……………………………………… (14)
望云际水流 ……………………………… (15)
只为想问候 ……………………………… (16)
毕业 ……………………………………… (17)
还有一支春天的歌 ……………………… (18)
有一颗心 ………………………………… (19)
把自己融入自然 ………………………… (20)

我携着色彩而来 ……………………………… (21)
给我一个答案 …………………………………… (22)
祝福你,善良的人 ……………………………… (23)
春日心语 ………………………………………… (24)
思 ………………………………………………… (25)
不仅因为 ………………………………………… (26)
思想者 …………………………………………… (28)
人生曾有多少心情 ……………………………… (29)
向往 ……………………………………………… (30)
世纪的握手 ……………………………………… (31)
问远方 …………………………………………… (32)
迟到的祝福 ……………………………………… (33)
海滨夜话 ………………………………………… (34)
感觉 ……………………………………………… (36)
期望 ……………………………………………… (37)
常常 ……………………………………………… (38)
生活片断 ………………………………………… (39)
倘若才华得不到承认 …………………………… (40)
诗人 ……………………………………………… (41)
或许 ……………………………………………… (42)
多一点爱心 ……………………………………… (43)
一片向往 ………………………………………… (44)
女演员 …………………………………………… (45)
人不长大多好 …………………………………… (46)
惟有追求 ………………………………………… (47)

馈赠 …………………………………… （48）

诽谤 …………………………………… （49）

无题 …………………………………… （50）

不要总说"好吧" ……………………… （51）

也许 …………………………………… （52）

流行色 ………………………………… （53）

世像 …………………………………… （54）

无题 …………………………………… （55）

不想告别 ……………………………… （56）

艺术及其他 …………………………… （57）

冬天的童话 …………………………… （58）

背影 …………………………………… （59）

回忆 …………………………………… （60）

生命之约 ……………………………… （61）

宁肯孤独 ……………………………… （62）

失落 …………………………………… （63）

叶子黄的时候 ………………………… （64）

生命的真实 …………………………… （65）

让我们彼此珍重 ……………………… （66）

有云的日子 …………………………… （67）

远点 …………………………………… （68）

向天空拔节 …………………………… （69）

自爱 …………………………………… （70）

过去的岁月 …………………………… （71）

那凋零的是花 ………………………… （72）

那把伞 …………………………………（73）
问琴什么做弦 ……………………（74）
风不能,雨也不…… ………………（75）
假如你不够快乐 …………………（76）
岁月,别怪我太挑剔 ………………（77）
感觉 ………………………………（78）
有时 ………………………………（79）
岁月,是一本书 ……………………（80）
许诺 ………………………………（81）
孤独 ………………………………（82）
忍受 ………………………………（83）
我已经长大了 ……………………（84）
我的河 ……………………………（86）
收割 ………………………………（87）
幸运 ………………………………（88）
我的心事 …………………………（89）
我还是想 …………………………（90）
泪与旗 ……………………………（91）
洞察 ………………………………（92）
浮想 ………………………………（93）
相信自己 …………………………（94）
洁白的歌 …………………………（95）
把夜还给我 ………………………（96）
赠 …………………………………（97）
美好的情感 ………………………（98）

祝你好运	(99)
从前的歌谣	(100)
豪放是一种美德	(101)
真的	(102)
不要赞美我	(103)
生命总是美丽的	(104)
留学	(105)
往事如烟	(106)
风格	(107)
无题	(108)
我们的心愿	(109)
远行,方有一种心境	(110)
名人	(111)
世事望我却依然	(112)
高山流水	(113)
不是	(114)
缅怀	(115)
寂寞的是心	(116)
苦涩的芬芳	(117)
日子	(118)
独白	(119)
生活常是这样	(120)
选择	(121)
但是,我更乐意	(122)
有一段时间	(123)

你可知道 …………………………………（124）
我把小船划向月亮 ………………………（125）
生活 ………………………………………（126）
回首 ………………………………………（127）
应该打碎的是梦 …………………………（128）
感叹 ………………………………………（129）
我放飞雪白的鸽子 ………………………（130）
如果生活不够慷慨 ………………………（131）
昨日风景 …………………………………（132）
追求并不是梦 ……………………………（133）
过去 ………………………………………（134）
我并不孤独 ………………………………（135）
不能失去的是平凡 ………………………（136）
面对春天的期待 …………………………（137）
深深的心愿 ………………………………（139）
这个世界 …………………………………（140）
留一颗心给尊严 …………………………（141）
并不在于 …………………………………（142）
记忆的门 …………………………………（143）
在那个节日的夜晚 ………………………（144）
这就是生活 ………………………………（145）
无题 ………………………………………（146）
无题 ………………………………………（147）
必须坚持 …………………………………（148）
不因小不忍 ………………………………（149）

欲望使人陌生	（150）
因为平凡	（151）
光阴的对话	（152）
伤	（153）
当我们不再那样年轻	（154）
对别人好一点	（155）
不要那么多"学问"	（156）
生活告诉我们	（157）
必须坚强	（158）
一切任由人说	（159）
只比苦难多一点	（160）
谁能告诉我	（161）
可以不是	（162）
还是未来	（163）
心灵的天空	（164）
希望的胚芽	（165）
我希望	（166）
你就是你	（167）
如果你选择了路	（168）
在往事激滟的波光上	（169）
让光明多一点	（170）
成功是出色的平凡	（171）
成功有时就是那么简单	（172）
高傲不是高贵	（173）
后人遗忘的事情	（174）

美丽不需要化妆 …………………………（175）
内心的召唤 ……………………………（176）
时艰玉可作石 …………………………（177）
生命中最可宝贵的 ……………………（178）
生活美好 ………………………………（180）
闪光的生命不易老 ……………………（181）
死去的生 ………………………………（182）
我心静如常 ……………………………（183）
我干吗不快乐 …………………………（184）
幸运并不可靠 …………………………（185）
希望是生命的天 ………………………（186）
汛期来了 ………………………………（187）
如果 ……………………………………（188）
握一握未来 ……………………………（189）
渡河 ……………………………………（190）
磨难使人优秀 …………………………（191）

第二辑 赤诚之心

给父亲 …………………………………（195）
不问,是理解 …………………………（196）
慈母心 …………………………………（197）
母亲的爱 ………………………………（198）
毛衣 ……………………………………（199）
我爱妈妈 ………………………………（200）
给友人 …………………………………（201）

感谢	（202）
贺卡	（203）
思念	（204）
祝福	（205）
知音	（206）
纪念	（207）
致友人	（208）
送别	（209）
南方来信	（210）
有一种语言	（211）
叠不起的心绪	（212）
祝愿	（213）
请听我说一句话	（214）
愿看你从容	（215）
一双含泪的眼睛	（217）
友情	（218）
友人	（219）
我知道	（220）
倾听	（221）
我不期望回报	（222）
真想	（223）
迟到	（224）
致陌生的朋友	（225）
秋日的思念	（226）
且让心愿飞	（227）

相知不在于距离 …………………………………（228）
能够认识你，真好 …………………………………（229）
真香无让 ……………………………………………（230）
幸福的名字叫永远 …………………………………（231）

附　　录

"汪国真现象"（曲圣文） ……………………………（233）
一条清丽的小溪　一颗思辨的心灵（韦虹）………（245）
诗与思（于力） ………………………………………（261）
赤诚之心　真挚之情（吴湘洲）……………………（277）
出版者语 ……………………………………………（292）

第一辑
生命感悟

有一条道路
走过了总会想起
有一种感情
经过了就再也难以忘记

有一个高度
总是叫人难以企及
有一片向往
真是让人不能舍弃
就仿佛那
春光可饮
秋色可衣

活得真

生命
在夹缝中求生存
虽然渺小
却活得真

无 题

干裂的土地
诉说着荒凉
碧绿的小草
表现着生命的顽强
顽强的生存着呵
昭示未来
闪烁希望之光

旗　帜

旗帜
总是在山峰上飘扬
省略了多少
走向胜利的路
艰险又漫长

无 题

艰难困苦的土壤上
生长着青春之树
仰者
羡其尊
俯者
钦其度

圣 诞

送给你一个美好的祝愿
里面有我的万语千言
在这个灯火辉煌的夜晚
我为你默默举起晶莹的杯盏

愿这一天伴你的有欢笑
欢笑的名字叫做灿烂
愿这一天伴你的还有温馨
温馨的名字叫做永远

问

如果是哭
谁能想象大海的眼泪
如果是笑
谁能想象醇酒的陶醉
满天飘舞的雪花
有谁知她在思念谁
遍地旋转的落叶
有谁知她为谁暗徘徊

一座古亭
有谁记得曾令多少须眉憔悴
一弯绿水
有谁记得曾照过多少红颜妩媚
落日黄沙　白帆秋水
你可知谁的记忆在时空里飞

是真将军不佩剑

是真将军不佩剑
手中轻摇一把薄薄的纸扇
宫殿的明月　妃子的灿烂
河边的洞箫　舞女的蹁跹
全赖将军运筹帷幄间

是真将军不佩剑
灯里轻吟着千载的词篇
飘扬的旗帜　胜利的号角
今日的功勋　历史的尘烟
全在将军运筹帷幄间

是真将军不佩剑
留下那指挥若定的故事代代传

新年好

请让我对你说一声新年好
看雪已成舞　花将如潮
请让我对你说一声新年好
让过去的日子如水流　让将来的日子似拂晓

请让我对你说一声新年好
愿雨里有你的收获　愿风中传你的捷报
请让我对你说一声新年好
阳光中我为你祝福　月光下我为你祈祷

铁树开花

真不容易
许多年
才开一次花
于是
引来无数憧憬的目光
凝视那绝代风华

永不改变

开朗和阴郁都曾写在前额
昨天和明天都没有放弃执著
狂风的日子里我是卷起的浪
晴朗的日子里我是闪亮的波
不改的是奔流的本色

成功和失败都镌刻进生活
春履和秋痕都不失为景色
绿色的季节里我是烂漫的花
金色的季节里我是迎风的果
不变的是生命的蓬勃

真情永远

无论时光如何绵延
让真诚永远
无论世事如何变迁
让善良永远
无论眼前还是天边
让美好永远
无论熟悉还是陌生
让真情永远

晚　祷

在钟声的陪伴下
我远离了喧嚣
把心中的愿望说给大地听
圣洁的感觉是最美妙

我不是想躲开尘世
躲开岁月的迢遥
我只是想
保持心灵纯净如水
不想听乌鸦的聒噪

出家人
不打诳语
不出家的人
难道就做不到

望云际水流

没有谁能把未来猜透
不然有时怎么会
自酿一杯苦酒
我不想用虚假的微笑
掩饰心中的失意
请原谅我皱了眉头

不必用忧虑的目光望我
让我静静地走一走
望一望云际水流
尽管这不能抖尽忧愁
但我却已不再低头

只为想问候

我走在夕阳之后
牵来
满天星斗
那闪烁的音符
使沧桑变得玲珑剔透
我向那无边的璀璨
伸出了手
不是要握住
只为想问候

毕 业

我们从这里起航
走向遥远的地方
当我们走向明天
又怎能把昨日遗忘

回首昨日
那郁郁葱葱的日子
有过青涩
也有过芬芳
更有的是
相遇　相识　相知
那瑰丽的宝藏

今天，我们流泪了
可那不是忧伤
——是歌唱
今天，我们分别了
可那不是遗失
——是珍藏

还有一支春天的歌

有片草地我们都走过
有朵小花我们都记着
有个愿望我们都曾有过
有段往事我们都珍藏着

有过追求　有过失落
有过平坦　有过挫折
我们有过许多许多
还有一支春天的歌

有一颗心

有一颗心
很骄傲
骄傲的眼眸
素笔难描
一望是冰
二望是雪飘

有一颗心
很从容
从容的格调
霜里秋枫
初寒微红
再寒色浓

有一颗心
志未消
大地未绿我先绿
草木已凋我不凋

把自己融入自然

在漂流了很久很久以后
真想能有一个静谧的港湾
让我枕着波浪轻眠
轻眠
却不是为了收起风帆

在跋涉了很久很久以后
真想能点燃一缕炊烟
围着篝火席地而坐
哑着嗓子唱歌
把悲怆的曲调轻弹

尽管心很累　很疲倦
我却没有理由后退
或滞留在过去与未来之间

就这样　就这样
在身心俱疲的时候
把自己融入自然

我携着色彩而来

当我走来的时候
这里便多了一处风景

我不是携着蓝色
走向海洋
蓝色
已成不了海洋的风景

我不是携着绿色
走向草原
绿色
已成不了草原的风景

我不是携着红色
走向山丹丹盛开的地方
红色
已成不了山丹丹盛开的地方的风景

我携着色彩而来
来了,便是一片清新

给我一个答案

我不知道这个愿望
是否能够实现
眼前总有一层薄雾
遮住了青山的容颜
青山不老人却会老
薄雾不散任凭我望穿双眼

我不知道这个愿望
是否能够实现
未来多少远大抱负
先要靠清风成全
若是人有情风无情
谁能把心中的风筝送上天

我不知道能否翱翔在蓝天白云间
问飞鸟能否给我一个答案
我不知道能否翱翔在蓝天白云间
问飞鸟能否给我一个答案

祝福你,善良的人

贫穷也有美好的向往
尽管那向往常因无奈飘落池塘
飘落也不改往日颜色
你可知这颜色点缀了多少今来古往

开在心灵里的花是最美的花
她在流淌的岁月里默默生长
经过雨雪
经过风霜
永不会变的是那天然的芳香

祝福你
一切善良的人
祝福你
所有美好的愿望
愿鸟儿都能展开翅膀在蓝天飞翔
愿花朵都能在春天的原野里尽情开放

春日心语

不是你的一切都喜欢
就像最佳的风景
也会留下一点儿遗憾

或许有一点遗憾
你更显得真实
真实的你
在梦与现实的边缘

江水奔流长又卷
夕阳映树红万片
握你的手如握晚风
凭黄昏　任驱遣

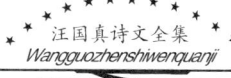

思

只一个沉默的姿态
便足以让世界着迷
不仅因为是一尊圣洁
不仅因为是一片安谧
还因为是一面昭示
还因为是一个启迪
还因为她以现代人的形象
告诉我们
——沉思是一种美丽

不仅因为

日子可以是普普通通的
却不甘心
生命也普普通通

如若为土
为什么
不能是山冈

如若为水
为什么
不能是波浪

如若为植物
为什么
不能是白杨

如若为风景
为什么
不能黯淡了所有风光

总是向往大海
不仅因为
那是一个迷人的梦境

总是追寻流云
不仅因为
那是一件美丽的衣裳

思想者

我信奉真实
却不信奉谶语
我崇拜真理
却不崇拜权力

你征服了我的心
也就征服了我的躯体
你占据不了我的思想
就什么也没占据

人生曾有多少心情

人生曾有多少表情
谁能记得住
人生曾有多少心情
谁能说得清
有过多少残缺
有过多少完整

哪怕风雨如晦
哪怕柳暗花明
记忆是春
忘却是冬
无法遗失的只有
那一次
把偶然变成了必然
把瞬间写成了永恒

向 往

我不想看到太多装饰
心向往朴素和自然
生活不能总像舞场
你来我去的都是假面

没有真诚
何苦浪费许多表情
没有真话
何必枉费许多时间

我不想用今日之杯
盛来日的悔憾

世纪的握手

挥一挥手
挥去的竟是一千年的沧桑
握一握手
握住的又是一千年的向往
走过的路多么漫长
年年岁岁经过了多少风霜
终于有了一面旗帜
是人类共同的太阳
太阳永放光芒
召唤我们
更快　更高　更强

问远方

望天上云卷霞飞
看地上小桥流水
有一件心事不知说与谁听
问远方的人何时回归

走过了春花秋月
经过了冷雨寒霜
有一件心事谁人能懂
问远方的人何时重逢

何时回归　何时重逢
共采西山枫叶红

迟到的祝福

也许
这是一份迟到的礼物
可是我不想解释
迟到的缘故

也许
这是一声迟到的祝福
或许因为迟到
你会记得更清楚

也许
这是一束迟到的问候
燕子来时
草已满坡　花已满树

也许
这是一次不能原谅的迟到呵
我失去的岂止是
柳绿枫丹　晨曦霞暮

海滨夜话

海风　推开了窗户
月光　悄悄踱进房屋
走近窗口
眺望的你呵
为什么
掬起晶莹的泪珠

是世界太小
盛不下你的辛酸
是世界太大
寻不着你的道路
潮汐不知疲倦地拍打堤岸
远方，历经沧桑的小岛
会对你说
逆境，不是痛苦
顺境，不是幸福
走向银色的沙滩
让思绪在夜色里漫舞

把心事全部抛给大海吧
要倾诉
你就热烈地倾诉

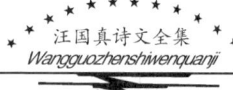

感　觉

月光找不到惬意的木屐
因为总不合谐
小溪轻快地流着
忧伤的心却听成了呜咽

冻僵的猎枪
打不着疲惫的麻雀
海洋是一张大纸
自然是无与伦比的字帖

期　望

给我你的友谊
不是在风光旖旎的时候
给我你的爱情
不是在群芳争艳的时候
给我你的温暖
不是在春回大地的时候
给我你的支援
不是在山巅欢呼的时候

给我你的真诚吧
在真诚被淹没了的时候

常　常

常常都是这样
开头的时候璀璨
结束的时候
却难以辉煌
长长的流水
灌溉了那么多的
无奈和忧伤

男儿总是心碎
女儿总是流泪
留在心底的遗憾或爱
总比恨要长
过去那一段情
成了掉在地上的画框

生活片断

泡一杯清茶
让目光像犁
深掘遥远的字迹
运笔如泼
心绪　绵延千里万里
月光溢出来的时候
心潮　溶了进去

倘若才华得不到承认

倘若才华得不到承认
与其诅咒　不如坚忍
在坚忍中积蓄力量
默默耕耘

诅咒　无济于事
只能让原来的光芒黯淡
在变得黯淡的光芒中
沦丧的更有　大树的精神

飘来的是云
飘去的也是云
既然今天
没人识得星星一颗
那么明日
何妨做　皓月一轮

诗　人

纸烟
亮着的台灯
还有出鞘的钢笔

写字台上
搁置着风从远方
吹来的消息

烟蒂堆积如山
墨水在瓶里退潮了
退了潮的沙滩上
躺着一本蓝色封皮的诗集

或 许

或许 我们纯真的愿望
终归只能成为一个美丽的梦想
或许
走遍了万水千山
依然找不到太阳升起的地方
或许
正是前路漫漫
才使我们又是神往 又是忧伤
或许
正因为我们
并没有被许多或许羁绊
生命才会变得
勃勃茂盛
不可阻挡

多一点爱心

多一点爱心
少一点嫉妒
我们欠缺的那把鲜花
时光自会弥补

让我们学会爱
学会真诚地祝福
在别人快乐的微笑面前
我们的眼睛　总是清澈如水
只为自己的不幸
有时，才浮出些淡淡的云雾

或许我们会永远平凡
平凡也有宁静的风度

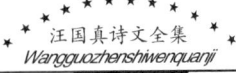

一片向往

有一条道路
走过了总会想起
有一种感情
经过了就再也难以忘记

有一个高度
总是叫人难以企及
有一片向往
真是让人不能舍弃
就仿佛那
春光可饮
秋色可衣

女演员

最漂亮的
是她那双美丽的眼睛
最动人的
是她那张娟秀的脸庞
可是冬日
她常爱捂一个口罩
——不是为了挡风
可是夏日
她常爱戴一副茶镜
——不是为了遮阳
当和她一样
正处在鲜花般年龄的
姑娘们
骄傲地向阳光
向白雪　向世界
展示自己姣美的容颜时
她却不得不遮遮掩掩

人不长大多好

人不长大多好
就可以用铁钩
滚月亮
就可以蹲在地上
弹星星
就可以把背心一甩
逛银河

人不长大多好
哪怕有茶叶一样香的朋友
哪怕有美酒一样醇的恋人
哪怕有野草莓一样鲜红的事业
人长大了　烦恼总是比快乐多

惟有追求

生活是一望无际的大海
我是大海上的一叶小舟
大海没有平静的时候
我也总是
有欢乐　也有忧愁

即使忧愁
如一碗苦涩的黄连
即使欢乐
如一杯香醇的美酒
把它们倾注在大海里
都太淡了　太淡了
一如过眼烟云
不能常驻我心头
惟有追求
永远和我相伴
在风平浪静的时候
也在浪尖风口

馈　赠

即使我们有
也不要随便地给予
轻易能够得到的东西
别人往往不珍惜

过于慷慨
有时，倒不如
过于吝惜

一枝红蔷薇
要比一簇红蔷薇
更富有魅力

诽　谤

诽谤是一把刀子
总想把无辜逼上绝路
躺倒的确可以苟活
失去的却是高度

想来的就来吧
眼泪不是我的归宿
打开黑色的窗户
让玻璃一样的目光
从苦难的囚禁里射出

无 题

梦中的伊甸园
没有刺
长长的叹息
总在醒来时

不愿意梦醒
却也不愿意长眠
有时，最孱弱的生存
也蕴含铁的意志

渴望生
不是因为惧怕死
黑夜的虚幻
分娩了黎明的真实

不要总说"好吧"

不要总说"好吧"
我们毕竟不是池塘里
只会单调重复的青蛙
既然有思想
那就让思想昂首
既然有意志
那就让意志挺拔
既然厌恶虚伪
那就让任何虚伪构成的建筑
全都无可挽回地崩塌
还要学会说：不
是的——不
即便在美妙的时刻
这也可以是最为出色的回答
在否定的灯标旁
那条美丽的帆船
正向着黛色的远方进发

也 许

也许，永远没有那一天
前程如朝霞般绚烂
也许，永远没有那一天
成功如灯火般辉煌
也许，只能是这样
攀援却达不到峰顶
也许，只能是这样
奔流却掀不起波浪

也许，我所能给予你的
只有一颗
饱经沧桑的心
和满脸风霜

流 行 色

她喜欢最漂亮的时装
却不喜欢穿流行色
一切都是流行
一切都不是流行

雍容也别致
随意也别致
人们都说
今年的流行色真好
可惜如蚂蚁
没人说她
她春天的颜色
便是秋天的流行色

世　像

欲望
使生活残缺
泥泞问冬天
你还有多少雪

乌鸦
在枯枝上笑了
笑那消融得
那么快的纯洁

当纯洁变得
可笑了的时候
空荡荡的大地上
刮过的岂只是北风的呜咽

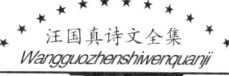

无 题

有一些深刻
总让人想笑
就像那沟沟壑壑的皱纹
并不叫做深沉　而叫做老
文冠果耐寒　不耐涝
把寒冷给予它
那不是惩罚是关照

不想告别

耳朵里刮过摇滚
却并不想告别古典
金属的声音划破了假面
心更留恋绿色和自然

不要对我说
在阳光下堆一个
美丽的雪人
便是堆起了一个遗憾
美即便只是瞬间
记忆却可以久远

金属的声音像裂帛
回荡着一个时代的灿烂
也有一种颜色并不矫饰
自自然然
代代相传

艺术及其他

请原谅我
背叛了你的模式和准则
如果你属于历史
时代需要我

一代人
有一代人的声音
就像一代人
有一代人的姓名
我不能走在你的前面生活
你也无法阻拦钟声在黎明回响

冬天的童话

放假了
他没有回家
南方的孩子
想看看北国的雪花

在那个假期
同学们家里
长出一个个清亮亮的故事
老教授的客厅
也结出一串串水灵灵的笑话

他也收获了许多
用透明的水晶盛满的祝愿
当他举起美丽的祝愿
就像捧起了　晶莹的雪花

背 影

背影
总是很简单
简单
是一种风景

背影
总是很年轻
年轻
是一种清明

背影
总是很含蓄
含蓄
是一种魅力

背影
总是很孤零
孤零
更让人记得清

回 忆

那挂在墙上的鹿角
使我忆起了往日的森林
这狭小的空间
失去了舒适　却留住了温馨
有的形象　看过一眼
便贯穿了整个记忆
心底的怀念
像时间的雪地上
时浅时深的印痕

生命之约

如果到了约定的时候
我还没有来
那一定是出了
人祸天灾
房舍被夷为平地
桑田变成沧海
所有必经的道路
全都被阻塞

有许多东西
可以遗忘
——比如仇恨
有许多事情
必须铭记
——像爱和关怀

岁月慢慢风蚀着容颜
时光渐渐把窗棂打开

宁肯孤独

在浮躁的空气里
宁静反而让人觉得醒目
我不愿引来更多的视线
此时此刻　我宁肯孤独
不要随意打开吧
我不一定是你要读的那本书
我的关切在哪儿
去问书中
那些古典而又精美绝伦的插图

失 落

她美丽皎洁
可惜总没有纱裙如雪
她举止典雅
可惜总不见如花笑靥
她心地善良
可惜上帝打起了瞌睡
她只有一颗心
却还是被风暴撕裂

叶子黄的时候

别把头低
别把泪滴
天空没有力量
需要我们
自己把头颅扬起

生活不总是宽敞的大道
任你漫步
任你驰骋
每个人都有自己
泥泞的小路
弯弯曲曲

春天的时候
你别忘记冬天
叶子黄的时候
你该记起绿

生命的真实

因为现实不尽美好
心灵才有那么多白云的向往
因为生活严峻
向往才用手托起温暖的月亮

责任,并不就是
整天一副冰山般的深沉状
空洞的宣言和崇高的大话
难以同有血有肉的灵魂
发生碰撞

平凡就像泥土
并不意味着荒凉
激昂的未必是山
平缓的未必不是江
生命的真实为什么不能像水塘
懂得贮存
也不吝啬流淌

让我们彼此珍重

如果不那么爱慕虚荣
我们可以避免许多愚蠢的事情
当我们痛悔失去的太多
才发现原本不会失去的
只要心灵安谧　灵魂纯净
有时，我们迷失了路途

不是因为太笨
而是由于太过聪明
苍山郁郁　绿水悠悠
让我们彼此珍重

有云的日子

要么
让霞光出来
要么
落成瓢泼大雨
有云的日子
总是很沉　很阴郁

刀在切割破碎的心
心在等待
或悲或喜的结局
生活
有时太折磨人了
只有痛苦的人
别把废墟
当成墓地

远　点

远点的地方
是一个迷人的梦幻
远点的女孩
是一枝清雅的幽兰
远点的山峰
是一腔火热的激情
远点的栅栏
是一曲凄婉的幽怨

远点远点
远点的石头是阑珊

向天空拔节

我关心季节
却不留意大街上
服饰的更替
服饰尽管有无数变化
怎可比一年四季
一生四季

所有的努力
并不都是为了
一个辉煌的结局
或许只有鸷鸟
能够明白
我的心意

我不是都市里的车辆
注定要和前面的车辆保持距离
我要向天空拔节
循着自然的轨迹

自　爱

你没有理由沮丧
为了你是秋日　彷徨
你也没有理由骄矜
为了你是春天　把头仰
秋色不如春光美
春光也不比秋色强

过去的岁月

过去的岁月
总也难以忘怀
不能忘怀
是因为我们付出了爱

铃兰花开的时候
我们欢笑着跑过去
白毛风吹来的日子里
我们咬紧牙关挺过来

不论今天
我们在哪里相聚
或在哪里分手
忆及往昔
总忍不住
滚滚热泪
濡湿襟怀

那凋零的是花

你的生命正值春光
为什么　我却看到了霜叶的容颜
只因为那面美丽的镜子
打碎了
你的眷恋深深
在梦幻旁　久久盘桓

既然伸出双手
也捧不起水中的月亮
那么让昨日成为回忆
也成为纪念

人生并非只有一处
缤纷烂漫
那凋零的是花
——不是春天

那 把 伞

不是所有能遮住雨的
都是伞
那无语的是树
淡漠的是屋檐

有谁能伴我
四方漂流呢
为了寻找那把伞
有好些人　在风雨中
竟跋涉了　很多很多年

问琴什么做弦

每一次生活的变迁
都是由于一个难以拒绝的召唤
蓦然回首的灵感
照亮了写给未来的信笺

我们曾问过地也问过天
这个世界
是否因为你我的出现
而有了多多少少的改变

山已经很近　海依然遥远
真羡慕海不是文字却是诗篇
问笔什么做墨
——能在时间的画布上蔓延
问琴什么做弦
——能在空间的风景里飞旋

风不能,雨也不……

风不能使我惆怅
雨不能使我忧伤
风和雨
都不能使我的心
变得不晴朗

坎坷
是一双耐穿的鞋
艰险
是一枚闪亮的纪念章
我是一片叶
——筋脉是森林
我是一滴水
——魂魄是海洋

假如你不够快乐

假如你不够快乐
也不要把眉头深锁
人生，本来短暂
为什么　还要栽培苦涩

打开尘封的门窗
让阳光雨露洒遍每个角落
走向生命的原野
让风儿熨平前额

博大可以稀释忧愁
深色能够覆盖浅色

岁月，别怪我太挑剔

我静静望着季节变来变去
有时不禁拉开记忆的抽屉
总是不满意已有的那些收藏
岁月呵别怪我太挑剔

我不想向清风诉说
选择有时候是那么身不由己
我不想向皓月告白
心愿有时候也会被风暴扭曲
我不会因为海棠花的枯萎
便把生命看得毫无意义
我不奢望每一个日子都理解我
像青草理解露珠　芭蕉理解雨
我过去是怎样
走过来　还会怎样走下去

感　觉

欢乐总是太短　寂寞总是太长
挥不去的　是雾一样的忧伤
挽不住的　是清晨一样的时光
能把这一切记住的
唯有笔　和一颗无垠的心
满含期待的眼睛
——热泪盈眶

有 时

有时
只拾起一枚邮票
也足以让人流泪
远方那条可爱的小船
是否
也有几分憔悴

有时
只收到一只白鸽
也很能令人陶醉
那枉称深深的海洋呵
是否
也知道羞愧

岁月,是一本书

岁月,是一本书
我用整个身心在读
一年又一年
我读得很幸福
也很辛苦

有一天
妹妹对我说
这样生活
你会很快老的
我反驳她说
不,这不叫衰老——叫成熟

许 诺

不要太相信许诺
许诺是时间结出的松果
松果尽管美妙
谁能保证不会被季节打落

机会,凭自己争取
命运,靠自己把握
生命是自己的画板
为什么要依赖别人着色

孤　独

追求需要思索
思索需要孤独
有时，凄清的身影
便是一种蓬勃
而不是干枯

两个人
也可以是痛苦
一个人
也可以是幸福
当你从寂寞中走来
道路便在你眼前展开

忍 受

并不是个个能够成为韩信
却几乎人人都学会了忍受
为了一个缥缈的希望
总是在墙壁面前低头

女人们，太能忍受
忍受得快成了地上的草
男人们，太能忍受
忍受得快成了锅里的油

太能忍受的土地
总是贫瘠
太能忍受的天空
总是简陋
学会做一根挺立的桅杆吧
怎样在风暴来临的时候
笔直地举起自己的手

我已经长大了

这是一次漫长的跋涉
请你不要搀着我
你给了我力量
我却会失去欢乐
我已经长大了
前面的山峰巍峨
请你不要拉着我
你给了我温暖
我的攀登又算什么
我已经长大了
有一天我淌出了眼泪
请你不要为我擦拭
相信江水冲不垮堤岸
我会笑得比你还出色
我已经长大了

岁月从身旁匆匆流逝
请你不要离开我
无论太阳还是星光
我都渴望
我已经长大了

我的河

早想有一个人
能让我把深情诉说
今天我却依然沉默
沉默
是一条冰封的河

在我记忆的树梢上
白云轻盈飘荡
星空神秘闪烁
只是还没有小路和紫荆花
编织的那支动人的歌

我的河
习惯了沉默
却绝不冷默
它无时不在呼唤
明媚的春天
它无时不在寻觅
那潭美丽的湖泊

收　割

纵使今天不再用镰刀
却曾留下关于镰刀的记忆
夏日的太阳
烤熟了大片大片的麦地
学着捆麦子
像学着解习题
那已是很多年前的事了
可是那麦香
却飘过了时光千万里

幸 运

真的，这只是一种幸运
就像那花
有的灿然在路旁
有的寂寞在荒芜的小径
我没有理由自得
就像在被人遗忘的时候
心儿也没有理由伶仃
当我接过你美丽的祝愿
竟不知道　该回赠一个
什么样的表情

我的心事

我的心事
不喜与人说
如果里面结了冰
也会是很薄很薄

请不要问　我的心事
来如何　去如何
且让时间的水
把它渐渐淹没

也请不要猜
我的心事
是什么样的颜色
别猜　猜了就错

我还是想

你告诉我
你喜欢寂静
因为舌头多的地方
会有冰凌
关好窗子　锁住门
刮不进雨　也吹不进风

真的，也许躲避
不失为　一种聪明
但我还是想
出去走走
不是因为
我不惧怕寒冷
而是我无法忍受
大地上　没有我的身影

泪与旗

从沼泽中寻找真理
从芬芳里捕获诗意
从玉兰飘香的树下
和野狼出没的荒野
探寻生命的全部意义

没有谁永远幸运
没有谁永远不幸
眼泪，是生命的果
歌声，是生命的旗

在无法猜测的未来里
要么，用旗裹住泪
要么，用泪洗亮旗

洞　察

什么样的嘴
都可以吐出童话
就像什么样的手
都可以举起赏心悦目的花

圣洁的修女
胸前挂着十字架
可那一横一竖的前后
也可以藏着别人的
凶残和狡诈

森林很大
不仅有溪水、松鼠和小鸟
世界很大
不仅有寺庙、佛祖和袈裟

浮　想

有一些仇恨
总是不能随黑夜埋葬
仿佛点点闪着蓝光的磷火
在心灵的荒野里游荡
有那么多眼睛渴望和平
可是人们还是要正视死亡
蓝天上那洁白的鸽子呵
是否知道
也是在从前的废墟上飞翔

相信自己

相信上帝
不如相信自己
全能的上帝
没有奇迹
仁慈的上帝
从不给予

上帝是上帝
自己是自己

如果　非要我相信上帝
那么　我相信
上帝就是——我
我——就是自己

洁白的歌

天空一定是微笑的
大地一定是慈祥的
风儿一定是温柔的
因此,才有这支洁白的歌

孩子的梦一定是蓝的
老人的泪一定是甜的
年轻的心一定是温馨的
因此,才有这支洁白的歌

过去一定是萧条的
现在一定是美丽的
未来一定是缤纷的
因此,才有这支洁白的歌

把夜还给我

从小巷走上大街
让关闭已久的心扉
打开快要锈蚀的锁
路灯已然害了肝病
还立在那儿履行职责

星星亮成棋子
霓虹灯
像歹徒一样闪烁
车很多
人很多
懒成了水泥柱上的灰蛾
情绪,瞬间被碾成破碎的瓦砾
心,变得很沉默
沉默中
真想喊一声
——把夜还给我

赠

人们都说
命运对你格外的恩宠
你却时常忧戚
时常感到心
像幽潭里的石头般沉重

我不敢想
如果你像那些
历经艰辛和磨难的人们
又会是怎样的呢

不过,我相信
只要不对生活期求的太多
你就会感到轻松
就会露出欢容
即使世界萧索
也自会是一片葱茏

美好的情感

总是从最普通的人们那里
我们得到了最美好的情感
风把飘落的日子吹远
只留下记忆在梦中轻眠

善良，不是夜色里的松明
却总能把前途照亮　热血点燃
真诚，不是春光里的花朵
却总能指示希望　把憧憬编织成花篮

往事总是很淡很淡
如缕如烟
却又令人　难以忘怀
感激总是很深很深
如海如山
却又让人　哑口无言

祝你好运

还没有走完春天
却已感觉春色易老
时光湍湍流淌
岂甘命运　有如蒿草

缤纷的色彩　使大脑晕眩
淡泊的生活　或许是剂良药
人，不该甘于清贫
可又怎能没有一点清高
枯萎的品格
会把一切葬送掉

祝你好运
愿你的心情　和运气一样好

从前的歌谣

因为不期而遇
不由感觉世界真小
人生漂泊不定
仿佛被风卷起
又吹落的羽毛

最怕人还年轻
心却已经苍老
生活的轨迹
有时像置放案头
被人描来又涂去的石膏
我最近一切都好
那么你呢
路上疲惫的时候
不妨唱起
从前那首　大地听了
也会为之一绿的歌谣

豪放是一种美德

我从眼睛里
读懂了你
你从话语里
弄清了我
含蓄是一种性格
豪放是一种美德

别对我说
只有眼睛才是
心灵的真正折射
如果没有语言
我们在孤寂中
收获的只能是沉默……

真 的

真的,别那么晦涩
如果要显示机智
还不如来点儿幽默
哪怕思想
深奥如变幻的魔方
也不要像
猜不透的火柴盒

洞穿你的玄虚太累
太累了容易使人睡着

不要赞美我

总是觉得
愧对那些期待的眼睛
过去的一切
仿佛是一个
极易破碎的梦

我只是把
心灵孕育的种子
虔诚地撒在了大地上
不曾想　它们
真的长成了树
长成了一片风景

不要赞美我
那是由于慷慨的阳光
温馨的雨
还有那微笑着走来的
暖暖的风

生命总是美丽的

不是苦恼太多
而是我们的胸怀不够开阔
不是幸福太少
而是我们还不懂如何生活

忧愁时，就写一首诗
快乐时，就唱一支歌
无论天上掉下来的是什么
生命总是美丽的

留 学

因为许多人羡慕
最后,竟羡慕成一帧漂亮的
风景
白鸟激荡天空
追逐一个绮丽的梦

蓝色,有蓝色的烦恼
黑色,有黑色的抒情
在异国的土地上
那些黄河水哺育的儿女们
有的,把日子过成黄昏
有的,把日子过成黎明

他们的曲子
大家都愿意欣赏
他们的故事
只好留给儿孙们听

往事如烟

清晨的露珠　夜晚的流萤
往事闪烁在流动的记忆中
春天的青草　秋天的红枫
记忆凝固在晶莹的泪花中

慈祥的母亲有一份不变的情
哪怕盼穿双眼　望尽飞鸿
坚强的母亲有一个不灭的梦
哪怕季节艰辛　生活飘零

昨日的钟声　今日的琴声
曾经走过的道路烟雨迷濛
今日的琴声　明日的歌声
放眼望花已满树帆已满篷

风 格

不是因为格外美丽
不是因为异域沧桑
风格
自有一种力量

无 题

过错
是短暂的遗憾
错过
是永远的遗憾

我们的心愿

蓝天下是我们的家园
我们的家园花朵鲜艳
花朵鲜艳四季常青
四季常青仿佛春天的笑脸
春天的笑脸像我们的心愿
我们的心愿是让友谊永远

远行,方有一种心境

夜阑人静
偶闻遥远的吠声
在这远离故乡的地方
月光清凉如水
树影婆娑如梦
思绪缓缓地流动

忆起少年往事
往事像窗外的流萤
有几多可笑　几多可恼
全被岁月一一抚平
不知为什么
今夕会想起太多
或许
远行,方有一种心境

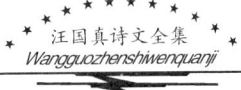

名　人

我相信
这不完全
是由于一种机遇
宛如花朵
盛开自有它的道理

我也相信
你的光华
所以会转瞬即逝
是因为你的绽放
太多的依赖节气

世事望我却依然

不要问我为什么惆怅
不要问我为什么无言
你知道
有一些事情难以说清
我只想独自品味孤单

不必向我诉说春天
我的心里并没有秋寒
不必向我解释色彩
我的眼里自有一片湛蓝
我叹世事多变幻
世事望我却依然

高山流水

是去是留
是去是留皆是愁
都是因为你呵
来得太不是时候

如果离你而去
谁能再为我弹一曲
高山流水
如果为你而留
我又怎识　天外春秋

心之域
早已是风雨满楼
你为我苍老
我为你消瘦

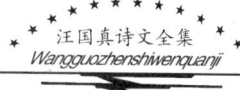

不　是

不是所有的赞美
都是出自真诚

不是所有的敌视
都必须用敌视回敬

不是所有的失败
都是浪漫感情

不是所有的胜利
都有心灵的鲜花簇拥

缅 怀

生命总要呈现灰色
永远新鲜的是岁月的河
别悲哀　同夕阳一道消逝的
是我的身影
如果你理解大地的沉默
也就理解了我

拥有时光的时候
还不知道怎样珍惜
懂得珍惜的时候
光阴已不太多
年轻的时候　也曾渴望安逸
年老的时候　总是怀念漂泊
生活并不都是快乐
回忆却是一首永恒的歌

寂寞的是心

烟雨迷蒙　江南瘦
暂系轻舟
重登高楼
再斟那别恨离愁

寂寞的是心
不寂寞的是歌喉
不想垂泪　不思伴奏
只恨不能喝干那一天风露

苦涩的芬芳

我是多么不情愿
把惆怅也化作诗行
在人生的路上
留下一路苦涩的芬芳

可是，总有这样的时候
忧郁似雾
遮住了路
也遮住了阳光

恋人不在的时候
我期待友人
友人不在的时候
我寻找心灵的太阳

那一行行饱蘸真情的文字
既有失落　更有坚强

日　子

总是觉得日子这样简单
走过去的道路那么平凡
没有几多郁悒　可以铭记
也没有多少欣喜　值得流连
秋色萧索复萧索
春光烂漫又烂漫

即使如此　我又怎能
——忘却从前
即使如此　我又怎么能不
——向往明天
希望在不断的寻找中失去
憧憬在不断的失去中再现

独　白

不是我性格开朗
其实，我也有许多忧伤
也有许多失眠的日子
吞噬着我
生命从来不是只有辉煌

只是我喜欢笑
喜欢空气新鲜又明亮
我愿意像茶
把苦涩留在心里
散发出来的都是清香

生活常是这样

心冷的时候
你会觉得每一个
季节都凉
星星仿佛是冰做的光

其实,大地并非那样寒冷
否则
檫树怎么会摇动
满目清香

生活常是这样
你所失去的
命运会用另一种方式补偿
桂花枯萎的时候
菊花又亮秋妆

选 择

你的路
已经走了很长很长
走了很长
可还是看不到风光
看不到风光
你的心很苦　很彷徨

没有风帆的船
不比死了强
没有罗盘的风帆
只能四处去流浪
如果你是鱼　不要迷恋天空
如果你是鸟　不要痴情海洋

但是,我更乐意

为什么要别人承认我
只要路没有错
名利从来是鲜花
也是枷锁

无论什么成为结局
总难免兴味索然
流动的过程中
有一种永恒的快乐

尽管,有时我也祈求
有一个让生命辉煌的时刻
但是,我更乐意
让心灵宁静而淡泊

有一段时间

随意的时候很少
失意的时候很多
有许多美丽的渴望
转瞬都成了泡沫

心很冷的时候
太阳也失去了光泽
好像没有使人高兴的事情
只独自嚼着苦涩

拨响凄清的吉他
唱一支悲凉的歌
在很深很深的怅惘里
等待命运转折的时刻

你可知道

我不想用那迷雾
把我的心灵遮住
让你凝望了半天
感觉仍是一片模糊

我不想用一道樊篱
把我的思想束缚
笑　就灿烂地笑
哭　就晶莹地哭

你可知道　你可知道
倘若我不能真实地
袒露自己
我是多么痛苦

我把小船划向月亮

请不要责怪我
有时　会离群索居
要知道
孤独也需要勇气

别以为　有一面旗帜
在前方哗啦啦地招展
后面就一定会有我的步履
我不崇拜
我不理解的东西
我把小船划向月亮
就这样划呵
把追求和独立连在一起
把生命和自由连在一起

生　活

你接受了幸福
也就接受了痛苦
你选择了清醒
也就选择了糊涂
你征服了别人
也就被别人征服
你赢得了一步
也就失去了一步

你拥抱了晨钟
怎么可能拒绝暮鼓

回 首

曾总想穿过那段
最无瑕的时光
去实现所有缤纷的梦想
当回首深深浅浅的脚印
不禁顿足扼腕
恨冬日太短　夏日不长

真想把还没有走完的青春
重新再走一遍
便知该如何珍惜
每一抹黄昏　每一缕霞光
叹只叹光阴不肯倒流
从此，再也不敢懵懂与疏狂

应该打碎的是梦

世事多迷离
当秋风从远方走来
飘零便成了落叶的踪迹

秋叶或许可以
觅到一个美丽的归宿
然而秋叶总是不如
秋风的随意

应该打碎的是梦
不是真实的自己

感 叹

放学了
他俩只是走在一起
走在一起
便成了一道作文题

同学先做
老师后做
家长最后做

世上
多了三篇文章
人间
少了一份美丽

我放飞雪白的鸽子

让我们成为朋友
请接受这遥远的问候
我放飞一只雪白的鸽子
希望它早日
落在你的肩　托在你的手

有这个愿望
已经很久很久
真庆幸这一天
我找到了通向彩虹的渡口

我的朋友
友情不只在风中雨中
还在蕙草迎接晨曦
天空结满星斗

如果生活不够慷慨

如果生活不够慷慨
我们也不必回报吝啬
何必要细细地盘算
付出和得到的必须一般多

如果能够大方
何必显得猥琐
如果能够潇洒
何必选择寂寞

获得是一种满足
给予是一种快乐

昨日风景

我不知道
有多少个星辰
醉心其间
挥一挥手
又怎能抹去
这不绝如缕的眷恋

哪怕前面的风景
更美更好
我都无法
轻抛过去　一展笑颜
尽管人生告别寻常事
真告别时　却又难说再见

追求并不是梦

我们渴望心灵的宁静
却没有谁愿意活得无息无声
既然已经走出生命的黎明
那就干吧
甩掉手中为防磕绊的灯笼

经过思索的追求
并不是梦
没有我们走不出的灌木丛
朝着阳光与阴影响亮的打个唿哨
不仅有表情还有心情

过 去

过去
是什么

过去是路
留下蹒跚的脚步无数

过去是雾
近的迷蒙 远的清楚

过去是湖
回忆,是掠过湖面的白鹭

我并不孤独

我并不孤独
有忧伤为我祝福
走在梦一般的大森林里
我迷了路
眼前是一片轻柔的薄雾

阳光透过茂密的枝叶
心弹响金色的鼓
哪里是我回家的小径
问枝头的小鸟
也问脚下的泥土

不能失去的是平凡

总有许多梦不能圆
在心中留下深深的遗憾
当喜鹊落在别人的枝头
那也该是我们深深的祝愿

是欢乐就与友人共享
是痛苦就独自默默承担
任愁云飘上安静的脸庞
人心永远向着善

生命可以没有灿烂
不能失去的是平凡

面对春天的期待

岁月的年轮
无情　越转越快
回首逶迤的车辙
憧憬的荆冠上
不禁飘落
几朵叹息　几片感慨

尽管成功的日子
还遥遥无期
淅淅沥沥的小雨
却不肯离去
仍然　在窗外
久久徘徊

我不知道
是否打开窗棂
让小雨
飘进屋来

我不知道
面对春天的期待
我该付出
怎样的爱

深深的心愿

有一个深深的心愿
愿孩子们身体健康
生命像那奔流不息的江河

有一个深深的心愿
愿年轻人心情快乐
生活像那轻盈美丽的云朵

有一个深深的心愿
愿中年强健　老人长寿
回忆美好得像诗也像歌

有一个深深的心愿
愿我献出的不仅是一颗爱心
还是人间一片瑰丽的景色

这个世界

这个世界有点儿道貌岸然
因此需要来点儿改变
不要说那是祖宗定下的规矩
该背叛的还得背叛

这个世界有点人欲横流
因此需要保留点儿纯洁的温柔
哪能向世界开放一切
不公布配方的是最醇美的酒

这个世界有点儿鱼龙混杂
天才蠢才都敢称孤道寡
时间才是最好的筛子
能筛出哪个是龙哪个是虾

这个世界有点说不清楚
让人有时明白有时糊涂
凭着良心办事不会有错
身后是个道　前面是条路

留一颗心给尊严

都市愈来愈繁华
我却不希望高楼遮住天
人心愈来愈难测
我却不希望冰霜盖住脸
脚步愈来愈急匆
我却不希望那都是为了钱
海风愈来愈强劲
我却不希望改变你我的容颜
高楼　留一片天空给大地
人心　留一份真诚给朋友
脚步　留一些从容给自然
我们　留一颗心给尊严

并不在于

并不在于荒原
明天就能成为绿洲
并不在于心声
明天就能成为诗行
并不在于憧憬
明天就能灿若霞光

只要有一颗水晶一样的心
和永不泯灭的向往
有谁能够证明
我们只能是星星
永远长不成太阳

记忆的门

当掌声响起来的时候
泪水不由冲开了记忆的门
以前的一切苦累
都感觉值得
曾有的失落
仿佛被风吹远了的沙尘

过去的努力本不是
为了今天的掌声
可今天的情景确能够还我自尊
真高兴向世界证明了自己
向东方唱一曲　心中日升月沉

在那个节日的夜晚

在那个节日的夜晚
一个孩子忽然长大
他不要求任何礼物
哪怕那只是一支铅笔
或者一小袋爆米花

在那个欢乐的节日夜晚
节日的欢乐没有走进那个孩子的家
节日只在他的梦里
梦里的孩子走天涯

在那个节日的夜晚
星星说着月亮的话

这就是生活

当你屹立天地
便开始经受暴风骤雨
当你出人头地
便开始承受命运打击

有多少好男儿
遭人嫉恨　被人误解
有多少好女儿
被人中伤　遭人算计

这就是生活
在鲜花盛开的地方
有时要树起樊篱
这就是生活
当果实结满枝头
总有不劳而获的人惦记

无　题

年龄
总是如期而来

忧愁
总是不请自来

不幸
总是突如其来

而你
为何　总也不来

无 题

我可以拒绝一切
却无法拒绝寂寞
如果有人背叛你
总是在落魄的时刻

也会有人送来慰藉
如天国降临的使者
在无法报答的日子里
只有默默地记着

春寒时节不说
秋雨时节不说
真待说时
不见花开　只见花落

必须坚持

必须坚持
为了不被淹没
必须坚持
既然不想苟活
必须坚持
为了不被视为弱者
必须坚持
既然想证明什么
必须坚持
坚持到最后一刻

不因小不忍

风雨会使我们变得强壮
挫折会使我们变得坚强
一些成熟的思想
和宝贵的品质
来自于受伤

不要害怕嘲讽的目光
也不要害怕别人的蜚短流长
许多时候
沉默就是一种最好的抵抗
水一样存在
树一样成长
不因小不忍
偏移大方向

欲望使人陌生

欲望使人陌生
一次赤裸的谈话
破坏了原本平静的
心情
欲望
真能使友谊之花
凋零
没有花朵的枝干
不知该是一种
什么样的表情

因为平凡

因为平凡
所以很少有人青睐
因此专心致志生长
因为平凡
所以很少有人热情
因此在冷漠中懂得善良
因为平凡
所以很少有人关照
因此不得不学会坚强
因为平凡
后来他成了不凡的人

光阴的对话

谱一支歌
一支遥远的歌
喜欢歌的人
不会寂寞
写一幅字
一幅飞扬的字
那播撒下的
是年华的种子
画一张画
一张传世的画
画里画外
那是光阴的对话

伤

划破了的伤口
要不了太久就可以愈合
心灵的创伤
需要平复的时间更长
最响的是没有声音的响
最痛的是没有伤口的伤

当我们不再那样年轻

当我们不再那样年轻
才发现我们的心原本相通
当年，缺的只是一次表白
难道说那仅仅是为了慎重

岁月不可以重来
生活也不可以再作安排
从前的失误
从此便成了心中永远的痛

人生有时竟是这样无奈
错过了的竟是最美的风景
遗失了的竟是最纯真的感情

对别人好一点

对别人好一点
又有何妨
没有什么人
愿意拒绝善良
微笑能让人温暖
就像春天会融化冰霜
世界会因此多了些美好
送人花束　心有留香

不要那么多"学问"

不要那么多"学问"
这会妨碍心灵的靠近
多么美好　原野的自然
让人感觉清新

更甭提那蹩脚的
故作深沉
玄虚就像厚厚的脂粉
让人觉得恶心
像风的流动
像雨的滋润
真正的深刻是简洁
真正的成熟是单纯

生活告诉我们

蓝色的海洋
金色的沙滩
那是青春温馨的驿站
曾经走过的道路告诉我们
只要心仪　远方不远

生活还告诉我们
爱不是喜欢那么简单
牵手不是有爱就能如愿
就像不是所有的水都清洌甘甜
就像不是所有的树都绽放花瓣
我们不仅要学会争取
也要学会让时间的流水
洗去失意和忧伤
还世界一个青春焕发的容颜

必须坚强

因为向往
所以选择了远方
因为无可依靠
所以必须坚强
在前路渺茫的时候
也不放弃希望
在孤立无援的时候
靠信念支撑前进的力量
再深的水也淹不死鱼儿
再烈的火也烧不死凤凰

一切任由人说

何必解释呢
一切任由人说
无论什么样的火焰
也不能改变金子的本色

让心情轻轻松松去远方旅游
背后的一切
都留给一把锁

人生需要呐喊
有时　也需要沉默
沟渠还是沟渠
江河还是江河

只比苦难多一点

天空不会总是蔚蓝
道路不会总是平坦
生活中有一些不幸
我们必须面对
我的坚强并不多
只比苦难多一点

多一点　马就能穿过荒原

多一点　鹰就能掠过高山

多一点　骆驼就能找到甘泉

多一点　队伍就能跨越艰险

多一点呵　多一点
生命之花就能渡过寒流
开得无比绚烂

谁能告诉我

有多少时光
能经得起挥霍
有多少感情
能落泪成河
有多少背叛
能让心灵不脆弱
有多少欺骗
能让信任不打折
有多少虚伪
能让真诚的心不失望
有多少流言
能让无辜的人不难过
……
所有这一切
谁能告诉我

可以不是

可以不是作家
但要留下不朽的作品
可以不是画家
但要留下传世之画
可以不是音乐家
但要留下动人的音乐
可以不是伟大
但要让质朴闪烁光华

还是未来

这个世界变化太快
让人记不住昨日的精彩
仿佛一支
不断前行的船队
掉队了　便预示着一种悲哀

船已远离了岸
置身于海
远方不仅是生存的土地
还是未来

心灵的天空

是谁拉响了凄婉的琴声
让城市的夜晚也变得迷蒙
丁香花寂寥地开了
那花儿绽放的声音
有谁能听得懂
生命总是在与命运抗争
无不是为了争取一个更好的前程
如果忧郁时能有琴声相伴
这算不算是一件绮丽的事情

刺骨是风　　清凉是风
谁也不会拥有
一成不变　　心灵的天空

希望的胚芽

坐看夕阳
夕阳里有海鸥飞翔
和水面上
燃烧着的波光
浪在礁石上开花
一朵又一朵
彼伏此起怒放
原来,石头上也并非
什么都不能生长
有希望的胚芽
就一定能找到绽放的土壤

我希望

我希望
吹来的是没有沙尘的风
我希望
看到的是无须表扬的感动
我希望
能领略没有胭脂的风情
我希望
能欣赏花团锦簇中的青衣素容
我希望，真的希望
能倾听没有噪音的天籁之声

你就是你

如果你是大河
何必在乎别人把你说成小溪

如果你是峰峦
何必在乎别人把你当成平地

如果你是春天
何必为一瓣花朵的凋零叹息

如果你是种子
何必为还没有结出果实着急

如果你就是你
那就静静微笑　沉默不语

如果你选择了路

如果你选择了路
我便选择河流
你有坚韧的双脚
我有破浪的轻舟

我不想跟随你走
是因为我不愿落在人后
原谅我吧
虔诚不够　崇拜不够

你有你的烂漫
我有我的锦绣

在往事潋滟的波光上

走过花期
生命就不再是一张
没有涂抹过的纸
在往事潋滟的波光上
记忆曾经与黯淡和辉煌相识

那是一种向往
和平鸽衔着橄榄枝
真实的生活
却仿佛是一条
琳琅满目的街市

不如意的时候
不必匆忙向恨你或者
爱你的人解释
只要是波涛
潮落自有涨潮时

让光明多一点

你觉得世界黑暗
是因为紧闭着双眼
没有任何兴致的人
怎么会不感到孤单

光明与黑暗
一半对一半
所有的耕耘都是为了收获
所有的出海都是为了靠岸
所有的努力都是为了
让光明多一点

成功是出色的平凡

不要急于成佛成仙
也许我们应该按部就班
踏踏实实埋下每一粒种子
认认真真过好每一天

你也许期待
粉荷盈香　花羡木怜
你也许期待
玉树临风　如日中天

其实　成功很远也很近
成功是出色的平凡

成功有时就是那么简单

成功有时就是那么简单
当别人误入歧途的时候
而你没有

成功有时就是那么简单
当别人半途而废的时候
而你没有

成功有时就是那么简单
当别人故弄玄虚的时候
而你没有

成功有时就是那么简单
当别人孤芳自赏的时候
而你没有

成功有时就是那么简单
当别人绞尽脑汁急于成功的时候
而你没有

高傲不是高贵

高傲不是高贵
自赏不是纯粹
在晦涩和深奥的背后
可能不过是一堆
鸡零狗碎

李白爱酒
贪杯的却不一定
都是才子
而可能是落魄的酒鬼

我相信
如果真有一双翅膀
——迟早会飞

后人遗忘的事情

既然过于普通
就不要指望沧桑把
平庸变成古董
即使有一天成了
古董
也不要奢望价值连城
今日的珍宝
岁月会使她变得更加璀璨
而那些美妙的一厢情愿
早已成了一些
被后人遗忘的事情

美丽不需要化妆

美丽不需要化妆
那是一种清新的亮相
太多的雕饰
只能证明缺少魅力
缺少动人心魄的力量

美丽不需要化妆
化妆是因为还不够美丽
白云没有化妆
洁白中自有一种旖旎
花儿没有化妆
妩媚中自有一种芬芳

内心的召唤

时间是最公正的裁判
一时的毁誉
姑且当作妄言
只当是风的手
在弹荒野的弦

兴趣　便是心中最华美的
红地毯
何须管别人柳絮一样
唠唠叨叨　没了没完
只服从于一个声音
那是内心深处的召唤

时艰玉可作石

那路再远再难
我也不怕
只要不会在中途倒下

而该来的
就让它来吧
该发生的
就让它发生吧

时艰玉可作石
秋来叶能当花

生命中最可宝贵的

外面的世界
里面的向往
都市的霓虹里闪烁着
一片喧响
你记忆中可还有故乡屋前
那一簇丁香
比夏日还烫的是人的欲望
你是否还能淡定自若
像雪花一样自由自在的美丽
而不失去主张

为了解脱没有钱的痛苦
有太多的人
痛苦地把自由赔上
为了解脱没有女人的痛苦
更有一些人
孤独地走进了永远的牢房

有些人到头也没弄明白
生命中最可宝贵的

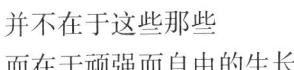

并不在于这些那些
而在于顽强而自由的生长

生活美好

让心灵被诗歌照耀
让音乐流进细胞
让花儿在眼前开放
嗅一嗅春天的味道
生活美好

让烦恼在秋天枯萎
让阴郁像烟尘散掉
让自卑落叶一样流走
听一听百鸟的啼叫
生活美好

让幻想被现实代替
让向往耸起更高的目标
让心愿像一只永生的太阳鸟
看一看自然的美妙
生活美好

闪光的生命不易老

裂变的情感
仿佛夏日隔夜的盛宴
味道已变
样子也不再好看
既然已准备倒掉
又何必留恋

珍惜生活
努力活得像星星一样璀璨
闪光的生命不易老
它总是那么光彩
灿烂在岁岁年年

死去的生

再精致的鸟笼
也是鸟笼
笼中鸟的生活
简直是一种死去的生
伤肝伤肺怎比得了伤心
肌疼肤疼怎比得了心疼
那样一种悠闲
仿佛是流亡的总统
看似轻松　实是沉重
没完没了的辛酸
常常是袭上心头的内容

我心静如常

世态难免有炎凉
只求我心静如常
如此　风来何妨
无风怎知什么叫清爽
如此　浪来何妨
无浪怎知我豪放
我们在生活中学会坚强
因为坚强
我们百炼成钢

我干吗不快乐

谁都会有
不被理解的苦恼
既然谁都会有
我又何必祈祷

谁都会有
遇到烦心事的苦闷
既然谁都会有
我又何必伤神

谁都会有
被人误解的委屈
既然谁都会有
我又何必让心哭泣

谁都会有
遇到喜事的快乐
既然谁都会有
我干吗不快乐

幸运并不可靠

幸运并不可靠
就像一张年深日久的唱片
不知什么时候就会跑调
或者 像一堆阳光下的积雪
很容易就被融化掉

可靠的只有自己
自己的辛劳
真实如岛上的石礁
增强自己的实力
如强健身体
这样 天气变幻的时候
不容易感冒

希望是生命的天

树梢
昭示时间
使命
指引罗盘
树木
聆听季节
星星
预告明天

爱情是青春的肩
希望是生命的天

汛期来了

理智告诫欲望
欲望沉默不言
这不是一般的选择
一边是花圈　一边是花篮

最重要的关头
没有能替你拍板
更甭说当你的导演
汛期来了
这是对堤坝的一次考验

如 果

如果山河不老
什么又能使它老
如果意志不倒
什么又能使它倒

不论风天还是雨天
如果翅膀已经准备好
不论生存还是毁灭
如果勇气比死神还要高

在磨难中表现出从容
在从容中展示出骄傲

握一握未来

无望的天气
有望的雨
谁能数得清
窗外的雨滴

无望的爱情
有望的结局
每一次结束
都孕育了一次新的生机

无望的年龄
有望的道理
握一握未来
笑一笑过去

渡　河

把花青和藤黄
调成生命的颜色
让三青融合胭脂
在时空里展示高贵的光泽
用憧憬和坚毅铺一条
希望之路
用才华和汗水作舟
渡过那波涛汹涌的河

磨难使人优秀

磨难使人优秀
那种顽强的品质
只有经历了才有

雨落下来了
等一等
就到了天晴的时候

雪飘下来了
朋友们呵
我们什么时候去春游

第二辑
赤城之心

有一种语言
只有你我能懂
在最平凡的字眼里
隐藏着最惊心动魄的感情

在这感情又是那么圣洁
胜过了教堂的钟声
让这种默契默默成长吧
雪一样白 草一样青

给 父 亲

你的期待深深
我的步履匆匆
我知道
即使步履匆匆
前面也还有
太多的荆棘
太远的路程

涉过一道河
还有一条江
翻过一座山
又有一架岭
或许　我就是这跋涉的命
目标永远无止境
有止境的是人生

不问,是理解

孩子大了
便成了母亲的心事
母亲的心事
是夏天的树叶
怎么落　也落不尽

母亲也知道
不好总问
问多了
石头也会生气
于是,母亲的脸上
常有一层薄薄的霜翳

嗨,母亲
为什么
不学学沉默的父亲
问是爱
不问,是理解

慈 母 心

半是喜悦
半是悲哀
最难与人言的
是慈母的情怀
盼望　果子成熟
成熟了　又怕掉下来

母亲的爱

我们也爱母亲
却和母亲爱我们不一样
我们的爱是溪流
母亲的爱是海洋

芨芨草上的露珠
又圆又亮
那是太阳给予的光芒
四月的日子
半是烂漫
半是辉煌
那是春风走过的地方

我们的欢乐
是母亲脸上的微笑
我们的痛苦
是母亲眼里深深的忧伤
我们可以走得很远很远
却总也走不出母亲心灵的广场

毛 衣

妈妈，不要舍不得穿
儿子为你买的那件毛衣
那是儿子的一点心意

妈妈，不要舍不得穿
儿子为你买的那件毛衣
那是儿子的千言万语

妈妈，不要舍不得穿
儿子为你买的那件毛衣
那是儿子的笑声和泪滴

妈妈，不要舍不得
如果你不穿
儿子就一件两件三件
一直买下去
哦，妈妈

我爱妈妈

我爱绿叶
我爱红花
我爱比绿叶红花
更美丽的妈妈

我爱蝴蝶
我爱蜜蜂
我爱比蝴蝶蜜蜂
更勤劳的妈妈

我爱春风
我爱彩霞
我爱比春风彩霞
更亲爱的妈妈

给 友 人

不站起来
才不会倒下
更何况
我们要去浪迹天涯
跌倒是一次纪念
纪念是一朵温馨的花
寻找　管什么日月星辰
跋涉　分什么春秋冬夏
我们就这样携着手
走呵　走呵
你说，看到大海的时候
你会舒心地笑
是呵　是呵
我们的笑　能挽住云霞
可是，我不知道
当我们想笑的时候
会不会
却是　潸然泪下

感　谢

让我怎样感谢你
当我走向你的时候
我原想收获一缕春风
你却给了我整个春天

让我怎样感谢你
当我走向你的时候
我原想捧起一簇浪花
你却给了我整个海洋

让我怎样感谢你
当我走向你的时候
我原想撷取一枚红叶
你却给了我整个枫林

让我怎样感谢你
当我走向你的时候
我原想亲吻一朵雪花
你却给了我银色的世界

贺 卡

每到新年将临的时候
便开始忙
此前的日子
都觉着太平常
看蝴蝶飞在冬天
冬天的蝴蝶可真漂亮

这是一种方式
这种方式让情意张开了翅膀
用眼睛感受心
从心到心
是记忆亲切的脸庞

思　念

我叮咛你的
你说
不会遗忘
你告诉我的
我也
全都珍藏
对于我们来说
记忆是飘不落的日子
——永远不会发黄
相聚的时候　总是很短
期待的时间　总是很长
岁月的溪水边
捡拾起多少闪亮的诗行
如果你要想念我
就望一望天上那
闪烁的繁星
有我寻觅你的
　　　　目——光

祝　福

真的，别再送了
你已经陪我　走了好几站路
我不愿　缩短我的寂寞
延长你的孤独
你想给予　我也想付出
此刻，我不需要什么
只想你能送我　一个皎洁的祝福

知 音

在淡淡的音乐中
我们相对而坐
任凭感觉像杯子里的柠檬
举起又滑落
如果话题老是重复
那还不如沉默
我们没有　永远没有
有的只是语言
总是在不知不觉中
走进朦胧　融入夜色

纪　念

命运可以走出冬天
记忆又怎能忘却严寒
春天，是个流泪的季节
你别忘了打伞

当你走向萧索
我知道
你不是喜欢孤单
当你泪花闪烁
我知道
你不是悲哀　而是喜欢
沧桑抹去了青春的容颜
却刻下纵横交错的山川

致 友 人

我没有太多的话　告诉你
走什么路　全在自己
只是愿你
不要太看重红色的花和金色的果
不要太看重
名利　与　荣誉
即使没有辉煌的未来
如果能有无悔的往昔

送　别

送你的时候
正是深秋
我的心像那秋树
无奈飘洒一地
只把寂寞挂在枝头
你的身影是帆
我的目光是河流

多少次
想挽留你
终不能够
因为人世间
难得的是友情
宝贵的是自由

南方来信

知道了你的名字
却不知道你的面容
北方白雪飘飘
南国烟雨濛濛
你的祈愿飘在细雨里
我的祝福洒在雪花中

何必想
你是否柔情似水
何必想
你是否伟岸如松
只要　情也洁白
只要　诗也透明

有一种语言

有一种语言
只有你我能懂
在最平凡的字眼里
隐藏着最惊心动魄的感情

这种感情又是那么圣洁
胜过了教堂的钟声
让这种默契默默成长吧
雪一样白　草一样青

叠不起的心绪

一片葱茏的叶子
飘落在无尘的傍晚
那是远方你的寄语
和着青春的气息

我在灯下读你
如读一行过目难忘的诗句
白杨树叶哗哗摇动窗帘
夹竹桃的芳香洒满大地

唉，这一晚
整个儿都是你
叠起又展开的是你的字迹
展开却叠不起的是我的心绪

祝　愿
——写给友人生日

因为你的降临
这一天
成了一个美丽的日子
从此世界
便多了一抹诱人的色彩
而我记忆的画屏上
更添了许多
美好的怀念　似锦如织

我亲爱的朋友
请接受我深深的祝愿
愿所有的欢乐都陪伴着你
仰首是春　俯首是秋
愿所有的幸福都追随着你
月圆是画　月缺是诗

请听我说一句话

你为什么这样矜持
也许,你渴望春天
可又担心
春天会带来风沙

你为什么这样害怕
也许,你习惯了春天
唯恐,有一天
春天会像飘逝的云霞

友人,请听我
说一句话
睁大眼睛
不如举起火把

愿看你从容

有一些不肯飘落的故事
总成提醒
只好把它深埋在大地之中
我们不能老是这样为往事感伤
甚至恨不能去守望
古刹那苍茫的钟声

古老的河流
赋予我们的除了生命
还有一道长长的纤绳
更别忘了北方亲切的白杨林
和江南含笑的烂漫花丛

别站那么远　那么孤零零
我欣赏你的独立
却不包含你的表情

真的,你
很聪睿很飘逸很迷人很生动
如果你能在风中在雨中
在冰雪中
从从容容

一双含泪的眼睛

一双含泪的眼睛
让我的心烟雨迷蒙
朋友，你即使受了委屈
也不要消沉
埋怨命运不公平

一双含泪的眼睛
让我的心落叶飘零
朋友，你即使受了打击
你也要挺住
要同这世界抗争

一双含泪的眼睛
让我的心有说不出的痛
朋友，我默默地为你祝愿
有那么一天
你会万里鹏程

友 情

有了友情
就少了许多烦忧
阴郁的叶子
便不会落在土里
而会浮在水面上
向远方漂流

友情是溪是河
是一种清新的空气
在身前背后
我是这样
难以离开友情
就像面对葱茏的风景
怎么能不　驻足停留

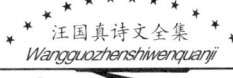

友　人

月亮笑成香蕉
柠檬在玻璃杯里漂
来自友人的信笺
仿佛橄榄
让我慢慢咀嚼

那是一份真挚的友谊
美丽纯洁如冰雕
天冷的时候
才看得见形状
天热的时候
如此瑰丽的造型
找也找不到

我知道

欢乐是人生的驿站
痛苦是生命的航程
我知道
当你心绪沉重的时候
最好的礼物
是送你一片宁静的天空

你会迷惘
也会清醒
当夜幕低落的时候
你会感受到
有一双温暖的眼睛

我知道
当你拭干面颊上的泪水
你会粲然一笑
那时，我会轻轻对你说
走吧　你看
槐花正香　月色正明

倾 听

其实，真是没有必要
为了你心中的夙愿忧伤
模特的猫步
可以踏平舞台
却踏不平起伏的海洋
生活不仅只是橱窗

有一种心声
就会有许多传递的渴望
在心灵的沃土里
渴望像种子一样顽强

我在倾听你的诉说
你也听到我的声音了吗
太阳，也会沉睡
却不会失去光芒

我不期望回报

给予你了
我便不期望回报
如果付出
就是为了　有一天索取
那么，我将变得多么藐小

如果，你是湖水
我乐意是堤岸环绕
如果，你是山岭
我乐意是装点你姿容的青草

人，不一定能使自己伟大
但一定可以
使自己崇高

真　想

真想为你做点什么
因为　我总觉得所欠太多
你仿佛是结满浓阴的枝柯
遮蔽着我　一个疲惫的跋涉者

真想回报你以温暖
我却不是太阳
真想回报你以雨水
我又不是云朵

真想了却的心愿不能了却
这不只是遗憾　也是折磨

迟 到

在你最美丽的时候
我没有看见
看见你时
已是夏天的容颜

我不知道
应该庆幸
还是应该遗憾
走出重门深锁的庭院
夏天的夜
——真好看

致陌生的朋友

当你向我敞开了心扉
我的心　便含满了泪水
我那颗疲惫不堪的灵魂
便体验到了一股温暖　一缕欣慰

成熟的友情像浆果
陌生的呼唤如新蕊
当我遥想你
远方的橄榄树
我的胸膛顿时充溢着
天空般　莹澈的喜悦
和海洋般　深深的忏悔

秋日的思念

你的身影离我很远很远
声音却常响在耳畔
每一个白天和夜晚
我的心头
都生长着一片常绿的思念

如果我邻近大海
会为你捧回一簇美丽的珊瑚
让它装点你洁净的小屋
如果我傍着高山
会为你采来一束盛开的杜鹃
让春天在你书案前展露笑靥

既然这里是北方
既然现在是秋天
那么，我就为你采撷下红叶片片
我已暮年的老师啊
这火红火红的枫叶
不正是你的品格
你的情操　你的容颜

且让心愿飞

固执地把错认为是对
向你关闭了原本敞开的心扉
让无辜的你恨不得怒发冲冠
让脆弱的你恨不得流泪

如果误解难以解释
不如坦然面对时间的流水
不论花儿绽与落
且让心愿飞

相知不在于距离

相知不在于距离
也许　这是网络创造的
一个奇迹
深知却必须走近
还要披挂上时光的蓑衣

过去的一切
能铭刻的寥寥无几
属于这寥寥无几的
都是最魅人或最烦人的记忆

能够认识你,真好

不知多少次
暗中祷告
只为了心中的梦
不再缥缈

有一天
我们真的相遇了
万千欣喜
竟什么也说不出
只用微笑说了一句
能够认识你,真好

真香无让

因了欲望像高楼一样疯长
便有了形形色色的粉墨登场
还有了说不清的链接
还有了道不尽的上网

面对五光十色的画笔
纯洁很难再是一面
粉白的墙
可是　仍有一种珍贵的东西
总让人想　就像那
真水无香　真香无让

幸福的名字叫永远

在这个难忘的时刻
送给你一个美好祝愿
里面有我万语千言
我们共举生活的杯盏
愿今生伴你的有欢笑
欢笑的名字叫灿烂
愿伴你的还有幸福
幸福的名字叫永远

附录：

"汪国真现象"
——青春期的阅读期待

曲圣文

在一些作家、诗人拿着书稿为书号而到处奔波的时候，默默无闻的汪国真如一颗耀眼的明星出现在中国文坛的天空，使一些著名或不著名的作家(诗人)黯然失色：他的诗(自1990年以来)一版再版，呈方兴未艾的坚挺趋势——两本诗集不到半年发行量即逾20万册。而且据报道，目前国内二十几家出版社蜂拥而至，争相出版他的著作——不需买书号、不需拉赞助，只要他愿意。而且，他的诗健康清新，没有武打凶杀，没有色情淫欲。这实在是当今中国文坛的一个奇特的现象，故名之"汪国真现象"。

"汪国真现象"的产生绝非偶然，既有政治、经济等方面的原因，亦有作品意向和读者的阅读需求等方面的原因。但只要我们稍加了解和分析，就会发现，汪国真的诗大都跳荡着一个"年轻"的主旋律，而构成汪国真诗歌的读者队伍亦较单纯，大都为青春期(有一定文化修养的)读者。显而易见，汪国真的诗与青年读者的阅读期待构成某种契合，本文试从这一角度对"汪国真现象"的产生作一番考查。

一、青年读者的心理特点和阅读期待

（一）阅读的年龄段

人们的阅读需求是和年龄有密切关系的，不同的年龄段有不同的阅读兴趣，同一的年龄段有大致相同的阅读兴趣，托尔斯泰于1891年12月15日曾列过一个书目，把他认为应该读的书按读者年龄划分为不同的阶段。1."14岁以前读的书"（列有《一千零一夜》等）；2."14岁到20岁读的书"（列有卢梭的《忏悔录》、狄更斯的《大卫·科波菲尔》等）；3."20岁到35岁读的书"（列有雨果的《巴黎圣母院》、俄译《奥德赛》等）；4."35岁到50岁读的书"（列有雨果的《悲惨世界》、希腊原文的《奥德赛》等）；5."50岁到63岁读的书"（列有希伯来文的《创世纪》、西奥多·派克的《宗教演说辞》等）。虽然托尔斯泰所列书目不一定具有那样强的针对性和准确性，但这样提出问题却是相当有道理的。阅读作为相当普遍的一种认识方式，是有自身的规律和特点的，而把阅读划分为年龄段就是一个很重要的方面，其科学依据是现代心理科学。人生从幼年到成年有一个较为漫长的发育成长过程，在这个过程当中，人的生理、心理方面都有很大的变化和发展。成年以前，人们受社会阅历、教育程度、生理及心理方面的限制和影响，思维活跃、兴趣多变，阅读大多受好奇心和求知欲支配。成年之后，随着阅历的丰富、知识的增长以及生理和心理上的稳定，阅读也便向高深发展，除文学外，更着意于哲学和历史等。当然这并非绝对，而且有的阅读物会超越年龄界限，而受到广泛的欢迎，比如优秀的儿童文学作品。从这个角度来看，汪国真的诗就是符合青春期读者的心理特点和阅读需求的，亦即大约相当于托尔斯泰所划的第三段（"20 岁到 35 岁"）或加上第二段（"14 岁到 20 岁"）之一部分。

（二）青春期读者的心理特点和阅读需求

从生理学的角度来讲，第二性征的出现即可视为青春期的到来，这时的年龄是十三四岁，它的上限是二十七八岁，这大体上与团章中规定的共青团员的年龄相吻合。若以近年来的社会评价（社会上的各类竞赛、征招等）作为依据，其上限则是 35 岁，这恰好又和托尔斯泰所划年龄段相一致。

这个时期的青年处于求知求学阶段，身体发育趋于成熟，心理却不稳定，思想极为活跃，大致有如下一些特点：1. 好幻想，易失望；2. 好冲动，易消沉；3. 重友情，易受骗；4. 人生阅历浅，求知欲望强；5. 社会经验少，事业心强。这个时期，由少年时期发展起来的好奇心已渐为求知欲所取代而有所抑制，而好幻想的特点亦随年龄增长而呈弱势却贯穿于青春期，好冲动与好幻想关联但往往表现在行动上。二者都因其主观愿望与客观实际的距离，往往未能达到预期的理想效果，所以失望和消沉。便常常与之相伴随失望与消沉都是缺乏对自身和客观世界公正评价的结果，是思想不成熟的表现。成功的欲望（获得社会的承认）是从青少年时期就开始有的，但这一时期缺少社会实践的机会，便往往转为对朋友的关注，以期获得朋友的承认而使自身的价值得以实现。所以这一时期喜欢交友，看重友情，而交友亦有一定的盲目性，极易轻信受骗。

但有时也把自己的失误归之于受骗,因而对一切都不信任,从而走向另一极端。似乎不必把这一时期的异性交往都视为爱情追求,但未婚(未恋)青年男女无疑正在滋生爱的渴求,而每个青年或朦胧或清晰的意中人也都蒙上一层神秘的理想色彩,并进行着成功或不成功的爱情体验。成功的喜悦与甜蜜,失败的痛苦与烦恼,常给青年朋友以深远的影响,使爱情体验成为青年朋友的人生主题。处于和平年代的青年大都处于正常的求学时期,因而人生阅历极浅,社会经验不足,却有极强的求知欲望和极强的事业心。他们便渴望从书本中获取知识,寻求人生经验,用心灵体验未经的生活。

由于上述一些特点,青春期读者的阅读亦有相应的需求,主要表现为如下几个方面:1.求知,各类专门专业知识,可以概括为自然科学、社会科学、生活知识、文化娱乐等;2.情感体验,主要为表现人的感情生活的各类文学作品;3.人生经验,表现具体人生经验的小说、人物传记等。而这些常常又集中表现为求新:新知识、新观念、新创作;有某种赶时髦的倾向(受社会上各种因素的诱导):中日围棋擂台赛中国队屡屡告捷,聂卫平名声大振,围棋书一度走俏,而其他时候下围棋远没有下象棋的人多,买围棋书的人更少;史丰收的快速计算法、卡耐基的成功秘诀、庞中华的钢笔字帖、琼瑶的爱情小说、弗洛伊德的性心理学、蔡志忠的漫画系列以至于气功、周易等等都曾受到青年朋友厚爱,而有过一段辉煌的时期。这其中虽有求知欲的支配,却也不乏好奇的因素。由于这一时期的读者兴趣广泛而多变,思想活跃而易于接受新事物,所以常常掀起各种阅读热潮,成为冲击或影响图书市场的一支生力军。

(三) 青春期读物未能满足市场需求

出版界虽多年来比较重视青年读物的出版，但由于大文化环境的影响和制约，使青年读物的品种还较为单调，层次亦不够丰富，因而无法满足青年读者的多方面阅读需求。

1. 港台作家作品走俏。随着改革开放的不断深入，海外文化逐渐进入大陆文化市场。由于大陆出版物的不够丰富，进而造成了港台读物对大陆文坛的一次又一次强烈冲击。第一次是在1985、1986年间，以金庸、梁羽生、古龙为代表的武侠小说派轰轰烈烈，一路打来。一时间，武林高手、各路豪侠充斥书肆，更兼电影电视剧推波助澜，使得青年朋友豪不吝惜自己腰包，硬去经受一番拳脚棍棒和暗枪明箭的洗礼。这类作品武术家不会承认，文学家亦不会认可，但青年朋友就是喜欢。神奇的招术、曲折的情节、重叠的悬念、侠义的心肠等等都适应了青年读者的阅读兴趣，从而形成了一股热潮。1987年前后，港台作家再度异军突起，而形成对大陆文坛的又一次强烈冲击。迥异于前回呈阳刚之气的赳赳武夫，这番上阵的则是儿女情长呈阴柔之美的琼瑶、三毛、席慕蓉、岑凯伦等一班女将。但与前回相像的是，仍然是青年读者的阅读选择起了主导作用。虽然我们的文学作品亦曾有过爱情婚姻的描写，但未曾写得这般丰富多彩，也未曾爱得如此死去活来。犹如人体除了需要主食，还需要副食，还需要补充微量元素一样，人们的阅读需求也是多样的，不仅要从书中获取知识的力量，也要从书中获得激动和宁静，以求得心理的平衡。青年朋友正是向武侠作品中寻求激动和义气，向三毛和琼瑶作品中寻求宁静与温馨。

2. 青年文学家何在？这里的青年并不是指作家的年龄，而是像儿童文学家那样指的是读者对象。虽然从题材划分上有青年文学一说，但真正属意于此的作家不多，优秀的作品更少。1986年上海几家新闻单位组织青年读者评选"我们喜欢的书"，获选十本之中就有琼瑶的《几度夕阳红》、《船》等三本；历届全国中学生评选"我所喜欢的书"中，似乎只有王蒙作于50年代的《青春万岁》是面向青少年读者的。因而青少年读者只有向儿童文学和成人文学（姑用此概念，便于叙述）中寻求适宜的读物，这无疑不利于青春期读者的成长和发展。近几年一些作家虽亦曾有志于青少年文学，但影响不大，其中较有成绩者都在小说领域中，如北京的肖复兴、上海的秦文君和陈丹燕。诗歌领域中几年前纪宇的《风流歌》亦曾受到青年朋友欢迎，其后几成空白，汪国真之所以产生了如此"轰动效应"，这也是原因之一。但更主要的还在于汪国真诗歌本身。

二、汪国真诗歌的特点与青年读者的契合

（一）汪国真的诗涵盖青春期读者所面临的种种

汪国真的诗之所以受到青年读者的欢迎，一个很重要的原因，就是题材上的针对性，正如读者所说：他（汪国真）的诗离我们很近，我们在生活中遇到的问题几乎都能在他的诗中找到富于哲理和审美意味的答案，并给人一种积极向上的激励。这是很中肯的概括评价。但要对汪国真的诗进行题材上的

具体分类却又是困难的,他似乎能从日常生活的各个角落选取素材进行创作,内容似很单纯,却又包孕丰富。有些诗具有李商隐的无题诗的特点,所指带有某种不确定性。但为便于分析和叙述,本文试撮其要者对他的诗作一大致划分。

1. 事业、前途和追求。这是每个有志青年都要考虑的一件大事,汪国真是这样看的:"我不去想是否能够成功/既然目标是远方/便只顾风雨兼程",表现出一种不达目的誓不罢休的顽强进取精神(《热爱生命》)。"如果远方呼喊我/我就走向远方/如果大山召唤我/我就走向大山",体现出听命于时代、献身于事业的豪情(《山高路远》)。此外,还有《泪与旗》等等都属这一类,从中可以看出作者的追求。

2. 人生道德。这是青年朋友关心的问题,也是作者涉笔较多的领域,而有些诗似乎只从题目上便可感知作者的心灵:《我不期望回报》、《我微笑着走向生活》、《如果生活不够慷慨》等等,干脆就是一种观点、一种态度,体现出一种旷达和超然的人生态度、一种乐观的情怀。属于这一类的还有《旅程》、《生活》、《选择》、《我把小船划向月亮》等,我们可以相信:"人,不一定能使自己伟大/但一定可以/使自己崇高"。

3. 爱情。古往今来的爱情题材作品已然太多,但我们仍可从汪国真的诗中体会到一种新鲜和明丽。如《我不再等待》,对约会的迟到者予以批评,同时对一味的"等待"提出警告,似较为罕见,体现出一种人格。作者写得更多的是失恋,似乎失恋的内涵更丰富:《失恋使我们深刻》,这题目就是警句,一如作者诗中所体现的人生态度的旷达。这一类的还

有《怀想》,却已超越了爱情。

4. 分别。犹如对失恋的关注和体验,作者更多地写分别:"经常的小别/会使爱升华"(《别这样》),"我们分享的/是同一轮月亮"(《告别,不是遗忘》)。分别更易使人感到相聚的幸福和美好,因而会使人的感情得到净化和升华,作者似乎常常是潇洒地告别。但《昨日风景》却又使人想到李商隐的诗句:"相见时难别亦难",使人感到那种依依别情:"尽管人生告别寻常事/真告别时却又难说再见"。

5. 其他。与分别相关联的是思念之殷殷(《思念》)、重逢之喜悦(《举杯》);与事业、追求相关联的是信念:"只要明天还在/我就不会悲哀",写出坚定的信念和顽强的意志。此外,作者也还留意现代生活方式和气息:《舞会》、《咖啡与黄昏》、《音乐》等题材本身即富诗意,加之作者诗意的发现与表现,于人颇多启悟。作者甚至写到"留学"、"诽谤"等生活现象,也还注意到"平凡"那近乎永恒的存在,还有更多的甚或无法以题材归类,而显出些随意与潇洒。

总之,青年读者生活中的喜悦与烦恼、成功与失败,凡此种种都能在汪国真诗中得到诗意的注释和解答,从而,使成功者镇静,使落伍者再思进取,使失意者得到慰藉。

(二)汪国真诗的艺术特色

汪国真的诗之所以受到青年读者的欢迎,还在于它的艺术特色。一个时期以来,诗坛盛行艰深晦涩诗风,一些作者对西方现代派表现方法的生吞活剥使诗句诘屈聱牙,令人费解,使广大读者望而却步。汪国真清新晓畅的哲理诗、抒情诗便很自然成为一种诱导,既想读诗又想读懂诗的读者便作出合乎情理

的选择。汪国真诗的艺术特点大致体现为如下几点。

1. 含蓄与晓畅。诗贵含蓄,但又要适度,太过则晦涩难懂,反之则直白无味。汪国真的诗便体现既含蓄蕴藉,又清新晓畅的特点。如"你的身影是帆/我的目光是河流"是一幅多么形象的送别画面!其中包含的依依惜别之情多么耐人咀嚼!而且稍具文学修养的人即可读懂,却又绝不浅薄。汪国真的许多诗都看似直白,似乎主题很明确,诗味不浓,这其实是一种误解。如"我们为相遇/举起晶莹的酒杯/却不知过去的生活/其实就是这次邂逅的准备"无疑写的是重逢的喜悦,但仅仅是喜悦吗?其中所包容的内涵是用一个词一句话也难以概括的。总之,读汪国真的诗没有像猜谜语那样寻求诠释的顾虑,却又有咀嚼的余地和想象的空间。

2. 哲理与凝练。汪国真的诗在艺术上的第二个特点是哲理性,而且汪国真为一些杂志所开的专栏就有"哲思短语"(见《辽宁青年》等)。与哲理紧密相关的便是凝练。他的很多诗句便如格言一般凝练而富于哲理,既给人美的享受,又给人智的启迪。如"只有水才能总是/让我们情不自禁地低头"(《黄昏偶拾》),"人心/无论穿什么样的衣裳/都会 太不漂亮"(《永恒的心》),"如果你一定要走/我又怎能把你挽留/即使把你留住/你的心也在远方浮游"(《如果》)等等,在他的诗中几乎俯拾即是。而且,由于语句的凝练,使每首诗都短小精悍,而少了些铺排与冗赘(他的诗没有超过30行的),因而给读者提供了摘抄的方便。

3. "小我"与"大我"。初读汪国真的诗,给人的感觉是过于细腻与纤巧,似乎更多的是个人的喜怒哀乐,而缺少时代

波澜和社会风云,瞩目的只是"小我"。但如果我们认真地读下去,就会发现,其"小我"与"大我"相融合的境界,体现出一些苍茫和辽阔。如《两个人的故事》,其实何止"两个人"?"如果你是一本杂志/赏心悦目的封面/我便是这本杂志/深沉浑厚的封底/那中间厚厚的/是我俩的故事"。我们的社会,我们的世界不就是由这些厚厚薄薄五彩斑斓的杂志所组成的吗?作者所抒发的个人的真情实感,所描写的恋爱与失恋都绝非咀嚼个人的悲欢,而是从中挖掘普遍意义,进而得到广泛的认同,使其具有社会性、普遍性。

汪国真的诗不故作高深,不玩弄技巧,没有贵族气息,以其平民意识赢得了广大读者。

(三)汪国真诗歌的文化承载

评价汪国真诗歌的文章中曾提他对一些诗人的学习与借鉴,诸如李商隐的警策(睿智)、李清照的清丽、普希金的抒情、狄金森的凝练等。但我们读来更感到他像台湾的席慕蓉,因而有称他为"大陆的席慕蓉"的,其实这些都是表面现象,属于艺术形式和技巧。汪国真诗的骨子里更主要的品质是中国传统文化因素,最突出的是儒家的中庸和老庄的淡泊。比如"恋爱使我们快乐/失恋使我们深刻",比如"难得的是友情/宝贵的是自由",比如"获得是一种满足/给予是一种快乐",比如"月圆是画/月缺是诗"等等等等,作者在诸如此类众多的相矛盾相对立的事物中并不作顾此失彼的价值选择,而是在互相的比较中各取其长,体现出一种不以得为得、不以失为失的境界。这与老子的"祸兮福所倚,福兮祸所伏"何其相似乃尔?还有作者人生态度的旷达与超然,不都是与老庄孔子一脉相承的吗？

当然无可否认汪国真诗中所流露出的些许现代意识，但与传统文化基因比起来则显得微不足道，因而这不能不说是他的诗的不足之处。

汪国真现象的产生原因是多方面的，本文取其一端，从一个角度对此作一番透视和分析，以期为广大读者和专家提供一份借鉴和参考，进一步繁荣社会主义文艺事业。

一条清丽的小溪　一颗思辨的心灵
——谈汪国真抒情诗的哲理性

韦　虹

在当今的诗坛上，有一颗新星在熠熠闪光；由之而引起的轰动，正引起我们的惊骇。汪国真这个幸运的"诗坛王子"，以迅雷不及掩耳的速度，征服了青年读者的心。他的诗被许许多多人竞相传阅，或精心摘抄，或熟读成颂，甚至当作他们感受生活、领悟人生的格言警句……

汪国真的诗之所以受到读者，特别是青年读者的青睐，不仅因为他那平等的、纯净的语言使人感到亲切和乐于接受，而且更重要的是因为在他的诗句中蕴藏的深刻思索和独到见解，成了青年人的一种精神营养，使他们在认识自己和认识世界的同时也得到美的启迪。这便是汪国真抒情诗的哲理性内涵。

一、抒情诗哲理性的美学价值

在中外诗歌史上，诗与理的问题始终是个令人兴奋的问题。尽管始终有不同意见，然而作为一种自觉而普遍的审美规范，它通常是评判诗歌艺术质量的一个尺度。

诗是"强有力的情绪的自然流露"（司各特语）。诗的特点是短小、凝练。诗的长处在于对具体环境中的特殊个体作高度的综合，将不同的生活色调提纯，使之带上诗人所选定的某种概括色调，构成一种单纯而统一的意境。这种综合与概括，不仅仅只是一种表象的集中和语言的精悍，而更是一种哲学式的提炼与展示。抒情诗在面对事物特征时，在表现主观感受时，它的审美感知往往更是向具有整体性和高度的甚至是哲学式的概括力倾斜。可以毫不夸张地说，一个诗人如果没有一点哲学家式的概括力，是不会有太大造诣的。因为一首诗，如果仅仅停留于词句的精巧，以外表的华丽取悦读者，那只能是过眼云烟。

关于这一点，早在亚里斯多德那里就已经有过明确的论述了："写诗这种活动比写历史更富于哲学意味，更被严肃地对待，因为诗所描述的事带有普遍性，历史则叙述个别的事。"（《诗学·诗艺》第29页）华兹华斯在他著名的《〈抒情歌论集〉序言》中进一步阐述道："我记得亚里斯多德曾经说过，诗是一切文章中最富有哲学意味的。的确是这样。诗的目的是在真理，不是个别的和局部的真理，而是普遍和有效的真理；这种真理不是以外在的证据作为依靠，而是凭热情深入人心。"这里不仅讲了诗与哲学的统一，而且还指出诗是通过表现热情而深入真理的。它与刘勰在《文心雕龙》中所说的"登山则情满于山，观海则意溢于海"在精神上是十分相似的。

包恢在《答曾子华论诗》一文中指出："古人于诗不苟作，不多作。而或一诗之出，必极天下之至精，状理则理趣浑然，状事则事情昭然，状物则物态宛然。"包恢认为，凡"状理"之诗，必须使理与审美趣味达到水乳交融的境界。我国古代最重视诗歌的"理、事、情"相对统一问题的，要算是叶燮了。并且他已经能够分辨出诗中之理与生活中之理的区别。在《原诗》中他这样写道："然不知可言可执之理为理，而抑知名言所绝之理为至理乎？……可言之理，人人能言之，又安在诗人之言之？……必有不可言之理，不可述之事，遇之默会意象之表，而理与事无不灿然于前者也。"（重点号系本作者所加）

诗歌的哲理性，实际上是诗人对世界、对人生的内在意蕴的整体性开发，也是对诗歌艺术的张扬。在人类心灵的发展史上，由荷马的对灾难和命运的困惑，到屈原的质天询地，都带有一种浩茫混沌的哲理性。每一次大的社会变革，人们往往要以一种全新的眼光打量世界和人生。欧洲的文学复兴曾孕育了一批西方浪漫主义诗人，如裴多菲、拜伦、叶图申科、普希金、狄金森等。在他们那里，哲理甚至被改造成片面的绝对化的形式来为热情服务。

我国古代许多诗人深受佛老思想的影响，如陶渊明、杜甫、王维、李商隐、苏轼、李清照等，在诗歌创作中都具有明显的哲理内涵。五四新文化运动时期，风行一时的"小诗"，也以在诗中进行说理为能事，为荣耀。如宗白华、冰心的诗。对新诗艺术作出了杰出贡献的徐志摩更是被称为"诗哲"。

到了现代社会，由于科学技术的发展，又一次带动了人们对社会和人生的全局性问题的思考，人们在对一切终极问题进行"形而上"的探索时，又在某种程度上留恋初民时期曾经有过的空廓与天真。而这种回归是高层次的，这种整体品察，

正是诗歌创作中的哲理眼光。诗歌作品也因为输入了理性结构,而获得了强健的生命。

二、汪国真抒情诗的哲理性

汪国真的诗产生于20世纪80年代中期,作为一个现代诗人,他的诗可谓是"动之以情","晓之以理"。他不仅能够充分地表达对生活的特殊感受,而且还善于驾驭诗的语言对某种情感进行哲理性概括。

抒情诗的哲理性,关键在于表现"一种由寻常事物鉴别无限的暗示能力,一种孕育的思维精神"(转引自《李健吾文学评论选》第189页)。诗是一种流畅的自述和具有丰富暗示性的艺术,是一种灌满作者感情血脉,充分发掘文学语言表现力的艺术。汪国真无疑是一个诗歌艺术的自觉追求者,他的一些诗已经显示了他在这方面的才华。

于细腻之间有博大

"在小小的规模中我们能看见美的本形,在短短的尺寸里也能完美的生命",用班江生(Ben Fonson)评价百合花的这句话,评价汪诗具有短小、完整而又丰富的特点,是比较准确的。

汪国真的诗具有一种阴柔之美。这表现在他一般不正面地、直接地描写丑恶事物,他总是喜欢以柔克刚地处理题材,在艺术上表现出蕴藉、含蓄的特点。这是《默默的情怀》中

的一段：

总有些这样的时候
正是为了爱
才悄悄躲开
躲开的是身影
躲不开的　却是那份
默默的情怀

这是一种深挚、强烈、无可动摇的感情。可诗人却用了一个单纯的、反差很大的意象"躲"。这是一个凝聚的焦点，以此来对一种博大的情怀进行概括。这是诗人对某种人生体验的洞悉幽微的感受——正是为了爱才唯恐伤害，才有了这不好理解的外显动作，才使我们对这种爱之痛有所领悟。

在另一首《分手以后》中，诗人又写道：

你的身影
是一只赶不走的黄雀
最想忘却的
是最深的记忆

用自己的爱心赋予事物的形象和色彩，一个"赶"字，更有不尽的无奈和缠绵。同时透过这一切，我们总是感到，这字里行间还有一种深层脉动的质的闪光。再看《那把伞》：

不是所有能遮住雨的
都是伞
那无语的是树
淡漠的是屋檐

这是美的和深刻的诗句,它主要是由尖锐的思想确定了一种情调,但很难说它有可感的形象和画面。诗人可能也意识到了这一点,接下去写道:

有谁能伴我
四方漂流呢
为了寻找那把伞
有好些人
在风雨中
竟跋涉了　很多很多年

透过"伞"、"漂流"、"风雨"、"跋涉"这幅形象的画面,不由得使我们联想到某种人生追求的艰难和理想信念的坚贞。因为造境,让意象具有丰富的意味和张力;尺幅万里,让短小的篇幅包含丰富的生活内容。以小见大,以有限获得无限,以"小感触"的心理深度和思想感情的典型性把握社会和人生,唤起读者心灵内部的深层意识和情绪潮汐,是汪诗具有一种理性的深度和厚度的秘密之一。

于激越之间有恬淡

汪国真的许多诗,以其对人生的无畏追求,给人以实实在在的惊醒和感奋。它仿佛是一条跃动的河流,使人产生参与和创造的渴望。他在《雨》中写道:

下雨了
大地溅起了一片欢乐
山谷是太浅的酒杯
盛不下欢乐汇成的河

这高昂的情绪是从理性思考中勃发出来的。然而汪国真显然又是一个感情较为内向的诗人,即使胸中风云激荡,他也不会像有些人那样狂呼乱喊,像浪子挥霍钱财那样尽情地浪费自己的感情。他懂得怎样节制,怎样凝定自己的感情,以期达到亦动亦静的效果:

然后讲一个
关于大山的故事吧
还有春光中的蝴蝶
和秋色里的野果

像历史一样恢宏,像哲理一样凝重,但它仍然让人怦然心动,激情满怀。

勃兰克斯说过:"为了艺术的利益,我们有权要求的一切就是,流动这种生命血液的血管只能在皮肤下呈现蓝色,而不

应像一个病人或愤怒的人身上那样变成黑色而肿胀起来。"（《十九世纪文学主流》第69页）

  潮汐把柔长的鞭子甩响
  森林梦一般歌唱
  狂飙凄厉地与太阳搏斗
  乌云偷袭了皎洁的月亮

  平原上的风快乐地奔走
  气势磅礴的瀑布
  落成令人瞠目的风光
  一位慈眉善目的老人
  娓娓述说一个动人的故事
  把一块七彩宝石
  悄悄放在你我心上

（《音乐》）

  一组幻化的圣洁的物象和情境，使思想内容被赋予了一种蒸馏的形式。像一曲美妙的钢琴曲，激烈亢奋的旋律之后，转而为沉醉于吟咏安宁、和谐、静谧的乡野牧歌，一种休养生息的庄严与静穆……用温暖、平和的眼光看待生活，用温暖、平和的情思感染读者，这是汪国真的人生态度，也是汪诗内在理性的又一特点。

于充实之间有空灵

作为一个引导人们精神生活的诗人,他的思想应该能够超越现实反观人生:

你接受了幸福
也就接受了痛苦
你选择了清醒
也就选择了糊涂
你征服了别人
也就被别人征服
你赢得了一步
也就失去了一步

你拥抱了晨钟
怎么可能拒绝暮鼓

(《生活》)

它告诉人们,考虑问题既要考虑最好的方面,也要考虑最坏的方面,这样你才能掌握历史的辩证法。掌握了辩证法,就掌握了历史的主动权。因为有充分的思想准备,所以行动起来才会主动,而不至于走错了房间,总是尴尬,总是悲剧。

远点的地方
是一个迷人的梦幻
远点的女孩

是一枝清雅的幽兰
远点的山峰
是一腔火热的激情
远点的栅栏
是一曲凄婉的幽怨

远点远点
远点的石头是阑珊

(《远点》)

"远点"是理性结构的浮现。事物的本身存在和非本身存在之间存在着矛盾，人的本质属性和非本质属性之间存在着异化。诗人通过对生存立足点的困惑和迷惘，实现了对现实的疏离，以空灵的方式实现了一种脱节，这种情感受到现代意识的提炼，变得更加悠远。

于执著之间有潇洒

黑格尔说："自然美只是为其他对象而美，这就是说，为我们，为审美意识而美。"

汪国真已经不是一个思想单纯的风华青年了，但是他的心，却仍然是赤诚的，充满了对生活的爱慕和信任。如下面这篇《告别，不是遗忘》：

我走了
不要嫌我走得太远

我们分享的
是同一轮月亮

雨还会下
雪还会落
树叶还会沙沙响

经过了感情的惊涛骇浪和苦苦挣扎之后,这个在情场上败下阵来的失意者,没有诅咒,没有消沉,更没有失魂落魄、狼狈不堪,而是变得异常清醒。既不忘记过去,也不奢求未来,即使有再多的柔情也不要滔滔不休吧,明知道未来也不一定美妙,但还是毅然决然地"告别"。

郭沫若在五四时期讲过:"我近来趋向到诗的一元化上来了。我想诗的创造是要创造'人',换句话说,便是在感情的美化(refine)。艺术训练的价值只许可在美化感情上成立。"(《三叶集》第49页)请看汪国真的《我能告诉你的》:

别问我从哪里来
我把梦　已留给了
昨日的山冈
从前的日子　一言难尽
我能告诉你的是
——不是春天

别问我往哪里去

我把念思　托付给了
明日的白帆
未来的追寻　千言万语
我能告诉你的是
——只有春天

这整饬的诗句,这舒展洒脱的情绪,这无保留的期待与渴望表现了作者一种难能可贵的精神。正像诗人自己所说的:"具有博大胸襟的人,才有可能在心灵上潇洒;具有自信和实力的人,才有可能在外表上潇洒。"

三、汪国真抒情诗的哲理品格

从生活中提炼——真

汪国真是怎样使自己的诗走进思维活跃的青年人的心的呢?这恐怕首先得益于他的真。真实是艺术的生命。真实才有可信性,才有动人的艺术感染力。罗丹在《艺术论》中说:"在艺术所谓丑的,那就是虚假的、做作的东西。"真实的生命又来自生活。魏钢焰在《创作——心灵震撼的记录》中说:"创作似乎是作者和生活两面火石相击而溅出的火花,种子和土壤拥抱而生出的绿枝。"(见北京出版社《范文读本》第147页)

这里仅以汪国真的《景山观夜》为例:

夜上景山
倚古亭　临风
秋月弯成号角
吹落满天星
星海托起天边的夜
夜　很轻

如此清新的感受，如此美好的意境，靠关起门来做所谓抽象式的思考是无法想象的。"从血管里流出来的都是血"。汪国真的诗是从生活中获得的真知、真情和真识。

现代著名美学家苏珊·朗格在《艺术问题》中对"真"又提出了更高更明确的要求："艺术家表现的决不是他自己的真实情感，而是他认识到的人类情感。"汪国真在艺术创作中，比较善于把自然、历史人生化，从而显示出哲理性。他的诗能够在自然与人的灵魂之间找到一种结合点。正如石涛所说的："山川使予代山川而言也，山川脱胎于予也，予脱胎于山川也。搜尽奇峰打草稿也。山川与予神遇而迹化也。"（《山川章第八》）

所以说，诗人想表现自己的真诚，也决不是一件简单和轻而易举的事。处理好个人情感与人类情感，是决定你能否成为一个称职的艺术家的关键。我国现代诗人公刘对此有过一个精彩的比喻，即以蚌为例，"每一只蚌都产生粪便，却绝非每一只蚌都孕育珍珠"。（《从四种角度谈诗与诗人》，《文学评论》1998年第4期）

从心灵的碰撞中追求——通

任何一个作家都有自己创造的天地,都有自己的心灵敏感区。找到适合自己的用武之地,是艺术成功的开始。从个人的气质和才具上看,汪国真那情思舒展、自然飘逸的诗风,简洁明晰而又蕴含无限的诗意,是他的个人心性所致。而这又恰好与处在"青春断乳期"的年轻读者相契合。于是在诗人的心灵王国中有一种自觉的意识,一种神圣而又可贵的感情,那就是深切地关心青年人的喜怒哀乐,为青年人写作。

叶燮在《原诗·内篇》中说:"我谓作诗者,亦必先有诗之基马。诗之基,其人之胸襟是也。有胸襟,然后能载其性情、智慧、聪明,才辨以出,随遇发生,随生即盛。……不然日诵万言,吟千首,浮响肤词,不从中出,如剪彩之花,根蒂既无,生意自绝,何异乎凭虚而作室也。"让我们看汪国真的《假如你不够快乐》:

假如你不够快乐
也不要把眉头深锁
人生,本来短暂
为什么　还要栽培苦涩

汪诗一般比较单纯,其间的哲理也并不十分深奥。他往往用一些人们所熟悉的事物或容易领悟的感情暗喻或抒发某种哲理,这是他的诗接近年轻读者的途径。正如诗人自己在诗中唱道的:

我不想用那迷雾
把我的心灵遮住
让你凝望了半天
感觉仍是一片模糊

这种把直观、平易、明朗、通俗作为自己的口号,既是一种胆略,也是顺应了美的规律的一种表现。清末学者王国维指出:"文学中之诗歌一门,尤与哲学有同一之性质。其所欲解释者,皆宇宙人生上根本问题,不过其解释之方法,一直观的,一思考的,一顿悟的,一合理的耳。"(《奏定经学科大学文科大学学章程书后》)

从诗歌宝库中汲取——雅

现在,汪国真的书是书商和书摊小贩的抢手货,但是汪国真的书与书摊上那些炙手可热的"地摊文学"的最大区别,就是它的雅。汪国真是个艺术基础比较丰厚,创作态度十分严谨的作家。他自己也承认,他的创作得益于李商隐、李清照、普希金、狄金森。当然还远远不止这些,更不待说港台诗歌的影响。

可是,施了基肥并不等于一定能长出壮苗,只有在消化吸收古今中外优秀艺术遗产的基础上,建立自己的艺术基础结构,才能成为一个有风格的诗人。

诗 与 思
——汪国真作品的价值取向

于 力

一、诗人角色的感受和规定

最早的诗是出自劳动者的口中,正如鲁迅所说的出自"哼哟咳哟派",他们是最先需要节奏和力量的人。各民族的史诗也都出自行吟诗人之口,它们是众多劳动人民长期的创作。自从公元前340年中国屈原的诞生和公元前70年古罗马维吉尔的诞生开始,世界上才有了现代意义上的文人诗人。

诗人本是生活和大众的土壤养料滋补成长的,可是诗人常常要离开这块生于斯、长于斯的土地,希望在天堂上有面包和奶油招待,因此有了阳春白雪的诗和下里巴人的诗。诗人从此创作了诗的品位和标准,然而也常常脱离了大众成为象牙塔里和蜗牛庐中的孤芳自赏。诗的历史和诗人的荣誉也许是不同步的,在诗的历史上,内容的挖掘、形式的拓展是需要一批那尔喀索斯式的对诗自恋狂,可是他们的结局往往是牺牲和殉道;而另有一批获了桂冠的诗人呢?他们作为诗人是幸运的,他们被誉为缪斯女神所青睐的诗坛王子⋯⋯这是诗人的一种诗意识或者说是纯粹的诗人意识。但是在诗的历史中还有一种意识,

那就是诗人的平民意识。但丁一改拉丁文写诗的传统,采取大众的意大利人喜欢的生动丰富的意大利语来创作,因而使他的诗将他的引导人类走向光明的意图最大限度地得以实现。为此他还专门写过一本专著《论俗语》,可见他的创作在当时是需要多大的勇气和理智。普希金的由自己的诗歌筑起的丰碑也是如此,他大量搜集童话和民歌,从中吸取营养使自己的诗获得更多的读者和更大的成功。中国唐代以韩愈、柳宗元为首所倡导的"古文运动"也是同一性质的文坛现象,他们一反六朝以来的远离生活的浮艳文风,而以托古改制的方式将平易晓畅、丰富多彩的语言融入创作当中。后来白居易也以"为君、为臣、为民、为物、为事而作,不为文而作也"大力提倡"新乐府运动"。这里的"不为文而作也",并非"不为文",而只是不要单纯地"为文",还要面对现实,力求与生活取得紧密联系所提出的一种原则。这两场运动都为唐代诗歌的创作做出了贡献,使唐诗在中国诗歌中耸立起一个难以逾越的高峰。到了五四前后的白话文运动则更具有典型意味。综观古今中外,有成就的诗人和诗作大多是雅俗共赏的,概括起来,诗人要成为一个真正的诗人,不仅要有诗人的意识,更重要的是还要有平民和大众的意识。

自古以来,阳春白雪,和者寥寥。朦胧诗的衰微也说明了这一点。诗人很少只为了少数人细细地玩味而创作,都希望有更多的人来欣赏其作品,如果从接受美学角度来看,作品只有被读者所欣赏以后,创作过程才算终结。

汪国真有着清醒的平民意识,他的诗是写给青年读者的。他从读者的来信中、从读者手抄他的诗作中看到了自己的诗的未来。他自己说："我的诗是读者推出来的，而不是评论界评出来的。"他把自己的诗创作置于东西方文化的视角上去审视，他认为传统的文化和生活就如土壤，而西方文化文艺好比养料，只有这二者结合好的作品才能赢得更多的读者。

"汪国真现象"不仅仅是诗坛上的一个现象，它已远远超出诗坛这一范围而进入文化层面。从诗坛上看这一现象有些偶然和令人吃惊，如果将其放入更广大的文化层面上去看，这一现象仍然是必然的了。"四人帮"倒台标志着"文革"的结束，改革开放又预示着新时代的开始，代表这个时代的文化精英们出于对"文革"的反思，五四以来的社会动乱的感触，近代以来中华民族的屈辱的痛切，于是对中华民族传统文化的批判往往带有偏激的色彩；又由于开放以来，西方文艺文化观念蜂拥而入，我们的文化界在短短的几年中囫囵吞进了西方几十年乃至近百年产生出来的思想文化观念，这些东西很难消化得了，于是新思想、新观念、新方法，中体西用，西体中用，等等，五四以来的问题又重新提出，其结果是文化愈来愈脱离中国国情，离开人民大众而变成所谓精英文化现象。其表现在文艺上是艺术本体和主体性的提出，其社会作用的被削弱，出现了大量的脱离生活、远离大众的现代派艺术，如先锋派、魔幻现实主义、意识流、超小说、超现实主义……这些艺术现象在引进现代表现形式技巧方面无疑是一个贡献，然而若没有消化理解为自己的东西，就很容易陷入艺术的尴尬境地——模仿，更为关键的是这些艺术必然失却大量的读者。

精英的衰落正是反文化的崛起，信仰的失却往往带来感性的张扬，精神消费的空间还要由精神来填充。大众的文化消费

也许是从喇叭裤和长头发开始的,于是有了迪斯科、摇摆、摇滚和霹雳、太空,有了轻声、劲歌、西北风、东北风,有了琼瑶、三毛、席慕蓉、雪米莉、王朔……汪国真未必意识到这一点,但是他感觉到了这一点,他及时调整自己,将他诗人的视界融合到平民的视界之中,终于产生了这样的轰动效应。有人说:诗人是预言家。从屈原、白居易到陶渊明,从但丁、歌德、波德莱尔到艾略特,他们大多是在对终极问题进行思考和解答,他们有着一种责任感,认为只有他们才能给人们指出一条精神解放的道路来,尽管他们也不乏有自我内心纤细感受的表达。后者在近百年中的滥觞走的却是一条纯诗的道路,从"为艺术的艺术"、"唯美派",直到"诗的本体",不仅更加冷落了诗而且连古典诗的责任感也一块冷落了。

　　汪国真的作品没有恢宏的历史感,也不去挖掘和玩味那有些隐秘的内心世界,他把视角聚焦在人们目前的境遇上和平凡的生活中。他试图从平凡里发现伟大,从普通的感受中看出永恒。比如他的诗作《给我一个微笑就够了》、《不要赞美我》、《叶子黄的时候》、《假如你不够快乐》、《倘若才华得不到承认》、《我喜欢自然》、《幸运》……在这些诗里没有太多的意象,这些浅显、简洁的感受都被平易晓畅地表达出来,甚至不去制造一些意境,没有太多的比喻,没有象征,一切都那么通俗自然,像是娓娓道来的恋人絮语,没有那么丰富的层次,没有那么多的曲折含蓄,然而却真诚得让人们彼此没有距离。他的哲思短语更突出在这一点上,看看这些题目就足够了:《宁静与乐观》、《艺术与幽默》、《幸福与婚姻》、《青年与荣誉》、《痛苦》、《忍耐》、《深沉》、《宽容》、《自信》、《拒绝》、《潇

洒》、《勇敢》……这都是每个人一生中经常面临的问题，它们占据了我们心中比较重要的位置，它们也是生活中的若干场景或境遇。

诗人有两类，一类是自在的诗人，一类是自为的诗人，前者只是在宣泄个人的情感，而后者则考虑到了读者的接受。汪国真作为一个诗人虽然很年轻，然而他是属于自己的诗人。也许这是诗人的成熟，也是我们的感情与表达的成熟，不是工具也不是空洞而又孤立的自我。这是汪国真作品价值取向的基础。

二、诗的功能的回归

从孔子的"兴于诗"、贺拉斯的"寓教于乐"开始至今有两千多年了，诗的教化功能一直是在延续着的，在西方经历了"唯美主义"、"纯诗歌"、"诗本体"的冲击以后已经现出多元化的倾向。而我们中国几十年中几乎走完了西方几百年走过的路，如今仿佛回到了孔子的时代，然而却不在一个层面上了。30年代"为人生的艺术"是对"为艺术而艺术"的反抗，从而导致出解放区的和解放后至"文革"这一漫长历史时期的现实主义和社会主义的创作方法，这种诗教原则没有脱离出先秦时代的窠臼。改革开放以来，新思潮的崛起和艺术本体的搜寻又使诗脱离了生活的轨道，情感的张扬和宣泄如果得不到现实的彼岸的呼应，势必如滞销的商品一样使市场的疲软也如创作的疲软一样没有多少人光顾了。因此，汪国真的诗中那融教化于平易的现实主义的风格不正是一种回归？情感找到了依

附,现实得到了疏导。

诗人往往生活在理想的世界里,从《离骚》、《洛神赋》到《桃花源记》,诗人以远离生活的代价获得了对生活的敏感和激情。可是后来的波德莱尔发现,生活中未必都有美好的东西供你抒发,于是他认可"恶"和"丑",艾略特的《荒原》是对现实的失望,更是对理想根源的失望。理想破灭了,现实自然没有了吸引力,于是诗人们一股脑儿转向自己内心感觉世界。于是像《尤利西斯》、《芬尼根的觉醒》、朦胧诗等等将内心世界梳理开掘得连诗人作家自己都不认识自己了,这仿佛还不是心理真实的写照,于是随机的创作方法,掷骰子式的创作方法也诞生出来了。这些作品虽然丰富了我们的感受,然而毕竟没有现实的回声。

去推敲诗的节奏和韵律自然是诗进化的必然之路,但也只是诗的大潮之中的天才的演奏,在诗史上是很少见的。

以诗为媒介对生活作情绪的反响是最容易也最无责任感的,以诗为媒介去认识和理解生活又是再蠢不过的了。然而以诗为媒介作出对现实生活的尤其是生活境遇的选择则不能不说是明智的,这细腻、敏锐的赤诚之心对生活的直觉把握,不是诗教原则中只是对目的的把握,而是创造性的对生活具体手段的把握。仿佛都是教化,可是传统中只是一个指向、一个观念,而汪国真的诗,尤其是汪国真的作品却是对现实生活中人们所面临的问题的具体手段的可操作性的一种把握。这可以说是汪国真的一个创造。《热爱生命》自不待说,像《苦涩的芬芳》中:恋人不在的时候/我期待友人/友人不在的时候/我寻找心灵的太阳/那一行行饱蘸真情的文字/既有失望更有坚强。

如《馈赠》中：即使我们有/也不要随便地给予/轻易能够得到的东西/别人往往不珍惜/过于慷慨/有时，倒不如/过于吝惜/一枝红蔷薇/要比一簇红蔷薇/更富有魅力。又如《荣誉》中：因为年轻/才那样渴望获得/因为成熟/又把获得的遗弃/得到的东西/不再是我憧憬的/我所憧憬的/是还没有得到的东西/奖牌是一阵风/金杯是一阵雨/跋涉才是太阳呵/永恒的照耀/心灵的土地。

汪国真的哲思短语中的这一特点更为突出，比如像《忍耐》中：

命运常常是一种折磨。

不论是谁，在人生中有时总难免身陷逆境。身陷逆境，一时又无力扭转面临的颓势，那么最好的选择就是暂且忍耐。事物总是在不断地运动和变化，在忍耐中等待命运转折的时机。

不能忍耐的结果，往往是不得不更长久地忍耐。

即使面对别人的侮辱和伤害，有时也需要忍耐。何必急急忙忙以一种对抗的方式来证明自己并非软弱可欺呢？

你不是好欺负的，并不能证明你是强大的，当你使自己变得强大起来，你自己就不是好欺负的。……

学会忍耐，就是学会不做蠢事，就是学会不做那些一时痛快，后来又终身懊悔不已的事。

忍耐，不应该成为逃避的托词。

逃避是意志的沉沦和对信念的背叛，忍耐不是。忍耐是意志的升华和为了使追求成为永恒。

两者的区别是：忍耐在心灵上是从容的，逃避在心灵上是

仓皇的；忍耐从不忘记责任和使命，逃避早已不知责任和使命为何物了；忍耐并不畏惧死，逃避则是对死的一种恐惧的反应。

忍耐，很容易被人视为怯懦，有些人畏惧人言，所以从来不愿忍耐。殊不知，畏惧人言本身就是一种怯懦。

在军事上，防御和退却就是一种忍耐。一个只知道进攻的指挥官，除了以极大的热忱迅速给进攻打上句号并证明自己是一个十足的笨蛋外，并不能更多地说明什么。

忍耐是身处逆境时的一种选择，这是忍耐的性质。"不能忍耐的结果，往往是不得不更长久地忍耐。"从反面证明忍耐是必需的。对抗并不能证明自己不是软弱可欺的，从正面证实了忍耐也是必需的。忍耐与逃避的区别应该说是精彩的，然而更为精彩的是从责任和使命感的角度来区别忍耐与逃避。将忍耐又从相近的怯懦中加以区别，从而使忍耐的含义丰富准确了起来，自然，也为人们对生活逆境中的选择提供了有说服力的参考。像《忍耐》这样的短语，汪国真写有30多篇，而至今还在不断地涌出，我相信这也许将比他的诗歌更多地拥有读者。从先秦诸子百家的语录体的箴言到中国历史上的家教诫子书直到张申府的"所思"不可谓不丰富不深刻，而汪国真的短语的清晰准确层次分明无疑是对这一传统的发展；从柏拉图的对话录、蒙台涅的散文、帕拉卡尔的箴言和培根的论说文集、富兰克林的格言日历、爱默生的文集也不可谓不源远流长，但汪国真的这区区三十几篇短语汇入这先贤的大海中也毫不逊色。

三、汪国真作品价值观的两极综合

如果说诗人角色的感觉和规定是汪国真作品价值取向的基础，那么诗的功能的回归则是这一价值取向的途径，而汪国真作品价值观的两极综合才是汪国真作品价值的真正体现，也是汪国真创作的最大特色。有人认为汪国真创作的最大特点是他的人生态度，并认为汪国真的人生态度超然、豁达、平易、恬淡，是宋元以来诗韵中的豁达、飘逸、潇洒、超脱的人生哲学的转化。笔者认为，这并没有把握汪国真创作的真谛，比如汪国真的作品中透出的执著和自强就是他创作的一个重要的方面。豁达和超脱在中国古代诗人那里是直觉的表现，往往缺乏对生活的理性分析，而汪国真的豁达和超脱是建立在对生活理性透悟之后的艺术的把握。汪国真式的把握，不像以往的文人将生活和感情的某个角度某个层次尽情宣泄发挥以至于极致，或赞美、张扬，或批驳、排斥，他是将这一诗人视角的指向的两极都去品尝，然后以一种理性的头脑在这两极中间开拓出一个很大的空间，制造一个尽可能大的张力场，从而使每个读者都似乎从中得到很深的教益。

两极综合的方法是中国传统的产物，只是由于近代马克思主义和中国共产党的胜利使人们过于崇尚人的主体性的成功而忽略了人对历史、社会的被动一面。孔子就强调"中庸""和合"，这一思想方法又是来自中国的阴阳两极观念，孔子将其发展为"乐而不淫，哀而不伤"，孟子则"富贵不能淫，威武

不能屈",这一思想方法发展为一思维模式,构成了几千年的中华民族的圆圈式的思维模式。这一思维模式限制了人生的范围,以束缚人生体险的深度和广度求得生活的安稳与平静;也限制了在这两极之间范围内的内容品味,使得对外失去了锋芒,对内则又是一个混沌态。

人类经历了分析的时代以后自然进入综合的时代。这种综合不同于古典的混沌的直觉的综合,而是理智的分析基础上的综合。它包括我们对待外部世界的分析和综合,也包括我们对待自我内心世界的分析和综合,汪国真价值观的两极综合仿佛回到了古典中去,然后它却是在艺术的触角经过了几千年的四处探求之后的收拢,内涵已俨然不同了。这是一个圆圈,一个上升的圆圈。

价值的两极在历史上已经由艺术家们尽情地去体验和发挥了,从王冠得主到乞丐的忧郁,从亿万富翁的烦恼到一文不名的尴尬,从荣誉的巅峰到人格的谷底无一不被涉猎。然而两极间的广大空间和张力才是千千万万大众们生息、回旋、发生发展的舞台,因此赋予这空间、张力场以丰富的层次和选择的余地则是当代诗人的责任了,汪国真无疑是这方面的成功者。

前面已经提过,汪国真的价值取向是从手段上而不是从目的上来选择,是具有操作性而不是形而上学的理念,而这些范畴的选择都体现了汪国真的这一价值准则。在这里,平凡与伟大变成一个过程,成功与失败也是一种方式。整个的价值范畴都是动词性,是行为的一种方式而不是追求的一个目标。而他对每一对范畴的理解完全是在相互比较中达到了一种超越。虽然他没有在每一对范畴之上提出新的范畴,但是他在拓展了两

极之间的张力场中得到了一个驰骋的空间，从而为我们、为读者的选择提供了一个很好的机会。

我们从汪国真的诗文中可以找到这样一些价值范畴：①像平凡与伟大，②成功与失败，③顺境与逆境，④恋爱与失恋，⑤潇洒与执著，⑥荣誉与淡泊，⑦宽容与刻薄，⑧真诚与虚伪，⑨深刻与肤浅，⑩秘密与坦诚，⑪孤独与无聊；像《不要赞美我》中：总是觉得/愧对那些期待的眼睛/过去的一切/仿佛是一个/极易破碎的梦。把自己的平凡理解为安宁，而将自己的成就理解为"极易破碎的梦"。伟大是什么？"如果，你是湖水/我乐意是堤岸环绕/如果，你是山岭/我乐意是装点你姿容的青草/人，"不一定能使自己伟大/但一定可以使自己崇高"（《我不期望回报》）。在汪国真这里，平凡就是伟大而伟大也就是平凡。"没有比脚更长的路/没有比人更高的山"（《山高路远》）。"总有许多梦不能圆/在心中留下深深的遗憾/当喜鹊落在别人的枝头/那也该是我们深深的祝愿/是欢乐就与友人共享/是痛苦就独自默默承担/任愁云飘上安静的脸庞/人心永远向着善/生命可以没有灿烂/不能失去的是平凡"（《不能失去的是平凡》）。

面对成功，汪国真想到的是"大路走尽/还有小路/只要不停地走/就有数不尽的风光/属于鲜花、微笑和酒杯/怎比得属于原野、清风和海洋"（《即使成功使我们声名远扬》）。在"有云的日子"也"别把废墟当成墓地"（《有云的日子》），应该"在坚忍中积蓄力量/默默耕耘"（《倘若才华得不到承认》）。"别把头低/别把泪滴/天空没有力量/需要我们/自己把头颅扬起……春天的时候/你别忘记冬天/叶子黄的时候/你该记起绿"(《叶子黄的时候》)。

人在顺利的时候,"不要赞美我/那是由于慷慨的阳光/温馨的雨/还有那微笑着走来的暖暖的风"(《不要赞美我》)。"心很冷的时候/太阳也失去了光泽/好像没有使人高兴的事情/只独自嚼着苦涩/拨响凄清的吉他/唱一支悲凉的歌/在很深很深的怅惘里/等待命运转折的时刻"(《有一段时间》)。逆境犹如磨难,"磨难有如一种锻炼……就人生而言,总是从平坦中获得的教益小,从磨难中获得的教益多,从平坦中获得的教益浅,从磨难中获得的教益深……磨难使人优秀"(《磨难》)。

"总想爱得潇洒/不辜负青春明丽的韶华/如果要爱/就爱得有声有色/如果要走/就走得无牵无挂"(《总想爱得潇洒》)。"失恋,首先是一种幸运,其次才是不幸……恋爱是对一个人的选择,失恋是对一些人选择。"(《失恋》)

"世界是这样的美丽/让我们把生命珍惜/一天又一天/让晨光拉着我/让夜露挽着你/只要我们拥有生命/就什么都可以争取"(《让我们把生命珍惜》)。还有脍炙人口的《热爱生命》中执著的情操都表现了一个年轻人的追求,而潇洒正是执著的另一面,"博大胸襟的人,才有可能在心灵上潇洒;具有自信和实力的人,才有可能在外表上潇洒。"(《潇洒》)这不是对潇洒的很好定义吗?

"因为年轻/才那样渴望获得/因为成熟/又把获得的遗弃/得到的东西/不再是我憧憬的/我所憧憬的/是还没有得到的东西"(《荣誉》)。这是作者的荣誉观。"奖牌是一阵风/金杯是一阵雨/跋涉才是太阳啊"(《荣誉》)。淡泊明志,不被喧嚣尘世的诱惑所淹没,"让我们的心境离尘嚣远一点,离自然近一点,淡泊就在其中"(《淡泊》)。

"在生活中,一个人不能够不懂得宽容,也不能一味地宽容。一个不懂宽容的人,将失去别人的尊重,一个一味宽容的人,将失去自己的尊严……宽容者让别人愉悦,自己也快乐;刻薄者让别人痛苦,自己也难受……宽容不但表现为一种胸怀,也表现为一种睿智;刻薄不但表现为一种狭隘,也表现为一种短视"(《宽容》)。

"真诚不是智慧,但是它常常放射出比智慧更诱人的光泽。……以真诚待人,并不是为了要别人也以真诚回报。如果动机是以自己的真诚换回别人的真诚,这本身已不够真诚……虚伪,有时会使你占到便宜,即便如此,你的心灵深处会是不安的。

"真诚不与人言。

"如果别人理解你那份真诚,你不说别人也知道;如果别人不理解你那份真诚,表白往往会把事情弄得更糟。"(《真诚》)这才是深刻的真诚。

"貌似深刻者,往往浅薄;貌似平凡者,可能深刻。

"前者因为浅薄,所以拼命装扮成深刻;后者因为深刻,所以于打扮之道,并不经意……

"深刻源于思想和磨难。一个一帆风顺的人,可能博学,却很难深刻……

"倘若知道自己不够深刻,就不要哗众取宠地假作深刻,这样,你不具有深刻,却还具有一份坦诚。'做假'的结果,使你既不能变得深刻,又失去了坦诚。

"一个总自以为深刻的人,其实已远离了深刻;一个总自

认为还不够深刻的人,这本身已是深刻。"(《深刻》)这又是多么辩证的深刻。

"只有完全成熟的人,才有真正的秘密……

"从一定意义上讲,秘密与魅力同在。

"我一向觉得:一个心中没有秘密的人,不会幸福;一个心中有太多秘密的人,一定痛苦。

"秘密与坦诚并不矛盾。坦诚用以待人,秘密用来自娱。

"以为坦诚就必须是心灵的全部剖白。这不是一种误会,便是一种苛求。"(《秘密》)

"孤独若不是由于内向,便往往是由于单纯。太美丽的人感情容易孤独,太优秀的人心灵容易孤独,其中的道理显而易见,因为他们都难以找到合适的伙伴……

"人都难以忍受长期的孤独。

"意志薄弱的人,为了摆脱孤独,便去寻找安慰和刺激;意志坚强的人,为了摆脱孤独,便去追寻充实和超脱……前者因为孤独而沉沦,后者因为孤独而升华。

"有一种人,宁愿无聊也不愿孤独,因为孤独对他来说,也是无聊;有一种人,宁愿孤独也不愿无聊,因为孤独对人来说,只是寂寞。"(《孤独》)多么精彩的孤独与无聊。

诗与思是我们人类伸向未知世界里的触角,它们不断以歧义、隐喻、想象、意象、象征等方法诱导着我们的突触不断地拓展着人类感受和思维的世界。人类世界就是这样开始变得五彩缤纷,人类的内心世界也由此而丰富、细腻、敏锐、深刻,人类在自然的人化和人化的自然这一双向互促的过程中终于使自己得到了进化。而艺术家和诗人应该是这一进化的中介,正如康德所理解的美学是纯粹理性到实践理性的中介。如果从绝对意义上说,人类也只有在这个中介过程中才能完成自己。它——艺术本身应成为我们的人生目的,这正如蔡元培先生所言在中国应以美育代替宗教。

赤诚之心　真挚之情
——古典诗歌与汪国真诗歌的真诚之比较

吴湘洲

真诚，无疑是汪国真诗给人的第一印象。这也是汪国真诗的生命力所在，是他的诗能在青年中引起广泛共鸣的原因。有人曾写了这样的书评题目："汪国真，你的名字就是诗，汪国真，你的诗名叫真诚"。汪国真自己也说："我之所以能够得到这么多读者的厚爱，是因为他们从我的诗里感觉出我是用一颗真诚的心，在和他们进行平等的对话。没有真诚，也就没有我的诗，也就没有读者对我的喜爱。永远追求真诚，永远拥有真诚，这是我深深的心愿。"

的确，真诚是创造文学的条件。况周颐在记述词的创作时说："'真'字是词骨。情真，景真，所作必佳。"列夫·托尔斯泰在其所著的《艺术论》中认为，决定"艺术的感染深浅"的三个条件之一，就是"艺术家的真挚程度如何"，"艺术家的真挚程度对艺术感染力的大小影响比什么都大"。高尔基说："真正的诗——往往是心底诗，往往是心底歌。"然而，真诚的诗人多矣，有哪一个作家、哪一位诗人承认自己在那里为文造情呢？又有谁说自己不是怀着一颗真诚的心呢？但是，何以只有汪国真的诗才能引起这样的"轰动效应"呢？这是值得认真思考的问题。

一、两种诗人

要回答为什么只有汪国真的真诚征服了众多的读者,还需从真诚入手。笔者认为,真诚是分层次的,看他的真诚属于哪个层次;真诚的表达是多种多样的,看他采取的是哪一种。

真诚,可分为两个层次,一个是"赤子之心",一个是"返璞归真"。赤子之心是那种来自于天然的童心,由于历世尚浅,还不知道人间有机巧、权谋、欺骗、虚伪之类的世情,以天然的、善良的、美好的心愿来看待周围的事物。而返璞归真则是一种更高层次的真诚,是经历了否定之否定之后的真诚。他们已经历了人世的虚伪狡诈、机巧权谋,饱尝生活的艰辛,感情的磨难,经过冷静的反思,重新发现人生的真谛,选择一种真诚态度来生活,即求得返璞归真。

对于后一种真诚,人们历来有许多研究,早在先秦的道家哲学中就已经有了揭示。老子认为,"真"是道的一种体现,要放弃机巧,追求真诚,最好能回到赤子之心。他说:"专气致柔,能如婴儿乎?""沌沌兮,如婴儿之末孩"。但老子这种真诚已经是高层次的真诚,"如婴儿",而不"是婴儿"。庄子及后学继承了老子的学说,也极力主张真。他主张抛弃人为的东西而"反其真"。《渔父》中说:

真者,精诚之至也。不精不诚,不能动人。故强哭者虽悲不哀,强怒者虽严不威,强亲者虽笑不和。

真悲无声而哀,真怒未发而威,真亲未笑而和。真在内

者,神动于外,是所谓贵真也。

可见在先秦时期,人们对这种真诚已经有了深刻的认识。这种思想一直影响到明代李贽的童心说。

但是,人们对前一种真诚的研究却很少。

生活中的两种真诚表现在文学创作中就形成了两种类型的文学家,即王国维所说的两种诗人:

客观之诗人,不可不多阅世。阅世愈深,则材料愈丰富,愈变化,《水浒传》、《红楼梦》之作者是也。主观之诗人不必多阅世。阅世愈浅,则性情愈真,李后主是也。

客观之诗人,把他们的真诚寄托在文学之中。《水浒传》作者寄慨颇深,而《红楼梦》的作者也自称是"满纸荒唐言,一把辛酸泪",陶渊明、李白、苏轼也是"客观之诗人"。他们的诗自然奔放,真率动人,而所表现出来的真诚,并不是赤子之心,而是从生活磨难中超脱出来的真诚。而"主观之诗人"就是那种心怀赤子真情的人。李煜就是这种诗人的典型代表。王国维在前一则词话中写道:"词人者,不失其赤子之心者也。故生于深宫之中,长于妇人之手,是李后主为人君所短处,亦即为词人所长处。"在整个中国古代文学史上,这种主观之诗人并不多,除了李后主之外,只有宋代的李清照、清代的纳兰性德才堪称这种诗人。

李煜的词确实是以纯真著称的。正如王国维所分析的那样,他生于深宫之中,长于妇人之手,对人生之艰、稼穑之难一概不知,因而他的词作都是真实情感的流露。读他的词作,立刻可以感觉到他那纯真的性格。如《玉楼春》,上阕极写春日里在宫殿上欣赏歌舞的情景。"重按霓裳歌遍彻",嫔娥的

歌舞,表演了一遍又一遍,但他仍未看够,"醉拍阑干情未切"。从白天直到夜晚,这位皇帝兴犹未尽,命令"归时休放烛花红,待踏马蹄清夜月",还要欣赏夜景。读这首词,不仅不会责怪他不理朝政,反而会为他这种纯真的性格所打动,流露出一丝善意的微笑。他这种纯真的性格在成为宋太祖的阶下囚之后,仍未能改变,继续在说话上、在作词中流露自己的真情:"独自莫凭栏,无限江山,别时容易见时难。流水落花春去也,天上人间","小楼昨夜又东风,故国不堪回首月明中,……问君能有几多愁,恰似一江春水向东流"。他丝毫没有想到这些会惹来杀身之祸。韬晦尚不及刘禅。刘禅在做阶下囚时尚能向司马昭表示"乐不思蜀"。后世人之所以同情这位昏庸的皇帝而指责雄才大略的宋太宗,就是因为人们不愿看到这位不懂世事的天真的才子被杀死。

　　李清照的词也大抵为情真之作,无论是少女时的天真活泼,少妇时的离别相思,嫠妇时的落寞之苦,一切都来自于生活的亲身感受,以真情出之,天然无饰,率真明快。这一特点和李煜非常相近。周济说:"李后主词,如生马驹,不受控捉。"王灼评李清照词时也说:"自古缙绅之家,能文妇女,未见如此无顾籍也。"沈谦也说:"男中李后主,女中李易安,极是当行本色。"词以言情为主,所谓"本色",便指他们的率真。

　　李煜、李清照之后,嗣响绝少。因为主观之诗人主要是由于天性所致,并非后天努力所能获得。直到清代康熙年间,贵公子纳兰性德以其纯真的心灵,写出了纯情之作。同时人陈维崧在《词评》中说:"《饮水词》哀感顽艳得南唐二主之遗。"

周稚圭说:"纳兰容若,南唐李重光后身也。"梁启超说:"容若小词直逼李后主。"

二、当代的"主观之诗人"

汪国真是属于哪种诗人呢?无疑,他是主观之诗人,当代的主观之诗人。限于材料,我们尚不知道汪国真生活中更多的具体情况。对他的气质缺少更细致的了解,但我们只要看他的诗作,看他在诗作中所表现出来的对社会、对人生的态度,就完全可以判定他是一个主观之诗人。

汪国真正是以他年轻的心来写他的诗的。他怀着青年人的纯真和热情来拥抱这个世界,以美好的愿望来看待生活。我们从他的诗作能感受到他那颗纯真、未受污染和扭曲的心。他特别留恋那天真的儿童时代,一遍又一遍地说"人不长大多好",哪怕不长大会享受不到更多美好的东西,但是人长大了,"烦恼总比快乐多"(《人不长大多好》)。他不愿从青春再向前迈步,"当生命走到青春时节/真不想再往前走了/我们是多么留恋/这份魅力和纯结"(《青春时节》)。他特别赞美那天真无邪的少女,"总是这样/春天来临的时候/心还没有做好准备","梦里常笑醒/醒来难入睡/在花落花开的季节/笑也是醉/哭也是醉"(《少女》)。他虽然说自己已不是"一首活泼天真的诗",但心中还是"默默祈求","请千万保留我/最初的品质"(《镜子》)。总之,在他的诗集中,随时都可以看到他对春天的歌颂和向往,使人感到他以纯真无瑕的目光来看待世界,以童真的心灵来对待人生。

也许有人不同意这种看法,理由是汪国真还有深刻的一面。当然,汪诗中表现的赤子之心并不限于对少年梦幻的描写,对青春的由衷赞美和留恋。他的诗中还描写了从青春的浪漫向初夏火热的过渡,他还在继续追寻新的生活。他还在许多诗篇之中描写了青年对生活的思考,表现了一个青年由情感自由奔放的阶段向自觉走向人生的过渡。他在许多诗作中表述自己该怎样对待生活,告诉青年朋友们如何对待社会中各种各样的事情。他还写出了系列"哲思短语",和青年们谈失恋、谈忍耐、谈男人和女人、谈深刻、谈宽容、谈磨难、谈希望、谈真诚,其中不乏对人生真谛的揭示,不无深刻之处。但如果由此就断定汪国真已经走出了赤子年代而趋于成熟,由"主观之诗人"变成了"客观之诗人",那么就错了。青年朋友们喜欢汪国真的诗,说汪诗所写的正是他们所想的,他们要像汪国真那样去生活。但是如果有谁真的去做了,恐怕是不切合实际的。汪诗所写的还是他以一颗赤子之心来观察社会所得的初步感受,而不是生活经验的总结,更不是一个在生活道路上饱经风霜、伤痕累累的人所做的反思。他告诉人们的只是他在这个阶段的感觉,可以打动青少年朋友的感情,却不能指导他们的行动,不管青年朋友们如何表示自己愿意像汪国真那样生活。

汪诗中,虽不乏生活哲理,但不能以他深刻的一面来否定他童心未泯,因为深刻和单纯并不矛盾。如同文学中有"主观之诗人"和"客观之诗人"一样,哲学家也呈现出两种不同的类型,一种像叔本华、尼采那样的"诗人哲学家",一种像康德、黑格尔那样的"客观哲学家"。后一种哲学家广泛吸收各自然科学、社会科学知识，对众多的科研成果加以分析、归纳，推导出哲学思想。这样的哲学家如同客观之诗人，必须有丰富的学识。而前一种哲学家则不然，他们全凭自己那颗心灵和现实碰撞，抒写这种碰撞的感觉，而这种感觉当中便有可能是人类最新的思想，是那种"客观哲学家"梦都未尝梦见的。这些人并不需要丰富的阅历，只需那比别人敏感十倍的心，汪国真虽不是一个哲学家，但他对生活的思考就属于这一种类型。因此，汪国真的深刻与他的单纯并不矛盾。

当然，我们说汪国真有一颗赤子之心，并不能要求他像李后主那样天真。他毕竟生活在知识空前丰富的现代社会，他可能有舒适的家境，但不同于李后主生于深宫之中。而且李后主词的基调是感伤的，而他的诗则是快乐的，健康的。他比李后主要丰富得多。相同的是气质上的纯真，他们可能有许多差别，但在气质上是属于同一类型的。

三、"年轻的潇洒"

汪国真在诗中，在"哲思短语"中告诉青年朋友要真诚、要忍、要宽容，希望恬淡地生活，这些可以用一个词来概括，那是"潇洒"，以洒脱的态度来对待生活。他告诉人们"多一点爱心/少一点嫉妒"，"或许我们会永远平凡/平凡也有宁静的风度"（《多一点爱心》）。他对挽留不住的人说："要走你就潇洒地走/人生本来有春也有秋/不回头　你也无须再反顾/失去了你/我也并非一无所有"（《如果》）。他认为"豪放是一种

美德"（《豪放是一种美德》），甚至爱也"不要成囚"，要像"淡淡的云彩悠悠地游"（《淡淡的云彩悠悠地游》）。他说："如果生活不够慷慨／我们也不必回报吝啬／何必要细细地盘算／付出和得到的必须一般多／如果能够大方／何必显得猥琐／如果能够潇洒／何必选择寂寞／获得是一种满足／给予是一种快乐"（《如果生活不够慷慨》）。他表示"我微笑着走向生活／无论生活以什么方式回敬我"（《我微笑着走向生活》）。失恋也不应给自己带来痛苦，"恋爱使我们欢乐／失恋使我们深刻／松树流下的眼泪／凝结成美丽的琥珀／笑是对的／哭也不是错／只是别那么悲伤／泪水毕竟流不成一条河／走过来／向世界说／眼睛能够储存泪水／更能够熠熠闪烁"（《失恋使我们深刻》）。

然而这种潇洒不同于庄子的愤世疾俗，不同于陶渊明"误入尘网"后的解脱，不同于李白的诗酒狂放，不同于苏轼历经磨难后的旷达，这是一种真诚的健康的潇洒。他是肯定生活的潇洒，不是否定生活的潇洒；是入世的潇洒，不是出世的潇洒。这种潇洒并不是经历生活磨砺炼就的坚韧的性格，也不是心灵上超脱尘世的表现。由于诗人怀着青年人美好、惊奇的目光看待世界，以诗人的眼光来看待社会，因而他所看到的东西不免理想化了，诗化了。所以他敢于宣称不惧怕生活中的困难，潇洒地来对待一切。这种潇洒是可贵的，但又是不现实的。他表示愿意深入生活，实际上并未深入生活，因为在现实生活中，潇洒、宽容、真诚、忍耐等，要想做到每一点都必须付出惊人的代价，因而在这一实践过程中，恐怕要改变初衷，对原所操持的东西惨然一笑而置之，他可能再也没有余力去欣赏自己的潇洒了。然而话说回来，美好的品德、风度、性格终

究是美好的，尽管不能用来指导人们的生活。谁也没有要求诗人为青年朋友们规划着某种生活模式的奢望。他的诗能够激动人心，能够引起人们向往美好的东西已经足够了。

汪国真的潇洒实在是"年轻的潇洒"。

根据王国维的说法，"主观之诗人"和"客观之诗人"之间的区别就在于阅世的深浅。汪国真的诗中虽也赞美磨难，但他以欣赏的态度来看磨难，恰恰说明他尚未经历磨难。他说："人生呵／有多少痛苦／就会有多少欢乐／给你多少磨砺／就会给你多少珠贝"（《举杯》）。他宣称不惧怕山高路远，相信"没有比脚更多的路／没有比人更高的山"（《山高路远》），"坎坷／是一双耐穿的鞋／艰险／是一枚闪亮的纪念章／我是一片叶——筋脉是森林／我是一滴水——魂魄是海洋"（《风不能，雨也不能……》）。汪国真在1990年给《辽宁青年》写的"哲思短语"中有一则是谈磨难的，让人们以积极的姿态勇于接受磨难，他说：

> 就人生而言，总是从平坦中获得的教益少，从磨难中获得的教益多，从平坦中获得的教益浅，从磨难中获得的教益深……因此，若想做一个非常平凡的人，则是磨难少一些更好，若想做一个出类拔萃的人，则不妨多经历些磨难。

可见他正是以欣赏的姿态来对待磨难。这并不是从自己的磨难经历中总结出来的，而是青春朝气的冲动，是对前途充满乐观自信的表现。他可能感悟到生活中的一些困难，他可能战胜过一些困难，但他如果真的经历这么多磨难，他就不会再以这种轻松的欣赏的口吻来谈磨难了。正如王国维所说的："阅

世愈浅,则性情愈真。"

汪国真在"哲思短语"中还谈到了真诚。他说:"真诚不是智慧,但它时常放射出比智慧更诱人的光泽。有许多凭智慧千方百计也得不到的东西,真诚,却轻而易举地得到了。"在这里,他已经感觉到了真诚和智慧的某种背离现象,但他这种真诚仍不同于老子的返璞归真。老子具有丰富的人生阅历,具有很高的智慧,但他又看到了智慧的局限性,经过冷静的分析比较之后,又选择了真诚:"俗人察察,我独闷闷,俗人昭昭,我独昏昏",甚至主张整个社会"绝圣弃智"。而汪国真的真诚,决不属于这个层次,是自然而然的,没有经历这样一个否定之否定的过程。如果他真的是冷静地为了得到什么而选取了真诚,那么这种真诚就不那么诱人了。所以他说:"以真诚待人,并不是要别人也以真诚回报。如果动机是以自己的真诚换回别人的真诚,这本身已不够真诚。真诚是晶莹透明的,它不应含有任何杂质,不错,真诚也是一种高尚。"我们从他的诗作中会更加清楚地感觉到他这种真诚:

我不想故作潇洒
只想活得真实
就像无拘无束的风
在时光里轻盈地走
既不是标榜
也没有解释
我喜欢自然
就像喜欢流逝的往日

无论花丛　还是蒹葭
过去了的
总让人染上　莫名的相思

——《我喜欢自然》

我不想用那迷雾
把我的心灵遮住
让你凝望了半天
感觉仍是一片模糊

我不想用一道樊篱
把我的思想束缚
笑　就灿烂地笑
哭　就晶莹地哭

你可知道　你可知道
倘若我不能真实地
袒露自己
我是多少痛苦

——《你可知道》

汪国真就是这样一种自然的真诚。

四、敏感·通俗·借鉴

主观之诗人由于他们怀着一颗童心来看待世界，因而他们特别善感，一花、一草、一动、一静都能使他们心弦颤动。且以李清照为例，一夜"雨疏风骤"，使她立即感觉到"应是绿肥红瘦"，感觉到青春的被摧残。早晨起来，看到冰冷的香灰，立刻感到丈夫远去、独自在家的孤单冷清。点点滴滴的梧桐细雨，使她愁苦不堪。当人们欢度元宵佳节时，她想到了国破家亡，谢却"酒朋诗侣"，"如今憔悴，风鬟雾鬓，怕见夜间出去。不如向帘儿底下，听人笑语。"可见词人的敏感到了何种程度。

汪国真同样敏感，在湖水里用石子"打出一串水漂"，也会使他感动（《黄昏偶拾》），一把雨伞，可以使他想到"四方漂流"（《那把伞》）。总之，一丝风，一片叶，一只鸟，一排路灯，都会使他激动不已，浮想联翩，想到社会，想到人生，想到理想和梦幻，

我国古代三个著名的"主观之诗人"都是词人。诗言志，词言情，词比诗更细腻。汪国真的诗就是一种小词。他自己创作歌词，歌词作者也抄他的诗。他把感情分得很细，他写的大都是我们常见的又不留意的。他如果不敏感，就难以做到这一点，如果没有一颗童心，也不会这样敏感。

内容决定形式。由于他们的诗是"真性情的自然流露"，也决定了他们的风格是通俗明快的。"无限江山，别时容易见

时难","剪不断,理还乱,是离愁。别是一般滋味在心头","花自飘零水自流,一种相思,两处闲愁。此情无计可消除,才下眉头,却上心头","生怕离怀别苦,多少事,欲说还休。新来瘦,不是悲秋","旧时天气旧时衣,只有情怀不似旧家时","泪咽却无声。只向从前悔薄情。凭仗丹青重省识,盈盈。一片伤心画不成",都是"用浅俗之语,发清新之思"。

汪国真诗的语言也是这样,平到不能再平,浅到不能再浅,看惯别的诗的人,第一次看到他的诗不禁要问:"这竟然是诗?"但这真是诗,是真的诗。这浅近的语言使读者和作者之间的距离、隔膜化为乌有,你会感到自己的心在和诗人碰撞,而这正是诗的全部意义所在。

汪国真的诗是他真诚的自然流露,但他对古今中外的诗人还是有所借鉴的。他在谈自己的创作经验时曾说他的诗植根于中国古代文化,因为传统的文化是土壤,只有吸收传统的才能做到根深叶茂。而西方文化是养料,没有这种养料就没有创新。他说:

> 我觉得朦胧诗是传统的东西少,外来的东西多;而一些中老年人又是传统的东西太多,外来的东西少,没有新鲜感。而唐诗宋词已达到了很高的高度,一般来说难以跨越。如果不借鉴外来的东西,要想跨越唐诗宋词是非常难的。多年来人们在这两方面的结合上做得并不太好。我之所以能够出来,就是在这方面多少注意一些。(见对话录)

那么汪国真在创作中到底得益于哪些人呢？他说他"得益于四个人，李商隐、李清照、普希金、狄金森（美国女诗人）"。于是他"追求普希金的抒情、狄金森的凝练、李商隐的警策、李清照的清丽，融四者为一体"。这种解释并不完全，他所取的是李清照、普希金的真诚，李商隐、李清照、狄金森的细腻和敏感。普希金也是一个真诚的诗人。别林斯基在评普希金时说：不是由于"外在的修饰，而是从他内在的生命发出的，这生命即在诗人的创造力的主宰下灌注到全篇诗作里"。

汪国真没有提到他得益于李煜，而李煜和李清照一样，实实在在影响着他。且不说风格，就连语言上也经常化用他们的词句。例如《如果》里的"即使终日以眼泪洗面/也洗不尽/心头的清愁"，直接化用李煜的话："比中日夕，只以眼泪洗面"。再如《剪不断的情愫》：

原想这一次远游
就能忘记你秀美的双眸
就能剪断
丝丝缕缕的情愫
和秋风也吹不落的忧愁

谁曾想　到头来
山河依旧
爱也依旧
你的身影

刚在身后　又到前头

化用了李煜"剪不断,理还乱,是离愁",李清照"此情无计可消除,才下眉头,却上心头"等词句。由此可见一斑。以上便是我对汪诗真诚的看法。

出版者语

本书收录了部分已发表的评介汪国真作品的评论文章,由于无法和作者取得联系,因此无法按有关规定奉寄稿酬,请评论文章作者见字后与我社或作者联系。

地址:广州市中山一路30号之一

邮编:510600

电话:020-87347732

作者通信处:北京4123信箱

邮编:100001

廣東旅游出版社
GUANGDONG TRAVEL & TOURISM PRESS

□ 汪国真 著

汪国真精选集
自选典藏版

❸

图书在版编目（CIP）数据

汪国真精选集：自选典藏版：全3册 / 汪国真著. — 广州：广东旅游出版社，2014.11（2022.10重印）

ISBN 978-7-80766-917-3

Ⅰ. ①汪… Ⅱ. ①汪… Ⅲ. ①诗集－中国－当代②散文集－中国－当代 Ⅳ. ①I217.2

中国版本图书馆CIP数据核字（2014）第166768号

广东旅游出版社出版发行

（广州市荔湾区沙面北街71号首、二层 邮编：510130）

电　话：020-87348243

印　刷：佛山家联印刷有限公司

（佛山市南海区桂城街道三山新城科能路10号）

开　本：889mm×1194mm　32开

字　数：235千字

印　张：32

版　次：2014年11月第1版

印　次：2022年10月第3次印刷

全书共3册总定价：88.00元

【版权所有 侵权必究】

本书如有错页倒装等质量问题，请直接与印刷厂联系换书。

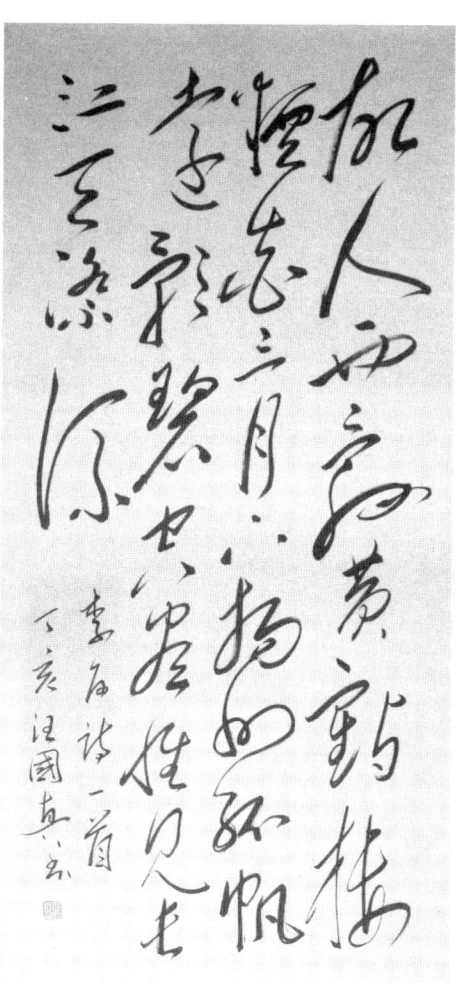

汪国真书法作品选

目 录

流　行	(1)
时　尚	(3)
毁　谤	(5)
制　胜	(7)
选　择	(9)
赞　美	(11)
执　著	(13)
势　利	(15)
观　念	(17)
礼　物	(19)
说　美	(20)
虚　假	(22)
人　生	(24)
承　认	(26)
贪　婪	(28)
赌　博	(30)
平　庸	(32)
忠　告	(34)
沉　着	(36)
诱　惑	(38)

争　辩 …………………………………………（40）
处　世 …………………………………………（42）
偏　见 …………………………………………（44）
烦　恼 …………………………………………（46）
文　学 …………………………………………（48）
美与风度 ………………………………………（50）
成功与素质 ……………………………………（52）
幽　默 …………………………………………（54）
未　来 …………………………………………（56）
评　论 …………………………………………（58）
真　诚 …………………………………………（60）
个　性 …………………………………………（62）
容　纳 …………………………………………（64）
气　度 …………………………………………（66）
魅　力 …………………………………………（68）
淡　泊 …………………………………………（70）
成　材 …………………………………………（72）
时　间 …………………………………………（74）
纯　洁 …………………………………………（76）
天　才 …………………………………………（78）
眼　光 …………………………………………（80）
明　星 …………………………………………（82）
书　韵 …………………………………………（84）
理　解 …………………………………………（86）
等　待 …………………………………………（88）

借　鉴	(90)
男人女人	(92)
必　然	(94)
理　智	(96)
微　笑	(98)
审　时	(100)
清　醒	(102)
青　年	(104)
修　养	(106)
聪　明	(108)
才　华	(110)
诗　歌	(112)
思　想	(114)
弱　点	(116)
磨　难	(118)
偏　激	(120)
潇　洒	(122)
欣　赏	(124)
格　调	(126)
通　俗	(128)
秘　密	(130)
模　仿	(132)
变　化	(134)
拒　绝	(136)
清　高	(138)

金　钱	……………………………………………	(140)
权　威	……………………………………………	(142)
孤　独	……………………………………………	(144)
忍　耐	……………………………………………	(146)
谦　虚	……………………………………………	(148)
批　评	……………………………………………	(150)
狂　妄	……………………………………………	(152)
宁　静	……………………………………………	(154)
承　诺	……………………………………………	(156)
容　貌	……………………………………………	(158)
命　运	……………………………………………	(160)
少　年	……………………………………………	(162)
感　情	……………………………………………	(164)
哲　学	……………………………………………	(166)
逆　境	……………………………………………	(168)
生　活	……………………………………………	(170)
友　情	……………………………………………	(172)
真　实	……………………………………………	(174)
经　验	……………………………………………	(176)
音　乐	……………………………………………	(178)
思　考	……………………………………………	(180)
嫉　妒	……………………………………………	(182)
忧　郁	……………………………………………	(184)
愤　怒	……………………………………………	(186)
流　言	……………………………………………	(188)

沉　默	（190）
无　聊	（192）
失　误	（194）
自　信	（196）
规　律	（198）
深　刻	（200）
艺　术	（202）
舞　蹈	（204）
服　饰	（206）
幸　福	（208）
时　髦	（210）
虚　荣	（212）
失　恋	（214）
伤　害	（216）
态　度	（218）
乐　观	（220）
信　任	（222）
言　论	（224）
婚　姻	（226）
比　较	（228）
鉴　赏	（230）
年　龄	（232）
说　爱	（234）
贫　穷	（236）
给　予	（238）

恋　爱	(240)
谎　言	(242)
方　法	(244)
名　声	(246)
勇　敢	(247)
英　雄	(249)
崇　拜	(251)
胆　识	(253)
深　沉	(255)
浅　薄	(257)
远　见	(259)
传　统	(260)
含　蓄	(262)
报　复	(264)
从　容	(266)
亲　情	(267)
美与距离	(269)
美与爱情	(270)
音乐与人	(272)
完　美	(274)
宽　松	(276)
健　康	(278)
宽　容	(280)
热　情	(282)
参　与	(284)

高　雅	（286）
喜　欢	（288）
风　气	（290）
荣　誉	（292）
价　值	（294）
变　革	（296）
教　育	（298）
经　典	（300）
运　筹	（302）
雨的随想	（304）
海边的遐思	（306）
我喜欢出发	（308）
平凡的魅力	（310）
友情是相知	（311）
一起出发	（312）
彼此的馈赠	（313）
黄昏里的琴声	（314）
有一份孤独	（316）
有那么一个日子	（317）
一番感慨	（318）
走出喧嚣	（319）
往事如昨	（320）
勇往直前	（321）
走向远方	（322）
头上是片湛蓝的天	（323）

转念一想	(324)
春天,你慢点走	(325)
走出孤独	(327)
诚　实	(328)
气　度	(329)
伙　伴	(330)
批　语	(331)
父母心	(332)
早点回家	(333)
退　稿	(334)
感受青春	(336)
我当倒爷儿	(338)
读者的力量	(340)
熟悉的地方没有景色	(342)
怀念军服	(344)
买　书	(346)
没人比你好	(348)
"写给下个世纪"	(349)
不妨有一个榜样	(351)
我最初的文学生涯	(353)
读文学史一得	(359)
流行与流传	(361)
关于"纯诗"	(363)
文学会大萧条吗?	(365)
也谈高雅	(367)

流　行

　　一度流行的东西，可能是时代的产物，在经过了相当长时期（不是三五年），曾经流行的东西再度流行，则必然是价值的产物了。某种服饰、作品、语言，一般都只是在青少年中流行，这说明青少年对新鲜的事物抱有一种天然的敏感和喜好。

　　唐代诗人崔护在《题都城南庄》诗中写道："去年今日此门中，人面桃花相映红。人面不知何处去，桃花依旧笑春风。"流行的事物中有些将很快被时间淘汰，有些则有永久存在的价值，是可以"桃花依旧笑春风"的。

　　一般来说，凡是流行的东西都具有鲜明的个性，没有鲜明个性的东西则难以流行。独特产生魅力，流行因为独特。

　　以不屑的态度拒绝流行，并不能表明拒绝者的高超。很多时候是因为拒绝者没有使自己的东西流行得高超，于是只有以拒绝流行来表明自己的"高超"了。

　　流行的事物不是生活中必不可少的事物，却多是富有时代气息的事物。很多人不愿被人视为孤陋寡闻的落伍者，因此，一种东西开始流行，很快便有更多的人为其推波助澜。

　　作品的流行与否同作品的品位高低没有必然的联系。流行的作品未必就是俗的、品位低的；不流行的作品未必就是雅的、品位高的。反之亦然。法国作家拉伯雷的小说《巨人传》出版后，立即被抢购一空，"两个月销去的册数比《圣经》九年卖的还多"，但其并不俗，品位也不低。而不流行的作品中平庸浮华之作不是比比皆是吗？

　　流行既可以是因为对公众的迎合，也可以是因为对公众的引导。迎合性的东西其生命力一般是短暂的，引导性的东西其生命力一般则较久远。所谓引导是把握了未来的一种趋势，所谓迎合则是抓住了公众一个时期内的情绪。

时　　尚

　　不合时尚的人有两种：一种是跟不上时尚，一种是在建立未来的时尚。

　　时尚，有时就像古代埃及女王克莉奥佩屈拉的鼻子。法国哲学家巴斯噶是这样形容她的鼻子的："如果克莉奥佩屈拉的鼻子短一点的话，整个地球的面貌将为之逊色。"

　　若在一个时期内时尚不明显，往往说明这个时期公众心目中没有特别富有魅力的人或东西。

　　作为一个艺术家或企业家，有为与无为的区别常常是这样表现出来的：有为的引导时尚，无为的跟随时尚。

　　聪明人可以嘲笑时尚，却不能轻视时尚。嘲笑时尚是因为眼光超越了时尚，轻视时尚你将难有作为。

　　时尚与其说是爱好问题，不如说是心理问题。公众心理形成时尚，爱好倒成了其次。

　　时尚是可以制造的，若不能在所有人群中制造时尚，也能在一个特定的人群中制造时尚。

一个社会高层人物的言行,往往对形成某种时尚起着至关重要的作用。唐朝杨绾,为人清廉,车服俭朴。他担任宰相才数月,风气大变。当时的御史中丞崔宽,非常有钱,在皇城南边有座别墅,听说杨绾拜相,立即私下叫人把别墅拆了。中书令郭子仪,听说杨绾拜相,即将厅内乐舞减少了五分之四。京兆尹黎干承朝廷恩宠,每次外出,前呼后拥,骑侍达百余名,听说杨绾拜相,当天就锐减侍从。其他望风改奢为俭之人,更是数不胜数了。

历史上社会的剧烈变动之后,带来的不仅是思想、制度、政权的变化,同时也将会带来时尚的大变。

毁　　谤

　　古人说："事修而谤兴，德高而毁来。"由此可知，生活中遭人毁谤的人常是些事业有成威信颇高的人。

　　只要对你的毁谤还没有严重到触犯法律的程度，遭人毁谤便不必太过认真，也不必非要与毁谤者理论清楚。既然毁谤是小人所为，同小人怎能够理论得清楚呢？争取更大的成功，成就更大的事业，这不但是对毁谤最有力的回答，也是最高明的回答。不要因为一时的不忿而影响了长远的追求。"小不忍则乱大谋"，是为至理。

　　对于毁谤可以有两种态度：一是辩白，二是不理。更多的事实证明，使毁谤销声匿迹，最为明智的选择不是辩白，而是不理。误会是可以解释的，毁谤却难以解释。何况若有人存心毁谤，解释旧的谤言又有新的谤言产生。从长远的观点来看，没有什么人是能够靠毁谤建功立业的，也没有什么人的清白是毁谤玷污得了的。

　　不断加强自身修养，不但有助于更明智的面对毁谤，也有助于减少别人的毁谤。

　　春秋时楚庄王的令尹（宰相）孙叔敖曾经先后三次为楚

相,都做到了"任而无以攻,去而无所毁"。有人问他这是什么缘故,他回答道:"吾三相楚而身愈卑,每益禄而施愈博,位滋尊而礼愈恭,是以不得罪楚人也。"孙叔敖的故事是令人深思的。

不干事的讥讽干事的,平庸的毁谤出色的,这是我们这个社会存在的一种相当普遍的现象,在各个领域引进或加强竞争机制,将会有效地逐步改变这一现象。

船在海上航行,我们知道,船上的救生衣、救生圈,一般都是橘黄色,因为橘黄色是海中凶猛的鲨鱼畏惧的颜色,良好的修养也可说是一层生命的保护色。

人生在世,遭人毁谤的情形在所难免,如此,在走向事业成功的漫长道路中,别人的嘲讽和毁谤正可为孤独的跋涉增添几分色彩,成为纪念。

毁誉由人,还是赶路要紧。

制　　胜

　　一般来说,一个人的天赋总是在某一个方面最为突出。倘若追求的事业和自己的天赋相一致,是最容易出成果的,反之则是最不容易出成果的,甚至是永远没有大的成就的。

　　制胜需要机会。塞万提斯在其名著《唐吉诃德》中说过一句耐人寻味的名言:"有关着的门就会有开着的门。"是的,一个人只要有实力,是不愁没有成功的机会的。

　　一个人要赶时代的大潮流,却不一定要赶各种各样的小潮流,因为凡已成潮流,机会必少。最善制胜者,经常是那种能够做到潮流由我而始的人。

　　善制胜的人心像是火,头脑却像是冰。生活中有的人总也不能成功,往往是因为头脑和心温度一样了。

　　《韩非子·外储说左上》中讲了一个故事:战国时期郑国有一个叫卜子的人,他让妻子给他做一条裤子。"新裤子做成什么样呢?"他的妻子问。"像我的旧裤子一样就成了。"他回答说。于是他的妻子做好一条新裤子后又故意剪坏了几处,使之和过去破旧的裤子一样。

　　韩非子的这个故事,意在讽刺那些只知"法先王"却不懂变通的人。如果客观形势已发生了重大变化，而政治上的主张，经济上的主张，或者文学上的主张，却恪守老一套，丝毫不懂变通，显然是没有前途的，也是无法在实际中获得成功的。

制胜需要开阔的眼界和宽广的思路，当思维陷入一种单一的模式，便难出新出奇了。因此，经常跨出自己所从事的领域，从另一个角度考虑问题，是大有裨益的。

制胜首先要经得起失败。嘲笑别人的失败或因失败了便沮丧，是没有多少道理的。试问世界上凡成大气候者，有多少人是从未失败过的呢？

选 择

时间有限，精力有限，金钱有限。因此，我们必须学会选择。选择最佳，也就是选择一种高质量的生存方式。

不必顾忌自己的选择是否太从众，也不必担心自己的选择是否太不合群，只要它有益又适合于自己，就是好的选择。

在事业上，一个人一生可以有多次选择。例如法国思想家卢梭，他在不到30岁时发明了流传至今的简谱，这一发明对全世界的音乐作出了重大贡献。后来，他又写出了思想性和艺术性都很强的论文《论艺术与科学》。在他的晚年则写出了在文学史上占有重要地位的《忏悔录》。

事业上的多次或多重选择没有错，我们应避免的只是好高骛远，对什么都浅尝辄止。

许多时候，遇到问题不要急急忙忙就加以处理。不妨冷静地多设想几种解决方案，然后选择最佳者。如果不是这样，常常是旧问题没有解决又派生出许多新问题，而使自己陷入穷于应付的被动局面。

对人生来说，于眼前无益而于长远发展有益，仍是可选择

的；于眼前有益但于长远发展无益，是不可选择的。所谓目光短浅，就是只顾眼前利益。

走向同一个目标，先到达者不一定是走得最快者，而可能是选择了最佳途径者。如果你既是最有实力者又是最有智慧者，你便可以遥遥领先。

人生总是面临不断的选择，正确的选择不但需要智慧也需要经验。走出书斋，走向生活，会使我们的智慧得到检验，会使我们的经验得到丰富，会使我们在未来的生活中更会选择。

选择什么样的朋友，你就有可能成为什么样的人；你是什么样的人，就会有什么样的前途。因此，选择朋友一定要慎重，这往往不仅关系一时，而且关系一生。

赞　　美

　　赞美有可能是出于客气，诋毁有可能由于嫉妒，对于别人不论好的或坏的评价，都没必要太往心里去。人贵自知。

　　鹤立鸡群，不要指望得到群鸡的赞美，赞美存在于它们相互之间。

　　对于新生事物，更多时候应该给予鼓励和赞美，这有助于建立起人的自信心，当人有了自信心，便容易把事情做得更好。

　　过头的赞美对被赞美者并无好处，它既容易使被赞美者看不清自己，也容易招致旁人的反感。就赞美而言，有十分说到七八分比说到十二三分，会有更好的效果。

　　附庸风雅地赞美自己根本不理解的东西，或许好像很深刻，其实很浅薄。因为，这里没有一点自己的见解，更甭说是远见卓识了。

　　无声的赞美往往显得更加真实和诚恳。当一个收藏家花高价买了一幅作品的时候，对这幅作品他不需要再说什么了。

当我们无法得到我们赞美的东西时，不妨好好欣赏它；当我们无法欣赏到我们赞美的东西时，不妨静静地憧憬它。有美好的事物在心中，心灵便常存一块绿地。

执 著

只有在选择的大方向正确的前提下,执著的努力才有意义,否则,执著便成了一种愚。

一般来说,不论做什么事情,在经过了比较长的一个时期的努力之后,就应该有所收获了。如果不是这样,恐怕就不是不执著的问题,而是自己是否适宜做这件事情的问题。执著于一件根本不适合自己做的事情是不会有什么结果的。明代医药学家李时珍花27年时间完成了巨著《本草纲目》,有些人花同样的时间却写不出一篇精彩的文章。

成功者常常都是些什么人呢?他们既是聪明的,又是执著的。不成功者往往都是些什么样的人呢?有的是因为不够聪明,有的是因为不够执著,有的则是既不聪明也不执著。

人的潜能仿佛是一座还没有挖掘的庞贝古城,需要执著地挖掘才能使之放射出光彩。

在做一件事情的时候,可以适当地为要做的第二件事情做些准备,并对第三件要做什么事情有所考虑。执著和远见结合起来,便容易无往而不利。

  在人心浮躁的时候,执著和宁静会更容易导致成功;当人心宁静甚至保守的时候,振聋发聩会更容易导致成功。机会常在人们忽略处。

势　　利

　　对一个人能表现出势利的人，就能对所有的人都表现出势利。当然，也会对你表现出势利。这样，判断一个人，不必看他对待你怎样，只要看他如何对待别人就很清楚了。

　　一个势利小人，总难免有肠子都悔青了的时候："哎呀，早知道他能有今天，当初，我为什么……"

　　不论是谁，你都不要指望和一个势利小人能成为像大卫和约拿丹那样荣辱与共的朋友。

　　在一个势利的人的字典里，是找不到"荣辱与共"这个词的。

　　一个非常势利的人，很难不趋炎附势；一个趋炎附势的人，很难不丧失良知；一个丧失良知的人，则是什么事情都干得出来的。

　　只有喜欢恭维的人，才会对势利的人感兴趣。一个人一旦被势利的人所包围，很容易变得庸俗和糊涂。

　　一个势利的人有如下特点：就人格而言他是卑下的；就目光而言他是短浅的；就感情而言他是虚假的。

《红楼梦》中贾雨村胡乱了结冯渊一案表明:一个人一旦心存势利,便很难再秉公办事而不徇私枉法。

这一点古今皆然。

对于一个势利的人来说,是没有真正的幸福可言的。因为生活中他不得不绞尽脑汁,辨别风向,察言观色。一个人活到这个份儿上,还有什么真正的幸福可言呢?

一个势利的人,总在有意或无意地伤害别人的自尊和感情。一个总是有意或无意伤害别人自尊和感情的人,很难不在将来受到生活的惩罚。

因此,做一个不势利的人,对人对己都会是有益的。

观　念

形成观念需要时间，改变观念也需要时间。

一个历史愈悠久的国家，改变旧的观念就愈不容易。因为它的历史的车轮太沉重、惯性太巨大。

有时候，男人制造观念，女人改变观念，特别是改变那些男人制造的关于女人的观念。

有的女人用权力改变观念，如慈禧；有的女人用意志改变观念，如邓肯。

凡改变旧的观念，首先遇到的多是抵制。

在历史上，既是伟人又是暴君的俄国的彼得大帝，有一阵子曾感到极度的孤单和困惑，因为他发现，他从西欧考察回来以后，推行的一系列变革计划都受到了强烈的抵制，这使他意识到：改变旧有的观念和习俗，是一件非常困难的事。

旧的观念，常常阻碍社会的发展与进步；改变旧的观念，不仅要靠舆论，更重要的是靠建立起打破旧观念的合理机制。舆论只收短效，机制解决根本。

　　如果没有准备下地狱的决心，你就不要去碰旧的观念，它身上带电，那不是闹着玩儿的。

　　年轻人的观念与老年人的观念常有不同，其中许多是无所谓对错的，只不过各自带有不同的时代烙印罢了。这样，围绕许多观念的争论也是不会有结果的，明智的做法是相互理解，而不是彼此指斥。

　　符合社会发展规律的新观念能够给人类带来利益和幸福，但总会有人偏偏为旧的观念殉葬。千百年来，人类历史的舞台上不断上演着大大小小这样的活剧。

　　你可信奉自己的观念，却不要把自己的观念强加于人，让别人接受你的观念的最好方法是让事实说话。

礼　　物

　　最好的礼物不一定是最贵重的，而是别人急需，却又一时无法获得的。伟人或恋人们所送的微不足道的礼物，也有永久保存的价值。由此看来，礼物本身不是最重要的，最重要的是送礼物的人是谁。

　　世界上极少有不指望回报的厚礼。送厚礼，必有所图；受厚礼，便有所短。既有所短，便很难不为人所用。没权力的人，常是通过送礼来间接使用权力的。从表面上看，礼物是一种奉送，实质上经常是以奉送的形式索取，是在索取比礼物本身更有价值的东西。

　　馈赠礼物，是报恩的一种方式。出于报恩目的而送礼物，送礼人此时一般都是极为真诚和单纯的。

　　礼物有可受和不可受之分。受不可受之礼为贪，拒不可受之礼是廉。《晋书·列女传》中说，晋代名将陶侃的母亲湛氏，就曾拒受儿子送来的鲊鱼，因为这是陶侃在监督捕鱼时利用职务之便弄来的。陶母说：拿这样的礼物送我，非但对我没有好处，反而增加我的忧虑。陶母真可谓深明事理。

说　　美

美好的容貌，常使人的命运走向两端：幸运与不幸。幸运，包括爱、机会等等；不幸，包括嫉恨、灾难等等。

美产生于富有创造意识的头脑和经过训练的双手，这样的头脑和双手，甚至能够化腐朽为神奇。

不同的人对美会有不同的见解。罗丹以一个美术家的口吻说：世界上不是缺少美，而是缺少发现。悲观的社会学家则说：世界上不是缺少发现，而是缺少美。

在我心目中，所谓"至美"，就是这种美可以嘲笑人类语言的无能，而不是被人类的语言所嘲笑。

美并不简单。例如，过分的修饰，可能有损自然，而显得做作；过分的雕琢，可能有损个性，而显得俗气；过分的夸张，可能有损和谐，而显得不伦不类。爱美，又能美得恰到好处，这便是艺术。

一颗宁静而博大的心灵，是最好的化妆品，它是无价的，一切最高级的化妆品的功效，在它面前都显得逊色。不错，一颗憔悴的心灵，是难有一个振奋人心的外表的。

年长者具有成熟的美，年轻人具有朝气的美，只要你是健康向上的，你就可能拥有美。不论何人，失去健康也就失去了美。

健康是美。

虚　　假

　　社会上之所以有那么多假烟、假酒、假药，归根结底是因为人假。

　　如果在某一领域太多的人都在弄虚作假，那么原因可能主要有两个：或者是对其要求太苛，逼得人们去弄虚作假；或者是对其处罚太轻，客观上怂恿人们去弄虚作假。

　　在经济上，弄虚作假无疑是一种短期行为，这样的行为可以造就暴发户，却造就不了真正的实业家。

　　在感情上，一个人若太多情，必然导致弄假，否则他（她）无法掌握平衡。

　　感情的力量甚至可以改变一个已经变得虚假的人。英国作家克罗宁的《城堡》中的主人公安德鲁·曼逊经不起金钱的诱惑，最后甚至以弄虚作假蒙骗病人的方法牟利，后来在妻子克里丝婷的帮助下弃旧图新。小说的故事是美好的，遗憾的却是，我们在生活中开始比较多的看到的是与之相反的故事。

　　没有什么虚假是能够经得起时间和推敲的，若推敲不能够

证明其虚假，那么时间将能够证明。

在一个明察秋毫的领导手下，有多少人敢弄虚作假？当一个地方弄虚作假的行为成风，则可以反证出这个地方的领导某种程度上的昏聩，或者干脆是与之同流合污了。

虚假伪劣的东西，不受打击便成召唤和旗帜。

不要因为害怕虚假把真诚也拒绝了。因为世界上并不是只有你一个人是真诚的。凡事只要悠着点儿，自己就容易立于不败之地。

人　生

人生不足畏。

世间万物，有幸成为人，这已足够幸运了，人生最大的不幸也比沦为其他物种的不幸强。

人生是跋涉，也是旅行；是等待，也是相逢；是探险，也是寻宝；是眼泪，更是歌声。

人为什么活着？

这是一个古老而又总是富有新意的问题。我不知道别人为什么活着，我活着的目的很简单：不辜负生命。

太阳，是人生的精神支柱；大地，是人生的物质保证。只要有太阳、大地在，我们就没有理由总是叹息人生的沉重与不幸。

你要活得随意些，你就只能活得平凡些；你要活得辉煌些，你就只能活得痛苦些；你要活得长久些，你就只能活得简单些。

一年,仿佛是人生的一个缩影,星期天不算多,逢年过节更少。

从某种意义上讲,在人生中,一个男人最大的成功是有一个好妻子,一个女人最大的成功是有一个好儿子,一个儿子最大的成功是有一个好前程。

这个世界有时就是那么不公平。

有一些人别看不怎么样,活得还挺来劲儿。

你比秀兰·邓波儿漂亮十倍又怎样,你可能永远没有她的可爱;你比拿破仑高20厘米又怎么样,你可能永远没有他的男子汉味儿十足;你比李白官大五品又怎么样,你可能永远不能青史留名;你比普通人富足一千倍又怎么样,你可能永远得不到那份怡然……

谁也不至活得一无是处,谁也不能活得了无遗憾。

人大可不必为别人的眼光和舌头而活,如果你总是顾忌别人的眼光和舌头,那么,属于自己的生命还有多少呢?

承　认

夜晚，群星闪烁。人们仰望天穹，可能会忽略那些亮度不够的星星，却不大会忽略那些特别璀璨的星星，更不会忽略比星星亮得多的月亮。除非它们被浮云遮住了光芒。

有的人的成就不被承认，不是因为其成就太一般了，而是因为太杰出了，杰出到了使当时的权威的意识都跟不上，看不出其成就的重要性。发现了遗传学基本原理的奥地利科学家孟德尔，生前曾把一份很重要的论文交给了当时的遗传学权威卡尔·纳基里，论文虽获肯定，但纳基里却未意识到这份论文的重要性。这致使此项成果被埋没将近100年，直到1960年，才被其他科学家发现并引起重视。

再杰出的创造，也有可能被找出弱点和不足，对嫉贤妒能的人来说，他们虽处在不同的领域，采取的方法却总惊人的一致，这就是吹毛求疵、极力夸大别人的弱点和不足，然后貌似公正地不予承认和贬抑。

不承认别人的成功，往往是由于别人的成功衬托出自己的无能和黯然。对于这种人来说，可悲之处在于，想方设法贬抑别人，既不能丝毫提高自身的价值，又不能阻挡别人成功的趋

势,倒是送给别人一样珍贵的礼物:坚强。而这恰恰是成功者迎接更大挑战,取得更大成功所必需的。

宋代词人辛弃疾曾有词云:"怕上层楼,十日九风雨。"这也是不少有作为的人走向高处时的感觉。当一个人的成就最终被人们承认的时候,他的身上定曾飘洒过风雨,脚上定有着泥泞。

贪　婪

想要的东西太多，又没有能力用正当的途径获得，于是便铤而走险，结果连原本属于自己的那份也丧失。贪婪使人变得愚蠢。

贪婪的人大都经不起诱惑，而经不起诱惑是要付出代价的。

心本贪婪，又要装成正人君子，就只好拿生活当舞台，自己当演员了。不过，时间长了，难免穿帮。这种情形，唐代李肇的小说《崔昭行贿事》中，有非常传神的描写。

贪婪可以导致合作，也可以导致残害。前者是在攫取财物的时候，后者是在分赃的时候。

一般来说，贪婪在为民是个人问题，在为官则是风气问题。所谓上行下效，历来如此。

欲望是没有止境的，无止境的欲望甚至能招来杀身之祸。曾为希特勒立下汗马功劳的罗姆和他的冲锋队所以在1934年被希特勒清洗，重要原因之一就是罗姆那不断膨胀的权力欲。三国时，诸葛亮留下计策杀掉魏延，也有类似的原因。

人若不贪，所受的困苦只是暂时性质；人若贪婪，所受的煎熬则具有永久性质。

俗话说，知足者常乐，而贪婪者则很少有真正快乐的时候。

赌　　博

赌博是为了得到而失去。

赌博失去的不仅有金钱和时间,而且还有亲情、家庭和尊重。

赌博有一时的赢家,却没有永远的赢家,如此,到头来赌徒都是输家。

赌博又不丧失理智,赌博的危害也就有限了。问题在于,赌博恰是一种很容易让人失去理智的行为。输得越多,越易失去理智。而我们知道,人一旦失去理智,是什么都可能干出来的。

战国时,齐国的大将田忌与人赛马赌输赢,结果总是输。后来军事家孙膑给田忌出主意,让他用自己的下等马与别人的上等马比,再用自己的上等马与别人的中等马比,最后用自己的中等马与别人的下等马比,结果田忌输了一场赢了两场。这件事说明,一个聪明人偶涉"旁门",依然不失其聪明。同理,倘若一个技艺高超的赌徒能"弃恶从善",也是很有可能成为一把好手的。

事实说明，对赌徒而言，赌赢了自身安全受到威胁，赌输了自己家庭受到牵累。不论输赢，实在都没什么好处。

从广义上来说，赌是人类一种相当普遍存在的心理：赌高低、赌输赢、赌对错等等。即便贵为王侯，也不例外。北宋初期，南汉国主刘𬬮为了炫耀岭南的富足，派人捎了一束茉莉花到汴京，并称此花名叫"小南强"。

后来北宋将南汉灭了，刘𬬮被带到汴京，见到了富贵妖娆的牡丹，大吃一惊，他从未见过这么富丽气派的花，便问这花叫什么名字，一个大官说叫"大北胜"。

"大北胜"要压"小南强"，赌的便是一口气。

气是可赌的，钱却不好赌。赌气，人可自强；赌钱，人易自伤。当然，这里说的赌气，也不是指意气用事。

平　庸

　　时势造英雄。成不了英雄就责怪时势，即使发出这种怨言的人不平庸，这种无所作为的想法也是平庸的。

　　有一些平庸的人，没有能力创造业绩，只好整天大言不惭地以评说别人如何平庸来表现自己不平庸；这就像有一些浅薄的人没有本事有所建树，只有成日毫不脸红地以妄谈别人如何浅薄来证明自己不浅薄一样。

　　庸才并非什么时候都表现得很平庸，在如何算计诋毁别人方面，他们经常是非常能干的。

　　甘于平庸的最大好处，大概就是不承担什么风险。但弄不好很容易沦为俄国作家冈察洛夫笔下的奥勃洛摩夫那样，是个"多余的人"。

　　有一些平庸的人，总以为自己就是上帝，当真正的"上帝"不买他的账的时候，他才多少有点明白，世界上其实只有一个"上帝"，而他自己并不是。

　　有一种叫金鸻的鸟，可以连续飞行30多个小时，是鸟类

中长时间飞行的翘楚。倘若一个人对事业有像金鸺一样的韧劲儿，即使没做出什么惊天动地的事，只这种精神已使他远离平庸了。

志大而才疏，孤傲而狭隘，这样的人多不能以丰富而精彩的实际内容来证明自己不平庸，只能靠在形式上弄些玄虚，玩些把戏来蒙混过关，在这个世界上混了。

就大方面而言：有疲软的产品，却没有疲软的市场；有愚笨的先生，却没有愚笨的学生；有平庸的作家，却没有平庸的读者。

如果一个社会或环境能够比较多地鼓励一种"敢为天下先"的精神，而不总是"枪打出头鸟"，那么出类拔萃的人会越来越多，而甘于平庸的人则越来越少，整个社会也就会进步得更快。

忠　告

　　有时，一条有真知灼见的忠告，会对一个人的未来产生极为重要的有利影响，不要因为忠告不是看得见的物质，便看轻了它的价值。

　　不同的人提出的忠告可以互相矛盾，因此，对于忠告必须分析和判断。不过，凡属忠告，不一定照着去做，听听却是没有什么坏处的。

　　能够向上级提出有见识的忠告者，是应该得到褒奖的，因为忠告多是需要胆识的，而自古以来，提出忠告的人往往结局都不好——轻者意见不被采纳，人遭冷落，重者则被贬官甚至杀头。安禄山叛唐时，名士肖颖士曾向河南采访使郭纳提出守城方略，结果不被采纳；白居易因宰相武元衡被暗杀事，向朝廷上书，结果被贬为江州司马；春秋时，吴国名将伍子胥因多次向吴王夫差直谏，结果却被赐剑自杀。这类的事情，大抵每个朝代都有，可见提出忠告是要担风险的，非忧国忧民之士难以为。

　　擅长哗众取宠、投机取巧的人也可能会提出有益的建议，对此，意见可以被采纳，人却不能因而得到重视。

人在后悔的时候,才能深刻地体会到忠告的价值。从后悔中认识了忠告,这也算得上醒悟了。

忠告对谁来说都不是多余的,对于聪明人更不是多余的。聪明人有时更易铸成大错,因为他太相信自己的聪明了。

唐代诗人李商隐《隋宫》诗中云:"地下若逢陈后主,岂宜重问《后庭花》。"其实,忠告不一定非都要人提出来,前车之鉴,便是最好的忠告。

沉　　着

冲动是艺术家的品质，沉着是政治家的品质，果断是军事家的品质。历史上杰出的领袖人物往往能集三者于一身。

无勇气的人自然没有沉着，有勇气的人也未必就有沉着。沉着需要智勇双全。不过，即使是智勇双全的人，也会有乱了方寸的时候。西晋陈寿《三国志》中说，曹操将刘备手下的谋士徐庶的母亲捉了，徐庶为了救母，便向刘备告辞："今已失老母，方寸乱矣。"失去了沉着，也就失去了清醒，徐庶也不能免。

沉着与磨炼有关，也与实力有关。实力强大的人比较容易表现得沉着，因为心中有所倚恃。

凡事不能把结果想得太好，否则，一旦出现不利的局面，就容易举止失措，会使已经糟糕的情形变得更加糟糕。事先把困难和不利因素考虑得多一些，有助于保持沉着，而沉着又有助于扭转不利的局面。

一有风吹草动就惊慌失措的人，要么是太怕死，要么是太怕输。怕输的人或许还能保持表面的镇定，怕死的人则连表面文章都顾不上了。

宋代词人蒋捷有词云:"白鸥问我泊孤舟,是身留,是心留?心若留时,何事锁眉头?"不仅沉思可以成为一种风景,沉着也可以。

诱 惑

一般来说，凡是法律禁止的，都是对人有诱惑力的；凡是被法律制裁的人，都是禁不起诱惑的。

诱惑的力量是巨大的，它能使许多看似活得很明白的人误入歧途，到后来自己都搞不清生活中为什么会有那么多"黑色的星期五"。

人无法拒绝一切诱惑。

聪明人会在最该拒绝的时候拒绝诱惑，蠢人则恰恰在这个时候禁不起诱惑。

既不想拒绝诱惑，又想逃避法律的制裁，于是就只有凭借所谓关系和侥幸了。不过，关系总有靠不住的时候，侥幸就更加不可靠了。

明末清初张潮所著《幽梦影》一书中有"人须求可入诗，物需求可入画"的短语，这颇有点远离诱惑、远离凡尘的味道，今天读来颇有点陌生的感觉，真不知是当时人太清高，还是时人物欲太强。

当一个人诱惑力太强的时候,别人就要当心了,不要为其迷惑,以至于干出傻事来;他自己也要当心了,不要为自己所迷,以至玩火。

争　辩

使争辩有意义的前提是：双方水平大致相当。不然，即使是外交家的雄辩，也是无法对付泼妇骂街的。

不要与心怀叵测的人争辩，他不是要明辨是非，而是要找空子下手。

在争辩中，即便有理，也宜见好就收，不然，这一次你使对方理屈词穷，下一回可能就会轮到你"哑巴吃黄连"。

读史时，常为一些名臣或名臣之后被处死或处死时连争辩的权利都没有而叹息。汉朝霍光是大破匈奴的名将霍去病的弟弟。汉武帝驾崩之前，托孤给他，辅佐年仅8岁的幼王汉昭帝。霍光辅佐汉昭帝十余年，大抵国泰民安。昭帝驾崩后又立昌邑王刘贺。因刘贺淫乱不堪，废刘贺后改立汉宣帝刘询，此事为人称道。《汉书》称此举为"匡国家，安社稷"。然而这却使汉宣帝惶恐不已，霍光在时虽然礼遇，但他死后不到三年，却落得个满门抄斩的下场。类似情形，史书上多有记载。

争辩之时，不仅能看出一个人的口才和敏捷程度，还能看出一个人的修养和胸怀。争辩之中，一旦加入人身攻击的色彩，便变得有些下流甚至无赖了。

　　同征服比起来，争辩是显得多么软弱无力呵。

处　　世

处世的重要性，一点不亚于才干的重要性。有才干而不善处世，能令英雄无用武之地。

大抵心地坦诚、办事周到的人都会有一个良好的人际关系，而为人虚假、办事圆滑的人也会有一个不算坏的人际关系。从表面上看，两者没有什么不同，不同的地方在人心里。

把好奇心放到打探别人的隐私上，对自己并无好处，一则易招致别人反感，二则降低了自己。

尽量不要向别人借钱，除非你已有完全的把握在说好的期限内还给人家；也不要太热心借钱给别人，除非你已有了人家不还也无所谓的心理准备。

生活中的误解时常难免，没有必要事事斤斤计较。这一点，不妨学南朝齐人沈麟士，此人品学都很为当时的人称道。一次，沈的邻居丢了鞋子，看到沈穿的鞋子与自己丢的一样，便向他索要，后来邻居的鞋子找到了，难为情地将沈的鞋子送还，沈说："非卿履耶？"笑着把鞋子接了过来，没有丝毫不快。

　　事后追悔的时间要大大多于事前考虑的时间,这是生活中常见的情形。减少这种情形的方法也简单,与其长时间追悔,不如事前多花点时间调查和思考。

偏　　见

　　自私或自负的人都容易产生偏见。换句话说，经常抱有偏见的人，常常都是些要么自私要么自负的人。

　　自以为比一般人都聪明，其实连一般人的认识都不及，这是经常抱着偏见的人所处的位置。

　　抱有偏见的人，经常都是非常固执的。偏见使其固执，固执又加深了偏见。因此，倘若别人对你抱有偏见，最好不要多加解释。最好的解释是时间和行动。

　　世人中常有为别人对自己的偏见感到压抑和愤懑的，此时不妨学学唐代的刘禹锡。刘禹锡曾被贬谪长达23年之久，但他还是能够比较地振作和豁达。"沉舟侧畔千帆过，病树前头万木春"，"种桃道士归何处，前度刘郎今又来"等诗句，便真实地表现了他的胸襟和乐观。

　　一个普通的人对事物怀有偏见，还没有什么要紧。倘若一个握有重权的人对事物有深的偏见就比较麻烦了。权力加偏见，严重的足可以为害一时或一方。

明代人萧良有编撰的《龙文鞭影》一书中曾讲了这样一件事：秦始皇死后，赵高、李斯矫诏杀了太子扶苏，立小儿胡亥为秦二世。胡亥在位时，横征暴敛较之乃父更甚，引发了陈胜、吴广领导的农民起义，秦遂灭。当初，秦始皇因卢生奏录图书，说过"亡秦者，胡也。"以为"胡"是胡人，于是派大将蒙恬率兵30万，修筑长城，自甘肃临洮至辽宁辽东，绵延达万里，以镇匈奴。却没料到此"胡"原来是指胡亥。大概，这也算得上是一种偏见吧。

烦　恼

如果没有不愉快的事情,你能知道什么叫愉快吗?

烦恼的事情本来没这么多,有时候是我们自己把不大的事情加以想象、夸大了。将想象力用在造成烦恼上,实在是用错了地方。

人一旦醉心于功名,烦恼就多。唐代诗人孟浩然,年轻时没少为怀才不遇而烦愁,后来感到仕途绝望,抛开了功名,也就无欲一身轻,甚至能够"白首卧松云"了。

忘掉烦恼。这话说起来容易做起来难。如果烦恼能够随随便便被忘掉,世间也就没了烦恼。在我看来,减轻烦恼的方法,一是向适合的人倾诉,二是将注意力转移。前者可以减轻烦恼,后者可以分散烦恼。

不幸的婚姻能使烦恼如影随形。不要稀里糊涂地把烦恼娶进门或嫁给烦恼,这真是件马虎不得的事。

学习遇到困难,使人烦恼。有人用抛弃学习的办法来抛弃烦恼,殊不知,这时抛弃了烦恼,却给将来降临更大的烦恼埋

下了伏笔。实际上烦恼并没有真正的被抛弃掉，不过是用将来的大烦恼置换了眼下的小烦恼。

长时间的烦恼，经常与思维的狭隘和目光的短视有关，把思路放开阔一点，眼光放长远一点，有时烦恼也就解脱了。

文　学

　　一个文学大家,首先应是一个社会或人性的解剖大家,就像医学上的盖伦和维萨里。

　　文学是可以有流派却忌门户之见的,各种文学流派的产生可以使文学更繁荣,而门户之见却很容易使文学误入歧途。

　　事物都是有规律的。如果我们认真研究一下曾经传播和流传下来的都是些什么样的文学作品,我们大致就可以知道今天什么样的文学作品可以传播和流传。如果我们大致知道今天什么样的文学作品可以传播和流传,我们在创作和研究上就会比较清醒而不致太盲目。

　　根雕艺术是很忌过多雕琢的,太过雕琢反而会损害作品的价值,文学作品也是。

　　文学作品的价值主要取决于自身,而不是由主要的受众是谁来决定。安徒生和格林的作品主要是写给谁的?

　　当我们喜欢文学的时候,我们可能是单纯的,当文学青睐上我们的时候,我们便再也难以单纯了。

在文学实践中，名家的帮助和提携固然重要，但更靠得住的是自己的实力。"草不谢荣于春风，木不怨落于秋天"，若我们能以这样的态度对待文学，则个人幸甚、文学幸甚。

文学创作需要激情也需要悟性，缺少悟性的人创作出来的作品总是缺乏灵气和震撼力。一般来说，凡成大家，悟性必高。

在一个有着悠久文化传统和拥有十几亿人口的大国，文学的繁荣固然不那么容易，文学的凋敝也不是那么容易，即便在商品大潮的冲击下也是如此。只要文学创作不囿于一些陈腐的理论和观念，我们对文学的前景就没有必要太过悲观。

美与风度

不论是美,还是风度,都离不开自然。

如果不自然,男人欲表现潇洒,便成了做作;女人欲显示妩媚,便成了媚俗。

极度的美,让我们惊羡;极度的优雅,让我们心折。

美,首先征服人的感官,然后才是人心;优雅,首先征服人心,然后才是人的感官。

征服了人的感官者,还不一定能够征服人;征服了人心者,必定能够征服人的感官。

优雅的风度,有赖于丰富的内心,这也就是为什么那些受过良好教育的人,往往风度高雅。

美可以哭,梨花一枝春带雨;风度却只能笑,谈笑间,樯橹灰飞烟灭。

美流了泪,还是美;风度一旦呜咽了,便不成其为风度了。

容貌美丽的人,常常是些很幸运的人;风度高雅的人,往往是些很出色的人。

美是一种浅层次的优雅,优雅是一种深刻的美。

美让我们流连忘返，风度让我们若有所思；我们从美中得到的是愉悦，我们从风度中得到的是启迪。

女人回眸一笑，可以是一种生动的美；男人间亲昵地当胸一拳，可以体现一种强悍的风度。不过必须记住，任何能增强自身美或风度效果的动作，都不宜过多重复。否则，不但不再是一种美或者风度，反而是一种毛病了。

美是一朵鲜艳的花，风度是一棵常青的树；
时间是美的敌人，却是风度的朋友。

一个容貌美好的女孩子，她可能俗气而且愚昧；一个风度飘逸的女孩子，她必定和谐而且聪慧。

美，或者风度，都不是随随便便可以模仿的，说明这一点的最好例子，就是那个东施效颦的故事。

成功与素质

所谓失败是成功之母,那是对具有成功的素质的人而言的,对于不具备成功素质的人来说,坚持不懈的努力,不过是失败过程的无限循环。

自古以来,在想建功立业的人群中,兼备许多优秀素质的人是很少的,不具备任何优秀素质的人也是很少的。重要的是,首先要了解自己适合干什么,然后才是怎么干。

能力和素质是两个概念,能力是挥出去的一把锋利的剑,素质则是握住剑柄的手。

面对成功,我们总是发出欣慰的笑,面对巨大的成功,我们却常常是泪流满面。

一个人成功的背后,总是站着许多人,善待那些帮助过你的人,这是一种素质,也是一种品质。

一个素质优秀的人,不一定就能成功,因为他可能没有机会;

一个素质不那么优秀的人,不一定不能成功,因为他可能遇到了机会。

平庸战胜卓越,这就是命运的悲哀和无奈。

不过，由此我们可以知道，那些成功了便得意忘形的人，不一定具有怎样高的才华与素质，他们不过是"撞"上了。他们成功的情形有点像发了财的暴发户，我们没必要对他们毕恭毕敬。

我是这样相信：一个人心中若没有偶像则很难成功；一个人若太崇拜偶像，则根本不能成功。

成功带来的不仅仅是喜悦。
失败会带来苦恼，成功也会带来苦恼。不过这两种苦恼有着根本的区别：前者是在迷惘中苦恼，后者是在清醒中苦恼。
正因为清醒，成功带来的苦恼往往更沉重。

文凭是什么？文凭是一种资历，而不是一种素质。
成功靠什么？成功靠素质，而不是靠资历。

失败并不可怕，因为我们还站在山脚，真正可怕的是成功，因为我们已站在山巅了。
如果我们连成功都不怕，难道还怕失败吗？

幽　　默

当一个虚伪的人吹嘘他的真诚,或一个吝啬的人夸耀他的豪爽时,我想说的一句话就是:这个人可真"幽默"。

富有智慧的人,不一定幽默;而具有幽默的人,一定富有智慧。

一个在逆境中仍然保持幽默的人,无疑是个强者。弱者在逆境中连哭都来不及,哪儿还有心思幽默呢?

伟人的幽默,最好只停留在口头上,而不要落实在行动中;凡人的幽默,最好能注入生活中,而不仅仅逗留在口头上。

幽默有一种魅力,它在男人心中唤起的往往是敬意,在女人心中唤起的则常常是爱情。

一个富有幽默感的人,无疑也是一个语言大师。

小人物的幽默,最多只能把大人物逗笑了;大人物的幽默,却能把上帝都逗笑了。

幽默与讽刺不同。一般说来,幽默,是善意的讽刺;讽刺,是恶意的幽默。

一个不善幽默的朋友,是一个我乐于接待的朋友;一个善于幽默的朋友,是一个我乐于上门的朋友。

没有幽默感的将军,仍然不失为一个出色的将军;没有幽默感的政治家,却是一个令人遗憾的政治家。

有人让科学家戴维填表列举他对科学的贡献,你猜他填了什么?他这样写道:最大的贡献——发现法拉第。

幽默,除了蕴含着智慧,还蕴含着对美的向往。

未　来

对于春天来说，秋天便是未来。你是否有一个丰硕的秋天，往往在春天便被大致确定了。因此，珍惜现在，也就是珍重未来。

人生犹如下棋，走一步看一步不是高明的棋手，走一步看两步也不是太高明的棋手，要赢得人生这盘棋，必须着手现在，放眼未来，就像下棋一样，看得越远，取胜的把握就越大。

未来，常系一念之间。

赵孝成王一念之差，便多了长平冤魂。大秦天王一着不慎，便添了淝水新鬼。

战争如此，人生又何尝不是如此？

未来是属于年轻人的。老年人可以影响他们，却难以改变他们。他们注定将按照自己的方式生活。

不要太相信算命先生给你预测的未来。如果他真是如此的大智大慧、先知先觉，怎么可能甘心屈尊去摆地摊呢？

一个藐视现在的人，不是天才便是庸才。天才可以和未来

人对话,庸人既不屑和现在的人对话,又不能和未来的人对话,于是便自说自话。

未来的社会是可以在一定程度上预测的,否则,也就不会有未来学。从一定意义上讲,一个优秀的历史学家,往往也就是一个优秀的未来学家,因为历史常常都会重演。

未来不是地球愈变愈小了,而是人愈变愈大了,以至只消一步,便可跨山越海。所以阿尔温·托夫勒先生说:"一个事件发生在当年只影响一小群人,若到今天便能波及一大片。比如说,以现代的标准看,伯罗奔尼撒战争,不过是一场小打小闹。"

如果我们要成功地与未来对话,那么是不是现在就需要把"口才"练好呢?

评　　论

评论最重要的是公正。
如果不公正，要么是诋毁，要么是吹捧。

最权威的评论，不是来自专家，而是出于大众。专家很容易因个人的好恶而产生偏见，大众可以较少这种偏见。

刘勰《文心雕龙·知音》中曾说："操千曲而知音，观千剑而识器。"由此可见，成为一个真正的能"知音"、能"识器"、有真知灼见的评论家，实在不是件简单的事。

在生活中，无论何种评论，最基本的出发点都应是善良。否则，不怀善意的评论，很容易成为攻击和诽谤。

关于评论，一般来说，旁观者比当事者公正，大众比权威公正，历史比现实公正。
对于评论家来说，比反应迟缓还糟糕的是偏见。

评论家首先应该具有的是真诚和良知，而不是匆匆忙忙建立自己的理论体系。一个急功近利的评论家，非常容易远离真诚与良知。

一个投评论家所好的作家，是一个蹩脚的作家；一个为别人的品评而活的人，是一个活得很累的人。

砸评论家饭碗的是作家，砸作家饭碗的是读者。

评论的重要在于正确的引导和由表及里的阐述与分析。一篇好的评论的意义，并不亚于作品本身。

把自己也没弄懂的晦涩的作品，装腔作势地加以评论，然后塞给读者，这不但是一种可悲，更是一种堕落。

真　诚

真诚不是智慧，但是它常常放射出比智慧更诱人的光泽。有许多凭智慧千方百计也得不到的东西，真诚，却轻而易举就得到了。

以真诚待人，并不是为了要别人也以真诚回报。如果动机是以自己的真诚换回别人的真诚，这本身已不够真诚。真诚是晶莹透明的，它不应该含有任何杂质。不错，真诚也是一种高尚。

真诚的反面是虚伪。

真诚，有时会使你的利益受到损害，即便如此，你的心灵深处会是宁静的；虚伪，有时会使你占到便宜，即便如此，你的心灵深处会是不安的。

真诚不与人言。

如果别人理解你那份真诚，你不说别人也知道；如果别人不理解你那份真诚，表白往往会把事情弄得更糟。

有时，我们受到了别人的欺骗，这是生活在告诉我们：什么是不真诚；并不是在告诉我们：应该放弃真诚。

首先是不去骗人，其次是不受人骗，把握住这两点，我们大致就可以堂堂正正地做人了。

永恒的真诚，换回的只会是短暂的虚伪；永恒的虚伪，换回的只会是短暂的真诚。

成为一个真诚的人，你会感到身心都很轻松；而一个虚伪者，他常常会感到精神的疲惫。

轻松下去，你会不断地为一种愉悦的氛围所包裹；疲惫下去，你将被不断袭来的沮丧情绪所笼罩。

真诚犹如一潭幽雅的湖水：宁静、淡泊、美丽。它有时也会遭到泥块和沙石的袭击，但是，它凭借着自身的净化作用，很快会使污秽沉淀，仍旧不改自己光彩的容颜。

让我们永远保持和爱护这泓美好。

个 性

　　一个人没有个性，便失去了自己。生活中一味地模仿之所以不可为，原因之一就在于它抹杀了个性。

　　同为名山：华山险；泰山雄；黄山奇；峨眉秀。"险"、"雄"、"奇"、"秀"，就是不同的个性。
　　山如此，人亦然。
　　生活之中，适当地改变自己的个性不是为了赶"时髦"，而是为了自我的完善，恰恰在这一点上，有一些人常常本末倒置。

　　钱钟书先生一生淡泊名利是一种美德，而雨果先生生平的一大愿望是要把巴黎改为自己的名字也并非缺德。

　　画家的个性挥洒在作品的线条里，诗人的个性倾注在作品的感情里，音乐家的个性融汇在作品的旋律里。
　　不过，有为大多数人欣赏的个性，却没有为所有人欣赏的个性。

　　保持自身的个性和尊重别人的个性同样重要。

不能保持自身的个性是一种"懦弱",不能尊重别人的个性是一种"霸道"。

一般来说,一个人的个性可能不合于"潮流",却合于生活。为了追赶"潮流"而改变自己的个性,那不过是做了一篇虚情假意的"文章"。

"潮流"总是不断地改变,你的"文章"难道也要不断地重写?

没有个性,不是一个好的艺术家;仅有个性,也不是一个好的艺术家。

狭隘的人总是想扼杀别人的个性;
软弱的人随意改变自己的个性;
坚强的人自然坦露真实的个性。

容 纳

容纳是借鉴也是汲取，借鉴使人明智，汲取使人强大。

对于有价值的东西，不一定要什么都喜欢，却应什么都容纳。喜欢与否是兴趣问题，容纳与否是气度问题。

宋朝欧阳修在《与梅圣俞书》中说："读（苏）轼书，不觉汗出，快哉快哉！'老夫当避路，放他出一头地也。'"显然，欧阳修是有着容纳别人的胸怀的，欧阳修的胸怀不仅成全了曾巩、王安石、苏洵和苏轼，也完善了自己。

不能容纳不同意见、风格和流派的人，在无权的时候表现为狭隘，在有权的时候表现为专制。

许多时候，容纳应是循序渐进的，这就好比营养价值再高的食品，也得一口一口吃，否则不但嗓子受不了，胃也受不了。

容纳是一种自信和有力量的表现。有容纳吞吐胸怀的人，他不怕容纳了别人便辱没了自己，而觉着这对自己的提高和强大有利。而不自信和缺少力量的人，则多缺乏容纳吞吐的胸

怀，于是，便想方设法排斥和打击外来事物和新生事物。

一个富裕的社会，并不会轻易真正容纳来自贫穷社会的人，它容纳你的条件是：要么你卓越，要么你堕落。否则，它常常会让你觉得比生存在原来的那个环境还难受。当然，卓越还须是那个社会需要的卓越，如果不需要，卓越和普通也就没多大区别了。

容纳别人与被别人容纳，虽仅是一字之差，二者心境却相差甚远，所幸的是任何事物都不是一成不变的。

容纳可以弥补我们的某些薄弱也可以弥补人的才情不足。谁是完美无缺的呢？谁又敢说自己是才华盖世的呢？

气　度

　　气度便是不争。不是一切不争，而是不为小事而争，不为一时而争。

　　生活中有一些事本可避免，可后来却搞成了两败俱伤的官司，究其原因，常是因为双方或一方缺少气度。

　　有气度方能使自身精力总是得以集中，总能使自己精力集中方能成就事业。如若不然，总是为些不大不小的琐事争来斗去，为些不咸不淡的流言费心劳神，干正事的精力就少多了，也就难以干成正事了。

　　在生活中，有大气度者常可"不战而屈人之兵"。对于明事理的人是这样，对不明事理的人也不失为一种明智。

　　气度也是一种力量，这种力量常用后发制人的方式表现出来。法国作家大仲马的小说《基度山伯爵》，便描述了这样一种力量。

　　一个人在平时能容忍别人的成功，在自己成功时面对别人攻讦也能从容应对，这是有气度的表现，反之则是缺少气度的表现。

　　有气度于人于己都会有利，缺少气度的人常会干那种搬起石头砸自己的脚的蠢事，这一点时间越长越清楚。

　　海洋是大有气度的。一个人的心胸若如海洋般宽广，个把河流的浊水是无损于她的美丽与湛蓝的。

魅　力

独特是魅力的佳境。

如果完全跟随流行，也就等于混同于一般。这样，还有多少魅力可言呢？

个性，是具有成熟的魅力的一种标志。

英格丽·褒曼、奥黛丽·赫本、玛丽莲·梦露、吉娜·劳洛勃丽吉达、费雯丽、杰奎琳·安德列、索菲亚·罗兰等都是非常富有魅力的女人，而她们的个性却截然不同。

一般而言：名著大都能成为畅销书，而畅销书却并不一定成为名著。两者之间一个显著的区别是，名著具有永久的魅力，而畅销书只具有短暂的魅力。

如果你是一个非常富有魅力的人，别人对你魅力的贬低，更证明了你的魅力的巨大，以至使有些小心眼的人，不贬损你一番就难以获得心灵上的平衡。所以，大可不必为这些贬损你的话而愤懑不平。

一个太富有魅力的人，他的生活失去了宁静；一个太没有魅力的人，他的生活会过于冷清。

失去宁静者，劳心；过于冷清者，伤神。

男人的魅力在于勇敢，女人的魅力在于含蓄。

距离产生魅力。

有许多事物的魅力，是在我们愈走愈近或愈走愈远的过程中逐渐变大或逐渐变小的。

魅力常在得到与失去之间，希望与绝望之间，稚嫩与成熟之间，现实与未来之间，失败与成功之间，白天与夜晚之间……

淡　　泊

在一个充满诱惑的世界里，欲望是咖啡、是美酒、是可卡因，淡泊是茶。

非分的欲望鼓舞人，也戕害人。淡泊，不是没有欲望。属于我的，当仁不让；不属于我的，千金难动其心。这就是一种淡泊。

不忧淡泊的生活，并能以淡泊的态度对待生活中的繁华和诱惑，让自己的灵魂安然如梦，这样的人，予自己是云朵一样的轻松，予别人是湖泊一样的宁静。

破坏安谧的生活，总是先从破坏淡泊的心境开始的；修补受了损伤的灵魂，总是先从学会淡泊的生活开始的。

诱惑有如莱茵河上的洛雷莱，欲望好比受不住诱惑撞碎在洛雷莱下的舟子，淡泊能使你心常如明镜，免受灾难。

淡泊给予你的或许不多，但是你所必需的东西都给予你了；奢华给予你的可能很多，但是人所必需的一些东西却可能丢掉了。

一个为淡泊的生活感到痛苦难熬的人，他往往会以更大的痛苦为代价，重新认识淡泊。

　　这个世界有太多的诱惑，因此有太多的欲望，因此有太多欲望满足不了的痛苦。一个人要以清醒的心智和从容的步履走过岁月，他的精神中不能缺少淡泊。
　　否则，他不是活得太忧郁，就是活得太无聊。

　　淡泊，不是不思进取，不是无所作为，不是没有追求，而是以一颗纯美的灵魂对待生活与人生。淡泊明志，古人早已对淡泊有过精辟的见解。的确，淡泊犹如美好的天籁。

　　春天在我们眼里，沙滩在我们脚下，蓝天在我们头上，森林在我们手中，让我们的心境离尘嚣远一点，离自然近一点，淡泊就在其中。

成　　材

　　大处着眼，小处着手，这是成材的最基本方法。有一些人好高骛远，只热衷于标新立异，不屑于做那些看似微小的事情，这样，他永远只能是一个空想家。

　　环境对于一个人能否成材是重要的，古人云："地薄者大木不产，水浅者大鱼不游。"诚如斯言。

　　别人的嫉妒可以激励我们更加上进，别人的攻讦可以教会我们更加谨慎，别人的贬低可以使我们学会更加从容，别人的中伤可以使我们变得更加超脱。许多看似对自己很不利的事情，只要处置得当，不仅会使我们更加成熟，而且可以加快我们成材的步伐。

　　我喜欢竞争和挑战，这样有助于更大程度地发挥自己的潜能。
　　没有强有力的竞争，赢了也不光彩。
　　即使我们精神的财富像克罗伊期物质的财富一样富有，也并不表明我们已经成材了。
　　对于精神财富，最重要的不在于贮存了多少，而在于运用了多少。

"怀才不遇"时，常有不为人识之苦恼；"木秀于林"时，常为风来摧之困扰。

成材者前方的旅途，不是大路是小道。

想成材的人，往往喜欢赶时髦；赶时髦的人，往往并不能成材。

成材需要独创。

对于一个已经成材的人，最容易把他毁掉的不是别人，而是他自己。

在顺境中成材，只要有足够的天赋和良好的教育就够了。在逆境中成材还需要有意志，对于一个意志坚强的人来说，逆境会使他平添风采，却不容易改变他成材的趋势。

时　　间

人似乎不能太忙碌，太忙碌了，便会觉得时光短暂得可怕；人似乎也不能太悠闲，太悠闲了，便会觉得光阴漫长得无聊。

对于生命来说，时间是最无情的；对于历史来说，时间是最有情的。

对于个人的悲哀来说，时间恰似高明的医生；对于民族的创伤而言，时间倒像个庸医。

青春，是生命中最美好的时光；
爱情，是青春中最美好的时光；
初恋，是爱情中最美好的时光。

不论做什么事情，在时间的选择上都有一个最佳点。
把本应昨天做的事情放到今天来做，叫做失时；把应该明天做的事情放到今天来做，叫做失察。
失时的结果往往是坐失良机，失察的结果常常是欲速则不达。
有句名言：时间就是金钱。
然而，长寿者未必富有，短命者未必贫穷。这是有关时间的一个悖论。

即便你一无所有，只要拥有时间就够了，时间能够创造一切。

因此，只要拥有时间，无论身陷怎样的逆境，你都没有理由太过悲观。

如果说，空间总是不那么公正，那么，时间总是相当公正的。

我们能够挽留住朋友，却不能够挽留住时间。既然时间如滚滚东流的江水不可挽留，那么最好的选择，就是乘上船儿和时间一起走。

纯　　洁

纯洁的优点是无瑕，纯洁的弱点是单纯。纯洁，有时很像个小瓷娃娃，虽不丰富，但很可爱。

不过，纯洁若太不成熟，是一种危险。

生活中的一种遗憾在于：美丽和纯洁常常不可兼得。一个美丽的女孩子，她心灵的纯洁比较容易被庸俗的捧场过早玷污；一个长久保持心灵纯洁的女孩子，往往不够美丽。

既生得美丽，又能长久保持心灵的纯洁，这并不是一件容易的事。

金钱对于一颗纯洁的心是无足轻重的。贫穷或富有，在一双纯洁的眼睛里大体被等量齐观。这也就是为什么金钱可以买到一切，却不一定能买到人心的原因。

如果一颗心是欲望制成的，它自然容易被金钱吸引；如果一颗心是金子制成的，它又怎么会被纸钞收买呢？

一颗纯洁的心，最易让人欺瞒，也最让人不忍欺瞒。面对一颗纯洁的心，是更加自律还是更加放肆，这可以从某种程度上成为区别一个人是善良还是邪恶的分水岭。

纯洁的概念是什么？这恐怕是要因人而异的。就《复活》中的玛丝洛娃而言，说她不洁的，可以强调她失去的贞操；说她纯洁的，可以强调她心灵的拥有。

不过，一个本来纯洁的人，只因无辜遭到了伤害，便被视为不洁，这岂不是太残忍了？

纯洁，常把我带入一种境界：如春之碧波，夏之硕荷，秋之蓝天，冬之雪国。

我爱纯洁，如爱自然。

晶莹的心，四处流浪漂泊，这就是折磨；
美丽的花，结出苦涩的果，这也是生活。

天　才

从某种意义上来说，环境造就人才，遗传成就天才。当然了，仅凭环境或遗传也是不能造就人才，成就天才的。

据说，不修边幅是天才的一种表现。于是，一些无法在思想或技艺方面表明自己是天才的人，只好通过不修边幅来显得自己好像是天才了。

天才的作品绝不是前人或他人作品的幂。他可能也有与别人雷同的时候，但更多的是突破和创造，甚至是对传统理论和观念的质的突破和借鉴基础上的崭新的创造。

天才也有不如意的时候。天才不如意的时候，有时连凡俗都不如。想古时虞国人百里奚拜相之前，年已七旬，仍不过是一饲牛牧马之人，但当他一展抱负之际，"从此西秦名显赫"。

天才和普通人的距离，往往看似只有一步之遥，而这一步却是难以追赶和超越的，就仿佛望山跑死马。

从性格上来说，西方的天才比东方的天才更锋芒毕露得多。在德国音乐家瓦格纳眼里，除了被称为"乐圣"的贝多芬外，其余音乐家简直都不在话下，而当瓦格纳风靡一时之际，法国音乐家德彪西却讥讽他道："此公的音乐犹如披着沉

重的铁甲，迈着一摇一摆的鹅步。"而在类似的情形下，一般东方的艺术大师们会显得含蓄许多，温文尔雅许多。这或许便是文化的同流不同源所致。

有一些总是自以为是的人，常有一种怀才不遇的失落感。其实，他所以"不遇"的原因很简单：他自以为很是个才，实际上却不是——既不是天才，甚至也称不上是人才。

文艺复兴时期，是一个天才辈出的时期。由此看来，天才的大批产生是离不开使其发育、成长的土壤——时代这一大背景的。

眼　光

眼光是否敏锐、远大、准确，常常决定事情的成败。看错人，便会用错人，用错人则会把事情弄糟。把事物的情形、前景看错也会导致失败。

独到而远大的眼光，有赖于知识、经验、聪睿。有眼光的人，可以用比别人少的投入获得比别人大的收益；用比别人短的时间成就比别人大的事业；用比别人小的力量赢得比别人大的成功。因此，人不必总担忧自己底子薄、出道晚、力量小，如果有敏锐而独到的眼光，机会总是可以捕捉的，也是有可能闯出一番天地的。

有眼光的人，会用发展的眼光看待人和事物，而不是只看眼前。据报载：美国有一位叫埃尔斯沃思的画商，1984年曾在中国的一家画店收购了被称为"长安画派"代表人物的石鲁的70幅精品，每幅的价格是100余元人民币，其时，石鲁的中等水平的作品在美国拍卖价已达5万～6万美元。如果说，当时这位美国商人是得益于信息灵通，当今天许多著名的拍卖行频频找他，希望他拿石鲁几幅作品去拍卖，而这位美国人对此却不屑一顾，认为价格还远远未到位，他的这种态度便不能不说是出于一种眼光。从外国人买画这件事情，我们可以

看出,生活中并不一定缺少机会,缺少的是一种独到而长远的眼光。

有眼光的人做标新立异之举都是有道理的,没有眼光的人做标新立异之举不过是在撞大运罢了。两者的立足点不同,前景也不同。

有眼光的人善用人,没有眼光的人则会使人才白白流走。战国时,魏惠王没有眼光识商鞅,不采纳魏相公叔痤的荐言,致使后来商鞅事秦,说服秦孝公变法图强,使秦一跃而称霸诸侯。

中国有句老话:荐人于无名之时,助人于落寞之刻。这不但表现为一种美德,很多时候更表现为一种眼光。

变革时代,是一个机会特别多的时代,也是一个特别需要眼光的时代。能成大气候者和不能成大气候者,初时的基础、能力等往往并无太大差异,差就差在有眼光和没有眼光了。

明　　星

明星是什么？

从某种意义上讲，就是那些再也不能活得像从前那样自由自在的人。

有很多的人都有一个明星梦。

明星的生活是诱人的，却不一定是幸福的。在我的记忆中，玛丽莲·梦露似乎从来没有真正幸福过，罗密·施耐德也只是有一阵子很幸福。

因此，能够成为一个明星是一件好事，不能够成为明星不一定是一件坏事。

对待明星，我们在有一份崇敬之外，似乎还要另外准备一份宽容。因为有一些事情发生在普通人身上，我们是可以宽恕的，发生在明星身上，却让我们难以接受。

明星首先是人，其次才是名人。

明星因为耀眼，因此吸引了人们的目光。当一个人的身上覆盖了数不清的目光之后，他会觉得很温暖，也会觉得很沉重。

明星的魅力在于距离。

如果你要保持明星在你心目中的地位，你就不要走得离明星太近。否则，原来那一份完美，很有可能会遭到一些损伤。

明星大都是些很出色的人。不过，也常有例外。有的人能够成为明星，不是因为出色而是因为幸运。

明星的可爱，不仅在于闪烁的迷人的光彩，也在于安详和宁静。一颗充满欲望的星星，很容易陨落。

我敬重那些明星。
因为他们给生活带来了温馨和憧憬。

书　　韵

朋友不是书，书却是朋友。

朋友可能背叛你，书却永远忠实。

怎么办呢？像选择书一样去选择朋友，像热爱朋友一样去热爱书。

文字组成一本书，大自然组成另一本书。

在宁静悠闲的时间，我就去读文字的书；在忧郁沉闷的时候，我就去读大自然的书。当我从文字的书中走出来的时候，我好像成了哲人；当我从大自然的书中走出来的时候，我仿佛成了孩子。

会读书的人和不会读书的人的一个主要区别就是：前者总是"雁过拔毛"，后者却是"一毛不拔"。

对于非常繁忙的人来说，读书是一种休息；对于十分闲暇的人来说，读书是一种工作。

书，是生活中最好的调味酒。读书有益，也可能有害。

不读书则是绝对有害。

菲尔丁说：不好的书也像不好的朋友一样，可能会把你戕害。

　　这话没错。但也不必为此走向另一个极端，夸大书籍对人的品格的影响。更多的情况是：好人读了坏书仍是好人，坏人读了好书仍是坏人。

　　最优秀的读者，不一定是最优秀的作家；最优秀的作家，却必定是最优秀的读者。

　　当我读到一本糟糕透顶的书籍的时候，简直愤怒得想打作者的耳光，但更想打的是自己的耳光。我之所以始终不渝地坚持没有这样做，实在是因为这种想法一旦付诸实践，我的脸庞会经常又红又肿，以至没脸见人。

理　　解

如果你不是一个布道者,何必祈求人人都理解你呢?

如果你是一个布道者,又怎么能奢望人人都成为信徒呢?

在人际交往中,可悲的不是理解,也不是不理解,而是表面上好像什么都理解了,实则什么都没理解。

理解,常常需要时间。

最先阐明血液循环原理的英国医生哈维,最初他的理论因为不被人理解,曾受到过猛烈攻击,只是到了后来,他的理论才为同时代的科学家们完全接受。

理解,是近年来人们常常谈到的一个话题。人们所以在口头上常常提到它,或许是因为实际生活中的理解太少了。

不要总埋怨别人不理解你的天才和深刻。哥白尼,人们再怎样不理解他,他还是成了不朽的哥白尼;伽利略,人们再怎样不理解他,他还是成了不朽的伽利略。

问题更多的不在于人们是否理解你,而在于你是否真的是哥白尼和伽利略那样的天才。

真理是朴素的。因为真理太朴素了,人们常常会怀疑道:那是真理吗?

这并不难以理解：有些人不能容纳江河，是因为他不是海。

"酒逢知己千杯少"，是理解；"话不投机半句多"，是不理解。

令人纳闷的是：有好些"半句多"，一旦能让他"千杯少"，不理解转眼之间便成"理解"了。

天才常常不被人理解，于是，有许多故弄玄虚，云山雾罩的人，便都自命为天才了。

等 待

人生充满了等待。

小的时候,等待长大;长大以后,等待一份浪漫的爱;有了爱以后,等待一个温馨的家……

等待,给人以憧憬,给人以希望,给人以慰藉。

等待,宛如一个无瑕的梦。

短暂的等待,是一种焦灼;漫长的等待,是一种折磨;落空了的等待,是一种哀伤。

等待,真可说是一份美好的无奈。

有时,我们明明是在等待什么,却又说不清在等待什么。说不清的等待,往往是一种最有诱惑力的等待。

等待,可以在充实中度过,也可以在寂寞中度过,还可以在空虚中度过。

等待,可以使人成为干涸的小溪,可以使人成为丰沛的大江,还可以使人成为无垠的大海。

如果你是男人,但愿你给予你所等待的女人的是博大的浩瀚;

如果你是女人,但愿你给予你所等待的男人的是美丽的蔚蓝。

不要总指望在等待中发生奇迹,这样的等待几近守株待兔,你所要做的是在等待中创造奇迹,这样的等待甚至可以使你反败为胜。

你若是个好儿子,就别忘了父亲的等待;你若是个好父亲,就别忘了孩子的等待。

只为了这些心灵的等待,你也应该使自己成为合格的男人。

等待,有时像岩石,是一种顽强;有时像劲竹,是一种坚定;有时像古藤,是一种柔韧;但更像的是孕育了万物的土地,是一种成熟。

也只有真正成熟的人,才善于等待。

春风,是冰河的等待;收获,是秋天的等待;雨露,是大地的等待;阳光,是大海的等待。

你的爱情,是我的等待。

借　鉴

注重和懂得借鉴的人与不注重和不懂得借鉴的人，在他们还未以成果比高低时，已见输赢了。

无论在何种领域，凡成功者必有可取之处，善于借鉴成功者的经验，可以缩短自己摸索的过程，更快地走向成功。

自以为是深刻是崇高是庄严是历史是永恒，以为别人什么都不是，视别人为草芥，更无从谈起从别人那里借鉴什么的人，其结果永远只能是孤芳自赏、顾影自怜，使自己成为马伏里奥式的可笑人物。

借鉴的意义除了取长补短、吸取教训外，还是摆脱固定模式和思维的重要途径。

南宋文学批评家严羽在《沧浪诗话》中说过一句名言："学其上，仅得其中，学其中，斯为下矣。"这是经验之谈，这句话生动地说明了借鉴中学"上"的重要性。

以学习代替排斥，以借鉴代替拒绝，这是一种聪明，反之则是不智。当然，学习是辨别前提下的学习，借鉴也是分析基

础上的借鉴。

一个善于借鉴的人,一个善于把别人的长处都变成自己的长处的人,很容易脱颖而出。因为别人只有他身上的一种长处,而他一个人身上却具备了别人的许多长处。

如果说文学艺术是树,那么传统文化则好比土地,外来的文化则好比养料。只有土壤肥沃、养料充足,树木才容易根深叶茂地茁壮成长。

借鉴是明智也是胸怀。史传宋代词人秦观曾改过苏轼的《六月二十七日望湖楼醉书》,苏轼不仅不以为忤,而且连称"改得好",这真可说是胸襟更胜才情了。

男人女人

男人与男人的区别实在很大。

有人说：好女人是一所学校。

优秀的男人可以当这所学校的校长，差劲儿的男人只会使这所学校蒙羞受辱。

高大魁梧，使一个男人更像真正的男人，但并不就是真正的男人。

身材矮小的拿破仑，真称得上是个幽默大师。他总是让那些比他高大得多的男人给他当侍卫或者赶马车。

对于动不动就用拿破仑来说事的矮小男人来说，这真是一种幸运——因为世界上有一个拿破仑；却也真是一种悲哀——因为世界上只有一个拿破仑。

有不少女人，喜欢把男人当作生活中的太阳，渴望过一种处处"亮堂堂"的生活。但是她们忘了，太阳也有照不到的地方，因此，她们常常失望。

有一些男人喜欢模仿：模仿深沉、模仿孤独、模仿超脱。模仿的目的，是为了使自己更像一个男人。问题是：一个真正的男人还需要去模仿吗？不是一个真正的男人，模仿就能成为真正的男人吗？

在生活里，女人喜欢依赖男人，男人也乐于接受这种依赖，这种情形不坏。不过，这种情形应该是有限度的。否则，一个事事依赖男人的女人，不是把男人变得不像一个男人，就是把自己变得不像一个女人。

女人在被男人欺骗了以后，习惯说的一句话是：男人没有一个好东西。但她似乎疏忽了，自己的父亲也是男人；男人在被女人愚弄了以后，习惯说的一句话是：女人没有一个好货。他也似乎疏忽了，自己的母亲也是女人。

一个伟大男人的愤怒，甚至可以让地球颤抖；一个漂亮女人的冷静，甚至可以左右一个伟大的男人。他们的力量都是巨大的，但表现力量的方式都明显不同。

必 然

对于必然要发生的事情,人们至多只能改变其程度深浅或加快、推迟其发生,却不能避免它的到来。试图避免这种必然是不切实际的。

大至社会进步向更高的方向发展,小至一个人的生命走向衰老和死亡都是如此。

性情急躁者必然鲁莽,心胸狭隘者必然嫉妒,骄傲者必然有所退步,行恶者必然遭致惩罚。如果不想有后面的果,则需改善和杜绝前面的因。

对于同一件事,不同的人必然会做出不同的反应。正是从对事物一次次不同的反应中,我们认识和识别人,从中找到真正的朋友与知音。

当一个人利令智昏的时候,愚蠢便是必然的了。

19世纪英国作家狄更斯在小说《艰难世事》中描写的那个不走正道、抢劫雇主金库于前、诬陷嫁祸他人于后、最终落入法网的汤姆,便是这样的一个典型。类似这样自以为聪明的愚蠢,在生活中不胜枚举。干一种事业,勤奋是必然的,但成功在很大程度上仍具有偶然性。既然成功在很大程度上是偶然

的而不是必然的，为什么还要干？因为不干连偶然都没有。

在北京，对有不断变换男友嗜好的女孩俗称"每周一哥"。我想，摊上这个雅号的女孩子中有不少恐怕有两个会是必唱曲目。第一个是笑着唱的，叫"月亮代表我的心"；第二个是哭着唱的，叫"妹妹找哥泪花流"。

婚姻是绝大多数人必然要走的一条人生之路，幸福还是不幸，却不是必然的。

一个聪明人，他不干必然会遭到失败的事情，他只干可能会失败的事情。

理　　智

　　一个理智的人，即使面对羞辱也能保持冷静，而不会一触即跳或走极端，使自己在愤怒中迷失方向。

　　一个人失去了理智，就得准备接受打击和惩罚。因为理智不许做的事，都是在寻常状态下不应该做或不能够做的事。

　　理智有时确是很脆弱的，甚至不堪一击。特别是在面对强烈感情的时候，人是很难保持理智的。这个时候，不使理智的城堡陷落的有效办法，就是及时回避。

　　一个理智的人会更懂得审时度势，扬长避短，让自己走向成功。而一个好冲动的人，却较少考虑自身条件，凭着一时的冲动去行动，到头来一事无成，枉费了许多精力和时间。

　　除了白痴，没有一个人是在什么情况下都能保持理智的。我们不一定非要似"诸葛一生唯谨慎"，却应努力像"吕端大事不糊涂"。

　　太优越的条件，太娇纵的教育，对年轻人委实没多大好处，它很容易使人变得任性而少理智。像美国电视连续剧

《浮华世家》中的迈尔斯那样总爱捅娄子，给生活带来麻烦。

理智不但是一种明智，更是一种胸怀，没有胸怀的人，总是缺少理智。而一个没有胸怀和缺少理智的人则难成大器。"所取者远，则必有所待；所就者大，则必有所忍。"古往今来，大抵如此。

失去理智，会使一个人的行为变得愚蠢或者可笑。为了不使自己陷入愚蠢或者可笑的境地，我们应尽量克制冲动，保持理智。

微　　笑

　　涟漪，是湖水的微笑；霞光，是清晨的微笑；春风，是大地的微笑。

　　微笑，是自然的太阳。

　　微笑，使陌生人感到亲切，使朋友感到安慰，使亲人感到愉悦。

　　微笑，是人类的春天。

　　男人的微笑可以如梦，女人的微笑可以似花。

　　男人的魅力和女人的妩媚，尽可蕴含在不言的微笑之中。

　　你给别人以微笑，别人回报你以友情。你什么也没付出，却得到了一份珍贵的感情馈赠。

　　斯提德说得极为精彩："微笑无需成本，却创造出许多价值。"微笑使得到它的人们富裕，却并不使献出它的人们变穷。

　　微笑着面对诽谤，微笑着面对危险，微笑着面对坎坷崎岖的人生。

　　当你微笑着走向世界的时候，所有的艰辛和磨难不但不能奈何你，反而更衬托出你那从容不迫的风度。

　　微笑并不会破坏深沉，只会给深沉注入轻松。

有人以为,一个深沉的人,是不苟言笑的。如果深沉真是这样,那么我宁肯不要深沉。生活已经够沉重的了,为什么要为了一种莫名其妙的深沉活得更累呢?

我喜欢轻松,因此,我喜欢微笑。

微笑与强颜欢笑有着根本的区别。

微笑,是愉悦心灵的折射;强颜欢笑,是悲泣心灵的掩护。

如果笑不出来的时候,最好别笑。

否则,强颜欢笑让别人的感官受刺激,也让自己的心灵更受伤害。

大笑容易使人觉得张狂,浅笑容易使人觉得小气,狂笑极易生出乐极生悲之感,阴笑更是让人不寒而栗,毛骨悚然。

微笑貌似平平淡淡,其实却是恰到好处。它既是一种单纯,也是一种丰富;它既是出于礼貌,更是发自内心。

的确,微笑最美。

审 时

应该做的事情和可以做的事情是两回事。世界上应该做的事情很多,却并不是马上都可以做。审时,即是做那些应该做,又可以做的事。

把握大势须审时,不善审时岂自知。

审时,在政治上是远见,在军事上是运筹,在经济上是决断。从古至今,政治上失误、军事上失利、经济上失败,与审时不当有关者极多。

四川成都武侯祠有一历来为许多统治者看重的名联:

能攻心则反侧自消从古知兵非好战
不审势即宽严皆误后来治蜀要深思

由此可见,帅才并不是穷兵黩武的好战者,能臣是善算度而使效果与动机统一的人。

"天时、地利、人和。"这句流传甚广的话说明了时机的重要性。《三国演义》中,周瑜"火烧赤壁",孔明"草船借箭",都赖于正确的审时。

时机,几乎是一切成功的大前提。

审时是战略,经营是战术;审时是方向,经营是技巧。

在商战中,善经营不善审时者成不了大家,善审时不善经营者依然不能发达。

审时,还是一种在顺利时已看到了潜伏着的危机,在挫折中已看到了胜利的曙光的能力。为表面现象所惑,也是不善审时。

如果说一个出色的外交家,总是在最恰当的时候说出最恰当的话,那么,一个出色的人,便总是把最应该做的事情,选择在最适当的时候去做。

时势造英雄。谁也不必叹息自己生不逢时,每个时代必有每个时代的俊杰。

什么是俊杰?有句古话说得一点不错:识时务者为俊杰。

清　醒

　　真正做到清醒并不容易：如果不了解历史，怎么能够对现实清醒；如果不学习理论，怎么能够对实践清醒；如果不研究世界，怎么能够对中国清醒。

　　我们对历史了解多少？对理论学习多少？对世界研究多少？即便我们在这些方面有颇深造诣，如不善于结合实际运用，仍然不能够做到清醒。如果仅仅是从三两本新潮的外国书本上学了三招两式外加一些新名词，便整天一副"世人皆醉我独醒"的模样，自诩为精神贵族，视大众为庸碌草民，这恰恰说明其本身便是一种不清醒。

　　的确，人很难总是那么清醒。以"棋圣"聂卫平功力之深厚，算度之精密，偶尔也能下出"昏着"来，何况常人？人输一次是难免的，输一生却是难以原谅的。倘若一生或长期一事无成，恐怕很难全透于客观，主观上"昏着"大概不少。

　　事物总是不断运动和变化着的，清醒的人能够看到并适应这种变化，迂腐的人则只会墨守成规。如韩非在"郑人买履"中讥讽的那个郑人一样："宁信度，无自信也。"

　　理想受挫容易使人产生迷惘。理想为什么会受挫？很多时候是由于我们在自以为清醒的情况下，做了实际上并不清醒的事。

　　有时我糊涂了，是因为我把清醒落在朋友家的茶几上了。他提醒过我，我却忘了带出来。

　　人在最冷静的时候最清醒。因此，若不是必须马上处理的事情，任何重要的决定都不宜在大喜、大怒、大悲的时候作出。

　　没有从容难有清醒。生活中遇到些许风浪便乱了方寸的人，是不足与之言清醒的。想春秋时，大敌当前，曹刿从容论战，的确令人钦敬。

青　　年

青春是生命中最美好的年华。

青年，不一定非要成功，只要有追求；不一定非要成熟，只要肯学习；不一定非要沉稳，只要善总结。

青年有许多弱点，而青年的可爱，不仅在于他的优点，也在于他的弱点。

童年，更多的属于摇篮；老年，更多的属于庭院；青年，更多的属于自然。

青年，一个令童年向往、老年羡慕的年龄。

青春年华，爱情与事业应该是可以兼得的。就像蔚蓝的天空，伸出左手挽住黄昏，伸出右手拉住黎明。

执著的追求和不断分析，这是走向成功的双翼。不执著，便容易半途而废；不分析，便容易一条道走到黑。

青春时节，会经常有一种无奈和矛盾的感觉萦绕心头，诚所谓：无缘何生斯世，有缘则累此生。美国小说《红菱艳》中芭蕾舞女演员维多利亚·佩奇的经历，颇具典型意义，是这种无奈和矛盾的多重注脚。

为别人着想,为自己而活。

为别人着想,才不失活得高尚;为自己而活,才不失活得洒脱。

好儿女不但要适应顺境,也要经得起挫折。孩子的肩膀稚嫩,老人的步履蹒跚,未来的担子我们不挑谁挑?

遇到困难,便逃避现实或消极处世,是没有出息的表现。

青年特别需要的是坚定,不论外界怎样变化,自己都应保持一种乐观和向上的精神。

我叹世事多变幻,世事望我却依然。

修　养

行远，必先修其近；登高，必先修其低。近不修，无以行远路；低不修，无以登高山。

苏轼有言："匹夫见辱，拔剑而起，挺身而斗，此不足为勇也。天下有大勇者，猝然临之而不惊，无故加之而不怒。"
是的，以修养对待修养，还不是真正的修养，以修养对待无修养才是真正的修养。

修养，必得历事。
不历事的修养，当事情发生的时候，人或许能够保持外表上的平静，却无法保持内心的平静。历过事的修养，当事情发生的时候，人可以保持内心的平静，外表自然也是平静的了。

在生活中，从未遭人毁谤的人恐怕并不太多。面对毁谤如何办呢？清人申涵光在《荆园进语》中所言："何以止谤，曰无辩，辩愈力，则谤者愈巧。"或许能够给予我们某种启示。

修养，不是说不会发脾气，而是说不会轻易发脾气。不会发脾气的人不一定是有修养的人，动不动就发脾气的人，则是缺乏修养的人。

修养之所以重要，其中一点，是因为良好的修养可以帮助我们减少人际关系中的紧张与摩擦。难道非要把生命耗费在人际摩擦中吗？

一个在人生中欲有所成的人，必得不断加强自身的修养。否则，他不是毁在鲜花中，便是毁在流言中。

据说，雅典哲学家苏格拉底，是总能够让人心服口服的第一人。他总是先提出一个让对方必须说"是"的问题，然后再提一个让对方仍不能不说"是"的问题，如此继续，当对方领悟到他的用意的时候，原来被自己"否定"的问题，已被自己"肯定"了。

苏格拉底的询问法，被广为流传和运用，这既表现为一种智慧，也表现为一种耐心。而这样的方法，非有修养者难以为。

聪　明

　　总是事后表现出聪明的人，事前必都不大聪明。因为如果他事前总是很聪明，又怎么还会有事后表现聪明的机会？

　　在武大郎开的店铺里干活，表现得比武大郎聪明，这本身恐怕就不够聪明。

　　人在年轻的时候干的一些冒失或荒唐事，经常不是因为没有足够的聪明预见其危害，而是因为心境修炼得还不够火候。

　　"吃一堑，长一智。"生活中的聪明大抵都是摔打磕碰出来的，获得一份聪明，有时真不知得付出多少代价。

　　人若锋芒毕露恐怕不够聪明，含而不露的更聪明。不过倘若人人学得含而不露，城府很深，聪明固然聪明，却也多少有点可怕。

　　聪明有大聪明和小聪明之分。古时齐国晏子"不出尊俎而折冲千里"是大聪明。"平原君贪冯亭邪说"却是小聪明。
　　聪明人领导笨人，难受的是聪明人；笨人领导聪明人，难受的还是聪明人。

"三日入厨下,洗手作羹汤。未谙姑食性,先遣小姑尝。"唐朝的这首小诗,可说把一种女性的聪明描写得十分传神。

一个总嫌自己不够聪明和精明的人,实际上他往往是一个过于聪明和精明的人。

聪明人常在诱惑面前变得糊涂,说糊涂话,办糊涂事。诱惑能使聪明变成愚蠢。抗拒诱惑,亦是不失为聪明。

聪明不仅是知道什么是应该争取的,而且知道什么是不能要的。要得太多反而连自己原有的也失去,这就是不聪明。

才 华

有才华的人,比常人更洞明世事而且敏感,因此,他必须还要有坚强的神经。否则,世事的污秽极易使他悲观厌世,个人的挫折极易使他沮丧沉沦。

一位学生问老师:为什么今天的作家里产生不了鲁迅、郭沫若、沈雁冰这样才华横溢的大师呢?

老师思忖了一下回答说:或许那是因为他们还没有老,还没有死。

这是一个耐人寻味的回答。

对于有才华的人来说,敛其锋芒,以避人言,不如我行我素,不畏人言。

敛其锋芒,还有锋芒,终究还是不能避开人言;我行我素,不畏人言,最后人言自敛。

如果你是富有才华的,最忌讳的是再多一个斯腾托尔式的大嗓门,那可真是成事不足,败事有余。

才华战胜才华,无才算计才华。

伴随才华而来的常是诱惑。不是要拒绝一切诱惑,而是只需拒绝那不该享用的诱惑。

伴随才华而来的常是非议。若以才华回敬非议,既是一种浪费,更失一种境界。

伴随才华而来的常是压制。对于确有才华者,可以压得了一时,绝难压得了一世。

天才不以为自己是天才,庸才总以为自己是天才。

对于有才华的人来说,没有什么事是不能争取的,并不是一切努力都会有结果的。

诗　　歌

我有一个愿望：在我年轻的时候，我是属于诗的；当我年老的时候，诗是属于我的。

在文学样式中，诗是最不可译的，你可以译出它的意思，却很难译出它的神韵。

表达同一个意思，一般人说三句，小说家说两句，而诗人只说一句。

自古以来，太优秀的诗，往往出自太忧郁的心。先逢绝境，后出绝唱。

对于诗人来说，诗歌是文学中的文学；对于一般人来说，诗歌是文学外的文学。

灵感是风，在它所过之处，总会飘落些许美丽的诗的花瓣。

幸运的诗人，多有不幸的经历。

我从一首首美丽的诗篇中，常常读到的是一个个受着煎熬的灵魂。

如果我的生活是一首诗,我宁肯不写诗。正因为愈是得不到的东西便愈想得到,我才写起诗来。

写诗和为人一样,贵在自然。
故弄玄虚的诗和装腔作势的人一样,令我感到厌恶。

语言,是思想的交流;诗歌,是灵魂的对话。

诗是属于青年的。如果身为青年而不喜欢诗,这真乃人生一大遗憾。

对我来说,读好诗如品香茗,不但解渴,而且惬意。
这个年头,好诗之所以很少的原因之一,或许不是因为诗人太少,而是因为诗人太多。

思　　想

思想是无形的,但它却可以使社会和生活发生有形而巨大的变化。

思想不止一种,辨别就是非常重要的了。怎样才能更好地辨别呢?这必须借助于深入的思考。《论语·为政》中有一句话:"学而不思则罔,思而不学则殆。"这又是有关思考的一句至理名言。

当太多人都急于表现自己见解独特,思想深刻的时候,这往往正是浮夸和肤浅流行,甚至是泛滥的时候。

思想魅力的外烁,足可以迷人。20世纪逻辑学大师维特根斯坦的学生们,都喜欢模仿他的神态与腔调。这种模仿,首先表现出的是一种心悦诚服。

当一个社会把某一种思想奉若神明到迷信程度的时候,便再难出大思想家或大哲学家了,因为迷信必然导致盲从,而不是思想或哲学。

思想是不断发展的,对于一种我们并不熟悉的新思想,盲从、排斥或草率地下结论都是有害的。

思想的力量无所不在。

麦克唐纳食品公司是美国快餐食品业的"龙头",一个叫克罗的美国人本不过是麦氏快餐馆的小伙计,但他最后居然光明正大地把老板给"炒"了"鱿鱼",了解这种情形的人都知道,这不但是因为他有勤奋的双手,更重要的是因为他有"脑子"。

深刻的思想是一种真知灼见,并能给人以启迪,它绝不是一堆大而无当的空论。

你想让我改变思想,唯一的方法就是你能证明我错了,否则我将坚持,并请你闪开。

弱　　点

无论是谁都会有弱点,人有弱点才真实。当一个人被说成没有任何弱点的时候,便失去了真实。

善良的人常有的一大弱点是轻信,于是结结实实受骗,甚至被别人卖了,还帮着人家数钱呢。

真正做到闻过则喜的人能有多少?也时常见有人闻过大喜,但那已不是己之过,而是他人之过了。

齐桓公是个明白人,他懂得人都有弱点,因此,他能不理会谗言,任命有才干的宁戚为卿。人无完人,我们自己也会有弱点,但并非人人都像齐桓公这样明白。

少干事自然少表现出弱点,不干事自然没有什么弱点让人可抓,不过,人往往正是由此变得平庸。

脱离客观实际地坐而论道,纸上谈兵是最容易的,也最没有用。这却历来是相当一部分有知识的人的弱点。毛泽东的出色在于他不仅仅有书本知识,而王明则只会拿空洞的理论唬人和误事。

人在竞争中更容易发现自己的弱点，在竞争中也更容易提高。有的人通过克服自己的弱点而提高，有的人只能靠吹毛求疵，拼命夸大别人的弱点而使自己不致显得太次。

在我看来，感情这东西是非常具有两面性的：作为优点而言，重感情容易赢得人的信赖；作为弱点而言，重感情容易被人利用。于是，感情请理智把门，不过理智似乎经常偷懒。

不让别人了解自己弱点的最简单而有效的方法就是与人保持距离，但这并不表明弱点不存在。

自古以来"有喜谀之上，始有善阿之下"。有些做官的后来倒了霉，实在是怪不得属下的。

磨　　难

磨难有如一种锻炼，一方面消耗了大量体能，一方面却又强身健骨。

对待磨难有两种态度，一种是主动迎接，一种是被动承受。古时的斯巴达青年，迫于风俗的压力，每年都要在神坛上承受笞刑，以增强忍受磨难的耐力。此举同时具有主动和被动这两种因素。

主动迎接磨难的人，在忍受磨难的痛苦时，内心多是坦然的，磨难使他好像刀剑愈见锋芒；被动承受磨难的人，在为磨难所煎熬时，内心多充满惶惑，磨难使他仿佛卵石愈见圆滑。

过多的磨难，对一个英雄来说，或许是件幸事，诚如孟子所言："天将降大任于斯人也，必先苦其心志，劳其筋骨，饿其体肤，空乏其身，行拂乱其所为，所以动心忍性，增益其所不能。"而对于一个国家来说，却无论如何是一种不幸，中国的近代史已把这一点昭示得清清楚楚。古人言：多难兴邦。这只是一种狭义上的真理，而不是广义上的真理。

英国作家希尔顿在他的小说《失去的地平线》中，虚构了一个地名——香格里拉。后人多把香格里拉喻为"世外桃源"。

遗憾的是，人们命运中的香格里拉总成虚幻，而生命中坦塔罗斯式的磨难却是百分之百的真实。

就人生而言，总是从平坦中获得的教益少，从磨难中获得的教益多；从平坦中获得的教益浅，从磨难中获得的教益深……因此，若想做一个非常平凡的人，则是磨难少一些更好；若想做一个出类拔萃的人，则不妨多经历些磨难。

人的容颜往往和磨难成反比，人的魅力往往和磨难成正比。

磨难能使人优秀，也证明着这种优秀。如果既想成为优秀，又想远避磨难，这样的事情几乎是不可能的。

偏　　激

无论在何种领域,偏激实际上都是在看似漂亮的口号下,为事业的发展和壮大帮倒忙。

偏激常是出于两种原因:一种是由于幼稚,一种是因为投机。幼稚导致把本来复杂的事物看简单了,投机则是想以偏激的方式突出自己从而捞到好处。由于在脱离客观实际这一点上两者是一样的,因此偏激的人在实践中便都不能取胜。

古往今来,以投机心理而表现出偏激的人,其作为仿佛演戏,今天唱红脸,事情一旦起变化,立即演白脸。在顺境的时候,他们不乏慷慨激昂,一遭逢逆境,其首鼠两端之态便昭然若揭,不打自招。互相推诿,彼此落井下石是这些人的拿手好戏。

"天上地下,唯我独尊。"这话原是颂扬佛教教义的,却也是偏激的人的自我感觉。

有真知灼见的人不会偏激,一般老百姓走不到偏激这一步,总是表现出偏激的人多是一些特别擅长纸上谈兵、画饼充饥的人。

总是那么偏激的人常是孤独的,但这种孤独并不是像伽利略、居里夫妇或卢梭那种走在科学或思想前沿的孤独,而是一

种自以为是、妄自尊大的愚蠢的孤独。

总好偏激的人多虚荣。他们无法靠真才实学引起人们的重视和注意，于是只有靠偏激和耸人听闻了。

总好偏激的人大都缺乏胸怀，他们缺乏那种大家平等的讨论问题的胸怀，一切对他们的观点和主张持怀疑和不同态度的人，都为他们所不容。这样的人一旦有权，百姓怕是不好过活了。

偏激是一种自以为成熟的不成熟，自以为清醒的不清醒，自以为明智的不明智。我们无法赞同偏激，是因为我们无法赞同一种不成熟、不清醒、不明智的行为。

潇　洒

　　这个世界，真正潇洒的人不多，故作潇洒的人不少。

　　不过，潇洒是绝对"故作"不出来的，否则，人人都会很潇洒，世间也就没有了潇洒。

　　可悲复可叹的是，一些故作潇洒的人，往往自我感觉良好，以为自己真的很潇洒。这时，他给人的感受，宛如重温了西方人常说的一句话——我的上帝呵！

　　内心的潇洒是一种境界，它的极致是无我——脱尘出世；外表的潇洒是一道风景，它的极致是有我——舍我其谁。

　　遗失了一件珍贵物品，只在心中懊恼片刻，便弃之脑后，这是一种潇洒。

　　与恋人分手，在心中惋惜了几天，便平静如初，这却不是潇洒，而是从未真正爱过。

　　当你刻意模仿潇洒的时候，是你离潇洒最远的时候；当你无意潇洒的时候，是潇洒离你最近的时候。

　　有人认为，那种一掷千金的派头就很潇洒，这真是对潇洒的误会和嘲弄。摆这种派头，除了证明这钱八成不是他自己辛苦挣来的外，并不能更多地说明什么。

这样的人一旦落难,不要说潇洒,恐怕连自尊都不一定能保得住。有谁见过落难的阔少或暴发户是如何表现潇洒的吗?

潇洒,是一种本色。那些特别潇洒的人,也就是把本色自然表现和发挥到了淋漓尽致程度的人。

失去了本色,也就没有了潇洒。

不畏人言,也是一种潇洒。

畏惧人言,必定常常裹足不前。

一个常常裹足不前、犹豫不决的人,是没有潇洒可言的。

谁不爱潇洒?

谁又能潇洒?

具有博大胸襟的人,才有可能在心灵上潇洒;具有自信和实力的人,才有可能在外表上潇洒。这样的潇洒,才是真正意义上的潇洒。生活当中,那种更多的只是接近于漂亮意义的潇洒,与真正的潇洒比较起来,实在不过是"雕虫小技",它既无助于一项伟大的事业,也无助于一个崇高的人生。

欣　　赏

有一些东西并不一定要得到，只要能够欣赏到就很好，当你欣赏的时候那是一种完美，一旦得到了，反而会破坏了那种完美。

欣赏和附庸风雅是截然不同的两回事。
欣赏是一种陶冶，一种提高，一种收获；附庸风雅是一种时髦，一场热闹，一个过场。

一般而言，一个善于欣赏别人的人，必是一个丰富的人；一个被别人欣赏的人，必是一个出色的人。
如果不能做一个出色的人，那就做一个丰富的人。

我们的言谈举止应该自然，而不是有意做出来让别人欣赏，否则将会很容易言不由衷，举止做作。
欣赏，使人在潜移默化中汲取和提高，古人云："能读千赋则善赋，能观千剑则晓剑。"正是。
如果我们想成为出色的人，首先就要学会欣赏比自己出色的人。
一个永远也不欣赏别人的人，也就是一个永远也不被别人欣赏的人。

有一种人,他谁都不欣赏,只欣赏他自己,表面上看这似乎是一种清高,实质上这是一种狭隘。

彼此欣赏当然是件好事。彼此不欣赏也无妨,但应做到不因此而排斥别人。

我欣赏名山大川的气势,我欣赏小桥流水的清幽;我欣赏大漠孤烟的粗犷,我欣赏渔舟唱晚的意境。

在欣赏大自然瑰丽的景色中,我时常感到灵魂的净化和升华。

格　　调

　　一种怡人的格调的养成,有赖于一种氛围的熏陶。诸如,读最优秀的书籍,听最美好的音乐,交最出色的朋友等等。
　　这样一种氛围不但是美丽的,而且也是重要的。如果已有这样一种氛围当然很好,如果没有这样一种氛围,不妨去创造一个出来。

　　如果与名人交往的动机,是为了提高自己的身价,这种想法是可笑的;如果与名人交往的动机,是为了提高自己的格调,这种想法是可爱的。
　　一个弹着钢琴曲《致爱丽丝》长大的人和一个糊纸盒长大的人,格调显然是不同的,但这并不妨碍他们可以同属于"美好"这一大格调。
　　同样是在读书,欣赏趣味的高尚或卑下,可以使人的格调有质的区别。
　　韵味,可以表明一个人的内涵;谈吐可以显示一个人的修养;格调,可以说明一个人的情操。
　　为什么要读书呢?为什么要听音乐呢?为什么要跳舞呢?为什么要看画展呢?为什么要旅游呢?就我来说,这些不仅是为了丰富、愉悦生活或广见博闻,也是为了提高自己的格调。

据说,名贵的檀香木要顺利长成,它的旁边必得有一棵比它高大的树为它遮风挡雨,这棵树又被称为伴生树,这一自然现象,留给我们的是一种意味深长的格调。

高雅的格调,来自于良好的教育。一个怡人的格调形成的过程,也就是一个学习的过程。

通　　俗

如果你的艺术有魅力，何必在乎别人评价你是否通俗，因为你已点缀了生活；如果你的艺术少知音，何必为曲高和寡而苦闷，既然你已提高了自己。

本身高雅的东西，不妨以通俗一些的方式来表现；本身通俗的东西，不妨以高雅一些的方式来表现。雅而又雅，很容易远离大众；俗而又俗，很容易降低格调。

当然，作为一种追求，不论雅而又雅还是俗而又俗，都是应该允许存在的，人应该懂得包容。

通俗易懂的作品不一定是名著，名著一般却都是通俗易懂的。

美国学者莫蒂，曾提出了著名的关于名著的六条标准，其中一条是："名著是通俗易懂的，是面向大众，而不是面向专家、教授。"

既然名著一般都是通俗易懂的，那么莫测高深、晦涩难懂的作品也就基本与名著无缘了。

这是一个有意思的现象：中国近当代学贯中西的作家的作品几乎都是通俗易懂的，而一些既不通今又不博古的人却偏好云遮雾罩。

高深不是不好，只要不是做作；通俗不是都好，而是既通俗又有内涵才好。

我喜欢通俗，因为我普通；我不拒绝深奥，如果它确有内容。

通俗的优势是受众广，高雅的优势是内蕴深。因此，一个值得追求的境界是：雅俗共赏。

欣赏艺术作品时，常会为那个世界的美丽而动心。如果我们能为自己的生活增添一些浪漫色彩，生活一定会更动人，更温馨。

秘　密

只有完全成熟的人，才有真正的秘密；不太成熟的人，只有暂时的秘密；不成熟的人，则根本没有秘密。

从一定意义上讲，秘密与魅力同在。

秘密存在，魅力也存在，秘密一旦公开，魅力便会荡然无存。为了使自己的魅力保持得更久长，学会适当地保留一些秘密是必要的，这也是一种生活的艺术。

如果你是个铁骨铮铮的好男儿，就应该学会把痛苦作为一种秘密深埋在自己宽厚的胸膛里，永远用你的微笑去面对父母，永远用你的欢颜去感染妻子，永远用你的笑声去浇灌孩子烂漫的心灵。

我一向觉得：一个心中没有秘密的人，不会幸福；一个心中有太多秘密的人，一定痛苦。

秘密，是心灵之花，一束是一种美，太多了便会为其所累。

秘密与坦诚并不矛盾。坦诚用以待人，秘密用来自娱。

以为坦诚就必须是心灵的全部剖白，这如果不是一种误会，便是一种苛求。

有一种秘密，是欢乐和痛苦孕育的花朵，这枝花朵，既迷人又磨人。因为迷人才磨人，因为磨人而更迷人。

如果别人把内心深处的秘密向你披露，这是一种莫大的信任。即便出自善良的动机把别人的秘密示人，也不够妥当——这既容易伤害友人，也容易伤害友情。

心与心的贴近，情感与情感的交融，往往是从彼此或单方面的倾诉心灵深处的秘密开始的。有一些秘密藏在心头太久了，便成了一团混浊的空气，对自己并无什么益处。当你敞开心扉，阳光便会照射进来，春风更会吹拂入来，心灵便会透亮起来。

真的，不是所有秘密都必须永远属于自己的。

模　仿

模仿是创造的初级阶段，也是比较容易的阶段，能否真正跨越这个阶段，是一般和出色的分界线。

喜欢模仿，是一种还不太成熟的表现，模仿成熟，反而更显得幼稚。

平凡的人，总是模仿别人；出色的人，总是被人模仿。

表面上的模仿，甚至可以达到乱真的程度，曾经有一个看谁最像卓别林的比赛，比赛的结果，真正的卓别林竟差点名落孙山。而思想却是无法模仿的，就像腓特烈大帝说的那样：如果不是伏尔泰自己，要想模仿伏尔泰是不可能的。

人云亦云，也是一种模仿，一种很没有意思的模仿。

你可以模仿出举止，却很难模仿出气质；你可以模仿出模样，却很难模仿出神韵；你可以模仿出装束，却很难模仿出风度……

模仿可以使人有某种程度的改变，却无法使人有根本的改变。根本上的改变有赖于修养和时间。

　　模仿往往可以成为走向成功的一条捷径，不过，一个必需的前提是：不要陷在模仿中拔不出来。

　　一般人模仿优秀的人，所以一般人活得轻松；优秀的人很难再去模仿别人，所以优秀的人活得很累。

　　开辟一条新路，和走在一条已经开出的路上，感受是截然不同的。

　　既然生活中不能人人有创造，时时有创新，那么，就不能轻视模仿。模仿毕竟能够帮助我们提高，帮助我们丰富，帮助我们把生活变得更有光彩。

变　化

人的一切努力都是为了变化：从贫穷到富裕的变化；从浅薄到深刻的变化；从生涩到熟练的变化；从卑微到显赫的变化等等。在人追求变化的过程中和结果里，我们分出了人的才智的高低，品质的优劣，机遇的好坏，命运的幸与不幸。

当周围环境发生剧烈变化的时候，更容易看出一个人素质的高低；当一个人际遇发生剧烈变化的时候，更容易看出友情的真假和世态的炎凉。

变化最能磨炼人，当一个人在生活中经历了许多变故之后，他遇事便会比较地镇定自若而不会惊慌失措，"曾经沧海难为水"，这句话很好地说明了这种情形。

东晋陶渊明写了一篇《桃花源记》：一个渔夫在一长满桃花的溪中划船，后顺流划进一个出口，发现这里居住着一些秦代时逃乱者的后代，他们过着富足而安乐的生活，全然不知秦代之后有个汉朝，更不知汉代后面的魏晋朝代。今天，在不少领域中也有这样一些人，他们恪守老习惯和观念，不懂得世界和社会已发生了剧烈的变化，跟不上时代的潮流，结果在新的局面下一筹莫展、无所作为。

事物的不变是相对的，变化则是绝对的。既然如此，一个

人在顺境的时候便没必要趾高气扬，逆境的时候也没必要萎靡不振。

物极必反，事物往往是在走到极端的时候，开始向其反面转化。果实在最成熟的时候便将走向腐烂，气候在最冷的时候便将开始转暖，人在最有魅力的时候便将通向衰老。深切地了解这种情形，有助于保持头脑的清醒。

军事家孙子在《九地篇》中说："用兵之法，有散地，有轻地，有争地，有交地，有衢地，有重地，有圮地，有围地，有死地……是故散地则无战，轻地则无止，争地则无攻，交地则无绝，衢地则合交，重地则掠，圮地则行，围地则谋，死地则战。"在人的生活和事业中，也会遇到不同的情况，根据不同的境况来采取不同的处置方法，便是明智。

拒 绝

如果事情没有第一次的拒绝,第二次则更不容易拒绝;如果第二次还是想拒绝,最好在第一次就坚决拒绝。

不能拒绝诱惑,则很难拒绝灾难。如果心是门槛,诱惑是前脚,灾难便是后脚。

拒绝别人,不可不忍;被别人拒绝,不可不忘。

如果你要拒绝,就不要再让人心存奢望,因为一次是拒绝,十次也是拒绝;如果你被别人拒绝,也不要心存芥蒂,因为你也曾拒绝过别人。

只要理由正当,欣然允诺和坦率拒绝,都是没有任何理由被指责的。

拒绝别人一定要委婉,因为没有人喜欢被拒绝;被别人拒绝一定要大度,因为拒绝你的人总是有他的理由。

没有人是从未被拒绝过的。即使貌美妖艳如爱芙姬瑟达,也遭到了斯巴达克思的拒绝;即使权倾朝野如曹操,也遭到了徐庶的拒绝。

世事如此,你是没有多少理由为遭到别人拒绝而沮丧的。

一般说来，拒绝你的要求的人，言语和内心是一致的，接受你的要求的人，言语和内心有时却不一定那么一致。

因此，需要提醒自己的是：不要做强人所难之事。

一味的顺从，会失去自我；一味的拒绝，会失去明友。

就人生而言，一方面应该懂得有容乃大，另一方面也应该明晓不能来者不拒。

人与人之间，允诺和拒绝的事情是经常发生的。我对待朋友，允诺绝对大于拒绝；朋友对待我，可以拒绝大于允诺。

清　　高

　　清高，不是因为优越，而是因为优雅。优越产生的不是清高，而是高傲。
　　高傲是不能与清高相提并论的，仿佛植物，有的雍容，有的飘逸，是很不相同的。

　　一个处处想向别人表明自己清高的人，其实并不真正清高，真正的清高是为了保持自身的纯洁，而不是为了做给别人看的。

　　你可以是清高的，但不能因此把别人视为浊物，这是缺乏良好修养的一种表现。

　　有一些仿佛清高的人，是因为从来不缺乏牛奶和面包。一旦发生生存危机，他便会斯文扫地，抢得比谁都疯狂。

　　中国历代文人都不乏清高超拔之士，所缺的是清醒冷静之人，狂热时候的清醒和挫折时候的清醒。

　　不是什么人都可以清高。
　　要么吐气若兰，要么气质似竹，要么心静如水，要么才情

若海。

　　一个庸俗苟且之辈，倘若也要做出一副清高状，只能让人觉得滑稽。

　　有一些时候，沉默也可以用来表明一种清高，但其意义也仅仅限于表明了清高。遗憾之处在于，这种清高往往于时无益，于事无补，因而也就带上了消极的色彩。

　　有一点清高，可以获得人的好感；太过于清高，却易招致人的反感。这是生活中我们不能不注意的。

　　清高，可以用来修身，却不能用来治国，更不能用来平天下。为人所不能为，忍人所不能忍，这常常是大英雄之举。而此类做法，往往与清高相去甚远。

金　　钱

对一些人来说，金钱的重要并不在于能够换来高质量的生活，而在于能够了却自己的心愿。

金钱是能够使人心理获得平衡的一个砝码。社会上有一些职业是人们不愿干的，为什么不愿干呢？重要的一个原因是钱给得还不够多。

倘若金钱能够唆使一个人去害人，那么更多的金钱则可以使这个人背叛他原来的主子。

许多领域的实践证明，善于待人往往比精明强干更重要。难怪洛克菲勒这样说："我会付更多的薪水给擅长待人、而不是擅长处理事务的人。"洛克菲勒这老头子可真会花钱。

在一个社会中，必得有些金钱无法买到的东西，这样，部分人才不致为所欲为，另一部分人才不致任人摆布。倘若一个地方金钱能够买到一切，便无公理可言了。

法国作家左拉曾写了一部名为《金钱》的长篇小说。我们不难发现，生活中到处都有小说中成立了一家有名无实的"世界银行"股份公司和投机家萨卡尔的影子。

知识分子不应耻于谈钱,就像不应不择手段赚钱一样。使金钱知识化有助于抑制使金钱刺激化。

有了金钱是求发展还是求享受,这是大家和小家的一个分界,有眼光和无眼光的一个分界,有文化和没文化的一个分界。

钱更多的不是靠攒来的而是靠"挣"出来的,有攒出来的富裕户,却没有攒出来的实业家。

所谓分配不公,就是用切割苹果的刀子去切割钱币。

很欣赏李白《将进酒》中"天生我材必有用,千金散尽还复来"的豪放,一个人能对自身和金钱有这等见识,委实不俗。

权　　威

权威是绝对需要的，没有权威便没有秩序。不过，真正的权威是从实践中产生的，而不是人为树立的。

在学术上，我们应该尊重权威，但不是遵从权威。

例如哲学，生活在不同时代的奥古斯丁和笛卡尔都称得上是权威，但他们有的观点就是相悖的。对于理论，笛卡尔认为我们不应该从研究开始而是从怀疑开始，这与奥古斯丁的主张正相反。我们应该遵从谁呢？同为著名的心理学家，荣格和弗洛伊德的理论也大异其曲，我们又应该遵从谁呢？

我们赞同权威，应该是认为他说的有理，而不应该是仅仅因为他是权威，除非我们对他所谈的一无所知。

一般情况下，对于我们完全陌生的领域，我们尊重权威的意见是绝对的，因为我们提不出任何反对的理由；对于我们熟悉的领域，我们尊重权威的意见是相对的，因为我们有可能向权威提出商榷。

尊重权威和勇于向权威提出挑战，这是事物的两个方面。

只有真正尊重权威，我们才能获得人类已经掌握的理论和知识；只有勇于向权威挑战，我们才能或者纠正前人的偏颇，或者超越前人。我们应该意识到：没有不能再发展的理论，也没有什么时候都完全正确的权威。

一个能够容纳和接受不同意见的权威，他的权威地位会更加巩固；一个排斥和压制不同意见的权威，他的权威地位会受到严峻挑战。

作为普通人，能够得到权威的帮助是一件好事，如果得不到，你也无需沮丧，因为并非人人都有得到权威帮助的机缘。不靠权威而靠自己走出来，不是更显得你有力量吗？

孤 独

孤独若不是由于内向,便往往是由于卓绝。太美丽的人感情容易孤独,太优秀的人心灵容易孤独,其中的道理显而易见,因为他们都难以找到合适的伙伴。

太阳是孤独的,月亮是孤独的,星星却难以数计。

人都难以忍受长期的孤独。

意志薄弱的人,为了摆脱孤独,便去寻找安慰和刺激;意志坚强的人,为了摆脱孤独,便去追寻充实和超脱。他们的出发点一样,结局却有天壤之别,前者因为孤独而沉沦,后者因为孤独而升华。

有一种人,宁愿无聊也不愿孤独,因为孤独对他来说也是无聊;有一种人,宁愿孤独也不愿无聊,因为孤独对他来说只是寂寞。

孤独而寂寞的人,只是觉得时光冷清,却不会虚度时光;孤独而无聊的人,总觉得日子无滋无味,于是便浪费光阴。

当别人因失意而孤独的时候,你去成为他的朋友,他往往会心存感激;当别人因得意而门庭若市,你想去成为他的座上

客之时，常常会遭到轻视。

因此，一个真正聪明的人是不会太势利的，更不待说一个真诚的人了。

有些表面上很幸福的人，实际上是很不幸的人；而有些表面上很不幸的人，实际上是很幸福的人。

感情上的幸与不幸，只有当事者心里最清楚，旁人常常是在妄加猜测。

的确，有的人脸上有太多太多的微笑，是因为心中有太多太多的泪水呵。

忍 耐

命运常常是一种折磨。

不论是谁,在人生中有时总难免身陷逆境。身陷逆境,一时又无力扭转面临的颓势,那么最好的选择就是暂且忍耐。事物总是在不断地运动和变化,应该在忍耐中等待命运转折的时机。

不能忍耐的结果,往往是不得不更长久的忍耐。

即使面对别人的侮辱和伤害,有时也需要忍耐。何必急急忙忙以一种对抗的方式来证明自己并非软弱可欺呢?

你不是好欺负的,并不能证明你是强大的,当你使自己变得强大起来,你自然就不是好欺负的了。有谁敢轻视曾受过胯下之辱的韩信呢?

学会忍耐,就是学会不做蠢事,就是学会不做那些一时痛快,后来又终生懊悔的事。

忍耐,不应该成为逃避的托词。

逃避是意志的沉沦和对信念的背叛,忍耐不是。忍耐是意志的升华和为了使追求成为永恒。

两者的区别是:忍耐在心灵上是从容的,逃避在心灵上是仓皇的;忍耐从不忘记责任和使命,逃避早已不知责任和使命

为何物了；忍耐并不畏惧死，逃避则是对死的一种恐惧的反应。

忍耐，很容易被人视为怯懦。有些人畏惧人言，所以从来不愿忍耐。殊不知，畏惧人言本身就是一种怯懦。

在军事上，防御和退却就是一种忍耐。一个只知道进攻的指挥官，除了以极大的热忱迅速给进攻打上句号并证明自己是个十足的笨蛋外，并不能更多地说明什么。

从某种意义上讲，人生就是一场战争。

谦　　虚

大智者必谦，大勇者必含。

谦，是一种心境；含，是一种境界。

同一个人，在国内总是谦虚，到了国外总是不谦虚。其实，从前他未必真的谦虚，只是因为怕被人说成骄傲；后来他未必真的不谦虚，只是因为怕被人认为无能。

我佩服那些具有真正谦虚品德的人，其成就让我觉得可敬，其谦和让我觉得可亲。

口头上说自己不行，心里却觉得自己特别行，大概这也是一种中国式的谦虚吧。

只是到了某种关键时刻，人家说一句："不行，你还指望什么，回去吧。"于是你的"不行"立即变成"能行"，谦虚马上变成"狂妄"了。

千人一面的谦辞，抹杀了多少人的个性。而人不得不将个性抹平，是不是又意味着环境的不够宽容呢？

在很多情况下，一个年轻人不断地表现他的谦虚，说明他已变得世故了；一位老人不断地表现他的谦虚，说明他已真的老了。

　　谦虚，本是一种宝贵的品质，可是我们不论走到哪儿，人们似乎都很谦虚，于是，谦虚也就变得不那么宝贵了。

　　"王侯将相，宁有种乎？"这话并不谦虚，却透着一股豪气。今天，我们是不是应该活得再多一点豪气呢？

　　夹着尾巴做人，不是因为夹着尾巴好受，而是因为被人揪住尾巴更痛。

　　人是不能不谦虚的，因为人都有弱点。
　　人是不能不骄傲的，因为人不是只有弱点。
　　谦虚，不失个性；骄傲，不乏自知。

批 评

批评是一种艺术。善批评者，既可以实现自己的初衷又可使对方欣然接受。战国时，淳于髡、邹忌谏齐威王的故事，可说是这方面两个成功的范例。

即便是恶意的批评，也常包含合理的成分。我们不妨以平静的态度将其中的恶意剔除，而将合理的部分引为借鉴。

客观的批评能使人受益，不那么客观的批评也未必真能伤害到你。这样的情形，唐代诗人杜甫在论及初唐"四杰"的《戏为六绝句》第二首中有很形象的描写："王杨卢骆当时体，轻薄为文哂未休。尔曹身与名俱灭，不废江河万古流。"因此，不论是客观的还是不那么客观的批评，都不妨泰然处之。

一个聪明人，从赞扬中得到的是热情，从批评中得到的是进步。这样，他会渴望赞扬，也不会拒绝批评。批评完成了赞扬所没能完成的工作。

批评是必要和必需的，它是一种能够使人和社会进步的武器。但批评一旦沦为攻讦或谩骂，便成了一种滑稽或一场闹剧，武器自然也成了道具。

我以为，批评应该是有原则的，这个原则就是：与人为善。注意恪守这样一个原则，有助于避免批评的庸俗和使批评

偏离轨道。

批评自有高低之分,高明的批评,能使人茅塞顿开,甚至生出相见恨晚之感;差劲儿的批评,以其昏昏,使人昭昭;让人哭笑不得的批评,先将别人原意曲解,然后加以自以为是的批评。

在我心目中,好的批评家是这样的:第一,评论客观;第二,见解高人一筹;第三,有预见性。

狂　妄

狂妄，有时是因为太自大，有时却是因为太自卑。

面对一个狂妄而骄横的人，我们无需与之理论，时间自会证明他的实际价值，事实自会惩戒他的叫笑无知。

狂妄的人常常在无意中伤人，也常常因为这种无意受伤。

有一些人，并不一定没有才华，他之所以不能施展才华的原因，是因为太狂妄。没有多少人乐意信赖一个言过其实的人，更没有多少人乐意帮助一个出言不逊的人。

狂妄之人，多是无礼之人；无礼之人，多是孤立之人；孤立之人，多是最终失败之人。

先秦的《老子》中有"大言希声，大象无形"之说，到了宋代，苏东坡在《贺欧阳修致仕启》中又有"大勇若怯，大智若愚"的议论。这些言论，在今天看来仍是充满睿智的。的确，大凡具有大家风度的人，多具有谦逊的品德，而狂妄之人，骨子里实在是透着一股小家子气。

最糟糕的要算是既狂妄又无能之人，狂妄使他什么都敢干，无能使他把什么都弄糟。

狂妄使荣誉受损,成就减半。

从近处来说,狂妄会限制发展;从远处来说,狂妄会断送前程。

在科学上,你若是爱因斯坦,你或许有资本狂妄,而爱因斯坦只有一个;在哲学上,你若是柏拉图,你或许有资本狂妄,而柏拉图只有一个;在音乐上你若是莫扎特,你或许有资本狂妄,而莫扎特只有一个;在文学上,你若是莎士比亚,你或许有资本狂妄,而莎士比亚只有一个;在美术上,你若是米开朗基罗,你或许有资本狂妄,而米开朗基罗只有一个……

世界之大,伟人之众,即便一天二十四小时掰着指头不停地数,什么时候才能数到我们头上呢?我们又有多大的本事和成就可以拿来傲世呢?

宁　静

宁静的山是心灵的绘画，宁静的水是灵魂的诗篇，宁静的夜是精神的书籍。

我宁静，是为了让思想活跃；我活泼，是为了让精神宁静。

一颗受了伤害的心灵，有时需要的是安慰，有时需要的是宁静。最不适宜做的事情，就是用安慰去干扰宁静。

达·芬奇的《蒙娜丽莎》问世以来，人们都被告知她的微笑如何富有魅力，而我更欣赏的则是她的那份恬适和宁静。

美妙的音乐在不宁静中使人进入宁静，卓越的雕塑在宁静中使人变得不宁静。

宁静是一种伟大孕育的结果。

有了金钱你就幸福了吗？不见得，你可能为了爱情而苦闷；有了爱情你就舒心了吗？不见得，你可能为了生活的淡泊而忧虑；有了权力你就惬意了吗？不见得，你可能为了上司的脸色而不安。

然而，你如果有了一颗宁静的心灵，就可以比较超脱地看

待一切，就能够平心静气地享受生活。

孤独最大的好处是宁静，宁静最大的好处是超然。

宁静是一种境界。
具有这种境界的人，成功的时候他能很快进入安然状态，失败的时候他能很快进入超然状态。

当大家对某一种现象热热闹闹群起仿效的时候，超然物外的一颗宁静的心灵已发出了胜利的微笑。
就是在那个时候，赶热闹者已注定了他的失败，宁静者已奠定了他的成功。

宁静不声不响，却具有一种伟大的力量。

只有心地善良的人才会获得心灵上的宁静，一个罪恶的灵魂是没有宁静可言的。

承　诺

我真想承诺人们希望我做的一切,可是人们请原谅我,我做不到。

爱情无承诺可言。

如果爱一个人,不承诺也会去爱;如果不再爱一个人,曾经承诺了也迟早会背叛。

承诺那些自己做不到的事情,无疑是自讨苦吃。你最初的愿望是不想让别人失望,可是后来你却让别人更失望。

最喜欢承诺的不是医生,而是江湖术士,能够手到病除的不是江湖术士,而是医生。

你是相信江湖术士,还是相信医生?

我为德莱塞笔下的洛柏特悲哀,她太相信克莱特对她的承诺,以致酿成了后来的悲剧。遗憾的是,在这个世界上,洛柏特式的悲剧仍然在不断重演,其中不少女性还看过德莱塞这本著名的小说《美国的悲剧》。

承诺时的心情至少有两种:愉快的承诺,违心的承诺。

你不要使我无奈,我不想使自己尴尬。

我理解并尊重那些不轻易承诺什么的人,这需要勇气,也表明了一种负责精神。

我看不起那些无论在什么情况下都不敢有所承诺的人,那不是由于圆滑,而是因为无能。

别人对我们不履行承诺,会使我们感到气愤。但我们气愤什么呢?难道不正是我们自己认错了人吗?

我们应该明白,有些承诺是难以实现的,因为它被岁月风化了。

岁月能够风化许多坚硬的东西,甚至也包括承诺。

容　　貌

不论容貌好坏，带给人的烦恼往往是一样多的。

容貌美丽所带来的烦恼，往往是容貌平平的人所体味不到的；容貌平平所带来的烦恼，也是容貌美丽的人所体味不到的。

美好的容貌，可能给你带来幸运，却不一定能带给你幸福。

从一定意义上讲，美好的容貌是一张通行证。不过这张通行证，可以使人上天堂，也可以使人下地狱。

人，大可不必为容貌平平而沮丧。如果你留意的话，就不难发现，在你周围容貌不般配的恋人或夫妻，并不比容貌般配的恋人或夫妻少。由此，你就可以知道，容貌并不像你想象的那么重要。

首先，要相信自己，爱自己，然后才能期望赢得别人的信任，别人的爱。

世界上容貌漂亮的人数也数不清，而"我"只有一个，关键在于使"我"闪烁出光彩来。

有一些容貌出众的人之所以让人感觉愚蠢和俗气，很大程

度上都是让"漂亮"二字害的。漂亮给予他(她)许多的同时,也让他(她)丧失了许多。

物质上的极端奢侈和精神上的极端匮乏,在这样的人身上往往惊人的相等。

喜欢夸耀自己的容貌是不智的。

这等于在向世人昭示:虽然我长得不错,却并不特别漂亮。

因为特别漂亮的人,是用不着夸耀自己的。实际上,喜欢夸耀自己容貌的人,往往是那些长得并不那么漂亮的人。

美好的容貌,往往成为"故事"的源泉。

我想,这样的故事,最好是留在内心,而不要讲给人听。

不喜欢讲这样的故事的人,未必深刻;喜欢讲这样的故事的人,一定浅薄。

命 运

贝多芬说,他要扼住命运的咽喉。如果我们没有贝多芬扼住命运咽喉的那份勇气,能给命运使个绊儿也是好的。

不论你是站着还是跪着,命运都会不加改变地到来。
以为跪着就矮了一截,命运的风暴就会刮不到,这只能是一种天真。

当我们备受命运折磨的时候,我们会嗟叹命运的不公平。当有一天命运对我们倍加青睐的时候,我们却会安然享受,不再去想命运是否公平。
原来,人们诅咒命运,只是在自己没有受到命运宠幸的时候,如此说来,命运并非像许多人感觉的那么不公平。人们所以常常感觉命运不公,有时是因为我们太不念命运的好,而太记命运的不好。

不要咒骂不幸,不幸耳聋;不要埋怨命运,命运眼花。
经常的咒骂和埋怨等于承认自己的脆弱,能干的事情似乎只剩下喊天骂地了。
在命运面前,强者和弱者的区别仅仅是,前者因为不屈而抗争,后者因为屈服而束手。

在很多情况下,命运与人像是两个势均力敌的对手,胜负的可能各占一半。

这时便用得着中国的一句古话:两军相逢勇者胜。

人生,机会总是有的,不过稍纵即逝,就看你能否把握住。

命运的折磨和命运的恩赐,有时是难说清的,亚柯卡的自传《反败为胜》很多地方都说明了这点。

少　　年

　　我真羡慕少年，学什么都来得及，不像我们，总是感觉在被时间的鞭子抽打着走。

　　少年不要怕失败，没有多少人会讥笑一个少年的幼稚和失败。当你长大了，失败的滋味会比少年时代难受得多。

　　习惯的力量是非常强大的，所以凡事一旦养成了习惯是很难改的。少年时期，在很多事上正是养成习惯的时期。与其后来吃力地改变一种坏的习惯，不如在少年时代就养成一种好的习惯。

　　少年时代学东西，容易着急，容易改变兴趣，若能在长辈的指导下并在一些伙伴之间展开竞赛，将有助于改变这种情况。

　　少年成才，固然是件可喜可贺之事，却并不特别值得骄傲。南朝齐梁之际的才子江淹，6岁便能写诗，成名也很早，遗憾的是晚年没有取得什么成就。《梁书·江淹传》中说他"晚年才思微退，时人皆谓之才尽"。江郎才尽的故事是发人深省的。

除在某一方面确有特别杰出、超常的天赋者外，少年时期偏科是不大适宜的，未来的创造和发展需要思想开阔，过早偏科则会限制自己的思路，也限制了自己的发展。

少年时期虽应以学习为主，却也应逐渐养成分析和判断的习惯。有许多时候能够提出新的问题比解决问题还重要。

少年时代，人的记忆力特别好，能够在这个时期多背诵一些文学中的精华，不仅对当时有益，对未来也是很有益处的。

少年，既是长知识也是长身体的时期，学习和娱乐不可偏废。在我看来，首先是身体好，其次才是学习好。俗话说，身体是本钱，一个人连本钱都没有了，还能干成什么事呢？

感　　情

　　最深沉的感情往往是以最冷漠的方式表现出来的，最轻浮的感情常常是以最热烈的方式表现出来的。

　　太感情化的人，命运多坎坷；太理智化的人，一生多寂寞。

　　善不善于驾驭自己的感情，这是一个人是否成熟的一种标志；能不能够承受感情上的打击，这是一个人是否坚强的一种标志。

　　珍惜自己的感情是一种修养，尊重别人的感情是一种道德。

　　珍惜自己的感情，会更赢得别人对你的尊重；尊重别人的感情，别人会更珍惜与你的交往。

　　一个人应该有较多的爱好和较多的朋友。这样，在你感情顺遂的时候，可以丰富你的生活；在你感情遇到麻烦的时候，可以帮助你较快从中解脱出来。

　　感情是事业的基石。

　　热爱自然，造就了伟大的科学家；热爱人类，造就了伟大

的文学家;热爱祖国,造就了伟大的政治家;热爱生活,造就了伟大的艺术家。

没有一种深厚的感情,就没有一个成功的事业。

感情,常常成为人们生活中的漩涡。怎样从感情的漩涡中解脱出来?想一想在江河湖泊中一旦陷入漩涡应该怎样挣脱,也就应该明了怎样从感情的漩涡中解脱出来。

自然和社会常有许多绝妙的相似之处。

不要太久地拥抱春天,否则你怎能不流连忘返;
不要太久地注视冬天,否则你怎能不憔悴容颜。

哲　学

　　哲学具有永恒的性质,因此也就具有永恒的魅力。
　　如果说灵感是流星,那么哲学则是"恒"星。

　　哲学需要冷静,诗歌需要热情,融合这两者不是件容易的事——水怎么能融于火呢?可是若把这两者汇合在一起,所产生的魅力一定是巨大的,仿佛大海日出。

　　哲学家可以解释不幸,却无法回避不幸,如果你痛苦了,可以去找哲学家,如果哲学家痛苦了,只有去找上帝了。

　　哲学是一种轻松的深刻,玄虚是一种沉重的肤浅。
　　哲学,举重若轻;玄虚,举轻若重。

　　科学解决部分问题,哲学解决所有问题;科学解决具体问题,哲学解决原则问题。
　　在感情上,哲学家的爱,不一定炽烈,却可能恒久;诗人的爱,不一定恒久,却可能炽烈。
　　或许,这就是人性的优点和弱点。
　　哲学把宗教当成学说,迷信把学说当成宗教。
　　哲学,解救人的思想;迷信,束缚人的灵魂。

　　年轻人本身多具有诗的因素，因此，不妨多研究点哲学；老年人本身多具有哲学的因素，因此，不妨多读点诗。

　　相对而言：人们用哲学的观点解释世界并不难，难的是用哲学的观点解释自己。就人的一般趋向来说，总是对别人是哲学家，对自己是诗人。

　　真理是简洁的，哲学是朴素的。

逆 境

很多时候，庸才制造逆境，人才扭转逆境。逆境的出现和消失，经常是人为的。小至厂长、经理，大至军事家、政治家的威信之得以确立，常是从扭转逆境开始的。

逆境，是一幅雄浑的风景。
法国画家库尔贝的一生几乎都是在逆境中度过的。于是，在许多人心目中，他成了像他的震撼人心的作品《浪》一样雄浑的风景。

人生两境况：顺境与逆境。
顺境，可用来发展事业；逆境，可用来磨炼意志。以更坚强的意志去发展事业，以壮大了的事业去迎接更严峻的挑战，这样的人生是充实而有意义的。

逆境延续的时间可能短也可能长。
人常常是无从估计逆境时间的短与长的。因此，身逢逆境便消沉，便无聊，便无所事事，消极等待逆境的消失是不智的。消极的态度丝毫不能改变逆境，反而把无从挽回的光阴又搭了进去。

人生有限。我们应避免这样一种状况：当逆境消失了，人生的时间也白白流逝了很多,甚至耗费得所剩无几了。

真正优秀的人才和作品,常出自逆境。

史学家司马迁在《报任安书》中有一段非常著名的描写:"古者富贵而名磨灭,不可胜记,唯倜傥非常之人称焉。盖文王拘而演《周易》;仲尼厄而作《春秋》;屈原放逐,乃赋《离骚》;左丘失明,厥有《国语》……《诗》三百篇,大底圣贤发愤之所为作也。"

这也是对待逆境的一种态度。伟大与渺小,卓绝与平庸,深刻与浮浅,常常在这样的时候泾渭分明。

逆境能使人更快地成熟。对于一种能够促使我们成熟的境况,我们为什么要害怕呢?

逆境有如逆水行舟。当划过了一段最艰难的河道之后,我们常能感到一种放舟千里、直奔大海的气势与喜悦。

生 活

什么事都可能遇到,这就是生活;什么样的境遇都不能将你打垮,这就是强者。

如果你不想死,你就得生活。乐观、潇洒、向上是一种活法,悲观、无聊、沮丧也是种活法。既然我们无法躲避生活,为什么不好好选择一下呢?

杰出的人物,对待生活的态度不一定都是杰出的。在对待生活的态度上,我欣赏出身贫寒、后来成为企业家的美国钢铁大王卡耐基:少年勤奋,长成坚毅,晚年安详。

活着没劲儿。可是人人都觉得带劲儿的生活,有吗?正是因为生活的艰辛和严峻,人才有了达观和悲观之分,坚强和软弱之分,清醒和迷惘之分,卓绝和短视之分。生活并非处处公正而又合理,处处公正而又合理的是梦,不是生活。

生活如此,我们总是抱怨又有什么用?走在崎岖不平的路上被绊倒了,站起来接着走就是了,难道非要往地上吐两口唾沫,甚或再踹大地两脚?

生活将许多不切实际的幻想打得粉碎,当你不再那么富于

幻想的时候，你便失去了很多可爱的纯真，但你却会得到宝贵的成熟。

人都愿意过好日子，这没有错。不过，人一旦太贪婪，便注定没有好日子过。

有一则与达·芬奇有关的轶事：1911年，他的名画《蒙娜丽莎》在巴黎卢浮宫被盗，原来挂画的地方便成了一片空墙，让人难以置信的是，两年之中来看那片空墙的人居然比过去几年中来欣赏作品的人还多一倍。

这是生活的幽默。

关于生活，我想：眼泪里泡过的微笑更晶莹；惆怅里沉淀的歌声更动听；寂寞里凫出的孤独更昂扬；迷惘中走出的灵魂更清醒。

友　情

　　友情的基础是互惠。商人之间友情的基础是利益上的互惠，挚友之间友情的基础是心灵上的互惠。

　　人有善恶之分，友情有真诚和虚假之说。
　　真诚的友情，不论在什么时候都是真诚的。虚假的友情，一遇上适当气候，立即就显露其虚假。对于虚假的友情，古罗马哲学家爱比克泰德有一段精彩的描述："你绝不会看见互相爱抚嬉戏的小狗便说没有比这更友好的了吧？只要在它们之间丢一块肉，你就可以明白它们之间的友谊究竟是什么。"
　　如果想使友情保持久长，重要的一条，是有时要和朋友保持适当的距离。过于亲密的友情，最终很容易走向双方愿望的反面。物极必反，这是一条普遍适用的原则。

　　交际是必要，但应该有所节制。你把太多的时间都给了朋友，还有多少时间属于自己呢？朋友固然能够帮你建功立业，但关键在于本身能否成为伟器。

　　不要做对不起朋友的事，更不要做违背道义的事；道义应该大于友情，朋友应该重于自己。

  平素千好万好,遇到事情立即推卸责任,诿过于人,甚至不惜落井下石,这是一种自以为聪明的愚蠢。这无疑是向世人表明,这个人是多么无情,又是多么无耻。

  朋友落难的时候,主动伸手去拉他一把;自己倒运的时候,尽量不要去麻烦朋友,这是交友之道,也是为人之道。

真　实

做一个真实的人，这似乎是一个最简单不过的愿望，遗憾的是，生活并不那么简单。实现这最简单不过的愿望，恐怕需要的是最不简单的决心和意志。

吃亏的常是些活得真实的人，可活得坦然的不也是这些人吗？

受益的常是那些活得虚假的人，可活得忐忑的不也是这些人吗？

鲁比克发明的风靡一时的魔方，变化万千，却是有其真正价值的，因为那是一种真实的创造。

一些故作深奥的作品和艺术，装腔作势，却是没有多少价值可言的，因为那只是一种无聊的做作。

有这样一种人，一生仿佛总在恋爱，而且对他（她）来说，每一次恋爱都不是逢场作戏，是绝对真实的。我并不怀疑这种真实的诚意。

只是，当他（她）又一次满心欢喜地拥抱新的爱情的时候，我在真心为他（她）祝福的时候，好像总免不了要轻叹一声：唉，世界上又有一位可爱的天使（骑士）快要倒霉了。

　　我们不必有意显得比真实的自己更深刻，也不必有意显得比真实的自己更潇洒，许多优秀的东西，一经夸张，反而失去了原有的光芒。

经　　验

经验是一种向导，它指引我们趋利避害。而获得经验，则是一个欢乐和痛苦交织的过程。

人更容易相信的是自己的经验，而太过相信自己的经验则容易以偏概全。受了一次骗，便以为世人都是骗子；得了一次周济，便以为世人都是善家。这样，使自己眼里的世界同世界本来的面目相差甚远。

汲取别人的经验是为了有所借鉴而不是画地为牢，就好像学习书法，临与摹都是重要的方法和阶段，最终却贵在突破。

凭经验办事，对一般情形是可以的，对比较特殊的人或事则不适宜。孔子可谓有大智者，但他凭经验断事也曾弄错。《吕氏春秋·任数》中曾记载了孔子误会颜回的事情："孔子穷乎陈蔡之间，藜羹不斟，七日不尝粒。昼寝。颜回索米，得而爨之，几熟，孔子望见颜回攫其甑中而食之。选间，食熟，谒孔子而进食。孔子佯为不见之。孔子起曰：'今者梦见先君，食洁而反馈。'颜回对曰：'不可！向者煤炱入甑中，弃食不祥，回攫而饭之。'"这里，孔子错在以一时感受和寻常经验断事了。

经验是一笔财富，这笔财富有时也会随着时间的变迁而贬值。许多新问题是老经验无法解释和无法解决的。在一个日新月异的时代，按老经验办事很容易出错。

失败的原因常有两种：一种是因经验不足而失败，一种是因根本不具备成功的条件和素质而失败。前者是可以补救的，后者是难以补救的，清楚这种情形，对自己或他人都是重要的。

富有经验的人不一定是出类拔萃的人，在各个领域里，很多富有经验的人成就都很一般。能出类拔萃的人，是善于对待和处理经验的人。

理论能使人高瞻远瞩，经验使人更接近于实际。一个既能高瞻远瞩又不脱离实际的人，较之一般人更有可能获得他所期望的成功。

音 乐

语言是有故乡的,音乐的故乡又在哪儿呢?我想,音乐的故乡就在整个人类的心灵之中吧。音乐就在那里生根、开花、结果。

作为一个音乐爱好者,我喜欢古典音乐也喜欢现代音乐。我喜欢古典音乐所表达的韵味,我喜欢现代音乐所表现的精神。

我太喜欢音乐,又太没音乐细胞,怎么办呢?好在天无绝人之路,我发现我可以写歌词。

一位老人告诉我,他第一次听小提琴协奏曲《梁山伯与祝英台》时竟落了泪。就是这样,我最初是从一位老人的眼泪中感觉到了音乐的不朽和音乐家的伟大。

一首好的乐曲,能让我百听不厌,但是一幅好的绘画,一篇优秀的小说,一部精彩的电影却难以让我百看不厌。是因为在艺术欣赏中,我平日太多使用眼睛而太少使用耳朵了吗?

用音乐传递感情,人类的祖先可真会想,这既动人又含蓄。

音乐家给文学插上了翅膀,让文学飞了起来,以令文学难以想象的速度飞越了千山万水,飞进了千家万户。

有时想想:文学真笨。

被称为神童的孩子不知有多少,但给我印象最深的却是在7岁时就轰动了法兰克福城的莫扎特。为什么偏偏记住他?或许是因为我太缺乏音乐细胞了。

友人对我说,他可以头头是道地说清为什么喜欢一首诗、一尊雕塑、一个舞蹈,却很难说清为什么喜欢一部音乐作品。这是为什么?

我想,说得清或许是因为事物本身具体,说不清或许是因为事物本身抽象。

音乐,一种最喜悦和最悲哀时都不可少的艺术,一种最隆重和最滑稽时都用得着的艺术,一种最圣洁也是最疯狂的艺术,一种最原始也是最现代的艺术。

思　考

　　读书多的人不一定是善于思考的人,只读书而不善于思考的人,是很难有真知灼见的。

　　正确的思考有赖于对事物的客观把握。否则,对有权者来说很容易"专听生奸",对普通人来说很容易"偏信则暗"。

　　思考能使行动明智。
　　西晋时候,"竹林七贤"中的王戎是个从小就善思考的人。一次,他同小伙伴看到大路边的李子树上果实累累,其他儿童都去攀摘,只有王戎站立不动。有人问他为何不摘,他说如果路边树上的果子很甜,早被人摘光了。有的孩子尝了一下,的确如此。这是小事,如果是大事,则有可能对一生前途产生影响。

　　为了引起人们的注意和否定旧的观念,一种新思维的倡导者,往往书生气地把其主张推向极端。思考,就是汲取其中合理的成分,而把过于偏激的部分关在门外。
　　学会思考可以避免盲从,避免人云亦云。只会人云亦云,不但是没有主见的表现,也是没有出息的表现。

　　思考能给人以自信和力量。"给我一个支点，我可以撬动地球。"这样振聋发聩的话语不是出自科学昌明的今天，而是出自远在公元前 200 多年的古希腊大科学家阿基米德之口，我们怎能不感叹人类的气魄与伟大？

　　只有放开眼界，敞开胸怀，才能更好地思考。否则，总是思考一些别人早已思考过了的东西，是难有大作为的。

嫉　　妒

对于庸人和蠢才，别人不会嫉妒也不屑于嫉妒。

别人的嫉妒，从反面证明了你或是优秀或是卓绝。对此，你应该感到高兴才是，为什么要痛苦呢？

如果别人的嫉妒就能把你打倒，这说明你可能是优秀的，却不是最优秀的，在意志上更远不是最优秀的。

嫉妒不但是一种卑下，也是一种无聊。嫉妒者应该明白：能够被嫉妒毁灭的人，其实根本不太值得嫉妒；而嫉妒无法毁灭的人，嫉妒只能使他更加拔群超绝。

面对嫉妒者的中伤，最容易做出的也是最下策的反应就是反唇相讥。这样，你会因为别人的无聊，自己也变得无聊，甚至有可能陷入一场旷日持久、使心智疲惫又毫无意义的纠葛。拜伦说过："爱我的我抱以叹息，恨我的我置之一笑。"他的这"一笑"，真是洒脱极了，有味极了。对嫉妒者的中伤，最妙的回答是——让心灵安详地微笑。

嫉妒是一种卑下的情感，但同是嫉妒，情况并不相同。有一种嫉妒完全出自恶意，甚至盼望有一天可以幸灾乐祸，对此

我们完全有理由轻蔑。另有一种嫉妒却不同，它同羡慕交织在一起，而嫉妒者本身也能意识到嫉妒的丑恶，只是忍不住偏偏生出嫉妒，对此，我们采取的态度应该不是轻蔑，而是宽容。

嫉妒者给予我们最重要的启示是——不要嫉妒；对某些嫉妒者最好的回答是——让他更加嫉妒。

忧 郁

忧郁是一种极为有损身心健康的使人消沉的情绪。

如何解除忧郁呢？曹操说："何以解忧，唯有杜康。"后人似乎并不同意他的观点。李白的"抽刀断水水更流，举杯消愁愁更愁"的诗句，便是例证。

美国有一位叫戴尔·卡耐基的学者，为了帮助人们消除忧郁，写下了洋洋 8 万言的《人性的优点》一书，然而，对于一个为忧郁所缠绕的人来说，要耐着性子通读完这 8 万言，已足以构成新的忧郁了。

一种深切的忧郁，绝不是一本书，一篇文章，一次谈话所能够消除得了的。忧郁多是由于环境的恶劣，命运的多舛，突然遭逢的厄运，感情上出现的危机等原因造成的。迅速摆脱忧郁的唯一途径，就是使情形迅速从根本上扭转，否则，摆脱忧郁则需要时间的淡化或情形的逐渐转变。

人类对于忧郁并非毫无办法。首先，忧郁并不尽是客观因素造成的。同样一件事，放在一个人身上，换来的可能只是淡然一笑，放在另一个人身上，却可能导致忧心忡忡。使自己的胸怀变得健康、开朗、乐观，可以减少忧郁来临的次数。

其次,强者少忧郁。所以如此,是因为强者往往能够运用自己的力量扭转面临的颓势,许多事情还未发展到可以给他带来忧郁的程度,就已被他用有力的手一推给推开了。而弱者却因无力推开降临的不幸,于是只好和忧郁作伴。

成为一个强者,这是减少忧郁来临的又一种方法。

我们尽管可以减少忧郁来临的次数,却无法从根本上杜绝忧郁对我们的造访,这就有如我们有时不得不接待我们并不欢迎的客人到来。想想我们应该怎样对待我们不喜欢的客人,我们就知道该如何对待忧郁了。

愤　　怒

愤怒中容易失去理智，虽然失去理智的宣泄很痛快，但也易留下隐患。

一个人在平时可能会说假话，愤怒时却会说真话，除非那愤怒也是假的。

人在愤怒平息之后，常常是悔意便来。既然后来生悔，当初，为何不尽量克制一下呢？

愤怒可以出诗人，却难出大政治家和军事家。政治家和军事家若易怒，恰恰是他的对手希望的。所谓"激将法"，大抵是为莽汉准备的。

易怒者伤身，殒命。

据《晋书·王逊传》载：晋惠帝时为南夷校尉的王逊，外讨内治，颇有政绩。当时有成汉将领李骧来犯，王逊派将军姚崇出战，大败李骧于堂狼。姚崇追至沪水，敌军落水而逃，死千余人。姚崇因远离大本营，不敢穷追，未尽全功而返。王逊知道后，谓此乃放虎归山，把全部军官关押，并令鞭打姚崇。王逊自己痛惜失去良机，越想越怒，半夜，竟在愤恨中死

掉。若论王逊气量,比之韩信相差太远。

受了委屈,大发脾气太容易了。不容易的是受了委屈仍能处之泰然。有时候,修养就表现在这里,境界就表现在这里。

常见有人家中挂的条幅是个"忍"字。的确,日常生活和人际交往中,有多少事情真的是忍无可忍的呢?

愤怒时极易出口伤人,结果导致两败俱伤。杰弗逊说:"愤怒时,心里数十下再开口,非常愤怒时,数一百下。"生活中,我们不妨试试。

流　言

  人的一种可悲在于：受到别人流言伤害的人，有时又是听信和传播流言去伤害别人的人。
  你是无辜的，又是有罪的。

  不必向人过多表示你是多么不在乎流言，多做这种表示，恰恰说明你在乎。还是忙那些自己该忙的事吧。当你已经忙得没有工夫和人谈论你在乎不在乎了，你才真是不在乎了呢。

  流言可以杀死阮玲玉，却杀不死鲁迅，这说明流言是可怕的，也是无奈的。
  倘若自己的意志如磐石，对流言的鞭子又何惧之有？

  你告诉了我一位名人的传闻，问我那是真的吗？
  我说，你说的这些传闻，只有当事者才可能知道。而这样的事他又不可能披露给别人，你说这是真的吗？
  古人说："流丸止于瓯臾，流言止于智者。"这话没错。不过，这样的智者必是坦诚的。否则，心地偏狭的"智者"制造和传播出的流言，怕是还会高人一筹，传之更远。
  杀人有罪。流言的卑鄙在于：它也可以杀人，却又难以捉到凶手。

流言之所以起作用，是因为生活中有许多听信谗言的奥赛罗式的人物。如果我们不做奥赛罗，流言的作用就很有限了。

你可以找到一个流言较少的环境，却难以找到一个不存在任何流言的环境。因此，有时想法改变一下环境是必要的，但更主要的是适应环境。适者生存。

把心系于远方，把目光投向海洋，不斤斤计较一事一日之真伪与短长，我们应该有十年之后再笑流言的气度。

为流言所烦恼，恰是散布流言者所希望的。让我们的心里和眼里，只充满大地的无垠和海洋的浩荡。

沉　默

卡莱尔有一句名言:"雄辩是银,沉默是金。"沉默是金,这话真是精彩极了,但必需的前提是:懂得沉默。

就一般情况而言,还是雄辩是金,沉默是银。因为人人都会沉默,却并非人人都可以雄辩。

沉默也是一种语言。

能够用沉默这种语言交谈的人,不是由于聪睿,便是由于默契。

如果说喧嚣属于白天,死寂属于夜晚,那么沉默则属于黄昏。

对于不懂沉默的人来说,沉默什么也不是;对于懂得沉默的人来说,沉默是一道非常富有魅力的风景线。

沉默可以是一种默许,沉默也可以是一种无奈,沉默还可以是一种轻蔑或愤怒。

一个习惯于沉默的人可能是幸运的,一个习惯于沉默的群体或民族多半是不幸的。

对于一件事物,过于精通或过于外行都容易导致沉默。精通者懒得说,外行者不会说。

喜欢滔滔不绝的人,常常是对此事物有一知半解的人,他既有兴致,又不会是一无所知。

沉默常常是感情到了极致的一种表现。

极端的喜悦和极端的愤慨都会造成一时的沉默。

太高兴了,语言便显得苍白;太愤慨了,语言便显得无力。于是,这样的情景出现了:在最不想沉默的时候偏偏却最沉默。

有一些话,是不能够用言语表达的,一经用言语表达,其中的韵味便荡然无存。

学会用沉默的方式表达自己的思想和感情,就是学会悄悄地走入对方的心灵。

当你真的走入了对方的心灵,把你身后的门轻轻关上的很可能不是你,而是对方。

无 聊

感觉无聊，经常是因为生活失意或前途渺茫。从无聊中走出，需要的是看到希望，从而唤起热情。

无聊的情绪是可以蔓延和传染的，这就像奋发向上的情绪可以使人受到感染一样。在自身思想不成熟、情绪不稳定的情形下，经常接触什么人便显得更重要。

有时无聊也可以成为一种时髦。优秀的人才可能会受到这种情绪的影响，但却不会因此放下手中要做的事情。庸才可能完全被笼罩在这种情绪之下，魂不守舍，整日无所事事。

18岁的年龄，却恨不得有80岁的心境，这多是因为以消极的眼光看世界。北宋王安石《登飞来峰》诗："不畏浮云遮望眼，自缘身在最高层。"有这种境界和眼光的人，是不会感到无聊的。一段时间的无聊，可以是心绪上的一种调整；让无聊的情绪长时间伴随自己，就会贻误青春。

生活中，像威尼斯画派的代表人物提香那样出身名门，生活顺遂，事业辉煌，健康长寿的幸运儿是不多的。因为生活不如意，便以无聊的态度对待生活，实际上损害的是自己。

  一个人会有缺点,会犯错误,一个社会也同样。但并非这个人或这个社会因此就没有前途了。但不论是谁,让无聊这种情绪缠上了又摆脱不开,则注定没有前途。

失　误

不论是谁，都难免有失误。
聪明，不是不犯错误，而是同样的错误不犯两次。
这样，会使我们少犯错误，更加睿智。

如果已经犯了错误，就不要狡辩，狡辩是犯的又一次错误。信任莎士比亚的话："为过失辩解，那么过失就会更醒目。"

在生活中，妻子在感情上的失误，往往有丈夫的责任；丈夫在感情上的失误，往往有妻子的原因。
有时，检讨自己比指责对方更明智。

误解好人和轻信坏人，所犯的错误同样严重。
认错了人，在生活中是一种很严重的失误，它给生活带来的麻烦和困扰可能极大，因此在生活中使自己较快地变得稳重和成熟起来，是非常重要的。
从谏如流之所以重要，是因为它可以减少片面性，也就减少了失误。善于听取和采纳不同意见，这是富有智慧的一种表现。
一个肯干而犯有过错的人，仍能够赢得我的敬重。一个坐享其成却没有什么过失的人,并不能赢得我的敬重——我怎么能够敬重一个懒汉呢?

自　　信

没有自信，便没有成功。一个获得了巨大成功的人，首先是因为他自信。

有人说，自信是成功的一半，真是很对。

但自信只是成功的一半，它毕竟还不是成功。如若不充分认识这一点，有一天你会连原来的这一半也丧失。

自信的人依靠自己的力量去实现目标，自卑的人则只有凭借侥幸。

自信者的失败是一种命运的悲壮，自卑者的成功则是一种命运的悲哀。

前者真是虽辱犹荣，后者却是虽荣犹辱。

古往今来，有许多失败者之所以失败，究其原因，不是因为无能，而是因为不自信。

自信，使不可能成为可能，使可能成为现实；

不自信，使可能变成不可能，使不可能变成毫无希望。

一分自信，一分成功，十分自信，十分成功。

自信与不断取得的胜利有关，不自信与接连遭受的挫折有关。

当你不自信的时候,你还难以做好什么;当你什么也做不好的时候,你就更加不自信,这是一种恶性循环。

若想从这种恶性循环中解脱出来,重建自信心,你不妨先从最有把握做好的事情做起,当你不断取得了成功的时候,你的自信心也就逐步重新建立了。

自信悠然的外表下,往往掩藏着一种潜在的危险——狂妄。

自信可以使你从平凡走向辉煌,而狂妄则会使你从峰巅跌入深谷。

当你总是在问自己:"我能成功吗?"这时,你还难以撷取成功的花枝;当你满怀信心地对自己说:"我一定能够成功!"这时,收获的季节离你已不太遥远了。

规　　律

不论是自然还是社会，都是有其规律可循的。

日月星辰的运行，动物、植物的生长，社会的发展和演进莫不如此。

掌握规律，因势利导者胜；违背规律，自以为是者败。

规律是大技巧，技巧是小规律。大家注意规律，小家注意技巧。

要掌握事物的规律，很难离开准确的概括，而准确的概括又很难离开对事物多方面的深入了解，因此，偷懒和掉以轻心是不行的。

了解了事物的发展规律，也就做到了心中有数，也就能够从容地面对纷纭复杂的局面，在心中树立起胜利的旗帜。

人们常说，历史总是惊人的相似。为什么会惊人的相似？其实，相似之处就是"规律"。

成功，并非完全没有捷径可走，注意研究和把握事物的规律，就是一条"捷径"。

客观规律是不可违背的,纵使有雄才大略者,一旦违背了事物的客观规律,也会一败涂地。

所谓格言,可以说是规律的一种总结。
"多行不义必自毙"是规律,"木秀于林风必摧之"是规律,"如入芝兰之室,久而不闻其香"也是规律。

凡有大作为者,必都是尊重客观规律者,狂妄自大的人往往恃才傲物,漠视规律,结果到头来一事无成。

从古时雅典娜的胜利到后来法国大革命的胜利,都不是偶然的,两件事情不过印证了一条规律。

深　刻

貌似深刻者，往往浅薄；貌似平凡者，可能深刻。
前者因为浅薄，所以拼命装扮成深刻；后者因为深刻，所以于打扮之道并不经意。

浅薄只能欺骗浅薄。
把浅薄视为深刻，不是因为对方深刻，而是因为自己更浅薄。当然，对于更浅薄者来说，浅薄也是一种深刻。

深刻源于思想和磨难。一个一帆风顺的人，可能博学，却很难深刻。因此，当我们遇到磨难的时候，不妨把它视为生活的一份厚赠，感谢生活。

在表达方式上，深刻喜欢用眼睛和心灵说话，浅薄喜欢用嘴和手说话，两相比较：此时无声胜有声。

倘若知道自己不够深刻，就不要哗众取宠地假作深刻。这样，你不具有深刻，却还具有一份坦诚。"做假"的结果，使你既不能变得深刻，又失去了坦诚。
一个总自认为深刻的人，其实已远离了深刻；一个总自认为还不够深刻的人，这本身已是一种深刻。

深刻者有比常人更多更尖锐的痛苦,也有比常人更顽强的意志。前者是一种不幸,后者是一种幸运。

深刻者,总是在一片生活的废墟上,高举起生命的旗帜。

浅薄者悲观,深刻者达观;
浅薄者喜欢"引用",深刻者喜欢"独创";
浅薄不学就会,深刻学也不会。

艺　术

　　有思想的工匠是艺术家，没有思想的艺术家只是工匠。

　　艺术家创造艺术，却不四处炫耀艺术；清谈客四处炫耀艺术，却不创造艺术。
　　你是做艺术家，还是做清谈客？

　　裸体，一旦成为艺术，便是最圣洁的；道德，一旦沦为虚伪，便是最下流的。

　　艺术的美有两种价值：一种是观赏价值，一种是收藏价值。
　　当我们注重观赏价值的时候，留意的是作品本身；当我们注重收藏价值的时候，留意的是这是谁的作品。

　　凡是美好的事物，都会在艺术中得到表现；但是艺术所表现出来的，却并不一定是美好的事物。
　　相对而言，美追求的是瞬间，艺术追求的是永恒。
　　昙花如果常开不败，就不足以显其珍贵；艺术家若只能显赫一时，则很难称得上伟大了。
　　对于艺术的欣赏是有层次的。法尔孔奈的《调皮的小爱

神》,有人说它可爱,有人说它美好,有人却在问:他左手去掏的那支箭,是准备射向谁?

最怪诞的艺术手法背后,潜藏的往往不是深刻而是浅薄;最质朴的语言中,包容的往往不是平凡而是伟大。

艺术家的伟大与渺小,在于他的作品本身,而不在于作品之外的宣传和鼓噪。

历史将会证明:什么人是艺术家,什么人不过是玩闹。

当我面对一件不朽的艺术品,便仿佛面对一颗不死的灵魂,它使我清醒地意识到,我是站在了过去与未来的交叉点上……

舞　　蹈

　　舞蹈艺术是美的又是残酷的。美的是它的表现过程，残酷的是它的训练过程。

　　舞蹈是青春的语言，失去青春的舞蹈，总让人感觉有点词不达意。

　　舞蹈在其发展过程中发生的一些事件，今天听来简直有点像天方夜谭。曾有人设计了一种"莉莉公主腰带"，就是在特制的钢质围腰上铆了三颗大金属钉，以保持双方的"距离"，这个设计者真是太了解又太不了解这个世界了。

　　一般来说，有音乐的地方不一定会有舞蹈，有舞蹈的地方则会有音乐。舞蹈，真是一种美妙的艺术，在愉悦了我们的视觉的时候，总是又令我们的听觉同样愉悦。

　　《天鹅湖》、《睡美人》和《胡桃夹子》，被称为古典芭蕾舞的三个里程碑，这三部芭蕾舞剧的作曲都是柴可夫斯基一人。这使我有一种感觉：往往是一部杰出的艺术品造就艺术家，许多部杰出的艺术品造就艺术大师。

　　舞厅舞之所以长盛不衰，除了它自身和其氛围构成的魅力外，恐怕还因为它是一个容易产生各种各样的故事的所在。

　　舞蹈是相当能够表现人的性格的。从一个民族的舞蹈风格和一个人所热衷的舞蹈类型上，便能够在一定程度上认识一个民族或一个人的性格。

　　剑是刚，舞是柔，把剑与舞融为一体，真是名副其实的刚柔相济了，难怪杜甫的《观公孙大娘弟子舞剑器行》能写得如此神采飞扬："昔有佳人公孙氏，一舞剑器动四方。观者如山色沮丧，天地为之久低昂。㸌如羿射九日落，矫如群帝骖龙翔。来如雷霆收震怒，罢如江海凝青光。"这真是情到手方到，手到起波涛。

服　　饰

如果说，言论是有声的思想，那么服饰则可以说是无声的语言了。一个人穿着的衣装，向社会和人们所叙述的内容是非常丰富的，职业、身份、教养、情趣、审美意识，还有喜怒哀乐的感情等等，真可以说是尽在不言之中。一个社会人们的穿着向世界所展示的内容也同样丰富：政治是否开明、经济是否发达、文化是否进步、观念是否开化等等。

服饰是一面镜子，从这面镜子里折射出来的是社会和历史。

人一旦走出家门，融入社会，就成了社会的一分子。从某种意义上讲，人的服装意识，也就是人的社会意识。

人们从社会中懂得了用服饰来表达自己的心愿和感情。一个人可以从服饰了解一个社会，社会也可以从服饰认识一个人。

就服饰而言：和谐比奇特重要，自然比名贵重要，流畅比新颖重要。

一种新款式服装的出现，不但需要智慧，而且需要勇气。1964年，年轻的英国服装设计师玛丽·克万特发明了超短裙,这对素来比较正统的英国时装界不啻是一次严重挑战。1965 年春,法国服装师安德莱·库莱究也发明了裙长在膝盖以上 5 公分的超短裙,这在有着悠久传统的专为上流社会服务的巴黎高级时装界看来,简直是大逆不道,到处是一片反对之声。不过,这都没有阻止住超短裙的流行。

在那些脱颖而出的服装设计师骨子里边,似乎有一种共同的东西:我行我素。

人类所有服饰的灵感都来自于大自然,又回归于大自然。当然,这种回归已是一种浓缩,一种超越,一种升华。

一个气质优雅的女人,即使她佩戴一枚假首饰,人们也容易误以为是真的;一个举止庸俗的女人,即使穿金戴银,人们也容易误以为都是些冒牌货。

气质是金。

在穿着服饰上,懂得 TPO 原则是重要的,掌握这条原则可以避免不合时宜或闹出笑话。TPO 是由英文 Time(时间)、Place(地点)、Object(目的)三个单词的第一个字母组成的。

这是一条国际上公认的原则。

幸　　福

　　有许多人都在追求幸福，可是我不知道，有比追求本身还幸福的事吗？

　　当我望见了太阳，我就感觉到了生命给予的幸福；当我望见了秋天，我就感觉到了耕作给予的幸福；当我望见了你的眼睛，我就感觉到了爱情给予的幸福。

　　从一定意义上讲，一生幸福，一生平庸；一生不幸，一生无奈；出色的人生，总是既有幸福也有不幸的人生。

　　人，常常会觉得自己是不幸的，而别人是幸福的；可是在别人的眼里，你是幸福的，他是不幸的。

　　我的幸福必是我挣来的，我的不幸必是命运强加的。没有战胜命运，就是我的不幸；战胜了命运，就是我的幸福。

　　人总是喜欢说自己是不幸的，却不大喜欢说自己是幸福的，因为人的欲望是不容易满足的。

　　幸福是一杯美酒，它太容易被喝干了。

　　凡高是不幸的，他只活了37岁，幸福的却是他"种"的《向日葵》，至今仍被人类灵魂的太阳温暖着。

生活何以要苛对凡高,却钟爱他的《向日葵》?

人类承受幸福的能力要比承受不幸的能力有限得多。
不幸使人痛苦,却不容易把人打倒;幸福使人快乐,却也容易使人晕眩。

开头不幸,结局幸福,仍然称得上幸福;
开头幸福,结局不幸,却只能称为不幸。

时　髦

时髦的东西不一定是从未出现过的最新的东西。时间能使时髦的东西变得不时髦，也能使不时髦的东西重新变得时髦。

一般来说，能成为时髦的东西都是富有特点的东西。因此，大多数时髦的东西，是从上流社会或下层社会产生的，而较少产生于中间阶层。

时髦的就一定是短命的吗？不，不一定。时髦的东西中有一些是短命的，有一些则不是。这一点，稍微了解一点人类发展史的人，都能从各方面举出适当的例子加以证明。

深刻和时髦是根本不同的两回事，满口的时髦言词只能证明新潮却不能说明深刻，也不能说明无畏和执著。屠格涅夫笔下的罗亭式的人物在今天并无太大实际意义，更不待说普希金笔下的澳涅金和莱蒙托夫笔下的毕巧林式的人物了。

年轻人更喜欢赶时髦，这除了说明他们的热情中往往缺乏理性色彩外，也说明了他们接受新事物是多么的迅捷。

时髦是一种风尚。对于喜欢赶时髦的人没有必要多加指责。尽管有时他们会犯那种类似于孔夫子说的"以言取人失

之宰予，以貌取人失之子羽"的过错。

喜欢赶时髦的人，有时是为了向社会证明自己的身份和实力。其实，特别有身份和实力的人，大都是不赶时髦的。因为他们本身不经意间往往就成了被称为"时髦"的那种东西的发源地。

时髦的东西，总是在突出的个性之中包含了相当广泛的共性，了解时髦，也就在一定程度上了解了一个社会和时代。

虚　荣

从近处看,虚荣仿佛是一种聪明;从长远看,虚荣实际是一种愚蠢。

虚荣的人不一定少机敏,却一定缺远见。

虚荣的女人是金钱的俘虏,虚荣的男人是权力的俘虏。

太强的虚荣心,使男人变得虚伪,使女人变得堕落。

古语云:"上士忘名,中士立名,下士窃名。"

虚荣,也是一种"窃"。

虚荣者,容易轻浮;轻浮者,容易受骗;受骗者,容易受伤;受伤者,容易沉沦。

许多沉沦,始于虚荣。

虚荣,很像是一个绮丽的梦。

当你在梦中的时候,仿佛拥有了许多,当梦醒来的时候,你会发现原来什么也没有。

如此,与其去拥抱一个空空的梦,还不如去把握一点实实在在的东西。

虚荣者常有小狡黠,却缺乏大智慧,更没有那种所罗门式

的智慧。

这种情况屡见不鲜：虚荣的男人成了虚荣的女人的"钱袋"；虚荣的女人成了虚荣的男人的"门面"。

在两个互相利用的虚荣者中间，什么都可能有，唯独没有真诚。

不要把名利看得太重，把名利看得太重很容易去拼命钻营。这样，得到名利时会失去品格，得不到名利时会变得痛苦。有这样一句话说得极是："宠辱不惊，看庭前花开花落；去留无意，望天上云卷云舒。"

失 恋

　　失恋,首先是一种幸运,其次才是不幸。

　　失恋,证明你真正爱过了,如果没有真正爱过,也就无所谓失恋。要知道,在这个世界上,一辈子也没有真正爱过的人大有人在。同这些人相比,在人生旅途上你已经赢得了值得羡慕的重要一分,尽管后来失去了,那也不过比分是零。但是,你的人生已由此变得丰富,感情已由此变得深沉,气质已由此变得成熟。

　　你以痛苦为代价,已收获了一笔宝贵的财富。

　　恋爱是一次已经完成的选择,失恋面对的是即将而来的重新选择。恋爱是对一个人的选择,失恋是对一些人的选择。只要在已经相识或将要相识的人中,有一个能与你彼此心心相印的人,你就可以回过头去对岁月说:谢谢,我庆幸那次失恋。

　　真的,别那么悲伤,或许那个真正能够使你幸福的人,正在不远的前边等你。

　　失恋的痛楚源于对往事的沉湎和精神上的一时无所适从。如此,减轻失恋痛苦的方法可以是进行一次短途或长途的旅游。大自然有一种神奇的魅力,她的博大和美丽,可以帮助你从对往事的沉湎中或多或少地解脱出来,可以稀释和淡化你的忧郁;你也可以做自己平时最喜欢做的事,使精神有所寄托。

在这个时候，匆匆忙忙再进行一次恋爱，多半是不理智的，由于你急切寻求精神上的安慰和寄托，很容易接受一份在冷静的时候并不乐意接受的感情馈赠。

失恋并不完全是一件坏事。对于作家，它可能会是一部催人泪下的小说；对于诗人，它可能是一些缠绵悱恻的诗篇；对于画家，它可能是一幅真挚深沉的绘画；对于普通人，它可能是一个值得反复咀嚼的忧郁而美丽的深长回忆。

付出了不一定能够得到，无论在什么事情上，你都要有这样的思想准备。这样，得到了是一份欣喜，没有得到，也不至于耿耿难眠，在感情上尤其是如此。

得到了也有可能失去，无论你得到了什么，都不妨时常这样提醒自己。这样，得到的时候会倍加珍惜，失去的时候也不至于无所适从，在爱情上尤其是如此。

伤 害

许多人都曾有这样共同的经历：他为社会做出贡献的回报是自己受到伤害。当人们为了保护自己，不得不时时小心翼翼甚至甘居下游的时候，受损害的则是整个社会。

如果说真话总是受到伤害，许多人就会学着说假话；如果有棱角总是受到伤害，许多人就会学着变圆滑；如果太出色总是受到伤害，许多人就会学着甘于平庸。当生存环境客观上鼓励诸如假话、圆滑、平庸等现象的时候，有才志者常做两种选择：一是离开这个环境，二是任凭自己湮没。而无论哪一种选择，都是社会的一种损失。

轻信容易受到伤害也容易伤害别人。生活中有的人几乎不信任任何人，多是因为他从前过于轻信。

最难说清和了断的是感情上的伤害和受伤，很多时候像水和乳，交融在一起了。

对于一个心胸狭小、嫉贤妒能的人来说，仅仅是别人比他强，对他便既成为一种威胁也成为一种伤害。威胁的是他的地位，伤害的是他的自尊。

最大的伤害不是肉体上的伤害,而是心灵上的伤害,因为它更难以愈合。如果这种伤害来自亲人,来自同胞,则更是一种悲哀。一位在美国的中国女作家写道:"在外国,你比我强,我向你学,同你竞争,努力赶上你。在中国,你比我强,我就搞你,搞得你完蛋,趴下为止。"这难道不是道出了一种太普遍又太可悲的现象吗?

伤害总是在冠冕堂皇的理由下进行,就像阴影总是在阳光之下。

如何面对伤害呢?寒内加如是说:"伤害你的人有强有弱。若是弱者,饶恕之;若是强者,避开之。"不是一切时候,但在很多时候这可以说是一种明智之举。

态　度

我不需要你告诉我应该做什么,我只需要你告诉我应该怎样做。

用恶语伤人,这是一种人的嗜好。这种人往往还乐此不疲,如果与之理论,岂非投其所好?

我欣赏你,我便会肯定你;我不欣赏你,我却不会否定你。

每一朵花,都有它自己的香味;每一棵树,都有它自己的价值。

我觉得,一个人成名之后,不应为名所累。他既不要狂妄,也不要谨小慎微维护自己的形象,他应该还是他自己,不断地开拓。如果一个人惧怕失败,那他就再也难以发展了。

我欣赏的态度是:像普通人那样当名人。像名人那样当普通人。

违心的夸奖别人我做不出来,说有损别人的话非我所愿,于是,我干脆缄默不言。

同为孤独,给人的感觉却可以截然不同。有的人的孤独让人怜悯,有的人的孤独让人钦敬。我喜欢海明威《老人与海》

中那个孤独的老渔人桑提亚哥的形像,他的孤独,表现了人类的力量。

诅咒一个善良的人,证明了诅咒者的恶;诅咒一个恶的人,证明了诅咒者的无奈。

在感情上,我不怕自己扮演一个追求者的角色,却有点害怕成为一个被追求者的角色。因为弄不好,会生出一种猫捉老鼠的感觉。

我注意的往往不是别人对我的态度好不好,而是别人的内心对我好不好。换句话说,我看重的是内容,而不是形式。

乐 观

悲观是瘟疫,乐观是甘霖;
悲观是一种毁灭,乐观是一种拯救。

悲观,是因为短视和看不清事物的本质;乐观,是因为卓识和对事物的深入了解。

当乌云布满天空之时,悲观的人看到的是"黑云压城城欲摧",乐观的人看到的是"甲光向日金鳞开"。

欢乐时不要过分炫耀你的欢乐,悲伤时也不要过分夸大你的悲伤。
现实往往并不像你想象的那么好或那么糟。

当你"山穷水尽"的时候,乐观还是一笔巨大的财富,你完全可以依靠这笔财富重整旗鼓。如果你连这笔财富都没有了,那可真是彻头彻尾的"一无所有"了。
在生活中,动不动就垂头丧气的男人,不是男人,只是男性。
悲观的人,先被自己打败,然后才被生活打败;乐观的人,先战胜自己,然后才战胜生活。

悲观的人,所受的痛苦有限,前途也有限;乐观的人,所受的磨难无量,前途也无量。

在悲观的人眼里,原来可能的事也会变成不可能;在乐观的人眼里,原来不可能的事也会变成可能。

《悲惨世界》里的冉·阿让和《简爱》中的罗切斯特无疑是两个具有魅力的人物,然而,如果他们身上一旦没有了那种顽强乐观的精神,他们的魅力还能剩下多少呢?

悲观只能产生平庸,乐观才能造就卓绝。

从卓绝的人那里,我们不难发现乐观的精神;从平庸的人那里,我们很容易找到阴郁的影子。

信 任

信任源于了解。信任一个根本不值得信任的人,是因为对他了解得还不够。

信任是可以变的,因为人是可以变的。有这样一种情形:从前信任一个人没错,后来不再信任他也没错。

有一种习惯的看法是:疑人不用,用人不疑。这大体没错,但也有例外。《三国演义》中,诸葛亮用魏延便是。由此看来,疑人不用,不能一概而论。关键在于驾驭得了,处置得当。

一个社会的风气愈好,人与人之间的信任程度就愈高,反之亦然。

建立起人们对你的信任是一件长期的事,而要毁灭这种信任往往只需一天。信任有时真是很脆弱,我们不得不加以呵护。

中国历史上能够得到君王信任和失去君王信任的文臣武将们,结局真是大不一样。齐国管仲得到桓公信任,燕国乐毅得

到昭王信任，西汉冯异得到汉武帝信任，他们的聪明才智得到了充分的施展，演出了一幕幕有声有色的话剧。而齐国田单，西汉陈汤、三国邓艾、晋朝王浚、后燕慕容垂、隋朝史万岁、唐代李靖、宋代岳飞、明代袁崇焕等，虽曾立下汗马功劳，由于后来遭到君王猜忌，结局都令人扼腕。

旧时的君臣关系，信任不仅关系荣辱，而且关系生死。

彼此提防是一件很累的事，彼此信任是一件很愉快的事，愿生活中，人与人之间的信任多些再多些。

言　论

言论即是形象。

一个人发表言论的时候，实际上也就是在塑造自身形象的时候，你能把自己塑造成什么样，别人是帮不上任何忙的。

言论即是公关。

公关的艺术，在很大程度上不是知道该说什么的艺术，而是知道什么是不能说的艺术。一句不慎的话，足以让十句光彩照人的话黯然失色，而且会给自己留下难以弥补的损失和遗憾。

言论即是监督。

不容许别人说话，即是说明自己想为所欲为。

对于有主见的人，虚心倾听别人的言论，常能避免其片面性；对于没有主见的人，虚心倾听别人的言论，会更增加其片面性。

常对别人言论发讥诮的人，即使他可能有罗慕洛一样的口才，但其心胸却多半是王伦式的。

凡是与事实相悖的言论，不论是赞美的话还是嘲讽的话，我都不予重视，更不会放在心上。

言论能够捧人也能够伤人。捧人过分即成伤人；无端伤人有时反而成了捧人。这是一个容易被忽略了的方面。

当面说批评的话，背后说赞美的话，我们应该养成的是这样一种习惯，而不是相反。养成这样一种习惯，有助于防止我们变得庸俗。

无端贬低和伤害别人的言论，常出自一个自尊心受到伤害的人之口，这是一颗什么样的自尊心呢？别人不能超过自己，是维护这颗自尊心不受伤害的前提。

一个人若把精力放在保护这样一颗脆弱而可怜的自尊心上面，那么，超过他的人就会越来越多，他那可怜的自尊心也就越受伤害。

婚　　姻

　　结婚当然是件好事,不过因为是件好事,结上瘾就麻烦了。

　　感觉不到痛苦的爱情,不是真正的爱情;感觉不到幸福的婚姻,必是悲哀的婚姻。

　　就婚姻而言,婚姻往往并不像人想象的那么好,离婚则常常比人想象的还要糟。

　　有一些表面富丽堂皇的婚宴,实质是在表明一种交易拍板成交了;倒是那些朴素的婚礼,往往更能证明爱情的果实成熟了。

　　比较而言,独身是自由的,婚姻是不自由的。放弃自由应该是为了爱,如果没有爱,为什么要放弃自由呢?

　　婚姻当然可以成为某些人一跃龙门的"跳板",不过,也许这些人永远搞不明白的是:他本来想跳上天堂,怎么却落进了地狱。

　　人的高尚或人的卑鄙,都能够在一桩婚姻中淋漓尽致地表现出来。

高尚的婚姻必是爱人本身,卑鄙的婚姻必是爱人以外的东西。

没有有交易的爱情,只有有交易的婚姻。
爱情永远比婚姻圣洁,婚姻永远比爱情实惠。

爱情是花,婚姻是果实。花总是美丽的,果实却不一定都是美好的。

我冷眼旁观:这个年月,当个好丈夫真是够难的,太冷淡了易被指斥为不体恤妻子,太热情了易被讥讽为怕老婆。
女人说:"女人难当。"这话,最好还是先听听结了婚的男人怎么说。
蒙台涅可真够损的,他居然说:"一桩完美的婚姻,存在于瞎眼妻子和耳聋丈夫之间。"你听听,这叫什么话?
让人无可奈何的是——这么不中听的话,却又这么透着实在。

比　　较

一般来说，比较是无情而又公正的。

很多时候，当我们对一件事物无从判定的时候，比较，是一个简单而有效的方法。孰真孰伪，孰强孰弱，孰优孰劣，孰美孰丑，无需争论，一比便知。

正确的选择，来源于客观的比较，不经认真比较的选择，经常是遗憾的。

比较而自知，自知而省略。

西晋陆机不复作《三都赋》，唐朝李白不复诗黄鹤楼，都是经过自忖，认为自己的作品难出左思、崔颢之右而罢手的。

书太多选精的读，事太多选紧要的做，仗太多选容易的打，这些都是比较。不会比较，难有章法。

没有比较，则难以对事物进行鉴别，没有鉴别，则难以对事物进行正确的评价，没有正确的评价，则容易人云亦云，失去主见。

痛苦时和比你更痛苦的人比较，便知道自己的痛苦还属小痛苦。成功时和比你更成功的人比较，便知道自己的成功不是大成功。

比较，可以发现差异，导致发明。

英国细菌学家亚历山大·弗莱明对青霉素的发现，最初便源于试验中的一次"比较"。

你说，你是武林高手，我不相信。如果你能赢了赵长军，我便相信了。

没有比较，便没有拍卖。遗憾的是，这并不仅仅限于物质方面。

比较可知足与不足，可知胜与不胜。如此，学会比较的方法，也就在一定程序上学会了进步、取胜之道。

鉴　赏

　　学会鉴赏，就是学会发现和理解被鉴赏事物的真正价值所在，这需要知识和经验，也需要敏锐和远见。

　　以善相马著称的春秋时代的伯乐，真名叫做孙阳，因为善相马，人们以掌天马的星名"伯乐"相称。西汉刘向《战国策·燕策二》中道："人有卖骏马者，比三旦立市，人莫之知。往见伯乐，曰：'臣有骏马，欲卖之，比三旦立于市，人莫与言，愿子还而视之，去而顾之，臣请献一朝之贾。'伯乐乃还而视之，去而顾之，一旦而马价十倍。"这个故事，充分说明了生活中鉴赏的重要性。

　　懂得了鉴赏，也就懂得了汲取。懂得了哪些是有价值的瑰宝，哪些是金玉其外、败絮其中的赝品，也就懂得了收藏。

　　对于有争议的鉴赏对象，不必匆忙下结论，过若干年回过头来看，会更准确，更客观。

　　历史上的齐桓公可说是个人才的鉴赏大家，他充分信任和重用管仲即是证明之一。他的明智使得屡进谗言的竖貂和易牙等小人无可奈何，使齐国得到大治。《东周列国志》第17回中的一首小诗，生动地描写了这一情形，即便今天读来，仍颇堪回味："疑人勿用用勿疑，当年仲父独制齐。都似桓公能信

任,貂巫百口亦何为?"有了像齐桓公这样的眼力,何愁珍珠蒙尘?

人们对文学和艺术鉴赏力的普遍提高,使得人们逐步变得不盲目而会选择,这将使靠故弄玄虚、虚张声势、习惯玩弄雕虫小技的人难以施其技。他们的失落,正是表明了社会的进步。

对于同样的事物,公众和专家的评价往往不一样。因为前者更多的是凭感觉,后者更多的是凭经验。这里常没有绝对的谁对谁错。这是因为感觉常因缺少理性而需要提高,经验常因落后于时代而需要修正。

"不怕不识货,就怕货比货。"对被鉴赏的事物作出评价,常是可以通过比较来完成的。比较可说是最常用的一种鉴赏方法。

年　龄

年龄犹如四季。

不能春光永驻是一种遗憾。可是倘若永远生活在春天里，没有机会品味一下夏日的茂盛，秋色的灿烂，冬雪的绮丽，也会是一种遗憾。每当我为将逐渐远离我的青春而感伤的时候，这样一想，我的心境便重新平静和愉快起来。

就气候来说，仅有春天是单调的；就人生而言，仅有青春是不完整的。

真正的友情或爱情，是不会为年龄所阻隔的，有如思念是不会被江河所阻隔一样。

同样的年龄，有的人要比实际年龄苍老许多，有的人要比实际年龄年少许多。

我从一张苍老的脸上，读到的往往是人生；我从一张光洁的脸上，感悟到的常常只是生活。

年轻人在梦，年老的人在回忆。

青年人在梦中醒着，老年人在醒中梦着。

春花何处？春光不再。

凡是美好的东西总嫌太少，凡是美好的光阴总嫌太短。

景物易失,年龄易逝。

我们无法抗拒容颜衰老,却可以抗拒心灵衰老。
只要我们心灵年轻,即便容颜衰老,我们仍然会感觉生活的美好;如果我们心已苍老,即便容光焕发,我们依然会觉得生活黯淡。

这样的内心独白,是愉快和意味深长的——
青年:我敬重您,不仅是因为您那满头银发;
老人:我惊叹你,仅仅因为你的年轻,就足以让我惊叹了。

这真是人生的一种悲哀:年轻的时候能干,却不想干;年老的时候想干,却干不了。
但愿我们不是这悲哀的角色。

说　　爱

人在困厄的时候，最容易接受别人的爱，也很容易拿一颗破碎的心去爱别人，但是当情形好转以后，他，更多的是她，很快就会发现，别人是在真爱，自己却不是。于是，新的困厄便产生了。

人在困厄的时候，需要提醒自己注意的是：不要为了摆脱眼前的困厄，又人为地制造了将来的困厄。

即便在爱中，也要保持人格的独立，但独立不是自私；既然在爱中，就要学会迁就对方，却不是一味顺从。

在爱情中，一个自私的人，体验不到爱别人的乐趣；而一个只知顺从的人，将很容易失去对方的爱。

表面上并不般配的爱情，往往和谐，因为产生这样的爱情，往往有比较深刻的内在原因；表面上般配的爱情，往往并不和谐，因为产生这样的爱情的原因，仅仅是因为般配。

在爱情上，经常是愈想得到则愈难以得到，愈怕失去则愈容易失去。

因此，学会把握自己是十分重要的。对自己的感情不加约束，放任自流，结果往往适得其反。

恋爱的时候，不妨多回味过去；失恋的时候，不妨多憧憬未来。

轻易得到的，也轻易失去。

因此，在爱情遇到困难和挫折的时候，你不要因此而沮丧。或许正是这些艰辛的经历，才奠定了爱情的久远和淳美。

不论是男人还是女人，常常容易产生这山望着那山高的感觉，可是真的到了"那山"才发觉还是"这山"高。

为了不使自己追悔，对待爱情一定要慎重。

贫　　穷

贫穷是不值得赞美的，值得赞美的是俭朴。俭朴是一种甘于淡泊的行为，贫穷则是一种无奈的处境。两者在精神状态上是根本不同的。

贫穷限制人的自由，却不剥夺人的自由。聪明人会通过正当的努力减少这种限制。蠢人则冒被根本剥夺自由的风险试图解除这种限制。

一个贫穷的人，若同时又是一个十分虚荣的人就比较麻烦了。这样的人往往不甘于通过一步一个脚印的努力去改变贫穷的处境，而是拿青春或者生命去赌。赌赢了，他的虚荣心会得到某种程度的满足。赌输了，输掉的可能不仅是机会，而且还有青春或者生命。

对于相当多的人来说，他的向往富裕，不是因为厌恶清贫，而是因为他们向往得到人们承认、尊重，甚至是羡慕。这些是目的，致富只是达到目的的手段。

贫穷可治吗？试看清朝陆长春《香饮楼宾谈》中的一段叙述：清代名医叶天士一次外出，有一乡人请求看病。乡人说，您是名医，疑难病症自然了解得很清楚，我所要医治的是

贫病,你能医治吗?叶天士回答说,贫病我也能医,晚上你来拿药方吧。晚上乡人如约而至,叶天士要他捡城中橄榄核种植。乡人照办。不久橄榄苗长势很好,乡人跑来告诉叶天士。叶天士说,即日有来买橄榄苗的,不要便宜出售。第二天起,叶天士所开药方药引均用橄榄苗,病人争相求购,乡人大发。这则故事虽短,却提供了脱贫致富的一种成功的思路或步骤:虚心咨询、独辟蹊径、把握市场、辛勤耕耘。今天读来,仍有教益。

看到别人大富大贵,对于某些贫穷的人来说,可以聊以自慰的是贫穷之人能活得平安。贫穷之人不用雇保镖,不但是雇不起,更是没必要。

给 予

给予及时,胜过给予很多。

寒冷时给予温暖,困境中给予帮助,危险时给予救援。

给予并不难,难的是给予而不求任何回报。期待回报的给予并不能叫给予,而是交换。

爱情的真谛是什么?就我来看两个字:给予。

乐于给予的人,他遗憾的是自己缺少很多东西;而不乐于给予的人,他遗憾的是自己什么东西都缺少。

生活中给予和接受的事每天不知发生多少,细究起来,有许多给予恐怕是在"放长线钓大鱼"吧。

对于一个生性贪婪的人来说,给予别人一点都是痛苦的,于是人世间便有了许多善算计的"夏洛克"。

是不是给予越多就越好呢?不是的,给予一旦超过需要,本身在一定程度上就受到了轻视。

当初慷慨给予,后来追悔莫及。此类事情不论在个人还是在国家都屡见不鲜。

因此，给予应当适度。

从给予多少认识一个人的性格，从什么时候给予认识一个人的品格。

给予不是施舍。
给予是平等的，施舍是不平等的，以施舍的态度给予，对别人是一种侮辱。

如果真有上帝的话，我想，对于有权势者最重要的是给予良心，对于贫穷者最重要的是给予智慧，对于愚昧者最重要的是给予文化。

恋 爱

在感情上,当你想征服对方的时候,实际上已经在一定程度上被对方征服了。因为首先是对方吸引了你,然后才是你产生征服对方的欲望。

恋人之间,宜小别,不宜长别;朋友之间,宜长别,不宜小别。

爱情是自私的,因为自私就容易产生嫉妒,不论是男人还是女人,有一点嫉妒心是可以理解的,但是若嫉妒心太强,不是使自己变得可怜,便是使自己变得可笑。

男人为痛苦流泪说不上刚强,男人若为幸福流泪,却显得侠骨柔肠。

我觉得过早恋爱或太迟恋爱都不太好。太早恋爱,因为不懂得爱,往往糟蹋了爱;太迟恋爱,则会影响爱的纯洁度。

异性之间:恋人比朋友容易反目,这是恋爱关系不如朋友关系的地方;朋友没有恋人亲近,这是朋友关系不如恋人关系的地方。

如果爱上了，就不要轻易放过机会。

莽撞，可能使你后悔一阵子；怯懦，却可能使你后悔一辈子。

没有经历过爱情的人生是不完整的，没有经历过痛苦的爱情是不深刻的。

爱情使人生丰富，痛苦使爱情升华。

有一句俗话说：男人追女人隔座山，女人追男人隔层纱。

尽管如此，实际生活中男人往往能追到他喜欢的女人，女人却得不到她喜欢的男人。

原因是：男人不怕翻山越岭，女人却怕伤了手指头。

初恋，不一定能够成功，却是幸福的；婚姻，已是一种成功，却不一定幸福。

难忘初恋，珍重婚姻。

谎　言

　　撒谎往往是出于虚荣，让一个爱慕虚荣的人不说谎是极为困难的。不过说谎需要有极强的记忆力，否则说谎一百次，由于记忆力方面的差错，恐怕有五十次是要穿帮的。

　　对于总说实话的人，我们好办，信任他就是了；对于一贯说谎的人，我们也好办，信任他说的反面就是了；对于有时说实话有时说谎话的人，我们最难办，我们不知该信任他还是该轻视他。
　　如此说来，最惹人嫌的既不是说实话的人也不是说谎话的人，而是那些一半说实话一半说谎话的人。

　　说谎是一种不道德，信谎是一种不明智，传谎是一种不负责。
　　有许多谎言是不必由我们来揭穿的，让撒谎者最后自己揭穿自己岂不更绝妙？
　　在人一生中，不说一次谎几乎是不可能的。只要这种谎言利己而又不损人，我们是大可不必深究的。

　　诋毁别人，需要谎言；谎言多了，必有破绽。只要善于分析，识破谎言常常不是很困难的事。

同时扯谎,做宠臣与做首脑是极为不同的。波将金扯谎,是为了欺瞒叶卡捷琳娜女皇一个人,希特勒撒谎却是为了蒙骗大众。

谎言不与政治沾边,一般都是小谎;谎言如与政治相连,常常是弥天大谎。

说谎是小聪明,诚实是大聪明。说谎先成事后败事,诚实可能先败事,但最后一定能成事。

关于谎言,老林肯说过一段非常精辟的话:你能够在某些时候欺瞒所有的人,你也能够在所有的时候欺瞒某些人,但你却不能在所有的时候欺瞒所有的人。

是的,你骗得了一时,却骗不了历史;你骗得了个人,却骗不了人民。

方　法

有一些人，他的时间都用来找方法了，找到一种方法，又想找更省事的方法。他总在找更省事的方法，他永远也找不到最省事的方法。

成小器，只要方法得当；成大器，还需深邃的思想。

"何以解忧？惟有杜康。"曹操这方法可真是够浪漫的，既可以解烦愁，又可以过酒瘾。

方法，不是一种投机取巧，而是一种正确的努力途径。
因此，成名的方法不是一味的标新立异，发达的方法不是一再的坑蒙拐骗，克敌制胜的方法不是凭借侥幸和偶然。

早在两千多年前的《论语·卫灵公》篇中就已有"工欲善其事，必先利其器"的论述。
"善其事"是目的，"利其器"是方法。可见古人早已懂得方法的重要，可一些现代人却总是只欲"善其事"，却不懂"利其器"。
方法，在老师的手上，在学生的心里。以心学手上的方法是精髓，以手学心上的方法是皮毛。

希腊神话中,梅拉尼翁终于追求到了拥有众多追求者的阿特兰塔,不是因为他比其他追求者跑得快,而是他用掷金苹果迫使阿特兰塔去拾的方法滞留了她的脚步。

很多时候,聪明的方法胜过实力。

敌对,最易产生计谋和方法。在祥和的氛围内没有敌对,则不妨假设。

假设,既出方法,也生动力。

我感觉,法国化学家拉瓦锡并不比和他同一时代的化学家更具有天赋,只是他更善于归纳,也就是说他更善于找到一种成功的方法。

名　　声

　　跨越了一定空间和时间的名声将会永存，它是历史的一部分。

　　有时，名声是可以被"炒"起来的，不过炒起来的名声将很难大跨度地超越时间和空间。因为在另一个环境中，它已失去了曾得以生存和壮大的条件与基础。

　　淡泊或欲望都能使人轻视名声，往往后者更甚。宋有谏议大夫程松寿，为了讨好权贵韩侂胄，买一美女进献，并为此女取名松寿。韩侂胄问他："为何此女的名字同你一样？"程松寿回答说："为使贱名常达钧听耳。"此人真是把马屁拍到家了，此时名声于他不过是一碟小菜。

　　当人追求名声的时候，得到的常是鄙视；当人获得名声的时候，得到的是羡慕和嫉恨；当人名声显赫的时候，得到的却是赞美。这究竟是谁之错？我以诗观名声：若求名声先受累，求得名声累双倍。无欲无求也有伪，取舍有道少是非。

勇　敢

　　思想勇敢而行动胆怯的人优柔，行动果敢而懒于思想的人鲁莽。富有智慧的勇敢，从来就是一种极为难得的品质。

　　对于勇士来说：肉体死了，灵魂才会死；对于懦夫来说：灵魂死了，肉体还会活着。莎士比亚借凯撒之口说的一点不错："懦夫在死之前，就已经死过多次，勇士一生只死一次。"

　　在恶行得以恣肆的地方，缺乏的往往不是正义感，而是勇敢。没有勇敢的正义感，几乎等于零，既不能使恶行收敛，更不能阻止恶行。
　　进一步说，缺少勇敢的地方，必定缺少正义，因为没有勇敢，正义难以张扬。

　　勇士，即便在敌人心里，也能唤起敬意；懦夫，即便在同道眼里，也能遭到轻蔑。
　　有一些人怕生，有一些人怕死。
　　为了个人的私欲铤而走险，那不是勇敢是亡命。勇敢，是和正义连在一起的。
　　以勇士的死亡，换回懦夫的生存，这是一个悲剧；
　　以勇士的死亡，唤醒麻木的灵魂，这是一种悲壮。

法国思想家蒙台涅说:"懦弱是残忍之母。"

那么,完全可与之相对照的是:勇敢是善行之父。

勇敢对于个人来说,是一种不可或缺的品格,没有勇敢的品质,就不可能坚持正义;勇敢对于社会来说,是一种不可或缺的德行,没有勇敢的精神,就不可能主持公道。

面对恶行,三个人用语言表现出来的勇敢,胜过一个人用行动表现出来的勇敢,三个人用行动表现出来的勇敢,胜过一个人用生命表现出来的勇敢。

有些悲剧的深刻意义,不在于一个勇敢者的生命死了,而在于更多人的灵魂死了。

英　雄

　　什么时候成为英雄是偶然的，什么人成为英雄则是必然的。时势能把英才造就成英雄，却不会把庸才造就成英雄。

　　古希腊神话中，安泰是英雄，赫克里斯也是英雄，并且赫克里斯是掐死了安泰的英雄。但在人们印象中，记忆更深的却是安泰而不是赫克里斯。这是因为，安泰和大地之间的关系给人们的印象太深。站在大地上的安泰力大无穷，一旦离开大地他就变得虚弱了。这是关于英雄的一个极好和极形象的说明。

　　在艰苦卓绝的环境中，更易显出英雄本色，也更易产生对英雄的崇拜。

　　英雄并不是好当的。即使已经成了英雄，许多时候，他得到屈辱也能和赞美一样多。
　　古往今来，许许多多英雄不仅能使同事和属下钦佩，还能令敌人敬服。春秋时，晋国和燕国侵犯齐国。齐国拜司马穰苴为大将军，此人极擅带兵，与士兵同甘共苦，士兵都愿为他死战。晋国军队了解了司马穰苴带兵的情况后，匆匆从齐国的阿城、甄城退兵，燕国闻讯也很快撤了回去，齐军收复了全部失地。唐代大将薛仁贵，在唐高宗时领兵闪击在天山的九姓突

厥,当时九姓突厥有十余万之众。临战时,敌方派骁勇者数十人前来挑战,被薛仁贵连发三箭杀三人,余者皆降。薛复领兵挺进漠北,擒了敌方为首兄弟三人,凯旋而归,从此九姓突厥势衰,不再构成边患。当时唐军中唱道:"将军三箭定天山,战士长歌入汉关。"

俗话说,英雄难过美人关。这或许可以理解为,英雄是更具雄性气质的男人,因此对异性就具有更强烈的渴望,也就较易屈服于女性的似水柔情。

人们看到的一般都是鲜花和人群簇拥着的英雄。可是,多少人能够理解英雄内心深处的孤独,一种常常使身心俱疲的孤独呢?

崇　拜

　　有一种人，只会崇拜别人；有一种人，只会崇拜自己。只会崇拜别人的人，多是一些资质平凡而又不乏自知的人。只会崇拜自己的人，有两种情形：一是因为太卓绝，一是因为太狂妄。这个世界太卓绝的人不多，太狂妄的人不少。因此，只崇拜自己的人，多是一些稍有技艺，却又不知天高地厚的人。

　　如果我们把被崇拜者当作榜样，我们可能受益。如果我们把被崇拜者奉为圭臬，我们可能遭灾。

　　崇拜往往能唤起人类巨大的热情，但崇拜不应该是出于一种从众心理的盲目行为。

　　崇拜能非常清楚地证明两种东西，对于被崇拜者来说，能证明他有多大的存在价值；对于崇拜者来说，能证明他有什么样的鉴赏力。

　　崇拜一个根本不值得崇拜的人，这不是出于愚弄，就是出于天真。

　　崇拜，是人生的一种动力。

　　这个时代不是不需要崇拜，不需要的只是崇拜的盲目。既崇拜那些值得崇拜的人，诸如真正优秀的科学家、艺术家、教育家、文学家和政治家，又不因崇拜而轻视自己，这可以说是一种崇拜的美好和适度。

人们往往崇拜自己不熟悉的人和远离自己的人，因为这会有一种神秘感，而神秘感一旦消失，崇拜的情绪就可能淡化。

据说，耶稣在外游历了很长时间以后，返回家乡布道。起初，人们为他的学问和智慧所叹服，当大家仔细一瞧，发现眼前这个口若悬河的人，原来不过是本地一个木匠的儿子，诚服钦敬之心顿减，立即变得不太恭敬起来。

耶稣还是刚才的耶稣，乡邻却已不是刚才的乡邻了。

胆　识

在一个竞争日趋激烈的社会中，胆识变得愈来愈重要了。在胆识上无法胜过别人，便很难在事业上胜过别人。有胆无识是愚鲁，有识无胆是怯懦。

对于一般人来说，胆识常表现在精明强干和有先见之明上。对于领导者来说，善用人才可以说是一种更重要的胆识，如萧何追韩信，孙权用陆逊等事例。

胆识亦是财富。决策者的胆识往往胜过发明家的创造。一个有胆识的决策者，他可以使许多发明家人尽其才，有用武之地。

胆识是建立在充分尊重客观实际基础之上的，脱离客观实际的想法和行为，既谈不上胆识，也谈不上明智。靠诋毁别人是无法抬高自己的，靠自己的实力攀登得高，别人自然就比你低。"会当凌绝顶，一览众山小。"这是胆识，也是常识。

即便是有胆识者也并不一定就都能赢，倘若他碰到一个亦有胆识的竞争者。有胆识的人赢无胆识的人赢得痛快，有胆识的人赢有胆识的人赢得光彩。

前英格兰足球队教练格雷厄姆·泰勒，曾如此评价优秀的

足球运动员加里·莱茵克尔："有些球员会整场比赛都找机会报复，但莱茵克尔从来不会为个人怨忿而分心。他知道对付敌意的最佳办法就是进球。"进球——妙极了，这真可以说是一种男子汉的胆识。

宋朝潘阆有词云："弄潮儿向涛头立，手把红旗旗不湿。"有胆识者善弄潮。勇于变革，善于创新的人，可说是时代的"弄潮儿"。

一般来说，随大流总是更稳妥，更少风险，更不易遭人非议，但那还谈得上胆识吗？

有胆识的人必有独立的品格。他们追求真理而不是随波逐流，他们善审时度势而不是总一厢情愿，他们有声有色地生活着，也创造着有声有色的生活。

深　沉

　　一个人如果内心不浮躁，他外表自然就比较深沉，那些在外表上故作深沉的人，恰恰是些内心浮躁得不行的人。

　　我希望在深沉的人群中，我是轻松的；我希望在轻松的人群中，我是深沉的。

　　不要刻意去模仿深沉。
　　如果你是一塘清水，只要秀丽就行，因为你的秀丽是海洋的浩渺不能取代的。
　　浩渺有一种博大的美，秀丽有一种灵秀的美。
　　不要妄自尊大，不要妄自菲薄。

　　我不在乎别人评价我是否够深沉，我只希望我活得自然。
　　如果有人不觉得故作深沉很累的话，我倒是情愿让出我那不多的深沉。
　　同池塘相比，湖泊是深沉的，同湖泊相比，海洋是深沉的。
　　有一些人，连一洼池塘都谈不上，却非要整天一副大海般浩瀚的模样，这不是很滑稽吗？

没有深刻，也就没有深沉。有谁见过浅薄的真正意义上的深沉吗？

巴尔扎克是深沉的，贝多芬是深沉的，罗素也是深沉的，他们的深沉已熔铸于他们深刻的作品之中。

这个世界，真正深刻的人不多，可是深沉的人却不少，这究竟是怎么回事？

对于那些特别喜欢故作深沉的人，我想告诉他一句话：我这人胆小，请别这么吓唬我好吗？

肤浅的人，想深沉却无法深沉；深沉的人，想轻松也不能轻松。

他们都是痛苦的。

前者以苦为荣，后者以苦为乐。

我坐在屋内读书，听见了窗外的蝉鸣，蝉儿并不深沉，但它却是快乐的。

浅　　薄

　　从浅薄到深刻需要一个过程，这既是一个学习的过程，更是一个实践和思考的过程。这里不妨套用前苏联作家西蒙诺夫的一部长篇小说的名字：《军人不是天生的》。

　　如果你想证明自己不浅薄，最好的方法不是夸夸其谈或故作深刻，而是有所建树，因为不论在哪一个领域要有所建树，都需要知识或经验，需要真才实学。

　　《论语·八佾》中道："子入太庙，每事问。或曰：'孰谓鄹人之子知礼乎？入太庙，每事问。'子闻之，曰'是礼也'。"从上面的情形我们可以看出，不真正了解或懂得一个人，会得出这个人浅薄、不知礼的印象。当然，也可能会得出相反的印象。随便轻率地下结论，这本身也可说是浅薄的一种表现。

　　常议论别人浅薄的人，意在表明自己深刻，而一个深刻的人，是不会常去说别人浅薄的。由此，反证出常议论别人浅薄的人与深刻无缘，倒与浅薄结缘了。

　　就文学作品而言，浅显不是浅薄，浅薄往往并不浅显。

纵观中外文学历史，名小说、名诗歌、名散文，大都是浅显易懂，并不拒人于千里之外的。倒是一些貌似深奥和晦涩的东西从骨子里透出了浅薄和一副小家子气，它在当时引不起人的兴趣，在后世则更被人遗忘。

浅薄的人在行动上常表现为张狂，在理论上常表现为轻狂，在追名逐利上常表现为疯狂。

没有多少自己的见解和建树，却又睥睨一切，自以为是，这是浅薄的一种经常表现。

浅薄并不很可悲，如果知道自己浅薄的话。可悲的是本身浅薄，还以为自己特别深刻。

远　　见

　　什么是远见？

　　就是目光为常人所不及，就是睿智为常人所不及，就是冷静为常人所不及。

　　远见之所以重要，是因为没有远见必犯错误，棋道如此，战争如此，人生亦如此。

　　一个有远见的人，必是一个少走弯路的人，一个少走弯路的人，自然是一个能够较快成功的人。

　　看得远，才能走得远；想得远，才能做得远。

　　看得远，当然是因为站得高；站得高，当然是因为脚下有一座历史的山。

　　不懂历史的人，没有远见。

　　没有远见的人，常常会为了眼前利益去损害长远利益，为了局部利益去损害整体利益。

　　一个鼠目寸光的人，难成大器。

　　一个有远见的人，是不会轻易狂热和轻易沮丧的，因为他懂得一个基本的道理：世事无常。

传　　统

维护传统与反传统是事物的两个方面。当然，要维护的不是一切传统，要反对的也不是一切传统。

在对待传统问题上，所谓保守，就是顽固地维护已经落后于时代的传统，所谓过激，就是把仍有积极意义的传统也列入决裂和打倒之列。

摈弃旧的传统需要一个过程，企图一蹴而就是不现实的。例如某些旧传统窒息人性，但这只是对具有新思想和意识的人来说才是这样。对于没有意识到这一点的人来说是谈不上窒息不窒息的。而使人们都意识到这一点则需要时间——过程。

最出色的变革者，不会是对传统一无所知或知之甚少者，而是对传统有深刻了解者。

即便是致力于反传统的人们，在反传统的思维和方式中也仍难免有传统的影子。

法国人文主义思想家蒙田已经够有首创精神的了，但后人对他的评价是："并没有真正摆脱传统文化束缚。"改变传统既是一个漫长的过程也是一个渐进的过程，一下子摆脱传统是不大可能的。

传统是一条从远方流下来的河,我们饮用的是这条河里的水。我们的生存离不开这条河,为了健康生长的缘故,我们又要对河水做些诸如过滤、煮沸的工作。这可说是我们与传统的一种关系吧。

含　蓄

　　含蓄,是一种巧妙和艺术的表达。
　　在生活中,当我们很想表达一种内心的强烈愿望,却又觉得难以启齿的时候,那么不妨借助于"含蓄"。

　　含蓄是一种修养,一种情趣,一种韵味。缺乏修养、缺少情趣、没有味道的人,则难有含蓄。

　　含蓄,可以避免尴尬。
　　运用巧妙的含蓄,仿佛什么都没说,实际什么都说了。

　　裸露的岩石,坚实的土地,金色的沙滩,有一种直率的美,但这又多么不够。轻纱似的薄雾,如泣如诉的雨声,朦朦胧胧的黄昏,有一种含蓄的美,她给了我们许多美的记忆。

　　含蓄是一种魅力。
　　不论在时装设计上,在戏剧故事里,在随意交谈中,含蓄都是大有讲究的。
　　甚至可以说,没有含蓄,就没有艺术。
　　"不要让我把什么都说出来。"艺术家如是说。
　　"是的,如果你把什么都说出来,我立即就走。"鉴赏家

如是说。

"真急死人了,他们这说的是什么啊?"也有人这样说。

我很难忘丘吉尔说过的一句话:英国在许多战役中都是注定要被打败的,除了最后一仗。

这既表明了英国的力量,也表明了含蓄的力量。

在艺术中,音乐的语言差不多是最含蓄的了。即使是最明快的音乐语言,其实,还是含蓄的。

可真难为外交家们了,他们的口语常离不开含蓄,他们的书面语又不能含蓄。一旦谁总把这两点弄颠倒了,黄昏离他也就不远了。

但愿我们都是半个外交家。

报　　复

自强是最好的报复。

今天你向别人报复，难保明天别人不再向你报复。这样，何时是个头呢？逢大的伤害，最好让法律去管；逢小的伤害，最好用理智去管。

向个人报复，将会导致积怨更深；向社会报复，将会导致犯罪。凡报复者，自身很难有好的结果。从一定意义上说，报复是一种伤害或毁灭自己的行动。

私心愈重，心胸愈狭隘的人，报复心愈强。凡事出于公心或心胸开阔的人则不擅报复之道。明代金忠为兵部尚书，有个乡人来京师找事做，此人从前曾多次侮辱金忠，因此很担心金忠容不下他，不料金忠非但没有挟嫌报复，反而尽力举荐他。有人问金忠："这个人不是曾对你很不好吗？"金忠回答说："顾其才可用，奈何以私故掩人之长？"而英国哲学家培根则是这样论及报复的："报复的目的无非只是为了同冒犯你的人扯平。然而有度量宽容别人的冒犯，就使你比冒犯者的品质更好。这种大度容人是创业君王所必具的英雄气概。"如果说大度容人是一种英雄气概，那很强的报复欲则是一种小家子气了。

同恶行进行有理、有力、有节的斗争,这同报复是根本不同的两回事。前者是理性和聪慧的,后者是鲁莽和愚蠢的。

报复实际上是把眼光和精力留给了过去。一个总把眼光和精力留给过去的人,怎么可能不影响和损害自己的未来呢?

宽恕比报复让人难以做到。但从长远来看,宽恕确是棋高一着。

因为报复而受到惩处,因为受到惩处而感到后悔,这是太多的人走过的人生轨迹。这里用得着一句中国的老话:早知今日,何必当初。

从　　容

在危急关头,仍能保持从容、镇定的气度,这是干大事情的人所必需的品质。

一个具有远见卓识的人,能更好地设计和安排未来,也能较从容地面对这个变幻不定的世界。而只会随波逐流的人,常会陷入欲进不是、欲退不能的窘境。从一定意义上说,从容需要远见。

在遇到危险的时候,仍能保持沉着;在受到羞辱的时候,仍能保持冷静;在受到误解的时候,仍能保持镇定,这种从容来自胆识、经历和胸怀。

元代戏剧家关汉卿《单刀会》中的几句词,非常精彩地描写了关羽从容赴会的情景:"大江东去浪千叠,引着这数十人驾着这小舟一叶。又不必九重龙凤阙,可正是千丈虎狼穴。大丈夫心烈,我觑这单刀会似赛村社。"自古以来,唯有"大丈夫心烈",才有这种一往无前的从容气概。

亲　情

家人的感情是否融洽，影响着家庭成员，特别是孩子的性格。我们知道，性格经常又是决定一个人命运的。

一千位母亲，便会有一千种爱；一千种爱，却都是一种情怀。

在小事情上，亲情面前无是非；在大事情上，亲情面前无原则。这是我们经常见到的一种情形，这种情形表明：人们一方面很看重亲情，一方面又不大能够明智地对待亲情。

一位母亲，她无法确切预知，她能否得到回报，能够得到多少回报。她能确切知道的是：从她成为母亲那一天起，便将终生付出。

亲情能够鼓励人也能够戕害人。唐时李侃任项城令时，适逢叛将李希烈在河南一带攻城掠地，周围县城多有陷落。李侃自觉城小，想弃城而逃，后来是在其妻杨氏鼓励下，率军民死守城池，最后将城池保存下来的。而宋代三朝元老杨士奇，娇惯其子，其子则仗着其父权势横行霸道，害人不少。事情捅到上面，朝廷看在杨士奇的面子上，不忍将其子杨稷治罪。一俟

杨士奇病死，有司很快按律将杨稷杀了。杨士奇本心爱子，实则害子。其实，此类事又岂止是古代独有？

亲情并不是什么时候都靠得住，当人把金钱和权势看得很重时亲情便显得脆弱了。在法国作家巴尔扎克的《高老头》中，我们可以感觉到在金钱面前，亲情显得多么微不足道。而在《红楼梦》里，贾探春不承认自己的生母赵姨娘，则与赵姨娘只是贾政的小老婆这个地位有关。

美好的亲情能够使人感受生活的温馨和生命的美好。小时候，能够得到父母的爱；长大了，能够得到恋人的爱；老年时，能够得到子女的爱，即便在外面经受了些风雨挫折，这一生也够得上幸运了。

如果没有过这样温馨的亲情，即便事业上的成就再辉煌，人生也是有重大缺憾的。

美与距离

没有距离,便没有美。

一弯新月,一簇鲜花,一幅绘画,我们之所以觉得它们很美,都是因为中间隔着距离。

当我们站在月球上,我们会觉得神奇而不是美;当我们贴近鲜花旁,我们会觉得馥郁而不是美;当我们靠一幅绘画太近了,我们甚至只能有一种混沌的感觉而不是美。反之,如若距离太远了,我们得到的只是一片模糊,也不是美。

美,依赖距离来塑造。

"一日不见,如隔三秋",距离培育着美的思念;

"君子之交淡如水",距离造就清纯的友谊。

哥儿们义气到了你我不分的程度是美吗?不是,是实惠。

实惠与美无缘。

心理学家认为,恋人或夫妻之间,经常的小别,不但不会影响感情,而且会使感情升华。

小别,就是距离。

由此,凡欲建立美好的人际关系的人,不能不注意人与人之间的距离:太近了,容易彼此厌倦;太远了,容易彼此疏忘,关键在于距离的恰当。

从这个意义上讲,美的艺术,也就是把握距离的艺术。

美与爱情

在人的生命中,最宝贵的莫过于自由,最璀璨的莫过于事业,最美丽的莫过于爱情。

爱情使男人变得坚强,使女人变得温柔,使生命变得光彩照人。

爱情的无言,仿佛是湖水的涟漪,无声,却漾着情感的波纹;爱情的低语,仿佛是绵绵的雨丝,在沙沙声里,滋润着心灵的土地。

感伤不是一种美好的情感,因为它太容易使人陷入迷惘或消沉。但大凡在爱情上常常感伤的女子,不是有一张太美丽的脸,就是有一颗太美丽的心。

于是,感伤在我们眼里似乎也有了一种忧郁的美。

澳斯丁说:"没有爱情,可千万不要结婚。"她这一句话,仿佛是喊出来的,她或许觉得,与其种一棵缺枝少叶、病病歪歪、让人看了心酸的树,不如干脆不种。

爱情有一种无声的力量,它可以使疲沓变得利索,吝啬变得慷慨,萎顿变得昂扬。

即便是一首最伟大的爱情诗，给予人的心灵的震动也抵不上发生一次最平凡的爱情。爱情甚至可以再造一个人的灵魂。如果人类都以爱情的方式生活，那么这个世界无疑会变得更可爱，更美好。

内容贫乏的爱情，会使平庸者更加平庸；内容充盈的爱情，会使卓越者更加卓越。

爱情有层次吗？有的。

我们从生活中失去多少，爱情就给我们弥补多少，可以说，这就是高层次的爱情；我们从生活中得到多少，爱情就使我们失去多少，可以说，这就是一种低层次的爱情。

爱情的美丽，总是让我们不由想笑，可是最美丽的爱情，常常使我们不由想流下一掬清泪……

音乐与人

当一个人沉浸在音乐之中,他可以获得这样一种东西:单纯之中的丰富和丰富之中的单纯。

音乐是一个太高明的指挥,它用丰富的旋律而不是枯燥的口令来调动人的情绪,支配人的行动:军队可以步调一致,演员可以配合默契,观众可以如醉如痴。

音乐与诗歌有一种天然的联系。吕克特、米勒等小诗人便是因奥地利作曲家舒伯特而声名永垂的。

为不高明的歌星发狂而不是为音乐发狂,这很容易使人想起那个"买椟还珠"的故事。

音乐对人的感染力的强弱和两种东西关系极大:一是年纪,二是文化程度。

终身未娶的德国作曲家勃拉姆斯却写出了极富爱心并且脍炙人口的《摇篮曲》:"安睡吧,小宝贝,你甜蜜地睡吧,你睡在那绣着玫瑰花的被里,愿上帝保佑你,一直睡到天明……"我想,这支曲子除了是对他从前的恋人阿加特第二个

孩子的出生表示了一份祝贺外,潜意识中,恐怕还另有一份深深的寄托吧。

创作流行音乐或高雅音乐都需要才气。写流行音乐的人很多,能让自己的音乐流行的却极少;写高雅音乐的人很多,但真正能让人为他的音乐陶醉其中的亦很少。

理解音乐的人沉思或者陶醉,感觉音乐的人疯狂或者亢奋。

理解音乐需要阅历或文化,感觉音乐需要热情或缘分。

完　美

　　世界上没有绝对完美的人，也没有绝对完美的艺术品。因此，善于发现和欣赏别人的优点，便是一种聪明，它对提高自己有利。

　　过于追求完美，常常会束缚自己，结果还不如一般人生活得美好。

　　我们渴望生活完美，实际上生活并不能尽善尽美。不但普通老百姓是这样，即便贵为君王，他们的生活也不会是完美无缺的。把梦幻带到现实生活中的人，经常会感到失望和沮丧。

　　过于完美的人或事物，常常都是人们想象的，实际上并不如此，甚至完全相反。法国喜剧大师莫里哀的讽刺喜剧《伪君子》中的富商奥尔恭，受了愚弄，把伪君子答尔丢夫当成完善的"道德君子"来供奉。其实，正是这个答尔丢夫在盘算着怎样夺取奥尔恭的财产、霸占他的妻子呢。

　　不要说人做不到尽善尽美，就是上帝也做不到。如果全能的上帝是尽善尽美的，世界上怎么会有这么多不公平的事？

　　我们的古人都懂得"水至清则无鱼,人至察则无徒"的道理。可是,今天生活中有些人却总是对别人求全责备,或攻其一点,不及其余。这不是显得太没风度和太不明事理了吗?

　　所谓尽善尽美,就是不能再改进和发展了。世界上有什么东西是真的已好到了尽头,无法再改进和发展了呢?

　　追求完美,实际上就是追求好一点,再好一点,仅此而已。完美是永远也追求不到的。因此,人才需要永远地追求。

宽　松

宽松的环境，是一个有利于大家干事情的环境。搬弄是非，嫉贤妒能，指桑骂槐，摔盆打碗，人为地制造紧张气氛和局面，对别人无益，对自己也没有什么好处，更糟糕的是对空气起了一种毒化作用。

疏松的土质能使植物更茁壮地成长，宽松的环境能使心灵更好地生长。造就一个宽松和谐的环境，有利于造就更多颗健康明朗的心灵。

那种小肚鸡肠，见不得别人比自己强，时不时想给别人制造一些麻烦和障碍的人是应该受到鄙视的，如果大家都鄙视这种行为，这种人的市场和作用就会小得多。

造就一个宽松的环境不仅是明智的表现，也是有力量的表现。唐代计有21位皇帝，被史家特别称道的却是"唐羡三宗"，即唐太宗李世民，唐玄宗李隆基，唐宪宗李纯。这三位主政之时，政治大抵开明，朝上气氛亦较宽松，国家也富强，到了宪宗之后，宦官专权，国势便逐渐衰落。

造就一个宽松的环境，有赖于人与人之间彼此的谦让和大

度,就每个人来说,其实并没损失什么,却换来一个和谐的环境,真是何乐而不为呢?

有了一个宽松的环境,人生便多了几处风景,多了几分唐代诗人王维《终南别业》诗中说的"行到水穷处,坐看云起时"那样的意境和恬适。

人际关系的紧张,会使人感到压抑和窒息,宽松的环境才能使人心情舒畅地工作。有时候,人际关系的紧张只是由个别人造成的,就像俗话说的"一个耗子坏了一锅汤",但愿我们都别去做这样的"耗子"。

如果我们需要一个宽松的环境,那就让人与人之间多一点爱少一点恨,多一点宽松少一点刻薄,多一点祝愿少一点诅咒……

健　　康

越是损害健康的东西，往往越具有诱惑力。为了不至困于诱惑，重要的是：拒绝第一次诱惑。

为金钱损害健康是英雄所不为，为享受损害健康是志士所不为，为纵情损害健康是智者所不为。

汉景帝刘启常常耽于享受、安乐，当时任武骑常侍的司马相如劝谏他说："明者远见于未萌而智者避危于无形。"司马相如的这句话，用之于人的健康也是极为恰当的。

健康是最重要的又是最不重要的。在失去健康的时候健康就是最重要的，在拥有健康的时候健康就是最不重要的，生活中太多人就是这样对待健康的，后来又不约而同吃了一种叫"后悔"的药。

英国杰出的诗人和政论家弥尔顿因劳累过度而失明，后人称赞他是盲人中的明眼人。对于社会来说他是伟大的，对于自己来说他是苛刻的。从弥尔顿和类似他的人的遭遇上我感觉：劳逸结合是件难为也要为的事。

这也是一种人之常情：爱人希望你有才，亲友希望你发达，父母希望你健康。父母的要求最低也最高。

保持心境的平和与宁静，于健康益莫大焉，在生活中能够"不管风吹浪打，胜似闲庭信步"，抵得过许多养生之道和祖传秘方。

这话听起来有点俗：有什么也别有病，没什么也别没钱。但这话却在相当程度上真实地诠释着生活。

漫漫人生路，若总能与健康结伴同行，这本身便是一种很大的幸运。

宽　容

在生活中，一个人不能够不懂得宽容，也不能一味地宽容。一个不懂宽容的人，将失去别人的尊重；一个一味地宽容的人，将失去自己的尊严。

宽容与刻薄相比，我选择宽容。因为宽容失去的只是过去，刻薄失去的却是将来。

对待别人的宽容，我们应该知道自惭；我们宽容地对待别人，应该知道自律。

宽容是长者式的，刻薄是小人式的。让一颗宽容的心变得刻薄不容易，让一颗刻薄的心变得宽容更难。

宽容者让别人愉悦，自己也快乐；刻薄者让别人痛苦，自己也难受。

宽容产生宽容，刻薄产生刻薄，人与人之间的一般情形，大抵如此。由此，宽容不但表现为一种胸怀，也表现为一种睿智；刻薄不但表现为一种狭隘，也表现为一种短视。

宽容者可敬，刻薄者可畏，但这都不失为一种性格。

人生有一种悲哀——无性格。

我想,对于朋友,除了背叛,没有什么过失是不可以宽容的。

有一种人说:我可以宽容所有的人,唯独不宽容你。
另有一种人说:我只宽容你,其余所有人都不宽容。
实际上真的发生了什么,前者并不能宽容"所有的人",后者连"你"也不宽容。

如果别人已不宽容,就不要去使劲儿乞求宽容,乞求得来的宽容,从来不是真正的宽容。
如果你想宽容别人,就不要等到别人来乞求,记住一句老话:"给"永远比"要"更令人愉快。

热　情

　　伟大的业绩总是产生于满怀热情的追求和坚持不懈的努力。用对世界的冷漠来表示自己的脱俗或深刻，其实所证明的恰是自身的脆弱和肤浅。

　　遇顺境便狂热和冒失，逢逆境便消沉和颓丧，这是不成熟的一种表现。之所以会出现逆境，很多时候恰是由狂热和冒失造成的。

　　热情和冲动不同。热情并不妨碍理智的思考，冲动则是丧失理智的意气用事。法国数学家伽罗瓦极富天才，他的研究成果被称为"20 世纪数学的巨流"。当他被人唤作懦夫时，便勃然大怒，与人家决斗，被打死时年仅 21 岁。
　　平时多想想冲动的危害，有助于遇事的时候理智些。

　　在局外人看来，盲目的热情是可笑的；在当事者看来，自己那热情并不盲目。其实两者都没错，差异是由年龄和经历造成的。

　　凡事只能保持三天的热情，这样的人不论在哪个领域都难有建树。改变这种状况的一个方法是：努力把凭热情去做的事变成凭习惯去做。

一个自己对生活充满热情，而且，能够唤起别人生活热情的人，是特别值得敬重的，英国护理学的先驱南丁格尔，就是这样一个人。

李白《行路难》诗句："长风破浪会有时，直挂云帆济沧海。"那充溢的热情和气势令人感动。这样的诗句写在"大道如青天，我独不得出"的情形下，尤为可贵。

参　与

　　参与,是对自己和生活的一种挑战,一个人只有不断地对自己和生活提出挑战,他才能够发展。一个人一旦停止了新的挑战,他的发展也就基本到头了。

　　参与是不能太计较成败和形象的,一个人若太计较成败和形象,他还有多少勇气参与呢?

　　参与的成功是人生的一种纪念,失败也是一种纪念,积极地参与各种有意义的活动,构筑了丰富的人生。不仅如此,参与后失败了的遗憾,可以用以后的成功来弥补,而稍纵即逝的机会若失去了,又靠什么来弥补呢?

　　参与所以重要,是因为只有参与才能增长才干,才能开阔眼界,才能丰富生活。

　　参与,有时能够创造出自己也意想不到的奇迹。文艺复兴时期意大利著名的雕刻家米开朗基罗,因出众的才华而遭到了一些人的忌恨,这些人怂恿教皇尤利乌斯命令对绘画还没有深厚功力的米开朗基罗去画西斯廷教堂天顶的壁画,以使他难堪。米开朗基罗虽曾拒绝,但终为专横的教皇所迫拿起了画笔,于1508年5月10日参与、投入了创作。后来他赶走了所

有助手,用了四年半的时间,创作出了举世公认的艺术珍品——西斯廷壁画《创世纪》。

不要指望凡参与都能获胜,获胜者常常只有一个,幸运儿不是人人都可以当的。

从一定意义上说,参与意识就是一种当代意识,一种自己起来掌握自己命运的意识。

重要的在于参与而不在于获胜,这是一个全人类都适用的口号,这个口号的重要意义在于它鼓励人们以积极的态度投入生活。

高　　雅

　　高雅与高贵不同。以为高贵的便是高雅的，这实在是一种误解。其实，高贵的未必都高雅，高雅的也未必都高贵。
　　薛蟠高贵却不高雅，罗丹高雅却不高贵。

　　凡是高雅的，也是容易被亵渎的，这就如同凡是圣洁的，也是容易被玷污的一样。

　　如果不能高雅，自然就成；如果不能深邃，朴素就成；如果不能成功，尽力就成。

　　高雅的艺术并非完全不能与通俗的艺术抗衡。问题在于：当一些人自诩高雅的时候，又远不是毕加索或茨威格。

　　谁也不能一下子使自己变得高雅，这需要慢慢来。急于把自己装扮得很高雅，不但成不了高雅，连能否恢复到原来的自然和普通都成问题。

　　友人告诉我这样一个故事：一个普通的女人应聘教师职务，校长问她为什么当老师，她回答说："小时候我曾有过一个梦想，那就是我要成为一个伟人。后来这个梦想没有实现。

于是我又有了一个新的梦想，那就是我要成为伟人的妻子，然而这个梦想也破灭了。现在，我产生了第三个梦想，那就是我要做伟人的老师。"她当即被录取了。

这个女人的回答，真是一种平凡的回答，而这样的平凡又真是一种艺术，而这样的艺术又确是一种高雅。

平凡与高雅，谁能时时说得清？

高雅，可以成为一种托词。

当一件艺术品因没有人青睐而令主人感到难堪的时候，他就可以解释说这是因为高雅。作这样解释的人，数也数不清。只是天晓得，世界上哪来那么多高雅的艺术品和伟大的艺术家。

高雅不是一种包装，而是一种内涵。经常出入于音乐包厢或高级社交场所，并不能使一个暴发户高雅。

有人一夜就能成为暴发户，而要学会高雅，几十年都未必能够。

喜 欢

爱是自私的，喜欢是宽容的。

喜欢很容易进而变为爱，爱却很难退而变为喜欢。

喜欢是低层次的欣赏，欣赏是高层次的喜欢。

我敢说，我很喜欢理查德·克莱德曼钢琴下流淌出的每一支曲子；我却不大敢说，我很欣赏理查德·克莱德曼弹奏的每一首乐曲。

我喜欢你，不是因为你也喜欢我；我爱你，是因为你也爱我。

春天的时候，人们爱说：我喜欢秋天；

秋天的时候，人们爱说：我喜欢春天。

没有什么，便更喜欢什么。

孩子喜欢长大，老人渴望年轻。

喜欢热闹的人，常常是因为灵魂寂寞；喜欢孤独的人，往往是因为思想充盈。

喜欢文学而终学理或喜欢理而终学文学，这是命运最初的误会，却不是最终的误会。

严谨中多些想象或想象中多些严谨，这样的人，往往更能

成大器。

忧伤的时候，便喜欢小雨的冰凉和清新；失意的时候，便向往大海的浩瀚；孤独的时候，便凝神望月；落寞的时候，便不由自主踏上一条荒芜的小径……

人们可以不喜欢命运，却不能不喜欢自然。

喜欢愈多，得到愈少；喜欢愈少，得到愈多。

可是有些人，只是一个劲地喜欢，却不在乎得到得不到，仔细想想，这真是很奇怪。

如果你不再喜欢我，那不一定是我的错；如果你不再喜欢我，那却一定是命运的折磨；如果你不再喜欢我，我什么也不会说；如果你不再喜欢我，我会很痛苦，却不会祈求你不要离开我。

我憎恶黑夜，却喜欢星空。

风　气

奢靡成风，俭朴就会受到嘲笑；浮夸成风，务实就会受到嘲笑；利己成风，为人就会受到嘲笑。如此等等，不正常成为正常，正常就会成为不正常。美化生活，首先是匡正风气，其余还在其次。

风气不好，虽有锦衣美食，内心也会常觉惴惴不安；风气若好，虽粗茶淡饭，亦能活得坦然自若。

富足，只能让人过得舒适，却不一定能让人过得舒畅。有了一个良好的社会风气，人们才能心情舒畅地工作和生活。

建立良好的社会风气，首先在于认真实行法制。西汉刘向《战国策·秦策一》论及商鞅变法的成效时说："道不拾遗，民不妄取，兵革大强，诸侯畏惧。"

商鞅变法期间，曾有秦孝公太子犯法，为了维护法律的尊严，决定惩处太子，由于太子为国君后嗣，不能施刑，于是杀了太子傅公子虞和公孙贾。如此执法，谁不畏惧？

建立良好的社会风气，还在于大力的倡导，这种倡导不是一时的心血来潮，而是坚持不懈的长久努力。

建立良好的风气，还有赖于教育的普及和人们文化程度的提高，只有这样，人们才能更清楚地知法，也才能更好地守法。知法、守法的人多了，违法、犯法的人少了，社会风气就会大大改观。

风气不好，人与人之间的关系便会淡漠、紧张。人们也会常常发出如唐代诗人刘禹锡所写的"长恨人心不如水，等闲平地起波澜"的感叹。良好的风气，是人们深深期盼的。

荣 誉

人性中有一个弱点：既想得到荣誉，又想不费力气。

得到荣誉时便狂妄自大，得不到荣誉时便诋毁别人，这往往是同一种人所为。

有许多人把道德视为可有可无的小菜，却把荣誉当作不可或缺的正餐。

所以如此，正是因为道德只能是心灵上的天平，荣誉却可以是市场上的秤杆。道德秤不出实惠，荣誉却能提起好处。

真正著名的人，前面是无须加上"著名"二字的，加上前面两个字，显见得还不够著名。我似乎极少见到有"著名"的拿破仑，"著名"的贝多芬，"著名"的托尔斯泰之说，因为这两个字对于真正著名的他们来说，是一种累赘。

哈姆莱特说："尽管你像冰一样坚贞，像雪一样纯洁，你还是逃不过谗言的诽谤。"

因此，荣誉不在别人的嘴上，而在自己的心里。

即便是对物质生活恬淡的人，往往也难抵御荣誉的诱惑。有荣誉感不是什么坏事，关键是：君子爱名，取之有道。不择手段地沽名钓誉，是小人所为。

用最龌龊的手段，获得最堂皇的名声，这样的人不但可耻，而且可怕。

有的荣誉来自实绩，有的荣誉来自机遇。凭实绩获得荣誉的人，多是谦谦君子；靠机遇攫取名声的人，不乏狂妄之徒。

荣誉喜人也累人，那是一种什么感觉——快乐的苦恼？

对于受之无愧的荣誉，我并不谦让；对于取之有愧的声名，我诚恐诚惶。

价　值

　　不论什么东西，只要太多了，价值自然就会降低。有一些本不十分出色的东西，因为稀少，也就有了昂贵的价值。

　　一个人的价值，只有在了解和懂得他的人心里，才有恰如其分的重量。三国时，庞统在刘备心目中，连当个县令都不够格，但在诸葛亮和鲁肃心中，此人却是天才。也正是在诸葛亮和鲁肃的举荐下，庞统才得到了重用，使他能够一展平生的才学。

　　对于艺术创作来说，往往是太少了形不成气候，太滥了便会自贬身价。掌握高的质量和适宜的数量，这本身也是一种艺术。

　　时间，会使有价值的东西愈显示其价值，使没有多少价值的东西愈发没了价值。

　　收藏是一件很有意思的事。收藏的乐趣不仅在于收藏到那些大家都认为有意义的东西，更在于收藏到那些当时看不出有多大价值，到后来愈来愈显得珍贵的东西。这些东西，赞美着收藏家的智慧和眼光。

价值需要挖掘和发现。1911年，荷兰莱顿大学物理学教授卡末林·昂内斯用水银作为实验材料，进行导电性能随温度变化的研究，实验的结果使他们有了惊人的发现：当温度低到4.2K（-269℃左右）时，水银的电阻忽然消失了，这是人类首次发现的超导现象。以后又陆续发现了许多金属、合金、化合物，甚至有机化合物在一定的温度下都会突然进入一种特殊状态，它的电阻为零。可以想见的是，许多事物的价值都有待人类进一步的发现、认识和掌握，其中也包括人类自身。

有一点缺憾的创新，要比无缺点的模仿更有价值。创新，不但说明这是自己的东西，而且说明这是独特和发展了的东西。而模仿只是一种重复。

变 革

穷则思变。在一个贫穷的国家里,让普通的人们赞同变革往往并不是件很困难的事,甚至是很得人心的事。一无所有,使人一无所惧,虽有不多,人们顾忌的心理也不会太强。变革的阻力主要来自既得利益和因循守旧者。成功的变革会使大多数人过得更好,也可能使这部分人过得不如从前好,至少不如从前悠闲和滋润。

愈是历史悠久的国家愈需要变革,因为陈旧的东西太多,愈是历史悠久的国家愈是难以变革,因为习惯的力量太强。不变革,国家会因为缺乏新鲜的活力而变得衰弱,而太剧烈的变革又易同强大的习惯力量发生强烈对抗而使变革的前景变得扑朔迷离甚至夭折。这是一门极难把握的艺术,它需要大的艺术家。

有强有力的人物支持变革,这是变革成功的极有利条件,这样,变革没有大的失误局面会健康发展,纵有一些失误局面也不至失控。变革一旦发生控制不了局面的情形,将会危及社会。因此,有强有力的权威支持变革,步子可以大一些,但变革首先是稳而不是快,"稳"是变革得以继续和深入的前提。不论怎样说,顺应历史潮流的变革是一种必然。关于这一点,

培根说过一句很精辟的话:"若不能因时变事,而顽固恪守旧俗,这本身就是致乱之源。"

就绝大多数老百姓来说,他们支持变革是希望从变革中得到实惠。如果变革长期不能给他们带来实惠反而是损失,那么变革的支持者后来就可能成为观望者甚至是反对者。这也就是说,变革不是不能犯错误,而是不能接连不断犯错误特别是大的错误。从老百姓对待变革的态度上,便能在很大程度上看出变革的成败。

历史上著名的亚历山大大帝临终之际,属下问他谁可以成为他的继承者时,他说了一句很简短又很耐人寻味的话:"最强者。"变革时代,会是一个英杰辈出的时代。能在这个时代在各个领域崭露锋芒、大有作为的势必也将会是一批"最强者"。

教 育

自然给予我们空气和土壤,教育则是绿化,是为了使这片土壤蔚然成林。

教育的伟大不仅在于培养了人才,而且还在于防范了犯罪。

一般说来,学校的大门开得愈大,监狱的大门便变得愈小,如果不是这样,则必是教育的失误。

溺爱也是一种教育,一种培训蠢才和犯罪的教育。

中国宋代有个"程门立雪"的故事。它告诉了我们什么是渴求受到教育的至诚,什么又是唤起这种至诚的"至深"。

"说教"是一种不高明的教育,在受教育者心中排斥的感觉会远远大于接受。

这样,教育者不但达不到教育的目的,而且还会损害自身形象。

教育,从来不是件一厢情愿的事。

教育者在传播,受教育者在思考,教育者只有手握真理才能够所向披靡。否则,他常会感觉举步维艰。

教育是一种伟大的开发。

什么是教育者的成功？一个教育者，他教过的学生超过他的愈多，愈表明他的成功。

高明的教师启迪学生思考，平庸的教师限制学生思考。

只要能够激发起学生思考和竞争的意识，教师就能够省很多事，做到事半而功倍。

环境，也是一种潜移默化的教育。孟母三迁，孟母是非常明晓环境的重要教化作用的。

环境不是一种孤立的现象。如此，教育便不仅是一个人的事，而且是大家的事；不仅是学校的事，而且是社会的事了。

经　　典

　　有那么多地方可以游览，当然最好能去名胜；有那么多教师可以授教，当然最好能投名师；有那么多图书可以阅读，当然最好能读经典。

　　读经典如听名师教诲，听名师教诲如沐春风。

　　读经典不是说一般的书不要读，而是说要特别注意培养阅读经典作品的兴趣和习惯。

　　读书是一种潜移默化的熏陶，读经典是一种更高层次的潜移默化的熏陶。长期注意阅读经典，可以产生一种近似于生物学中"拟态"的作用。所不同的是，生物学中的拟态，是表现在动物的外表和色泽上；长期阅读经典后的拟态，是表现在人的思想和感情上。读经典的重要意义之一，也在这里。

　　吹捧和起哄可以推销伪劣产品，却无法造就经典；经典首先要经得起人心的筛选，其次要经得起时间的筛选。

　　"落尽梨花春又了。满地残阳，翠色和烟老。"不少人希望自己的业绩和作品能如经典一样流传，遗憾的是，有梅圣俞这般心境者多，有梅圣俞这般才情者寡。

人生在世,有的人可以成为经典,有的人可以成为著作。有的人可以成为手稿,有的人只是纸篓里的废纸罢了。

一个时代的文学是否繁荣,不但要看它出了多少作家、作品,还要看它是否出了经典作品,出了多少经典作品。

《伊索寓言》中有一则故事:一只狗衔着一块肉路过一座桥,它看见水里另一只狗衔着一块比自己更大的肉,于是,它扔掉自己的那一块去夺水里那一块。其实水里那条狗只是自己的影子,结果它把两块肉都丢了。这个故事不只对生活是一种警示,对阅读经典也是一种提醒。

运　筹

　　人生不但应该是有理想和志向的，而且也是需要和可以运筹的。善于打仗的将军，可以运筹帷幄，决胜千里；善于把握人生的人，则可以运筹现在，决胜未来。运筹人生，就是使人生之路走得更科学，尽量减少盲目性。或者说，是在人生这盘棋上多走几步"妙着儿"，少走几步"臭棋"。

　　一个人下棋至少要看三步，一个人对于未来要走的路至少要思三年。知道三年后自己准备干什么，也就更知道自己眼下该怎么干。特别是在一个竞争激烈的环境中，这一点就更为重要。走一步看一步的人，怎么可能赢走一步看两步的人呢？走一步看两步的人，当然会输给走一步看三步的人。

　　善运筹者，经常不以常人所识度事。东汉初年，叛将高峻据守高平，汉军攻而"一岁不拔"。光武帝亲自征讨亦无济于事，于是便派寇恂去召降。高峻派军师皇甫文出谒，其人辞礼不屈，寇恂大怒，便要杀他。诸将劝道：今天我们欲让高峻投降反而杀了他的来使，恐怕不可以吧。寇恂不听，斩了皇甫文，然后，遣其副使归告峻曰："军师无礼，已戮之矣。欲降，急降；不欲，固守。"高峻惶恐，即日便投降了。诸将皆贺，不解地问道，你杀了高峻的来使却能使他投降，这是什么缘故呢？寇恂说，高峻的主意都是皇甫文出的。此次皇甫文

来,我看他无归降的意思。不杀他,高峻仍会听他的主张不投降;杀了他,高峻就会害怕,所以投降了。诸将都十分佩服寇恂的胆略。此事记载在《后汉书·寇恂传》上。

即便是再好用的脑袋,也有不够使的时候。善运筹者,既要善于独立思考,也要善于集思广益。把最好的、最科学的想法付诸于实践,便会无往而不利。

在今天,一些文化程度高的人,不要小觑了一些文化程度不及自己的企业家。这些人中有的虽无张良、萧何、韩信之才,却有刘邦之才。书生气地作一简单对比,以为自己一旦介入某一领域便可大显身手,那些人认为"都不在话下"的想法是天真和不切实际的。

再善于运筹的人,也可能会有失误的时候。何况"既生瑜,何生亮",强中更有强中手。不断增强自己的运筹能力,又能经得起失败和挫折,这样的人,便有可能赢得一个成功的人生。

雨的随想

有时,外面下着雨心却晴着;又有时,外面晴着心却下着雨。世界上许多东西在对比中让你品味。心晴的时候,雨也是晴;心雨的时候,晴也是雨。

不过,无论什么样的故事,一逢上下雨便难忘。雨有一种神奇:它能弥漫成一种情调,浸润成一种氛围,镌刻成一种忆记。当然,有时也能瓢泼成一种灾难。

春天的风沙,夏天的溽闷,秋天的干燥,都使人们祈盼着下雨。一场雨还能使空气清新许多,街道明亮许多,"春雨贵如油",对雨的渴盼不独农人有。

有雨的时候既没有太阳也没有月亮,人们却多不以为意。或许因为有雨的季节气候不冷,让太阳一边凉快会儿也好。有雨的夜晚则另有一番月夜所没有的韵味,有时不由让人想起李商隐"何当共剪西窗烛,却话巴山夜雨时"的名句。

在小雨中漫步,更有一番难得的惬意。听着雨水轻轻叩击大叶杨或梧桐树那阔大的叶片时沙沙的声响,那种滋润到底的美妙,即便是理查德·克莱德曼钢琴下流淌出的《秋日私语》般雅致的旋律也难以比拟。大自然鬼斧神工般的造化,真是无与伦比。

一对恋人走在小巷里,那情景再寻常不过。但下雨天手中魔术般多了一把淡蓝色的小伞,身上多了件米黄色的风衣,那

效果便又截然不同了——一眼望去,雨中的年轻是一幅耐读的图画。

在北方,一年365天中,有雨的日子并不很多。于是若逢上一天,有雨如诗或者有诗如雨,便觉得奇好。

海边的遐思

一排排涌浪涤荡着心头的尘埃，灵感被浪涛击伤，裸露着一片苍白。时间满面晦暗，没有了往日的神气今日的风采，我的眼睛，久久驻扎在流逝的过去与遥远的未来。

翩飞的海鸥无忧无虑拍打船舷撞击胸口，如果飞翔便是价值便是愉悦，又何必向看着你的人解释表白？人类总觉得光阴苦短道路漫长，世世代代不知有多少英雄豪杰仰首问苍穹：生命为什么不能飞起来？

恋人们留恋沙滩仿佛当年战士钟情炮台，一枚枚在这里枯萎的贝壳，却烂漫在千里之外。瞧：人类有多贪心，来一趟海边却想捎走一个大海，可谁不是期望自己的视野里，总是满目葱茏一脉青黛？

妇女们平静地用银梭编织着海里惊心动魄的故事，搁浅岸边的斑驳古船，只能靠回忆享受出征的辉煌大海的澎湃。呜咽的螺号是波涛上最动人的音乐，蔚蓝的情愫穿过世纪之门响彻千秋万代。

身后的城市，仿佛是一座幕起又幕落的舞台，最出色的演员不在舞台上而在生活中，不知这是不是人生的幸事和艺术的悲哀。

看海与出海真是两种生活两种境界，一种是把眼睛给了海，一种是把生命给了海。

如果心胸不似海又怎样干海一样的事业,如果心胸真似海任何事业岂不又失去了光彩……

我喜欢出发

我喜欢出发。

凡是到达了的地方,都属于昨天。哪怕那山再青,那水再秀,那风再温柔。太深的流连便成了一种羁绊,绊住的不仅有双脚,还有未来。

怎么能不喜欢出发呢?没见过大山的巍峨,真是遗憾;见了大山的巍峨没见过大海的浩瀚,仍然遗憾;见了大海的浩瀚没见过大漠的广袤,依旧遗憾;见了大漠的广袤没见过森林的神秘,还是遗憾。世界上有不绝的风景,我有不老的心情。

我自然知道,大山有坎坷,大海有浪涛,大漠有风沙,森林有猛兽。即便这样,我依然喜欢。

打破生活的平静便是另一番景致,一种属于年轻的景致。真庆幸,我还没有老。即便真老了又怎么样,不是有句话叫老当益壮吗?

于是,我还想从大山那里学习深刻,我还想从大海那里学习勇敢,我还想从大漠那里学习沉着,我还想从森林那里学习机敏。我想学着品味一种缤纷的人生。

人能走多远?这话不是要问两脚而是要问志向;人能攀多高?这事不是要问双手而是要问意志。于是,我想用青春的热血给自己树起一个高远的目标——不仅是为了争取一种光荣,更是为了追求一种境界。目标实现了,便是光荣;目标实现不

了，人生也会因这一路风雨跋涉变得丰富而充实。在我看来，这就是不虚此生。

是的，我喜欢出发，愿你也喜欢。

平凡的魅力

我不会蔑视平凡,因为我是平凡中的一员。我的心上印着普通人的愿望,眼睛里印着普通人的悲欢,我所探求的也是人们都在探求着的答案。

是的,我平凡,但却无需以你的深沉俯视我,即便我仰视什么,要看的也不是你尊贵的容颜,而是山的雄奇天的高远;是的,我平凡,但却无需以你的深刻轻视我,即便我聆听什么,要听的也不是你空洞的大话,而是林涛的喧响海洋的呼喊;是的,我平凡,但却无需以你的崇高揶揄我,即使我向往什么,也永不会是你的空中楼阁,而是泥土的芬芳晨曦的灿烂。当然,当那些真挚的熟悉的或陌生的朋友提醒或勉励我,不论说对了说错了我都会感到温暖。

孤芳自赏并不能代表美丽也不能说明绚烂,自以为不凡更不能象征英雄气概立地顶天。

我承认,我的确很平凡。平凡得像风像水像雪……然而,平凡并非没有自豪的理由,并非没有魅力可言。

风很平凡,如果吹在夏天;水很平凡,如果是沙漠中的一泓清泉;雪很平凡,如果飘落在冬日与春日之间……

我欣赏这样的平凡,我喜爱这样的平凡,我也想努力成为这样的平凡。

友情是相知

友情是相知。当你需要的时候，你还没有讲，友人已默默来到你的身边。他的眼睛和心都能读懂你，更会用手挽起你单薄的臂弯。因为有友情，在这个世界上你不会感到孤单。

当然，一个人也可以傲视苦难，在天地间挺立卓然。但是我们不得不承认，面对艰险与艰难，一个人的意志可以很坚强，但办法有限，力量也会有限。于是，友情像阳光，拂照你如拂照乍暖还寒时风中的花瓣。

友情常在顺境中结成，在逆境中经受考验，在岁月之河中流淌伸延。

有的朋友只能交一时，有的朋友可以交永远。交一时的朋友可能是终结于一场误会，对曾有过的误会不必埋怨，只需说声再见。交永远的朋友用不着发什么誓言，当穿过光阴的隧道之后，那一份真挚与执著，已足以感地动天。

挚友不必太多，人生得一知己足矣，何况有不止一个心灵上的伙伴？朋友可以很多，只要我们有一个共同的追求与心愿。

友情不受限制，它可以在长幼之间、同性之间、异性之间，甚至是异域之间。山隔不断，水隔不断，不是缠绵也浪漫。

只是相思情太浓，仅是相识意太淡，友情是相知，味甘境又远。

一起出发

　　你对我说,你要携着歌声去浪迹天涯;你对我说,你会含着泪水捧起一簇簇浪花。我知道在你眼里白云永远是最时尚的衣裳,你所要追寻的不是缤纷的虹霓而是遥远的晚霞。

　　你用浪漫诠释风华,你用兰草一样的想象去擦亮晶莹的眼眸飘逸的长发。你想把自然都拥入心怀,把青春放逐给绿草红花白雪黄沙。

　　这一个夜晚你说了很多很多,很多很多的话语像屋檐上的溶雪敲打着石板滴滴答答。大地阒无声迹,只有星星说话,对你的七分热情三分任性,我不知该用天空还是大地的语言回答。

　　真想和你一起走,你不必为这个季节枝叶还是那样繁茂感到惊讶;我又怎能匆匆地走?在这一片土地上,春天播下的种子刚刚开始发芽;不愿意你孤独地走,我这一颗心怎能分成两半?对远行的一叶白帆,是亲人谁能不牵挂?

　　等一等好吗?稍微等一等,我们一起出发……

彼此的馈赠

流逝的日子像一片片凋零的枯叶与花瓣,渐去渐远的是青春的纯情与浪漫。不记得曾有多少雨飘在胸前风响在耳畔,只知道沧桑早已漫进了我的心爬上了我的脸。当一个人与追求同行,便坎坷是伴,磨难也是伴。

谁能说清,世上有多少苦衷想与人言难与人言。纵使你问心无愧,遇上疯长的流言蜚语又怎能不让你齿冷心寒?纵使你无意折绿挽红,那飘在身上的柳絮也可以成为故事,令传说烂漫谣言斑斓。无论你是兔跑还是龟行,也常有那无聊之人看你左也不顺眼右也不顺眼,甚至恨不能把你搞得桅断帆残。

于是,世上不知有多少颗心,羡慕鸟的自由,蝶的蹁跹,蓝天与白云的和睦与友善。

于是,世上不知有多少颗心,向往自然,渴望自然,走向自然。

人们呼唤爱,是因为世间还缺少温暖;人们呼唤理解,是因为不希望彼此的隔膜漫长得如那没有尽头的似水流年。没有谁奢望世界是一个美丽的花园,但人们有理由想念春天。

让我们彼此馈赠这样的礼物吧:夏天是风,冬天是炭。

黄昏里的琴声

那一把小提琴在黄昏里忧郁了很久，我的思绪在那一片感伤的氛围中驻足停留，不是为了聆听那没有情节的故事，因为那样的故事你我都有。

我是感叹音乐把忧郁也装饰得如此美丽，使人欲想责备命运却说不出口。风飘向阳台吹向后门，携着婉转的旋律在洒满宁静的屋中缓缓地流。

茉莉花开如满天星斗，为了这份温馨不知经历了多少无言的等候。见得花开却见不得花落，可是惧怕花落又岂是不栽花的理由？能让琴声如此忧郁的那一份感情便是茉莉花吧，花开使人喜花落使人愁。

窗外白杨树的叶片绿油油，在树下对弈的老人是否也像年轻人唱的那样跟着感觉走？虽然已经过了做梦的年龄可还是能抓住梦的手，在身边观棋不时喳喳呼呼的小孙子便是老人梦的尽头。老人们完全遗忘了琴声，因为此时一个已被将军，另一个正半合着眼抟着花白胡子乐悠悠。哦，老人家：您老年轻的时候可也有琴声里的烦忧？

不远处丁香树旁，一个小姑娘正坐在小板凳上认真读着自己的未来。站在岁月甲板上的小姑娘，你看见了什么？是小岛是帆影是白鸥……

那一把小提琴在黄昏里忧郁了很久，我的思绪在那一片感

伤的氛围中驻足停留。我欣赏那能够把痛苦也变得美丽的人，因为我还相信，在那一阵凄婉的旋律流淌之后，那位熟悉又陌生的小提琴手，一定会重新缓缓抬起曾经那样深低下的头。

有一份孤独

有一份孤独是在很久很久以前,雨打着芭蕉也打着心灵的屋檐。放飞的一只只白鸽子杳无音讯,流动的思绪都撒落成满地纸钱。也曾有愤也曾有怨,到今日愤与怨都变成了遥想从前的温馨与羞惭。

有一份孤独是在很久很久以前,雪装扮着青松也装扮着期待的眼睑。一次次等待一次次落空,是那个轻盈的身影从未出现,还是出现过又消失在眨眼之间?也曾有思也曾有念,所幸那一年的雪花没有飘落到今天。

有一份孤独是在很久很久以前,想了很长念了很远,峨眉山苍凉的钟声,钱塘江汹涌的呐喊,可惜总是与我无缘。那苍茫,那磅礴,恰似一首写不出又忘不了的诗篇。

有一份孤独是在很久很久以前,那时家远思念更远,说不清为何要负笈求学千里之外,总不会是为了南国红英满树的凤凰木和灿若云霞的木棉。

有一份孤独是在很久很久以前,很久很久以前的孤独都凝结在今日的字里行间,一份孤独便是一处景色,我把处处景色,连缀成记忆的珍珠串串……

有那么一个日子

有那么一个日子你我都记得很清,柳叶用鹅黄拍打青春的湖面,薄雾用手拍打心灵的窗棂。我们携手走上了一条弯弯的小径,山峦绿葱葱。山上的古亭装着八面的风,山下的游人是否已忘情?在高高的山顶我们望啊望,望白云悠悠小鸟声声。虽然青春与春天不是千载难逢,却又怎么忘得了这样一个日子?我们为大山的雄伟而感动,为生命的灿烂而感动。

有那么一个日子你我都记得很清,小船用双手拨开了层层碧波晶莹,我在船中你在船尾,水中的鱼儿哗啦跳进了船里,引来我们阵阵快乐的笑声。想把活蹦乱跳的鱼儿拍下来却忘了取下镜头盖,那胶片上的空白可是夏日的嘲笑,嘲笑我们太年轻。

有那么一个日子你我都记得很清,小雨淅淅沥沥洒在我的脸庞上,而你那尼龙小伞上的水珠滴滴答答落个不停。雨水不停,脚步不停,我们就这样不停地走在闪闪发亮的路面上,身后是一片渐远的迷蒙。

有那么一个日子你我都记得很清,在站台上我为你送行,南去的列车挟走了你也挟走了我的表情,把一路祝福送给你却没留下什么给自己,回去的路上满脚都是泥泞。

有那么一个日子你我都记得很清,我们终于准备结束一个梦开始一个现实。我们是彼此的钥匙和锁,我们在一起才有意义,不论在什么地方我们同行。

一番感慨

有时候总不免生出一番感慨,恨不能把那过去的稚拙和失误都推倒重来。像春风又一次吹绿田垄,也仿佛一支空灵的笔细心地为未来着色添彩。然而,这感慨的心情更提醒我,过去的便是存在,如岩石一样可以风化却不可更改。

我也知道,我不能从此变得谨小慎微,遇事总是在夕阳晚照的滩涂上犹豫又犹豫,徘徊复徘徊。不是吗?能够疾跑的双腿最初即便是走,也会是扭扭歪歪,更何况路本来就坎坷不平,有时沙暴也会把路标推倒掩埋。

要去做的事情怎可指望人人理解、个个喝彩?那独行的滋味除了苦涩还应有豪迈。难道不是?那胆小怯懦之人,有谁敢一剑惊天、独往独来?

有时候真羡慕古人的洒脱与情怀,小舟一泊千万里,薄酒相品在楼台。是啊,人不能总在门窗里重复自己,走出门去近有山远有海,应让山海伴我度生涯。

走吧,告别过去向着未来,真愿能有这样一种景致:我为岁月增新绿,岁月为我添风采。

走出喧嚣

真喜欢走出喧嚣，把摩肩接踵的街市和纷乱嘈杂的声浪都弃诸脑后抛到九霄。

真喜欢这山一弯，水一道，小河上的鸭子静静地漂。

真喜欢此刻这一片紫竹只属于我，这一把吉它只属于我，听脚下河水不停地流，像一首绵长而又动人的歌谣。

别问我此刻想些什么。应该告诉你的我不说你也已经知道；别问我此刻憧憬些什么，你知道的，我所钟情的只是很平凡的菡萏与萱草。

走出喧嚣，到处都是好景致，春有小雨似画图，冬有大雪如鹅毛，更有雨中和雪中的记忆如贝雕。

走出喧嚣，别让繁花迷乱了眼，两个小钱累弯了腰。男儿当与青山比雄奇，女儿当与绿水赛妖娆。

走出喧嚣，时光从腕上悄悄滑过，鸟儿从空中掠过落在了黄昏的树梢。那钓鱼人在河边钓的是鱼，我在河边钓的是景致，他收获了一分喜悦，我收获了十分美妙。

往事如昨

　　往事如昨。昨夜的星辰已坠落,不坠的是挂在岁月脖子那串闪闪烁烁的记忆。仔细品味,那最亮的一颗竟是由痛苦磨砺而成,那最润泽的一颗则是因了爱情春风化雨般的浸润。如果说那串闪烁的记忆是一笔财富,那么,那些难以忘怀的经历则是这笔财富闪着不同光泽的内容。

　　在如昨的往事中,重要的并不在于得到过或失去过,重要的在于经历过。因为哭过,笑才灿烂;因为爱过,回忆才斑斓。如果说心像湖水,那么夏也是景致,冬也是景致。但不论表面上是碧波荡漾还是如镜寒彻,那湖的深处都不曾结冰。

　　过去的岁月总也不能忘怀,不能忘怀是因为我们自己走过来。纵使那脚步稚嫩,回首也感到亲切,因为那是真实;纵使走过的路上并没有鲜花开放,回想也感到留恋,因为那上面覆盖着自己生命的步履。

　　回首往事而又不沉缅往事,使我不仅有所感而且有所悟。既羡"青山遮不住,毕竟东流去",又何必总感伤"泪眼问花花不语,乱红飞过秋千去"?

　　往事如昨。当我怀着一种难以言状的心情捡拾起往事的片片落叶时,我发现自己真的长大了。

勇往直前

　　流云在天边,行囊在眼前,有一条通往太阳的路无边又无沿。

　　路上绿草茵茵,有青春为伴;远方黄沙滚滚,同成熟相连。我们走着,用生命祭起心中的圣坛。

　　即使受了伤,也不让泪水遮盖住脸,把眼泪揩干净,我们要重绽三月的笑颜。

　　即使迷了路,也不把忧伤刻在额前,星星终会升起来的,我们也总会知道哪边是北哪边是南。

　　我们走着,一天又一天,听风传递着雨的消息,听雨敲打湖的鼓面。那岁月的缆绳,终会成为我们抛向空中的闪电。

　　我们走着,一年又一年,看冰雪沉默在冬天响亮在春天,看春天把冰雪消融在大地的字里行间。那季节的色彩,终会被我们泼洒成斑斓画卷。

　　我们把每一个日子过得寻常又不凡,让飞扬的思绪轻轻绾住微风中的紫罗兰。我们的眼睛很黑很亮,瞳孔里变幻闪烁的是晨曦和晚霞的迷人光焰。我们走过的足迹,将会风化成一个传说,一种风采,一句格言。

　　生活并不简单,我们勇往直前。

走向远方

是男儿总要走向远方，走向远方是为了让生命更辉煌。走在崎岖不平的路上，年轻的眼眸里装着梦更装着思想。不论是孤独地走着还是结伴同行，让每一个脚印都坚实而有重量。

我们学着承受痛苦。学着把眼泪像珍珠一样收藏。把泪水都贮存在成功的那一天流，那一天，哪怕流它个大海汪洋。

我们学着对待误解。学着把生活的苦酒当成饮料一样慢慢品尝，不论生命历经多少委屈和艰辛，我们总是以一个朝气蓬勃的面孔，醒来在每一个早上。

我们学着对待流言。学着从容而冷静地面对世事沧桑，"猝然临之而不惊，无故加之而不怒"，这便是我们的大勇，我们的修养。

我们学着只争朝夕。人生苦短，道路漫长，我们走向并珍爱每一处风光，我们不停地走着，不停地走着的我们也成了一处风光。

走向远方，从少年到青年，从青年到老年，我们从星星成了夕阳……

头上是片湛蓝的天

当我握住岁月和你的手,便再也无悔无怨。生命的渴望说来纷繁却也简单,就像一只飞翔了很久的鸽子,希冀着一片青色的屋檐。

你可知道,我曾无数次感慨:认识你真是一生的幸运,哪怕我们只曾拥有过一个夏天。对一个夏天的回忆,也足以让不息的流水汗颜。

只是分别有时又是那样难免,当我离去的时候,请不要让你的表情成为阻隔我远行的浩瀚水面。让我们的日子在等待中度过吧,等待熟悉又生疏的你我,在璀璨的星空中再一次重现。

不必说出来,我知道你有一个深深的心愿,让她在祷告中渐渐长大吧,美丽得就像月色里荷塘中微风吹拂着的睡莲。

我也有很多感觉要告诉你,那感觉就像群山那样安谧却又起伏连绵。不要以为,当我没有注视你,便是心中对你没有挂牵,就像不要以为河水一直流向远方,就表明对两岸没有眷恋。

我在憧憬中建造着一排栅栏,是为了把喧嚣挡在外边,那里是一片狭小又辽阔的天地,狭小,是因为只能容下我们两个人;辽阔,是因为头上是片湛蓝的天。

转念一想

人若常能保持心境平和,举止从容,便是一种成熟。

鲜花掌声易使人得意忘形;冷嘲热讽易使人萎靡颓丧;流言蜚语易使人愤懑忧伤;爱情失意易使人痛苦失落……

语云:宠辱不惊,看庭前花开花落;去留无意,望天上云卷云舒。要做到这般洒脱、淡泊委实不易,没有深厚的修养实在难为。

不过有一点我们是不难做到的,这便是:转念一想。

面对鲜花掌声,便想:与我才华相若甚至超我之上者何止一二,我能脱颖而出实是一种幸运,于是便宁静;面对冷嘲热讽,便想:这不正是从另一个方面肯定了自己存在的价值吗?于是便超脱;面对流言蜚语,便想:这不正是对自己心理承受能力的一次绝好锻炼吗?于是便释然;面对爱情失意,便想:既然失去的已难以挽回,总这样痛苦何益?谁又敢肯定属于自己的知音没在前边等待自己的到来呢?于是痛苦的情绪便缓和。

人生的路太长,也太不平坦,祸兮福所倚,福兮祸所伏。转念一想,就是能够以一种思辩的态度看待人生,这样,不论何时何地,我们在精神上就容易立于不败之地。

春天,你慢点走

春天来了。

记得少年时,每当面对一个新的春天,心中便会升起抑止不住的欣喜。那金黄的迎春,粉红的桃花,嫩绿的柳叶,让我读出的却是股股温暖,种种慈祥,声声召唤。于是,便再也在屋子里呆不住,向往着在春天的大地上遗失自己,让所有的人都找不回来。

不知何时,那少年时的浪漫,愈来愈为一种淡淡的若有所失的怅惘所代替。一种光阴似箭的紧迫感如潮似汐般地一浪一浪漫上心头。不管做了多少,收获了多少,总觉得没做的更多,要去耕耘的更多。回首再也拉不回来的岁月,不由想起了宋代词人张耒《秋蕊香》中的词句:"别离滋味浓如酒,著人瘦。此情不及墙东柳,春色年年依旧。"

是的,我看春色仍依旧,叹春色看我却非昨。我们能抓住恋人的手,可是有谁能抓住青春的手?青春,你太不够朋友!

人,能原谅很多对不起自己的人和事,但是很少有人能原谅最亲密的朋友的背叛。青春,恐怕是唯一背叛了我们,却让我们毫不记恨而又无比怀念的友人。青春,你何德何能,却降服了所有人的心。

春天又来了。

面对春天,人们会想起很多,忆起很多,憧憬很多,感叹

很多。自有千言万语的我只想说一句发自心底的话：春天，你慢点走。

走出孤独

有一种喜欢孤独的人，是因内心充盈。他不需要与人为伴、交流、与人出游，便能生活得自在、洒脱而有质量。他的生存方式是孤独的，而他的内心并不孤独。

还有一种孤独的人，是因为生活中曾受到伤害。他需要一个安静的地方，舔自己的伤口。当伤口愈合了以后，为了避免再受伤害，或者触碰到旧日的伤疤，便将自己封闭起来，走向了孤独。他的生存方式是孤独的，内心也是孤独的。

这些人的心，仿佛是潮湿了的柴禾，需要友情或爱情的火烘干、点燃。否则，时间长了容易发生霉变。

我曾经在海边小住过一段时间，见过各色各样的石屋。那有人居住、有人管理、有人修葺的房屋总是那么充满生机与活力，显得整洁而明朗。

而那常年房门紧锁、缺乏修缮的房屋则显得冷清而凋敝，仿佛一个在深山里修行的无人注意的木讷僧人。

一个人要走出孤独，需要别人的力量，更需要自己的力量，这就是你得敞开窗扉，接受风的吹拂、雨的滋润、阳光的照耀。

如果说个人的存在，仿佛一幢幢不同的房屋耸立在大地之上，那么我希望你漂亮、大方、容光焕发。

在海边，这便是一处诱人的景色。

诚 实

从前有个国王因为没有儿子,他便向全国宣布,他要选择一个诚实的孩子作为他的义子。

接着,他拿来许多花的种子分给每一个孩子,并说:谁用这种子培育出的花朵最美丽,谁就将成为王位的继承人。

到了国王规定的日期,孩子们端来了一盆盆鲜花。这些鲜花姹紫嫣红,争奇斗艳,一盆赛一盆的鲜艳、美丽。在这么多孩子中,只有一个孩子拿出了一个无花的花盆。

他十分惭愧地告诉国王,他是如何精心培育这花的种子,而种子却不发芽。

国王笑了,拉着他的手对大家宣布道:这就是我的继承人,因为我给大家的花子都是煮熟了的,怎么会开花呢?

这个故事,对心眼越来越活泛的现代人来说,寓义是深刻的——有一些小聪明其实是不聪明,诚实看似愚笨实在是大聪明呵。

气　度

古时两军对峙，一方深沟高墙，一方远道而来。远道而来者求速战速决不得，便在城外叫阵，百般怒骂，激城内的人出来较量。聪明的守将大都森严壁垒，懂得"避其锐气，击其惰归"，任你叫骂，我不理不睬便是。也有那愚笨的武夫，受不得这一时之辱，又要逞一时之勇，大开城门，杀将出来，结果被敌军团团围住，要么丢了城池落荒而逃，要么连人带城尽落敌手。如此这般，又岂是大英雄所为？

也见有些现代人，在市面店铺，因些鸡毛蒜皮的小事而起摩擦，到后来要么彼此出口伤人，要么相互老拳伺候，自以为凛然得不得了，英武得不得了，让旁人仿佛置身于戏院之中，如此这般，又岂是大丈夫所为？

《三国演义》中，诸葛亮致曹子丹书中曰："窃谓夫为将者，能去能就，能柔能刚，能进能退，能弱能强……"

岂止为将？想男儿立身于世，若不能做到能屈能伸，气度恢宏，实在是枉为男儿了。

伙　　伴

现代人做事,合作是显得愈来愈重要了。要成就一项事业,一个人或精力或财力或经验或关系总有地方会显得不足,于是便需借助与人合作,彼此之间取长补短,共谋大业。

时常耳闻目睹有些人因择人不当,而为人所误、所骗、所害。没有把共谋发展的伙伴选择好,难免成事不足,败事有余。古人说:"夫不可轻失身于人,仕而弃之,则不忠,与同患难,则不智。"是很有道理的。

今人虽不动辄言忠,信义总还是要讲的,纵使今日,与朋友共甘苦、共患难亦属义不容辞。由此看来,为了避免日后局面尴尬,选择伙伴真需慎重。

批　语

上大学的时候，我是一个成绩平平、充其量算是中上的学生。

我那时的老师都很好，恪尽职守，一丝不苟。印象很深的有这样一件事：

教我们古代汉语的老师叫赖江基，课讲得生动而明白。对他讲的课，我喜欢听；对他布置的作业，却疏于应付。

我们一个学生宿舍住6位同学，其中一位从广东梅县来的同学叫刘剑星。一次，我为了图省事，依葫芦画瓢照抄了他的古汉语作业。

几天以后，作业本发下来了。赖老师在刘剑星的作业上写了一行批语："刘剑星，你的作业为何同汪国真一模一样？"而我的作业本上，也写下了批语："汪国真，你的作业为何同刘剑星一模一样？"

短短的批语，认真、辛劳、负责，尽在不言之中。

老师，您还记得这一切吗？而我一旦想起，便感到愧疚和温暖。

父 母 心

普天之下的父母都有望子成龙的共同心愿。于是，为了孩子大家都苦熬苦撑，殚精竭虑，多方经营，个个差不多都是俯首甘为孺子牛。更有一些孩子的家长全然不顾孩子的兴趣和条件，孩子没有音乐细胞的偏张罗着给买钢琴，孩子没有多少体育细胞的偏忙活着给找教练，孩子没有多少下棋细胞的偏念叨着托关系往少年宫送。

既为人父母，很多事情都是过来人，应知道强扭的瓜不甜。可事到临头，想的却是有枣没枣打一杆子再说，弄到后来，孩子一个个苦行僧一般，七八岁的年龄，恨不得有七八十岁的心境，本事没见长进多少，却一个劲儿地变老成。此情堪怜。

其实，是玉可成器，是木可成雕，是沙可成塔。因材施教，自自然然地，孩子不必吃太多不必要的苦头，效果也会理想得多。若要求沙成玉之光洁，木起沙之功效，玉如木般要成梁成材，那可真是勉为其难了。

早点回家

　　每到天冷了，胡同口就来了个卖烤红薯的老头。老人穿着件老式黑棉袄，脸上一道道挺深的皱纹刻着岁月的沧桑，下巴上的胡子长得有点像用秃了的牙刷。老人烤的红薯很香，打老远就能闻到，不时有放学的学生和买盐打醋回来路过这儿的大娘称上一个两个。老人像个恪尽职守的士兵，差不多每天都是天黑了很久，才借着昏黄的路灯收拾家伙打道回府，即使下雪天也是如此。

　　有一对年轻的恋人，是这儿的老主顾。每一次路过这里，那个长着一双漂亮的丹凤眼的姑娘都会跑过来拣上两个最大的红薯叫老人称。

　　"大爷，您烤的红薯真香。"姑娘一边搓着双手一边说。

　　"只要喜欢吃就常来，姑娘。"老人乐了。

　　"大爷，每次路过您这儿我都来。"姑娘的声音很清脆、很好听，像柔和的手指弹着夜的琴弦。

　　一次路上，她的恋人对她说："真没想到，你这么喜欢吃红薯，老这么吃也不腻？"

　　"哪儿呀，我是想让那位大爷早点回家。"姑娘笑了，笑声敲打着夜空。

退　　稿

　　几年前的一天，我饱含深情写下了一首诗。

　　这首诗，是我写诗以来最喜欢的一首。诗写完了，像往常一样，我又字斟句酌地改了两遍，在确信已经没有任何可以改动的地方之后，我把这首诗和前些天写的另外一首诗一起誊好，然后怀着极为虔诚的心情，把它寄给了一家最权威的文学刊物。在此之前，我已经把这家刊物发表过的诗歌反复研究读了，而我这两首诗，是在自己确信并不比别人的逊色之后，才斗胆寄出的。

　　过了一段时间，那家刊物回信了。当我怀着兴奋的心情用剪刀剪开信封之后，我所看到的并不是我希望看到的一张稿件采用通知单，而是我那颗交出去的"心"。

　　对于这家综合性的文学刊物来说，这是"完璧归赵"，而对于我来说，却是"全军覆没"。两首诗一首也没有用，那首饱含着我的追求、思索、情感的诗，也被无情地"枪毙"了。

　　我把退回来的两首诗反复看了几遍，在确信了这两首诗的价值之后，我又怀着一种"莫愁前路无知己"的心情，把它寄给了一家很有影响力的省一级的诗歌刊物。

　　我相信，这次一定会发表的。可是，不久以后，一纸退稿笺又宣判了这两首诗的死刑。

　　这两家刊物的编辑都很轻松、很礼貌地把门关上了，可是

把我给关外边了。

当我再三把这两首诗看过之后,我并没有像从前许多次接到退稿后为自己的作品感到羞惭和对编辑水平感到诚服,而是感到了一种知音难觅的怅惘。

于是,我又怀着一种难以言述的不平心情,把这两首诗寄给了一家青年刊物《追求》。这两首诗,很快便在1988年第2期《追求》发表了。我最喜欢的其中一首诗,很快被当年第10期《读者文摘》作为卷首语刊载,同一期的《青年文摘》也以显著位置转载了这首诗。仅仅两个月之后,这首诗又被中央电视台搬上屏幕,中央人民广播电台也应听众的要求多次播放了这首诗。这首诗现在已被译成了外文。

许许多多的读者就是从这首诗开始,知道了有一个喜欢写诗的青年人叫汪国真,这首诗也自然而然地成了这个喜欢写诗的青年人的代表作。

这首诗和一篇著名的小说同名,它有一个叫人热血沸腾的名字——《热爱生命》。

感受青春

不知有多少次写过关于青春的文字了。

记得曾写过关于青春的诗,关于青春的散文,关于青春的随笔,青春似乎是写不尽的,像大海的潮汐。

当不久前的一天,第一次用词来写青春的时候,不知为什么却隐隐感到了一丝苍凉,难道是因为青春将逝?

跨进青春这道门槛,仿佛只是一夜间的事,然后沉湎其间不知岁月之短长。当将要跨出这道门槛时,却是那么恋恋不舍,恨不得回首复回首。

那天,一首《如梦令》在一腔激情中竟不觉挟裹进了一丝悲怆。

自古青春难驻,
年少正好射虎。
妙手挽风华,
功就与君共祝。
起舞,起舞,
更有憧憬无数。

这里有对青春的赞美——年少正好射虎;有对青春易逝的感慨——自古青春难驻;有希望挽住青春的愿望——妙手挽风

华,还有许多许多……我对青春的很多感受都凝结在这首词里了,我知道,这样丰富的感受,十年前我是写不出来的,因为那时候对青春的感受是不完整的,不完整的东西便会留下遗憾。

今天,当我比较完整地把对青春的感受写出来时,我发现我的手已经快握不住青春了,这又是一种遗憾。

此时此刻,我深深地感觉到,青春可以无悔,却很难无憾啊!

我当倒爷儿

8月15日，去俄罗斯的边境城市布拉戈维申斯克一日游。那天早晨，拎着个硕大的布袋，里面装满了用来易物的运动服、茄克、衬衫和短裤，拎着这么个"标志"，平日的些许斯文气怕是早已荡然无存了。

若说起"倒"，于我也可说是历史悠久了。早在20多年前，就曾倒过毛主席纪念章和邮票，而且成绩斐然，不过早已"挂靴"不干了。今日重操旧业，好汉还有当年勇吗？

过了江，坐上由俄方提供的大巴士，开始了走马观花似的参观，第一站是布拉戈维申斯克市的广场，然后是该市的一个颇为恢宏的自然博物馆。当大巴士停在一个商场面前的空地的时候，聚集等候在那里的俄罗斯老少们便围拢了过来。我们下车之后，立即仿佛置身在"人民战争"的汪洋大海之中：俄罗斯人用半生不熟的俄式汉语喊出的"同志"之声如夏日蛙鸣般此起彼伏，不绝于耳。我很快注意到，进行这种易货交易的俄罗斯的成年人和老年人都很守规矩，而一些十五六岁的孩子却在中国人身上玩起了"魔术"，稍不留神，你身上的东西就会被一帮挤上来的小家伙给"顺"跑了。

不大会儿工夫，我们同行的人发现，不少人损失惨重，有的卢布丢了，有的包被划了好几刀，我也损失了1000多卢布和一块手表，最要命的是我发现我的身份证不见了。身份证于

我来说太重要了,近年来经常在外边跑,乘飞机、住旅馆都得用身份证,真正的贸易市场还未到,我的兴致却已丢得差不多了。

离开商场,车向贸易市场开去,一路上想着身份证的事,我已没有多少心情观看窗外的景致。

贸易市场在一个很大的大厅内,秩序很好,俄罗斯人把他们的货物都摆放在柜台上。在浏览之际,另一个团的中方导游找到我:"汪老师,您是不是丢东西了?"

听到导游小姐的话,我不由精神一振:"是啊,我的身份证丢了。"

"您的身份证在我那儿呢,刚才一个俄罗斯警察在商场前面的空地上拾到交给我,我一看竟是您的。"

谢天谢地,导游小姐恰好是我的一位读者。

向导游小姐道过谢,我的兴致立即提高了不少,口袋中的货物纷纷出笼,换回了诸如望远镜、国际象棋、餐具等一堆东西。回北京后,一些朋友问我这趟边境贸易是赚了还是赔了,下面一个情节或许颇能说明问题:

有一天母亲对我说,她在北京前门看见我带回来的那个银色的钱夹了,那是我用 10 元人民币买下的。

"一定比我买回来的价钱贵不少吧?"我问。

"哪儿呀,和你买的那个一模一样,10 块钱俩。"母亲说。

读者的力量

在许多文学爱好者眼里，专家是有力量的，权威是有力量的，名人是有力量的。我不否认他们的想法有一定道理，可是，我想以亲身的体会告诉他们：读者的力量。

很久以来，对于诗歌作者和诗人来说，出一本诗集是极为困难的，由于诗集的征订印数一般都上不去，出版社大都把出版一本诗集视为畏途，在日益讲求经济效益的今天，哪家出版社愿意不断地出赔钱书呢？

几年以前，出版一本自己的诗集，这是我的愿望，也是我的困难。想不到的是，这个愿望和困难竟轻而易举地被几个学生解决了：北京学苑出版社一位编辑部主任的妻子是一所学校的老师，一次她在课堂上发现她的一些学生在传抄我发表在报刊上的作品，当她从这些学生口中了解到北京有许多学生都在进行这种传抄的时候，她把这一信息传达给了她的丈夫。这件事引起了她丈夫的注意和重视。几个月之后，我的第一本诗集《年轻的潮》问世了。从愿望到实现，靠的是读者的力量。

时间滑过了几个年头。前不久，我收到了我的诗集的日文版。这本日文版诗集是由哈尔滨医科大学从事外语教研的池学镇副教授翻译，一位叫作泉源省二的日本友人校对的，书中收入140首已翻译成日文的我的诗作。我与池教授素不相识，至今未曾谋面。他在给我的信中告诉我，他很喜欢我的诗，因此

把它翻译出来并介绍给日本读者。从诗集的中文版到日文版，靠的依然是读者的力量。所不同的是读者从学生变成了教授。

在我接到日文版诗集之前，台湾金安出版社在1993年1月下旬出版了我的诗文系5卷本。我相信如果这家出版社不是预测到了我的作品会在台湾有相当的读者群，是不敢贸然出这样一个"系列"的。从海峡的这头走到海峡的那头，靠的实际上还是读者的力量。

类似这样的例子还有不少。今天，当一些素不相识的文学青年希望我为他们即将出版的作品集写序或评价文章的时候，我想特别告诉他们的是，写出一本读者从心底里喜欢和欣赏的书，胜过一串名人为你写赞语。

熟悉的地方没有景色

友人住在风景秀丽的西子湖畔。

去年,我应邀参加了在杭州举办的一次笔会。那是我第一次到了"上有天堂,下有苏杭"的杭州。

一天,友人陪我游西湖。那天细雨潇潇,水天一色,风景宜人的西湖尽在潆潆细雨之中。放眼望去,烟波浩渺,如诗如画,不由感叹:西湖风光,名不虚传。

不料,友人淡淡一笑:"西湖虽秀,见得多了,不足为奇。"

友人的话,使我缄默良久。

不由想起,前些年在广东上学,暑假回家陪外地的同学游京都,瞧他们到了故宫、长城、颐和园,一个个欣欣然、奋奋然的样子,不由觉得好笑。

几天下来,他们游兴不减,我却已感到精神怠倦。每每在他们玩得兴高采烈之际,颇生打道回府之念,只是怕扫了同学兴致,方才一忍再忍,舍命陪君子。

大凡再好的地方,若被自己的步履趟平了,也就会觉得兴味索然,诚所谓:熟悉的地方没有景色。

记得第一次发表作品的时候,尽管脸上还装模作样一副镇静漠然的样子,心中却早已乐得快不知姓什么好。最后,毕竟按捺不住心头的狂喜,终于撕下"假面具",吆喝上三五好友,去学校附近的馆子结结实实噢了一顿。

及至作品发表多了,那份"漠然"才弄假成真。大概,这也是因为:熟悉的地方没有景色。

熟悉的地方没有景色,这是一种青春的活泼,这是一种不满现状的感觉,这是一种向更高远目标跋涉的动力。

在人生中,长久保持这种感觉并非易事。特别是对于那些走过了许多名山大川和在事业上取得辉煌成就的人来说,更是这样。

对于这样的人,很容易产生的是"黄山归来不看岳,五岳归来不看山"的感慨和"会当凌绝顶,一览众山小"的踌躇满志。

应该说,能在一片"景色"中沉湎,在满堂"喝彩"中陶醉,是人生的一种幸运,因为毕竟没有多少人能有"景色"可以回味,能有"喝彩"声可以慰藉;但这更是人生的一种不幸,因为这无疑是生命和才智的巨大浪费。

漫漫人生之路,自然的风光没有穷尽,人类的事业没有顶点。

我想对自己和友人说的是:凡是遥远的地方/对我们都有一种诱惑/不是诱惑于美丽/就是诱惑于传说/即便远方的风景/并不尽如人意/我们也无需在乎/因为这实在是一个/迷人的错/到远方去到远方去/熟悉的地方没有景色。

是的,快乐永远存于追求的过程中:到远方去,熟悉的地方没有景色。

怀念军服

我十几岁的时候,"文革"正搞得如火如荼。那时,最令人羡慕的职业是军人,最时髦的衣服是军装。曾经做过许多次参军的梦,十分遗憾,家里和亲戚中没有军人,不能为我参军提供方便,有的却是一堆在那个时代十分忌讳的海外关系,就凭这,当"八路"是绝对没戏了。退而求其次,那时能把自己装扮得像个"八路"亲属也是件令人神往的事。为了弄一套正儿八经的军装穿穿,我动了不少脑筋。

我的中学同学里,有不少军队干部的子女,看到他们天暖和的时候穿布军装,冷的时候穿将校呢军装的神气劲儿,把我和许多没有这种关系的同学羡煞得不行。

班里有一位和我很要好的男同学,父母都是军人。我曾经鼓足勇气向他表示我乐意用一套崭新的蓝色或灰色的老百姓穿的衣服去换他一套半新不旧的军服。我原想凭这种交换条件及我和他的友情,他会很爽快地答应这件于他来说并不太为难的事,没想到我刚结结巴巴把意思表达清楚了,便被他婉言谢绝了。以后,我逐渐搞明白了,问题并不在于我的衣服是新的、他的衣服是旧的,而在于若是我们这些老百姓都像了"八路"亲属,那么他们这些真正的"八路"亲属的优越感就无从表现出来了。

在经过相当长时间以后,非常理解我的心情的母亲,托一

位在家乡县里水电局当局长的亲戚从军代表那儿换了一套崭新的军装给我。尽管这套衣服穿在那时还矮小的我身上长了许多、大了许多,但这依然是我最喜欢的一套衣服。由于经常穿,小时候又贪玩,衣服坏得很快,我深知再弄一套军装的艰难,于是这套渐渐洗得发白了的军装上添了一块又一块补丁。即便有了许多块补丁,我依然还是最喜欢穿这套衣服。这是我一生中穿过的补丁最多的一套衣服。

人要是走火入魔,那真是没治的了。

买　书

　　世界上的书籍浩如烟海，买书、读书免不了要加以选择。对于千百年来已成定论的那些书籍，想买时便没有什么犹豫，买回来后翻开，亦很少生出悔意。经过千百年岁月的淘洗，仍为人们珍爱的书籍，大体是珍宝无疑。

　　对于近当代作家的作品则不尽然。名不见经传者的作品，亦有读了如品香茗的；名字如雷贯耳的作家的作品，亦有读了兴味索然的。何以如此？想来想去，发现人们对于近当代作家作品的评价有一种不成文的规律：对于死人的作品要比对活人的作品宽容；对于老者的作品要比对年轻人的作品宽容；对于外国人的作品要比对本国人的作品宽容；对于职位高的人的作品要比对职位低的人的作品宽容。所谓"为尊者讳"、"外来的和尚好念经"、"尊老爱幼"这些观念和意识，在相当大程度上左右着对人和作品的评价。因此，对于书籍的评价也就很难称得上都客观、公正。

　　因此，凡买近当代作家作品，不看名气，只按自己曾读过某位作家的作品后对其的印象来决定取舍。在书店，曾对着不少名家的作品视若无睹，不去问津，也有某一作家的同一部书竟买了两本的。例如，上海作家叶永烈是我喜欢的一位作家，其著作《历史选择了毛泽东》一书我便买了两本。第一次见到是在一本叫做《新苑》的杂志上，那一期《新苑》一次刊

载了该书全文,因还没见到单行本出来,为先睹为快便买了一本,待单行本出来后,又买了一本收藏。当然,叶永烈是名家。

王鼎钧是台湾的一位作家,在大陆知名度不算甚高,偶尔在一本杂志上看到他的几篇短文,觉得颇有味道,便在书店、书摊常常留意,希冀有朝一日买一本他的著作。遗憾的是至今未曾得到。

对于书籍,心里自有一本账。对于大家趋之若鹜的书籍,有时均拒,有时亦不能免俗;对于不为人们重视的作品,有时轻视,有时亦奉为知己。

总之,用自己的脑子判断,少一点人云亦云。

没人比你好

　　一个人成功的因素真是很多：天时、地利、人和等等，都是。我们有时会有一种感觉，最有名的书法家，不一定是字写得最漂亮的；最有名的作家，不一定是最有才气的；最有名的歌手，不一定是歌唱得最好的。实际情形也是如此。明白了这种情形，没有成功的时候便不会自卑，知道自己不一定比别人差。成功的时候便不会傲慢，知道自己不一定比别人强。就像一句名言说的那样：没人比你好，你也不比别人强。

"写给下个世纪"

"我的作品是写给下一个世纪的",当有一些人的作品不被世人理解或被世人冷落以后,他常常这样宣称。当然,这种说法还有一定的理由为依据。

比如,德国音乐家巴赫的作品在生前并没有太大的影响,他的作品真正被引起足够的重视是在他死后约 60 年。荷兰画家凡高的作品生前能卖到 400 法郎,便已令这位艺术大师欣喜不已了,他何曾想过,在他死后才 100 年,他的一幅画已经可以卖到数千万美元了。美国女诗人狄金森生前默默无闻,死后却赢得了巨大的声誉。这一切似乎都给上面这种说法提供了依据。

然而,此一时彼一时。随着时间的流逝,事物至少有两个方面已经发生了重大变化,第一,人们的欣赏水平和鉴赏能力已经有了很大的提高;第二,我们现在所处的是一个信息社会,这一点同过去相比,可以说有很大的不同。由于这两个原因,文学艺术中过去那种"遗珠之憾"的状况有了极大的改变。一种有价值的艺术品,在当时不为人们认识,到后来才被人们重视的情形过去就少,今天和以后会越来越少。

远的不说,单从 20 世纪中国文学已经走过的 90 余年历程来看,有几多当时默默无闻、不为人知的作家和作品,到了死后其人其作品竟大放异彩、辉煌灿烂了呢?

如果我们勇于正视现实的话，不说全部，但恐怕几乎是全部不为当代人所喜爱和欣赏的作品，随着时间的流逝，其结果非但没有大放异彩，反而被人淡忘。难道这种状况不是更接近事实吗？

再者，属于当代的作品就不能属于未来吗？贝多芬、李斯特、卢梭、泰戈尔、海明威等等，他们的作品难道不是既属于当时又属于未来了吗？

如果一件艺术品，既能属于当代又能属于未来，不是比仅仅只能属于未来更有意义吗？更何况，我们不能不承认的是，所谓"写给下一个世纪"更多的还只是一种良好的愿望，带有很强的"一厢情愿"的色彩。谁能保证，下一个世纪人们对这些作品不会表现出比这个世纪更大的冷漠呢？

不妨有一个榜样

榜样的力量是无穷的。今天,已经很少有人再提起这句话。今天的人们,似乎更看重个性的张扬,榜样算老几?但回顾自己走过的生活道路,似乎没少从榜样那里汲取经验和力量。当然,随着个人命运的变化起伏,各个时期心中的榜样也是不同的。

很小的时候,听故事和读书,都是为了满足自己的好奇心和兴趣,很少和个人生活产生什么联系。渐渐地,开始习惯于把自己读过的东西和自己的生活与命运联系起来,从中汲取智慧和力量。曾经给我印象最深的是那个几乎妇孺皆知的"铁杵磨成针"的故事。这个故事告诉我,一个人要办成几件事,就必须有恒心。不过,我最初用这个故事砥砺自己,却是用在了诸如玩弹球、拍烟盒这些孩子们玩的游戏上(我小的时候,供孩子玩的东西和游艺场所极少,十岁左右的孩子经常玩的就是诸如弹球、拍烟盒等东西)。你别看这些玩意儿不起眼,玩起来也要靠技艺定输赢,为了能够少输多赢,我甚至做到了"夏练三伏,冬练三九",经常夏天弄得满手满裤子都是土,冬天玩弹球手冻裂了口子仍乐此不疲。由于坚持不懈地勤学苦练,上述技艺水平大长,称得上"不俗",而时间就这样被大把地荒废掉了,现在想起来,真是追悔莫及。不过,由此也养成了对自己特别想干成的事会坚持不懈地去努力的习惯。后

来，把这种韧劲儿用到有益的事情上，自然获益匪浅。

小时候，还曾练过一阵毛笔书法，由于这不是自己当时最感兴趣的事，后来就中断了。当再后来自己又以很大的兴趣开始重新拾起这门艺术的时候，也曾为在一段时间内技艺没有明显长进而苦恼和焦躁，继而怀疑自己是否具有这方面的天赋。冷静下来后，有时便想起了在电视片中看过的残疾人书法家刘京生等人走过的道路。他们失去了双手，竟然用口、用脚都能写出漂亮的书法，难道双手健全的我还不能够吗？有此一想，信心便大增。

也许，一些特别聪慧和意志无比坚强的人不需要榜样，对于这个世界，他自身的智慧和力量都很够用了。但我得承认，我无法做到这点。当我遇到困惑和坎坷，不知如何做才好的时候，便想想在这方面的榜样们是怎样做的，这的确对我很有帮助。

我最初的文学生涯

（一）

京广铁路是中国铁路交通中的一条大动脉。从北京往南，途经的大城市有石家庄、郑州、武汉、长沙，最后一站是广州。

我最初的文学生涯同京广线上的三个大城市有着密切的关系，这三个城市就是北京、广州和长沙。

我的处女作是在广州上大学的时候发表的，我的第一首引起读者强烈回响的诗是在长沙《年轻人》杂志发表的。我决心走诗歌创作的道路是由于北京的《青年文摘》转载了我的诗，这次转载，使我意识到了我是有能力写出为读者、特别是青年读者所喜爱的诗歌来的，也就是从那个时候起，我决定定向发展，不再写那些令我感到蹩脚的小说，而专心从事诗歌创作。

或许直到今天，刊发我处女作的《中国青年报》那位叫梁平的编辑，刊发我第一首有影响的诗作的《年轻人》杂志那位叫谢乐健的编辑，以及第一次转载了我的作品的《青年文摘》那位叫秦秀珍的老师都没有意识到，没有这三次机遇，当年一个喜欢写作、名叫汪国真的青年，至今还可能默默无闻，但就在他们的举手投足之间，便成全了一个年轻人未来的

事业……

一九七八年十月,我从北京踏上了南行的列车。就是这次南行,完成了我人生旅途的一个重大转折——我从一个普普通通的年轻人,一跃成为令许多年轻人都羡慕的大学生。

暨南大学位于广州南郊,文革期间曾长期停办,一九七八年十月,暨南大学迎来了她复办后的第一批大学生。

暨南大学的校园是美丽的,波光潋滟的明湖、郁郁葱葱的桉树组成的林荫道、淡黄色的学生宿舍楼、外形很像蒙古包造型别致的学生饭堂,以及在广东高校中最为漂亮的游泳池,这些都给我留下了深刻而美好的印象。

当时学校的董事长是廖承志,副董事长和董事则有霍英东、王宽诚、费彝民等知名人士,学校的校长是当时担任广东省副省长的杨康华。

一切仿佛在做梦一样,仅仅在半个月前,我还是一个常常被上夜班搞得疲惫不堪的年轻人,而今天当我置身于暨大校园里,望着南国处处一片生机勃勃的绿色,我感到了一种从未有过的清新和轻松。

让一切重新开始吧!我对自己说。

(二)

在全国有两所华侨大学:广东的暨南大学和福建泉州的华侨大学。

或许是由于侨校的缘故,学校的校舍在广东的高校中恐怕是最好的,也比较宽敞。本可以住八个人的房间,一般只安排六个,剩下两个铺位,用来放同学们的东西。由于我们系的辅导员余金水是个比较负责和尽职的老师,经常来宿舍检查卫生,因此,整个中文系男女生宿舍的内务都相当整洁。当然,这和房间相对宽松有很大关系。

我们同宿舍的六个同学,三位来自广东地区,另三位中,一位是山东的,一位是福建的,我是北京的。如今,其中一位广东的同学和福建的同学都已先后去了澳大利亚。

在我们八二届中文系的男生宿舍中,在我印象里,我们房间是唯一没有住进海外生的房间,其他房间都有海外来的同学穿插其中,这只是一种凑巧罢了。

在我的大学生涯中,我的各科成绩大概要算是中等略微靠上,算不上优秀,但也不至于太落后,就学习成绩来说,我是最不引人注目的。太优秀或太差劲儿,都容易引起同学们的注意。

我最引人注目的恐怕是答卷的速度。每次考试我差不多都是第一个交了考卷背起书包出门的,两堂课的答卷时间,我常常在半小时左右交卷,而且各科皆然。不论在当时还是现在,我都不是一个把分数看得很重的人,但我也不愿太丢面子,这样一种精神状态,决定了我既成不了优秀生也成不了劣等生。

我最大的嗜好就是跑图书馆和阅览室,看我喜欢看的图书和杂志。我不完全清楚整个中文系学生的借阅图书情况,但就我们宿舍来说,我恐怕是借阅图书和杂志最多最勤的一个。这种习惯,一直保持到我大学毕业,分配到中国艺术研究院工作后。

或许在我的许多大学老师和同学眼里,我是一个有个性的学生,却不是个将来能有大成就的学生,因为当时我的表现实在太一般了。

当我的诗歌在读者中引起强烈回响后,我曾在街上先后碰到两位中学同学,他们告诉我,他们都曾和我中学的老师议论过这件事,现在出了名的这个汪国真,是过去咱们班上的那个汪国真吗?

一位同学对老师说:"我觉得就是。"

老师半信半疑地说:"是吗?他在中学的成绩不错,但也不是特别起眼啊!"

客观地说,我在中学的成绩可以称得上优秀,因为那个时候我倒不是看重分数,而是好胜,这种好胜的心理支配着我取得了远远优于大学时代的成绩。如果中学老师都心有疑问,那么在我刚刚成名的时候,我的大学老师和同学们恐怕也会有这汪国真不是那汪国真的疑惑。

(三)

我的老师们完全有理由对我今天的成功感到惊讶,只要看看我当初发表出来的作品的水平,就能够明白我当时会给老师们留下一种什么印象。

在我们进入暨南大学不久,系里的同学们自己搞了一份油印刊物《长歌》诗刊,由于这份刊物倾注了同学们的热情和心血,尽管它比公开出售的印刷质量最次的刊物还要差好几个档次,但同学们都很珍视这份刊物,也乐意把自己最得意的作品拿到刊物上发表。当时,我写了一组诗,叫《学校的一天》,这差不多是我当时能够写出来的最好的一组诗了,这组诗由五首小诗组成,这五首小诗分别是——晨练:天将晓/同

学醒来早/打拳、做操、练长跑/锻炼身体好；早读：东方白/结伴读书来/书声琅琅传天外/壮志在胸怀；听课：讲坛上/人人凝神望/园丁辛勤育栋梁/新苗看茁壮；赛球：篮球场/气氛真紧张/龙腾虎跃传球忙/个个身手强；灯下：星光闪/同学坐桌前/今天灯下细描绘/明朝画一卷。

  这组诗的稚嫩、直白和毫无文采可言是显而易见的，即便它出自于一个中学生之手，也谈不上是一组好诗，我今天看到的许多初中生、高中生寄给我的习作，都远比这一组诗强。我万万没有想到的是，这组诗居然能够发表，而且是一下全部发表在全国最有影响的报纸之一《中国青年报》上。

  一九七九年四月十三日中午，我正在学校饭堂吃饭，系里的同学陈建平兴冲冲地告诉我："汪国真，你的诗在《中国青年报》发表了。""你别骗我了，我从来没有给中青报投过稿。"陈建平不久前刚在《广州日报》上发表了一首诗，我想这次他大概是拿我打趣呢。"真的，一点不骗你。"陈建平一脸正经，一点开玩笑的意思都没有。"是什么内容的？"我有点半信半疑，脑海里瞬间闪过种种猜测。"好像是写校园生活的，是由几首小诗组成的。"陈建平说。我开始相信陈建平的话了，我知道自己写了这样一组诗。

  当时学校为系里的学生订了几份报纸，男生宿舍订的是《南方日报》，女生宿舍是《中国青年报》，我要看到这张报纸必须得去女生宿舍找。于是，我跑到女生宿舍找到了报纸，匆匆浏览了一下，很快找到了印有我作品的那一版。

  "我借去看一下。"在征得了女同学的同意之后，我怀着一种极其兴奋的心情跑出了女生宿舍楼。

"我的作品发表了!"手中拿着那张报纸,我还想对天空喊,对大地喊,对整个世界喊。

我最初的文学生涯便是从这组诗开始的,连我自己也没有想到的是,正是这组诗的作者,在十二年后,在中国大地上掀起了人们称之为"汪国真风潮"的热潮。

读文学史一得

历史总是惊人的相似，相似之处常常就是规律。

所以要读历史，很重要的一方面，是为了指导今天的实践。所以要读文学史，很重要的一方面，是为了指导今天的文学实践。

中国是一个诗的国度。秦文汉赋、唐诗宋词，唐代诗歌迄今为止仍在中国文学史上占据诗歌的高峰。唐历经290年，初唐有王、杨、卢、骆"四杰"，中唐有孟郊、贾岛、刘禹锡、柳宗元之秀，晚唐则有杜牧、李商隐、韦庄、司空图之风骚，自不待说更有李白、杜甫、白居易等一代大家。以290年之长，诗人们生活的年代不尽相同。以风格来说，王勃、李白、杜甫、杜牧、李商隐的风格亦有差异，甚至是很大的差异。但有一点是相同的，他们的作品都传播并流传了。这是为什么？

在文体中，词与诗近。在文学史上，宋以词闻。宋历经320年，北宋有晏殊、欧阳修、苏轼，南宋有李清照、陆游、辛弃疾。词人们也是生活年代不尽相同，风格亦有差异，但其作品也都传播并流传了。这又是为什么？

再以后，元、明、清等朝代的文学中，诗与词都未占据最重要的地位。

到了近代，传播并流传的有戴望舒、徐志摩等人的作品。戴、徐等人，距唐、宋年代甚远，作品的风貌、语言差异更

大,但其作品也都传播并流传了。这又是为什么?

如果一个个孤立看,诗人们尽多不同。如果"串"起来看,我们可以发现,他们有以下几点基本是相同的:第一,表现上的通俗易懂;第二,情感上的引发广泛共鸣;第三,内容上的蕴含丰富。我们不妨举例来说明:

"海内存知己,天涯若比邻。"(初唐王勃)

"慈母手中线,游子身上衣,临行密密缝,意恐迟迟归。"(中唐孟郊)

"身无彩凤双飞翼,心有灵犀一点通。"(晚唐李商隐)

王勃、孟郊、李商隐生活的年代不同,诗风不同,但从这些脍炙人口的诗歌中,我们可以看到,他们确都具有通俗易懂、引发广泛共鸣、内蕴丰厚的特点,这样,我们大致就找出了一个带有规律性的东西。

探寻这样一个规律的重要意义在于:如果说过去的诗歌大凡具备以上三个特点,便基本能得以传播并流传,那么今天的作品,是不是依然也是这样呢?

流行与流传

不论是自然还是社会,都是有其规律可循的。日月星辰的运行,动物、植物的生长,社会的发展和演进莫不如此。事物都是有规律的,文学艺术也不例外。

一般来说,只要认真研究一下曾经传播并流传下来的都是些什么样的作品,我们大致就可以知道,今天什么样的作品能够传播并流传。

显然,流行的作品不一定能够流传,以为流行的作品便是流传的作品,是幼稚的;流行的作品不一定不能流传,以为流行的作品就不能够流传,同样是幼稚的。例如,流行歌曲中的绝大部分,虽然能够流行,但却难以流传。宋代柳永的作品曾广为流行,以致被称为"凡有井水饮处,即能歌柳词"。这些作品,不仅当时很流行,而且流传了。柳永词《雨霖铃》中"多情自古伤离别,更哪堪、冷落清秋节;今宵酒醒何处?杨柳岸、晓风残月",《望海潮》中"东南形胜,三吴都会,钱塘自古繁华……有三秋桂子,十里荷花",《凤栖梧》中"衣带渐宽终不悔,为伊消得人憔悴"等,都是流传至今的脍炙人口的佳句。

那么,什么样的作品才是既能流行又能流传的作品呢?我以为,符合上文("随笔之一")谈到的三个条件(表现上的通俗易懂,情感上的引发广泛共鸣,内容上的蕴含丰富)的

作品，基本就是既能传播并能流传的作品。什么样的作品只能流行不能流传呢？符合前两个条件而内涵不够丰厚的作品可以流行却难流传。

三毛散文、琼瑶小说、席慕蓉诗歌，都具有通俗易懂和引人共鸣的特点，所以，它们都流行了，这是已为现在的事实证明了的。唯一难以证明的就是，这些作品究竟能否流传，这需要时间。

既然事物都是有规律的，在没有时间来证明的情况下，我们对作品能否流传也并非毫无办法。找出"参照系"便是一个办法。我们不妨同已经流传下来的作品加以比较。例如，徐志摩的作品，可以说既传播又流传了，那么席慕蓉的作品已经传播了，能不能流传呢？我们只需同徐诗加以客观而不是主观的、认真而不是草率的、全面而不是个别的比较，便基本可以了然。如果通过比较，结论是席诗远在徐诗之下，那么，其作品流传的可能性就小；如果席诗与徐诗不相伯仲，那么席诗流传的程度就可能与徐诗大致相同；如果席诗远在徐诗之上，那么作品的流传基本便成定论，甚至流传的程度可以远胜徐诗。三毛散文、琼瑶小说都可以进行类似的比较。当然了，事物是复杂的，上面所说只是就一般情形而言。

关于"纯诗"

近两年,在文学中,诗歌成了热门话题。于是,流行诗歌及流行诗人,"纯诗"和"纯诗人",也成了人们纷纷议论的对象。

"纯诗"这一概念最早是法国人瓦莱里在1920年为柳西恩·法布尔诗集《认识女神》所写的前言中第一次提出来的。用他后来的话说:"几年以前,我曾在为一个朋友的一本书所写的前言中用了这个词,但当时我并没有赋予这个词以什么特别的意义,也没有预见到各种各样的关切诗歌的学者们会从中得出什么结论。"

其实,"纯诗"与"非纯诗"是很难划分的。

试问,古今中外成百上千的著名诗人中,如波特莱尔、庞德、艾略特、惠特曼、普希金、拜伦、海涅、布罗茨基、帕斯、李白、杜甫、白居易等等,谁的作品是"纯诗"?谁的又不是"纯诗"?

如果说,他们的作品都是"纯诗",可是,正是这位"纯诗"概念的始作俑者瓦莱里先生说:"创作一部完全排除非诗情成分的作品,我过去一直认为,并且现在也仍然认为这个目标是达不到的,任何诗歌只是一种企图接近这一纯理想境界的尝试。"

如果说,他们的作品都不是"纯诗",那么,连这么些

"大师级"的诗人们都没有写出"纯诗"来,别人还有多少指望呢?

如果说,从诗歌的创作到完成的过程,摒弃任何功利主义色彩的诗歌就是"纯诗",那么,雨果、莎士比亚等都是功利色彩很浓的作家和诗人,他们的作品显然够不上"纯诗"。

如果说,创作过程中摒弃任何非诗因素的诗歌才是"纯诗",那么,聂鲁达、帕斯等等的诗歌都具有相当强的政治色彩,显然也不是"纯诗"。

如果说,只能供极少数品位高的人欣赏的诗歌才是"纯诗",那么,拜伦的《恰尔德·哈罗尔德游记》"作品发表,风靡全英",显然仍不是"纯诗"。

如果说,读者越少的作品,便越是"纯诗",那么,只有自己一个人欣赏的作品读者最少,这样,会写诗的人,人人都可以宣布自己的作品是"纯诗"。

如果说,"纯诗"仅仅是相对"流行诗歌"而言,那么,不流行的诗歌岂不都成了"纯诗"?

所以,严格地说,并不存在什么"纯诗",如瓦莱里先生所说,"创作一部完全排除非诗情成分的作品……这个目标是达不到的。"

宽泛地说,"纯诗"即是非诗情因素少的诗。这样,也就容易理解那些假、大、空的诗和矫饰、做作、故弄玄虚的诗为什么无法走进人们的心灵,因为那些都是非诗情因素。

文学会大萧条吗？

近一个时期来，不少从事和关心文学事业的人都在不同程度上表现了对文学前景的忧虑，人们在问：在商品经济大潮的强烈冲击下，文学会大萧条吗？我们说文学会受到较大的冲击，但却不会大萧条。那么，依据又是什么呢？

从纵的方面来说，中国是一个有着悠久文明的大国，从上古时期的古代神话，到后来的诗经、先秦诸子散文、汉代的辞赋和乐府民歌、南北朝的骈文和散文、唐代的诗歌、宋代诗词、元代戏曲、明清小说以及五四运动后的新文学，真可说是历史悠久、源远流长，这样悠长的文化形成了历史、形成了传统、形成了积淀，也形成了强大的惯性。这些，都是今天文学虽受到强烈冲击却不至于产生大萧条局面的纵的方面的原因。

从横的方面来说，中国是一个有着十几亿人口的大国，根据1990年10月30日国家统计局人口普查主要数据的公报（第一号）我们得知：大陆具有大学（指大专以上）文化程度的人为16124678人，具有高中（含中专）文化程度的为91131539人，二者之和约为1.0亿人。具有初中文化程度的人为264648676人，三者之和共约3.71亿人。我们可以看出，把这三部分人中的任何一部分独立地划分出来，其数字仍然是相当庞大的，更不待说两部分或三部分之和了，这三部分人是文化市场的主要消费者。尽管商品经济大潮的冲击会使其中的

部分文学爱好者兴趣完全转移,其他文化形式也会带走部分读者,但由于有了第一个纵的方面的原因,保留下来的文学爱好者的数量仍是相当庞大的,这也是这些年来一些热点的小说、诗歌仍能保持很高发行量的原因所在。中国庞大的人口中喜爱文学的人们仍然能形成庞大的文学作品消费市场,这是文学不会大萧条的横向方面的原因。

今日的中国文学,仿佛一棵根深叶茂的大树,猛烈袭来的风暴会把一些叶子吹落,树枝折断,却还不至于动摇她的根基。

从作家方面来说,如果你是从来不大重视读者的,那么读者的增减对你便无什么意义;如果你是重视读者的,那么面对这样一个庞大的文化素质并不低的文学消费市场,你的作品却无法征服相当的人群,那么只好自认晦气,是很难怨恨别人的。

文学不会大萧条,并不是说文学创作不需要从内容和形式上做一些革新和调整,文学应随着时代的发展而发展。在未来一个相当长的时期内什么样的文学作品会较受读者青睐呢?我以为主要是以下两种:

一是与经济生活密切相关且又写得生动的小说和长篇的纪实文学。它们因符合时代大潮流而受人们青睐。

二是短小、隽永、优美的散文、诗歌和随笔,它们因符合快节奏的生活而受人们青睐。

由于某个突发事件或偶然因素,也会构成一时的阅读热点,但一般来说,这样的阅读热点却不会太持久。

也谈高雅

贝多芬的作品响遏行云,经久不衰。

1827年3月29日,是这位音乐大师下葬的日子。在那一天,当地所有学校停课向这位伟人致哀,护送棺柩的群众达两万人之多。贝多芬的作品是那样高雅,但是它赢得了从普通群众到专家学者千百万人的喜爱。

何占豪、陈钢的小提琴协奏曲《梁山伯与祝英台》那优美、凄婉的旋律征服了从青年学生到耄耋老人几代人的心。没有谁怀疑,这是我国音乐史上一部高雅的杰作。

唐诗的高雅与隽永举世公认,但这并不妨碍它征服各个年龄和多种文化层次的读者。

由此看来,不少高雅的艺术对大众和专家学者都能产生难以抗拒的魅力。

法国作家普鲁斯特的长篇巨作《追忆似水年华》为法国文学界所推崇。这部作品不久前由我国文学翻译工作者全部译成。我的朋友、译者之一的许钧先生曾赠我该书。赠书之际,他曾对我说,即便在文化人中,也很少有人会耐着性子将这部书全部看完。坦率地说,我也是这其中之一,我只看了该书的一部分。据报载,出版该书的译林出版社诸多编辑中,只有一人通读过全书。凡此种种,可见有一些高雅的东西只对少数人有魅力。

从上面的情形我们可以看出，艺术的高雅可以有两种：一种是为人们普遍喜爱和欣赏的高雅，一种是只能赢得少数知音的高雅。

这样，如果指责不欣赏普鲁斯特这一类作品的人是不懂高雅，品位太低，那是有欠公允的。因为不欣赏和不喜欢普鲁斯特这一类作品的人，却完全可能欣赏和喜爱贝多芬、托尔斯泰以及和普鲁斯特同时代的罗曼·罗兰、契诃夫等等，谁能否认他们的作品也是一种高雅呢？

其实，即便是发出这种诘问的人，面对诸多高雅的艺术，也未必就没有偏爱。

即便是俞伯牙，也不能奢望人人都成为钟子期。人们不钟爱你的"高山流水"，并不表明人们不钟爱一切"高山流水"。

如果整天自诩自己的作品高雅，实际并不高雅，也没有多少价值，因而遭到了世人的冷落，于是便指责人们素质低、不懂艺术，则不但显得无理，而且显得有些无聊了。

汪国真，祖籍福建厦门，生于北京。毕业于暨南大学中文系。据北京零点调查公司1997年7月对"人们所欣赏的当代中国诗人"调查结果表明，在新中国成立后出生的诗人中，他名列第一；他的诗集发行量创有新诗以来诗集发行量之最。2000年他的5篇散文入选人民教育出版社出版的全日制普通高级中学《语文》读本第一册；2001年，他的诗作《旅程》入选人民教育出版社出版的义务教育课程标准实验教科书《语文》七年级上册。2001年，他的散文《雨的随想》入选高等教育出版社出版的中等职业教育国家规划教材《语文》（基础版）第一册；2003年他的诗歌《热爱生命》入选语文出版社出版的义务教育课程标准实验教科书《语文》九年级下册。他还曾连续三次获得全国图书"金钥匙"奖。2007年被美国内申大学暨北京国大聘为客座教授、博士生导师。

汪国真在书画创作领域也取得了令人欣喜的成果。他的书法作品已被镌刻在张家界、黄山、五台山、九华山、云台山等名胜风景区，他还应邀为大韩航空公司、新广州白云国际机场和以香格里拉酒店集团为代表的一批旅游涉外饭店创作书画作品。2002年他入选中国文联出版社出版的《中国百年书画走红名家》；2003年他入选中国文联出版社出版的《书画之魂——中国当代书画名家大观》；2005年，他入选国际文化出版公司出版的《中国当代水墨艺术年鉴》；2005年始，他的书法作品作为中央领导同志出访的礼品赠送外国政党和国家领导人；2006年4月，他入选在北京民族文化宫举办的"中国书画名家邀请

展";2007年他入选中国国画家协会理事。

近年来,汪国真开始音乐的研究和创作。2003年11月中国音乐家音像出版社出版了他作曲的首张音乐(舞曲)专辑《听悟汪国真——幸福的名字叫永远》;2003年12月至2004年1月间,他应邀连续四期担任中央电视台《音乐擂台》歌手比赛评委。2004年北京民族出版社出版了由他作曲的《小学生必修80首古诗词曲谱》一书;2005年,他完成了为300首古诗词谱曲的工作。

汪国真还曾应邀到北京大学、中国人民大学、北京航空航天大学、北京医科大学、北京科技大学、北京外国语大学等数十所高校讲学。

中央电视台《东方之子》《艺术人生》《综艺大观》《正大综艺》《纪录片之窗》《名师名校》,香港凤凰卫视《鲁豫有约》,河南卫视《文化视窗》,河北卫视《人物》,湖北卫视《往事》,山西卫视《内陆看谈》,北京卫视《现代人物》,福建东南卫视《相约东南》,上海电视台《热点人物》等栏目都对他作过介绍。

目前,中国出版的研究和赏析汪国真作品的专著已有:人民日报出版社出版的《年轻的风采——专访汪国真》;华侨出版社出版的《汪国真风潮》;国际文化出版公司出版的《年轻的潇洒——与汪国真对白》;中国友谊出版公司出版的《汪国真其人其诗》;延边大学出版社出版的《汪国真——年轻的诗与思》;青海人民出版社出版的《论汪国真的诗》等16部。